目次

遠い接近 5
解説　藤井康榮 443

＊本作品のなかには、差別的表現あるいは差別的表現ととられかねない箇所が含まれています。が、著者は既に故人であり、作品が時代的な背景を踏まえていること、作品自体は差別を助長するようなものではないことなどに鑑み、原文のままとしました。尚、明らかな誤植等につきましては、著作権者の了解のもと、改稿いたしました。（編集部より）

初出　週刊朝日　一九七一年八月六日号〜一九七二年四月二十一日号

この本は、一九七七年七月に刊行された文春文庫の新装版です。内容は松本清張全集第39巻を参考にいたしました。

ＤＴＰ制作　ジェイ エスキューブ

# 遠い接近

# 1

夏が過ぎ、九月にはいると、どこの印刷所もぼつぼつ活気を帯びてきた。連日徹夜してもまだ足りない十二月の忙しさがこのころからぼつぼつはじまる。

自営の色版画工の山尾《やまお》信治《しんじ》には夏でも仕事の切れ間がなかった。小川町《おがわまち》の裏通りに住んでいる彼は、神田から四谷にかけて二つの大きなオフセット印刷所と三つの小さな石版印刷所を顧客に持っている。戦争がしだいに激しくなってきていたが、信治の仕事は、減らないばかりか、かえって忙しくなっていた。

色版画工は、二色以上の印刷物の原版を描く。原画を見ながら、色別に分解して描き分ける。多色刷りの場合は、三原色の版に補色が二版、それに墨《すみ》（くろ）版《はん》を入れて六色の版を描き分ける。濃淡やボカシにはフィルムの網目《あみめ》を擦《こす》りつけて調子を出す。中間色は三原色混合の法則に従って、色と色とをかけ合せる。たとえば、紫は赤にうす青をかけ、茶色はそれに黄色を敷く。色彩の出し具合は、それぞれの色の濃淡の調子次第だが、そんなに色数が刷れない場合は、中間色や補色は網目のかけ合せによるほかはない。この網目の使い方が微妙で、上手な色版画工の手になると四色刷りが五色刷りにも六色刷りにも映り、また原画の再現が写真版そっくりにも見える。

原画は、オフセット印刷の場合はジンク版といって脂肪性を感じる化学処理のしてある薄い亜鉛版《あえんばん》で、石版印刷の場合は厚みのある石版石（ドイツ製のと、和製のとがあり、和製は大理石を使用した）である。画工は、これにトキ墨という インキと同じ脂肪性の墨を筆にして描いたり、烏口《からすぐち》やコンパスに墨を入れて線や円を引く。

技術を要するのは、いうまでもなく、濃淡の調子や色の重ね合せで別な色を出す網目の使い方だった。現在は、電子分解になってどのような複雑な色彩も科学的な処理になっているが、戦前まではこうした技術は色版画工の指先一つの熟練に任《まか》されていた。

腕のいい色版画工だと神技に近いが、腕の悪いのは見るも無残な刷り上がりになってしまう。腕の決める自然淘汰《とうた》で、下手な画工は地方に落ちて行き、田舎の印刷所を回るか転職するしかない。

山尾信治は、小学校を出るとすぐに浅草の関根画版所にはいった。完全な徒弟制度で五年間辛抱して、一人前の職人になり、四年間いた。次に品川の大きなオフセット印刷会社にはいって、画工部に六年間いた。その間、二十五のとき、いまの妻の良子《よしこ》と結婚した。良子はその印刷会社の女工で、長崎からきていた。五つ違いだった。

信治は、かなり腕のいいほうだった。それで会社勤めをやめ、神田の小川町裏に家を借りて自営となった。二十七歳の春である。長男の稔《みのる》が生れ、長女の幸子《ゆきこ》ができ、あとになって二男の豊《ゆたか》が生れた。

収入は会社勤めの給料の四、五倍ぐらいにはなった。一枚についていくらという描き賃である。その代り、朝から夜中まで机の前にすわっていなければならなかった。
上村五郎という十九になる通いの弟子を持ったが、これはまだ、半人前にもなってい
なかった。仕事場の掃除と筆洗いと机辺の準備のほか、せいぜい、信治が画の輪郭や文
字のハコ書きをして、その中の塗りこみ程度だった。どうかすると、この弟子が仕事の
邪魔になることがある。
材料のジンク版や石版は、印刷所の使いが自転車の荷台に積んで持ってきて、描き上
がったものを取りにくる。石版は重い。小さく截《き》ったものならいいが、半截《はんせつ》くらいにな
ると一人では持てないくらいである。前は印刷所の若い人がその使いにきたが、いつの
まにか年寄りと代るようになった。聞いてみると、若い者は兵隊にとられて戦地に行っ
たという。そのほか徴用もあった。十七、八の小僧さん程度の者が軍需工場に行ったり、
三十前後の製本工が炭鉱に行ったりした。
信治が忙しくなったのは、印刷所につとめている画工が召集されるからである。人手
が足りないぶん、彼への注文がふえてくる。
戦争がつづいていても印刷所はそれほど仕事が下火にはならなかった。ことに「満州
事変」のころは活況を呈して、新製品の発売による宣伝物や、国策に便乗した商品広告
のポスターなどが増したものだ。
それがこの昭和十七年になると様子が変ってきている。印刷物の注文はあるが、大き

なものがなくなった。一つはそれは印刷所の事情によるもので、用紙が目に見えて市場から減った。まもなく割当て制になるだろうといわれている。機械油や石油、揮発油はとっくに配給制だった。平版の製版に必要なアラビア・ゴムも割当てである。その量がしだいに少なくなる。

このまま戦争が長引けば、小さな印刷屋は統合整理されるかもしれないという噂《うわさ》が聞えるようになった。

今年の一月には日本軍がマニラを占領し、ビルマに進撃した。三月にはジャワに上陸し、オランダ軍を降伏させた。

日本軍がジャワの油田地帯を押えたから、これで石油はいくらでも国内にはいってくる、ゴムもふんだんに船でくる、もう不自由することはないね、と印刷会社の外交員が信治のところに来て言っていたが、逆に資材は窮屈になるばかりだった。その外交員も兵隊にとられた。

四月十八日に東京に初めての空襲があった。名古屋と神戸に焼夷弾《しょういだん》が降った。発表の戦局と違ったので、皆はおどろき、緊張もしたが、まだまだ楽観もしていた。それを裏付けるように日本軍は四月、バターン半島を占領し、五月、コレヒドール島を占領した。司令官マックアーサーは逃げた。ヨーロッパ戦線ではドイツ軍が八月、ソ連のスターリングラードの攻撃を開始していた。

信治は三十二歳になっていた。十一年前の徴兵検査では第二乙種だった。このとき右肺浸潤《しんじゅん》のあとがあり、自分では気づかないうちに癒《なお》ったのだと、検査の軍医がそういった。

検査場になっている学校の講堂に、不合格者ばかりが集められ、検査官の年とった将校の訓示を受けた。

——不合格になって諸子もさぞかし残念であろう。しかし、お国に尽す道は軍隊だけではない、各自がその職分において精励するのも国家へのご奉公である。不合格の結果に落胆しないように。

「支那事変」以来、友人や知った人が出征兵士にとられるたびに、信治は十一年前の検査官のこの声を思い出していた。壇上に立っている検査官の尖《とが》った顴骨《ほおぼね》、短い口髭《くちひげ》、窓からの陽射しに一条光っている肩章の金筋……それらの記憶がうす暗い中から掘り出されていた。

妻の良子が、

「あんたが兵隊に引っ張られることはないかしら？」

と、不安そうに言った。

「大丈夫だ。なにしろ、おれは第二乙種だからな。第二乙種というと丙種と同じだ。それに、おれはもう三十二だ。そういうのを兵隊にとるようになっては、日本もおしまいだよ」

信治は言って笑った。

それには確信のようなものがあった。彼はこれまで兵隊にとられた知人のなかで第二乙種が一人もいないことを調べて知っていた。第一乙種がせいぜいなのである。また、それらで補充兵としてとられた者は二十九歳が最年長であった。三十歳以上というのを聞かなかった。三十から上は、予備役の下士官が多く、それ以下は上等兵や一等兵――既教育兵ばかりだった。信治のように三十二の未教育兵は、彼の知る範囲で一人もいなかった。

「こう忙しくては、兵隊に行く暇《ひま》もない」

信治は良子に冗談めかして言った。それは妻を安心させるためだけでもなく、自分でもそう思っていた。他人は兵隊にとられるが、自分だけは残されると信じていた。いま兵隊に狩り出されたら、一家は離散だと思った。家には、六十五になる父親と、五十九の母親とがいっしょにいる。妻と子ども三人だから、六人の扶養家族である。長男の稔が小学校一年生、長女の幸子が五つ、末の豊が二つであった。父親はもう何もしてなかった。

これが会社勤めだったら、何年間兵隊に行っていようと、給料だけは会社から支給される。たとえその額が少なくても、最低限度の生活費は保障されるのである。しかし、フリーで働いている者には、それがなかった。少々の貯金があっても、一年もたたないうちに食いつぶしてしまう。父親は身体が弱く、いまさら働きに出ることはできない。

妻には乳呑児《ちのみご》を入れて三人の子がいた。どんなことがあっても兵隊には行けなかった。

ただ、彼のひそかな安心は、三十すぎの男でいまだ兵隊にとられたことのない、つまり彼と同じ第二乙種の烙印《らくいん》を捺《お》された者が、みんな残って工場に通ったり、商売をしていることだった。もっとも、第二乙種でも三カ月の教育召集で入隊する者はいたが、彼らはいずれも二十代であった。だから、三カ月で戻されても、半年ぐらいすると、本当の召集がきて戦地に行っている。若いからである。しかし、それも全部ではない。三カ月だけですみ、赤紙のこないのもかなりあった。どっちにしても三十代の男には関係がなかった。

町内では、三十五歳までの未教育者に週三日、軍事教練を受けるようにすすめにきた。午後二時から四時までの昼間と、六時から八時までの夕方とがあった。各自の都合で、どっちを選んでもいいようになっている。が、それは勧誘というよりも強制に近かった。教官は四十歳の予備中尉、助教は予備軍曹と伍長、助手は予備上等兵二人だった。伍長の二十八歳を除くと、あとは三十を越した者ばかりだった。

会社や工場勤めの者は、勤め先で教練を受けるので、町内の教練には関係がなかった。対象になるのは信治たちだった。が、彼には実際にその教練に参加する余裕がなかった。

印刷所から回ってくる仕事は、どれも急なものばかりで、期日がゆっくりしているのは一つもなかった。どの印刷所も、急ぐものしか外注に出さない。印刷所にいる画工は《じ》それほどには能率をあげないし、腕もそれほどでないから、営業のほうが焦れて、外に出してしまう。だいたい注文の印刷物じたいが納期のさし迫っているものばかりなのである。

信治の受けもっている五つの印刷所は、ふつうの商家が不特定多数の客を相手にして営業しているのとはちがい、以前からの得意先ばかりであった。いうなれば、五つの印刷所で生活させてもらっているのと同じだった。これまでの親しさや人情や義理もからんでいる。この五つの印刷所から仕事を貰《もら》った最初のよろこびと感激を思うと、苦労して開拓した自分の道だという気がする。いま、こっちが忙しくなったからといって、あれを引き受け、これを断わるということはできなかった。不人情なことはできないという気持はむろんだったが、もし、戦争が終って職人が帰還し、工場がもとどおり充実した場合、困ったときに断わったということで印刷所から仕事が回ってこなくなる恐れがあった。将来、仕事が減るのが不安なのである。平版の各印刷所にはそれぞれ同業者が縄張《なわば》り的に出入りしているので、自分の仕事が少なくなったからといって他への割込みはできなかった。不可能ではないが、容易ではない。——山尾信治は、元来が律義《りちぎ》な男だった。小心だったと言い直してもよい。

そういうわけで、信治は、町内単位の教練にほとんど出たことがなかった。それでも長い間に二、三度は参加したろうか。しかし、勤勉に教練を受けているものと、彼のようにほとんど出たことのない者との差違は歴然としていて、初歩の彼は、いつも「見学」的な立場であった。多数の訓練生が教官や助教、助手の号令一下、ほとんど兵士と変らぬくらいきびきびした動作で匍匐《ほふく》、前進、射撃、刺突《しとつ》などをしているのを見ると、いつも自分の「遅れ」に恥しい思いをさせられた。彼のように「遅れた」者は、七、八人くらいかたまり、運動場の片隅で劣等生のように棒立ちになっているのだが、その半分は身体障害者だった。

それで、しだいに教練に出るのがおっくうになった。恥しい思いをするだけでなく、教練の二時間で、どれだけ仕事が停滞させられるかわからなかった。一度そこに参加したばかりに、印刷所に渡す時間が遅れ、先方の不機嫌を買い、汗を流して詫《わ》びたことがある。そのため二度目に出たときは徹夜になり、翌日も睡《ねむ》られなかった。色版描きは細密な仕事で、眼を使う。仕上げの具合を虫眼鏡で検《しら》べることすらある。根気が要るのである。

ひとりで働いているので、商売をしている人間のように主人がいなくても店員や家族が店をやってくれるのとはわけが違っていた。彼がいなければ、仕事は何一つできない。だれも手伝ってくれるものはいなかった。上村では役に立たず、しかもこの弟子は夕方の五時になると青年学校に行くために、さっさと帰ってしまう。青年学校ではほとんど軍事教練ばかりということだった。

町内では顔見知りの八百屋、雑貨屋、菓子屋、質屋、風呂屋、本屋などが教練に精を出していた。だが、これらの連中は店を空《あ》けても、少しも商売に差しつかえのない者ばかりだった。女房なり店員なりがやってくれるのだ。たとえ当人が遊びに出ていようと、ちっとも困らない立場だった。病気で寝ていても収入にはなる。おれはそういう結構な身分ではないから、と信治は自分に言い聞かせていた。病気にもなれないのだ。国家もこのことは理解してくれるだろう、と信治は思っている。まあ、そんな大きなことでなくとも、町内でもこっちの立場はわかってくれているはずだった。丙種とあまり変らない第二乙種の三十男が教練を受けようが受けまいが、日本の戦力には無関係なはずである。

信治は、やたらと働いた。印刷所からの頼みと催促でそうしないわけにはいかなかったが、一つには金を貯めておきたかったからだ。万が一（そういうことはあり得ないだろうが）間違って召集された場合、家族の生活費が心配だった。どこからも家族に給料はこないし、あとを引き受けてくれる店員もいない。女房はなんの役にも立たない。老いた両親と幼児三人を抱えた女房はまったく無能力者だった。この生活の面倒をだれが見てくれるというのか。

出征兵士の留守宅というので、区役所からの生活扶助料と町内からの醵金《きよきん》で、雀《すずめ》の涙ほどの金は渡されるだろうが、そういうお情けの金を自分の留守に家族が貰うのが彼には耐えられなかった。思っただけでも屈辱感に駆られる。家族は町内に肩身のせまい思いで小さくなって暮らす。子どもは卑屈になるにちがいない。

そんなことにならないように、今のうちに金の準備をしておかなければ、と思って信治は働いた。兵隊にとられるわけはないと信じながらも、やはりどこかに一抹《いちまつ》の不安はあったのだ。戦局が思わしくないことも、かすかな危惧《きぐ》を起させたのである。あんたが兵隊に？　と仕事のことでやってくる印刷所の者はみんな笑った。そりゃ日本が破滅したときだろうな、と言う。そんな取越し苦労などしないで、うちの仕事を早くやってくださいよ。それで信治は元気づく。兵隊に行くことは絶対にないのだ。しかし、金は貯めておかなければならない。そのために働くのだから、仕事の妨《さまた》げとなる軍事教練には出られない。半ば愉《たの》しむように教練を受けている給料取りや商家の者とは違う。

九月八日の午後、信治が仕事場で、印刷所の外交員と話をしていると、下の児を背負った良子が顔を引きつらせてはいってきた。

「あんた、こんなものが来たわよ」

区役所の封筒と、中の青い紙とをいっしょに信治に手渡した。

《教育ノタメ召集……期間三カ月……入隊、歩兵第五十七聯隊《れんたい》（佐倉）……入隊期日、九月十五日……東京聯隊区司令部……》

青色のうすい紙には罫線《けいせん》が縦横に引かれていたが、その欄の中からこれだけのゴム印文字と活字とを、信治の昏《くら》む眼はやっと拾いとった。

2

召集令状を受け取った信治は、これまで安全な場所から眺めていたつもりの荒波が、不意にもりあがってきて、それに引き淩《さら》われたような気になった。一抹の不安はあったが、そしてその不安のために働いて金を貯めるようにしていたのだが、徴兵検査時の第二乙種合格で心配を打ち消していた。強いてその危惧を押し除《の》けていたといっていい。実際、甲種合格者で兵役の経験もある三十男が、召集もされずにいるのが周囲に少なくなったのだ。

その一人である印刷会社の山本というのがきたとき、信治は令状を見せた。

「教育召集ね。ふむ」

山本は鼻をくすんくすん鳴らして、令状を眺め、

「衛生兵じゃないですか。心配ありませんよ。三カ月ですぐに帰されますよ」

と、請《う》け合うように言った。上等兵だったという山本の言葉なので、信治も半ば力強くなったが、

「三カ月でね。けど、三カ月の教育召集でいったん帰され、何カ月か経ってほんものの赤紙がくる。そして、戦地に行く人があるじゃありませんか?」

と、きいた。そういう例は知人にも近所にもあった。

「しかし、この令状でみると、あんたは『衛生兵』となっているからね。こりゃ教育だけで帰されるよ」

「どうして、衛生兵だと三カ月で帰されるのかね?」

「衛生兵は昔の看護卒だからね。いまは戦局がきびしくなって第一線から内地の陸軍病

院に還《かえ》される傷病兵がふえている。それで内地では看護婦や衛生兵の手が不足しているそうです。これから戦争がますます激化すると、内地送還の患者が増加する。軍では、その状況を見越して、いまのうちにあんたのような人をとって衛生兵の教育をしておくんでしょうね」

山本は、陸軍のことなら詳しいという顔で言った。

妻の良子がその場にいて、山本にきいた。

「衛生兵になって戦地の病院にやられるんじゃないでしょうか?」

「そんなことはないでしょう、奥さん。戦地の野戦病院なら衛生兵といっても現役のバリバリが行ってますよ。それと、既教育の若い衛生兵を召集してね。その連中でないと、野戦病院は勤まりませんからね。そういっちゃなんだが、山尾さんのような三十二歳の第二乙種を衛生兵にして戦地に送っても、足手まといになるだけで、何の役にも立ちませんよ」

山本があざ笑うように答えたので、信治も良子も笑った。嘲笑されても夫婦にはうれしかった。

「まあそんなことは心配しないで、仕事の能率を上げてくださいよ。……けど、あんたに三カ月間でも留守にされちゃ仕事の上で困るなァ」

山本は顔をしかめていた。

入隊日まで一週間しかなかった。着て行くものはスフの国民服でいいし、奉公袋は中身まで百貨店で売っているので、ほとんど準備らしいものは要らなかった。あとは、心の用意だけだった。家族六人、かなりつましく暮らしてゆけば一年間ぐらいの生活費は貯めていた。三カ月で戻ってくれば、お剰《つ》りがくる。

良子はそのせいかあまり不安な顔もしなかった。父親の英太郎がどこからか聞いてきて、

「衛生兵というのは非戦闘員じゃそうなからな。非戦闘員なら、敵も殺さんそうじゃ」

と、よろこんでいた。

「おじいちゃん。お父ちゃんは戦地に行くんじゃないのよ。三カ月の教育召集よ。ずっとさきになって、万一もう一度召集があっても、内地の陸軍病院勤めよ」

「そうか、そんならええな。東京の陸軍病院だと日曜祭日の休みに家に帰れるから、そうなったらええな」

英太郎は歯のない口で笑い、心配そうにしている女房のスギに言い聞かせた。神経痛で寝ているスギはそれでも不安そうな顔色をゆるめなかった。

教育召集は本当の召集ではないという考えがだれにもあるのか、近所でも、信治のことではあまり騒がなかった。隣組長がきて出発日と時間を聞いて帰っただけであった。

その隣組長にも信治のほうから教育召集というのを強調し、目立たないように出発したいから見送りはしないでほしいと頼んだ。たった三カ月で帰ってくるとわかっているのに、大げさにされるのが恥しかった。

代々木のほうに歩兵第一聯隊の将校が住んでいて、その細君を知っている人が良子の知合いだった。その人が様子を聞きに行ってあげるというので、その晩、良子はいっしょに代々木に行った。

帰ってきた良子は、中尉の話というのを言った。歩一でも来月には教育召集の衛生兵がはいってくる。一カ月は部隊で歩兵の基本教育をする。あと二カ月間は陸軍病院に通って衛生兵の教育をうける。だから、はじめから三カ月で召集解除になるとわかっている。

中尉がご主人はいくつですか、ときいたので、いまが三十二歳で徴兵検査では第二乙種だったというと、若い中尉はちょっと首をかしげ、もうそういう年配の人を召集するようになったのかなあ、と呟《つぶや》き、もし歩一聯隊にはいるようだったら自分の中隊でなくとも、ほかの中隊長を知っているので、ちょっと声をかけておけば少しでも楽になるんですが、佐倉ではどうにもなりませんね、と言ったというのを良子は話した。

歩一にはいる衛生兵の教育召集が三カ月間と決まっているなら、佐倉の第五十七聯隊だって同じにちがいない。三月《みつき》めに帰宅できることは、いよいよはっきりした。

「たった三カ月ぐらいじゃ将校のヒキも何もあったものじゃない。町内連合会の軍事教練にはあまり出なかったから、三カ月ほど兵隊の稽古《けいこ》をしてくるよ」

信治は良子に安心させるために言ったが、自分がさきに安堵《あんど》していた。

教育召集というので、悲壮感はうすく、むしろ入隊日が逼《せま》るにつれて逆に楽観的な気持になった。それで、入隊日の前日まで印刷所から持ってくる色版の仕事を彼はふつうどおりにつづけた。あとの日がないので、よけいに忙しかった。——金は、やはり貯めておかなければならない。たとえ三カ月でも、留守の間は一銭もはいってこない。勤め人や商売人とは違うのである。

だが、たとえそれが三カ月の召集であろうと、行くよりは行かないほうがいいに決まっていた。その最後の決定は、入隊日の三日前に小学校の講堂で行なわれる身体検査である。ふつうは入隊した日に聯隊内で行なわれるが、向うが忙しいのか、それとも隊の軍医が不足なのか、あらかじめ居住区域ごとに検査するらしかった。

信治は頑丈な体格ではなかったが、病気らしいものはなかった。背丈は低いほうだが、近ごろは中年肥《ぶと》りさえしている。この身体検査で、はねられるとは思えなかった。最上の望みは、召集令状が定員数以上に配布されているので、彼よりは元気な若い者がどんどん合格すれば、そこで落されるかもしれないことだった。彼は、指先だけの仕事だし、朝から晩までほとんどすわり放しの座職なので、手も脚も弱かった。掌などは女のように軟らかだった。また、徴兵検査のときに右肺に浸潤の痕《あと》があるのを指摘されたことを思いだした。そういえば、風邪をひいてもなかなか癒らない。まだそこに後遺症があるのではないか。今度の検査でも、高年齢であることのほかに、体格が丈夫でないこと、右肺が弱いことなどを軍医が診断して、またまた不合格になるのではないかと、彼はそんな期待を起した。

その日、午前十時に小学校の講堂に行くと、入口のところに机を長く置き、三人ほどの在郷軍人が受付をしていた。そのなかの一人は、町内のあまり遠くないところで酒・醤油《しょうゆ》の販売店をしている白石という男だった。信治も顔見知りではあるが、話をしたことはなかった。予備陸軍伍長で、軍事教練の助教をしている。

その白石の前に令状を出すと、白石は少しおどろいたように信治の顔を見上げた。

「あんたは、ここの軍事教練には、よく出るほうでしたか？」

「いいえ……」

信治はどぎまぎして、言葉がつまった。質問も突然だったが、出席率が悪いので体裁も悪かった。前後には召集者がつづいていた。

「ははあ。……じゃ、ハンドウを回されたな」

白石はちょっと気の毒そうな眼つきをして呟いたが、すぐにごまかすように笑顔になり、信治の令状を受付簿に記入した。

白石はたしか、ハンドウを回されたな、と言ったと思う。聞きなれない言葉なので、聞き違いかもしれなかった。別の言葉かもわからなかった。しかし、いい意味の言葉でないことは、たしかのようだった。あんたは教練によく出るほうでしたか？……いいえ。……ははあ、じゃ、ハンドウを回されたな。……この一連の短い応酬は、「教練に出なかったこと」が流れになっている。教練を受けなかったのは、いや、受けなかったのではなく本当は切実な事情のために出る時間がなかったのだが、在郷軍人からみて、いいことではない。

だが、そのときは信治もそれ以上には深く考えなかった。これが白石よりもっと上位の人が言ったのだったら、もう少し深刻にも受けとったにちがいないが、顔見知りの酒屋の伍長ではどうしても軽く見る。自転車の荷台に酒瓶《さかびん》や醬油の瓶を積んで配達する男なのだ。

講堂には、五、六十人ばかりが集まっていた。褌《ふんどし》や猿股《さるまた》だけの裸で、酸《す》っぱいような男臭さが噎《む》せるように充満していた。どの顔をみても信治よりはずっと若く、いい肉体をしていた。彼らは志願兵のように威勢がよく、入隊を切望しているようにみえた。信治のように三十を二つも三つも越した者は数えるほどしか見当らない。その三十男は、周囲の若い者に圧倒されたように元気がなく、濁ったような顔色で、伏眼がちだった。動作も、分別臭いといえばいえるが、のろのろとしていた。

白い上っ張りの下に襟章《えりしよう》の星をのぞかせた軍医が、信治に口を開けさせ、頸《くび》の両側を手で軽く押えたうえ、胸を指先でとんとんと叩いて、

「よし。……つぎ」

と言った。聴診器も何も、当てるではなかった。信治は、軍医から既往症でも聞かれたら、右肺を患《わずら》ったことがあること、毎日すわったままの職業なので身体が虚弱で、風邪をひくとすぐに扁桃腺《へんとうせん》が腫《は》れて高熱が出ることなどを少しは誇張して言うつもりでいた。それは、この検査場にはいって急に思いついたことだった。

というのは、講堂の片隅に十人くらいの男がかたまってすわっているのを見たからだった。彼らは不合格者であった。なかにはあきらかに病人や身体の不自由な者もいたが、ほとんどは信治よりも年齢が下で、立派な体格をしていた。信治が見ている間にも、検査を受け終ったそういう若いのが、さも悄々《しおしお》とした足どりでその不合格者の溜まりにはいっていった。彼らは、いかにもバツが悪そうな様子だったが、内心の欣喜をどのように人前で隠すかで苦労しているみたいにみえた。

しかし、——よし。つぎ。という軍医の静かな一言が終った瞬間、信治の最後の望みは消えた。

信治が家に戻ると、父親の英太郎が仕事場に立っていた。彼の顔を見ると待ちかねたように、

「どうだったか?」

と、検査の結果をきいた。

「うむ。合格だ」

信治はさりげなく答えたが、言ったあとでひとりでに大きな息がでた。緊張がゆるんだためもあるが、結果が現実になると、やはり、たいへんなことになったと思った。そうして吐いた息が溜息にとられないように、つづいてあくびをし、仕事着に着かえるために国民服を脱ぎはじめた。

「まあ、ええわ」

英太郎も声を落して広島弁で言った。

「三カ月ほどじゃけえのう。みんなやっとるんじゃけえ、辛抱せいや。あとのことは心配せんでもええ」

「良子は？」

信治はそれに答えずにきいた。

「良子は、豊を負うて防火訓練に行っとる。もう帰るじゃろう。幸子は近所に遊びに出とる。稔はまだ学校から帰らん」

英太郎は嫁や孫の消息をいっぺんに言った。それが、もう息子が戦地にでも発《た》つような心持になっているように聞えた。

あとのことは心配せんでもええ、と父親が言ったところで、彼に経済力が何一つあるではなかった。五十近くまでは洋服の仕立屋をしていたが、眼を悪くしてからは商売をやめ、夫婦して息子に寄りかかっているのだ。英太郎も生涯が座職で、労働は何もできず、六十五という年齢が七十以上にも見えるほど老いこんでいた。

信治は仕事にとりかかったが落ちつかず、夕方六時に印刷所から取りにくるというのに、煙草ばかりふかしていた。横で弟子の上村がジンク版にかがみ、トキ墨で塗りこみをしていた。上村は、信治が検査に通ったことを知って、さっき、おめでとうございます、とぎごちなく挨拶《あいさつ》したばかりだった。三カ月の間、この弟子も同業のだれかに預かってもらわなければならない。

「上村、お前の徴兵検査はいつだったかな？」

信治はぼんやりときいた。

「再来年です」

上村は、にきびの出た顔で勢いよく言った。

「青年学校の教練では、いま、どういうところをやっているかい？」

「早駈《はやがけ》です」

「早駈？　駈け足のことか？」

「いえ、戦闘間の早駈です。……ここんとこです」

上村は、口下手なので説明のかわりにズボンの尻のポケットから小さな手帳のようなものを取り出し、ページを開いて信治にさし出した。黄色い表紙には金文字で「歩兵操典」とあったが、手垢《てあか》で、きたならしくよごれていた。「早駈」のところにはこう出ていた。

《「早駈（駈歩《かけあし》）」ノ号令ニテ安全装置ニシ小銃手ニ在《あ》リテハ表尺ヲ倒シ右手ニテ木被ノ所ヲ握リ、擲弾筒《てきだんとう》射手ニ在リテハ残弾アルトキハ之《これ》ヲ抽出シ右手ニテ柄桿《へいかん》上部ヲ握リ速カニ前進準備ヲ整ヘ「前へ」ノ号令ニテ小銃手ニ在リテハ銃口ヲ上ニシテ銃ヲ提ゲ、軽機関銃射手ニ在リテハ右手ニテ提把《ていは》ヲ握リ通常左手ニテ充実セル弾倉嚢《だんそうのう》一箇ヲ持チ、擲弾筒射手ニ在リテハ筒ヲ提ゲ直チニ早駈（駈歩）ニテ前進ス

「匍匐」ノ号令ニテ前項ニ準ジ速カニ準備ヲ整ヘ「前へ」ノ号令ニテ銃、筒ヲ適宜保持シ匍匐ニテ前進ス

匍匐スルニハ伏臥シテ左脚ヲ右脚下ニ深ク曲ゲ右足ヲ臀《しり》ノ後ロニ曲グルト同時ニ左肘又ハ左手ヲ前ニ……》

活字を追っているうちに、それが専門学術書のようにも見えてきて、信治は眼が昏《くら》んだ。こんな高度な教練に上村はもう進んでいる。《伏臥シテ左脚ヲ右脚下ニ深ク曲ゲ右足ヲ臀ノ後ロニ曲グルト同時ニ左肘又ハ左手ヲ前ニ出シ右足ニテ体ヲ推進シ或ハ両肘ヲ支点トシテ……》といった文章を読んでも、いっぺんには頭にはいらなかった。まだ鉄砲の持ち方一つ知らない自分に、こんな複雑な動作ができるだろうか。衛生兵といっても一カ月間は歩兵の訓練だというから、こういうむずかしいことをやらされるにちがいない。画工見習いとしてはさっぱり腕の上がらない上村が、自分の及びもつかない先輩にみえてきて、信治は突き落されたような気持になった。

一時間ばかりして良子が下の児の豊を背負い、バケツをさげて帰ってきた。泥によごれた綿入れの防空頭巾《ずきん》を脱ぐと、顔は汗だらけになっていた。豊が暑そうに泣いた。

「あんた、どうだった?」

良子は汗もふかないできいた。信治が黙ってうなずくと、良子は、ちょっと、と言って彼を仕事場から居間に連れこんだ。

「金井さんの奥さんに聞いたんだけどね、区役所の兵事係の人に、こっそり何かしたら、

教育召集にも引っ張られないですんだんじゃないかと言ってたわ。奥さんは、その兵事係の人を知ってなさるそうよ」

「もう遅いよ。検査には通ったんだから」

そんな話が当てになるものかと思って信治は吐き出すように言った。金井というのは軍需工場につとめている工員で、職場では班長だということだった。

「ねえ。それじゃ、教育召集がすんでから、そういうふうにしたら、どう？　本ものの召集がかからないようにさ」

低い声で言う妻の眼は光っていた。

## 3

信治は、九月十五日に佐倉の第五十七聯隊に入隊した。良子は子ども三人が足手まといなので、近所の人たちと家の路地を大通りに出たところまで見送り、佐倉には父親の英太郎が付いてきた。年とっているので、信治のほうが付き添っているような具合だった。

「今度は、やっぱり三カ月で帰されるらしいぜ」

英太郎は営門前に集まっている召集兵や付添人たちの間を聞いて回ったらしく、そんな情報をうれしそうに信治に伝えた。教育召集のまま本召集に切り替えられ、大陸や南方に送られる場合がふえているときだった。

教育召集でいったん帰され、それから本当の赤紙がくるかもしれない。だが、それはまだ先のことで、とにかく三カ月経てば家に戻されると思ってか、聯隊前に集まった人びとののどの顔にも、それほど深刻なものはなかった。英太郎は、信治が営門に引率されてはいるとき、うしろから、

「信治や。あとのことは心配せんでもええけのう。病気せんようにしっかりやれや」

と言い、古い中折帽を脱って、わが子《と》におじぎをした。英太郎は耳のところにわずかな白髪があるだけの禿頭だった。

営庭に集められた召集兵は、百二、三十人ぐらいだった。将校が前に立って、

「病気を持っている者や、とくに身体の弱い者は申し出ろ」

と言って一同を見渡した。

その声に応じて二十人ばかりが、ある者は素早く、ある者はためらうように列外に出た。入隊前に身体検査をしているので、ここでは検査の手間を省いているらしかった。信治はよほど列外に出ようと思ったが、小学校で軍医が《よし。……つぎ》と言った断定的な言葉が蘇《よみがえ》り、その空《くう》の声に威圧されて脚が動かなかった。

それだけか、と将校は列外の群に軽蔑《けいべつ》した眼をくれ、よし、そっちは医務室に連れていけ、と下士官に言い、残った者を二つの中隊所属に分けた。信治は第六中隊で、第二班に入れられた。

軍隊の内部は、小学生のころ軍旗祭か何かで一度見学にきたことがあるが、そのころ

と今も少しも変っていなかった。その軍旗は現在満州に出動していて聯隊になかった。つまり、ここは留守部隊であった。今度の衛生兵教育のために二個中隊のほとんどが空けられ、古兵は数えるほどしかいなかった。

もっとも、あと三日で除隊になるという教育召集の補充兵が中隊に残っていた。彼らは衛生兵ではなく、ふつうの兵科だった。収容人員が多いため、どの班も二段づくりの寝台になっていたが、それでも余裕はなく、隣り合っているワラ蒲団《ぶとん》の間に少しの隙間もなかった。

班長は堀川といって猪首《いくび》の小肥りな軍曹で、いつも酒を飲んだように赭《あか》い顔をしていた。あとで聞くと、常磐《じようばん》炭鉱の採炭夫ということだが、盛り上がった肩をしていた。田中という兵長は丈の高い男で、顴骨が張り、金壺眼《かなつぼまなこ》をし、獅子鼻《ししばな》で、口は裂けたように横にひろかった。信治はこの面相に畏怖《いふ》したが、あとで案外ものわかりのいい男だとわかった。第六中隊第二班は堀川班長と田中兵長とのコンビで運営されていた。この二人は衛生兵の兵科訓練の教育掛でもあった。班付下士官は若い乙幹の伍長だったが、堀川班長に萎縮《いしゆく》し、田中兵長に遠慮する影のうすい存在だった。

入隊第一日の行事は中隊長の訓示からはじまった。この中隊長は特進の中尉で、予備役から召集されていて、年齢も四十に近かった。その訓示は、中隊長はお前たちの父である、班長は母である、困ったことや悩みごとがあるなら、なんでも班長なり中隊長に相談しろ、という紋切り型だったが、特進中隊長の言葉には、朝礼のたびごとに、お前たちは神さまのような聯隊長殿に心配をかけてはいかんぞ、という訓戒が必ずはいっていた。

新入りの衛生兵たちは、入隊して二日ぐらいは大事にされた。古兵が、掃除、飯上《めしあ》げ、洗濯などの「内務」のほか、敬礼の仕方、鉄砲の部分品の名前などをていねいに教えた。このときは、やさしかった。

班長は言った。お前たちは社会にいては相当な地位の者もあるだろうが、ここにはいっては、みんな平等である。軍隊では社会的な地位も金持も何の役にも立たない。お前たちより下の者はいないから、だれを見てもかまわずに敬礼せよ、欠礼をするな。欠礼をすると処罰される。上官の命令は絶対服従である、と抗命の罪などを教えた。

田中兵長は言う。軍隊にはいったら何ごとも共同作業である。個人的な感情はゆるされない。みなは感傷を捨てろ、感傷的になるな。

信治は、夕方になるのが辛《つら》かった。窓からは遠く町の灯《ひ》が見える。いまごろは家で夕食を食べているころだろう。日ごろはなんでもない家族との夕食が、ここに隔離されているとひどく恋われてくる。子ども三人の争い、良子が叱る様子、老父母の世話などが、眼に浮んできて、泪《なみだ》が出てきそうだった。これが田中兵長のいう「感傷」であろう。あと三カ月の辛抱だ。三カ月の間、できるだけ感傷を捨てよう。——

班内には、古兵上等兵一人と一等兵二人と二等兵一人がいた。二等兵は四カ月ほど入隊が早いが、現役志願の十八歳の少年だった。これが完全に兵隊になり切っていて、きびきびした動作で「内務」の仕事を指導した。二十六、七歳以上の召集兵を「お前ら」と呼び、臀を叩くようにして使った。十八歳といえば、弟子の上村の一つ年下で、印刷所だと「追い回し」といって職人からこき使われているコドモだった。それがたった四カ月ほど早く入営したというだけで、古兵の威厳を持っていて、年齢まで三十歳前後の新入りよりも上にみえた。

古兵のおそろしさを知ったのは、入隊二日目の晩からだった。

入隊して三、四日間は新兵に対して寛大だというのを聞いた。信治は教育召集の衛生兵に対してはとくべつに手心が加えられているものと思っていた。それは印刷所の外交員で予備陸軍上等兵という男が、——そんなに心配することはありませんよ。戦場では何といっても衛生兵が頼りですからね。負傷したときなど、手当てをしてくれる衛生兵は神さまのようなものです。兵隊はそれを知っているから、万一の場合を考え、日ごろから大事にしてくれます、と言ったのが頭にあったからである。

なるほど負傷したり、病気をしたりしたときは看護婦の役ともなり、医者の代りともなる衛生兵は彼ら兵隊の生命の綱であろう。もし、衛生兵に辛く当っていたら、そういう際にどんな仕返しを受けるかわからない。平時ではなくいまは戦争中である。どこの戦場でめぐり遇《あ》わぬとも限らぬことを思えば、兵隊にもそれだけの斟酌《しんしゃく》があるのではないかと考えていた。

二日目の晩、明日の朝除隊するという教育召集の補充兵に古兵たちが乱暴を加えた。

ある補充兵は、殴打されて転倒しても、その身体を起ち上がらせて直立し、不動の姿勢で次の殴打を待たねばならなかった。ある補充兵は、二時間ぐらい捧《ささ》げ銃《つつ》をして、古兵の罵声《ばせい》と監視を受けた。点呼後の消灯時間だった。補充兵たちは第一乙種だとかで、二十七、八から三十までの年齢で、体格はよかったが顔に皺《しわ》があった。貴様らは、明日満期になるかと思って大きな面《つら》をするな、明日の晩カアチャンを抱けるとウズウズしているかもしれねえが、そうはゆかねえぞ、営門を出るまでは帝国の軍人だ、今から地方人になったつもりでいやがるとは、ふてえ了簡《りょうけん》だ、お前ら半人前の兵隊にもまだなっていねえぞ、班長殿や上等兵殿、古兵殿に深いご恩になっていながらそのご恩返しもしねえで出て行くとは犬畜生にも劣った奴《やつ》だ、やい、川畑、歩哨《ほしょう》の守則を言え、と古兵はどなり、あと十時間ぐらいで除隊になるという召集兵に歩哨勤務の守則を暗誦《あんしょう》させるのだった。補充兵たちは怯《おび》え、怯えるから守則が正確に口に上らず、捧げ銃のまま殴られ、唇を腫らした。そのときの古兵の眼は、うす暗がりの中に燐《りん》を入れたように光っていた。衛生兵たちは初めて見るこの悽惨《せいさん》な私的制裁に息を呑んでいた。

ようやくその内密な暴行が終ったのは十二時をすぎたころだったろうか。被害者の一人が信治の横に敷かれた状袋毛布の中にこっそりはいってきた。というのは衛生兵と補充兵とは交互に寝かせられていたからである。

睡れない信治の耳に、殴打された補充兵の荒々しい息づかいが聞えた。彼は口惜しさと憤怒《ふんぬ》に胸を滾《たぎ》らせているのだった。うすい毛布は胸や腹のところで、文字どおり波打

っていた。やがて、彼は深い吐息とともに、

「畜生、おれたちの除隊にヤキモチを焼きやがって、ハンドウを回しやがったな」

と低い呟きを洩《も》らした。

信治は、はっとなった。このときになって《ハンドウを回す》という意味がわかったのである。前後の関係からして、それは《仕返し・腹癒《はらい》せ・懲《こ》らしめ》、ということらしいのである。

《あんたは教練によく出るほうでしたか？……いいえ。……ははあ、じゃ、ハンドウを回されたな》

白石在郷伍長の言葉をこれに当てはめると、すんなりと了解できる。

《あんたは日ごろの教練をサボっていた。だから、その懲らしめに、教育召集がきたのだ》

このように言い換えができるのではないか。

それだと、まるで謎《なぞ》が解けたように、肚《はら》から納得できる。そうして身体検査の軍医が、ろくに身体を診《み》もしないで、《よし。……つぎ》と言ったのも、それと脈絡がありそうであった。

では、《ハンドウを回した》のはだれなのか。教練の出席をとっていた助教か助手だろうか。白石は助教だが、あんたはよく教練に出るほうでしたか、ときいたくらいだから、彼ではなさそうである。助教はむろん白石ひとりではない。ほかの助教かもしれぬ。

予備上等兵の助手かもわからぬし、あるいは教官かもしれない。大陸から腕に負傷して後送され、除隊となったあの顔の長い予備中尉かもわからなかった。

もし、そうだとすると、心ならずも教練を休んだこっちの事情を、彼らはまったく理解せずに《怠けた》と考えたのだ。そのための《意趣返し》に、この教育召集を課したのか。

召集された衛生兵をみると、三十歳以上は数えるほどしかいなかった。第五中隊には三十三歳の男がいたが、この第六中隊では信治の三十二歳が最年長で、三十一歳が三人、三十歳が六人いた。果して彼らが教練を怠けた罰で、この召集を受けたかどうかはまだわからなかったが、召集される人間がふえてきたことにも関係があるだろう。

その証拠に、班内に吉水《よしみず》という二十九歳の身体の弱い男がいた。身体だけではなく頭も弱く、ほとんど精神耗弱者《こうじやくしや》に近い。たぶん、彼も教練の出席率が悪かったにちがいない。が、それは彼の身体と精神の虚弱からきているので、いわばその病気欠席は教練掛の公認だったのではあるまいか。それでも吉水はこの教育召集にひっかかった。とすれば、ハンドウを回したものは町内の教練掛ではない、ということになる。それはいかなる位置にいる人間なのだろうか。

吉水が、入隊後に《病気を持っているか、身体の弱い》人間として、列外に出たかどうかはわからないが、あるいはその中にいたようでもある。それがこうして兵隊になっているのだ。医務室に精密検査に行った連中の何人ぐらいが免除されたかはわからなかった。

教育召集の衛生兵が、普通科の新兵と同じように冷酷な教練と私的制裁を受けるようになった。ただ、教練のほうは普通科が三カ月なのに、一カ月だが、それだけに教練内容が凝縮《ぎようしゆく》されたといえる。

教練で動作が鈍《にぶ》いという罰で、広い営庭を重い銃を持って駆け回らされるとき、信治はその苦しさにいまにも心臓麻痺《まひ》を起しそうだった。脚を停めると殴られる。いっそ監視している教官や班長や教育掛の上等兵、古兵たちの眼の前で面当《つらあ》てに心臓発作で倒れてもいいと思うことすらあった。が、こんなところで急死してなるものか、あとに残った六人の家族はどうなるのだ、と脂汗《あぶらあせ》を流して耐えた。地上に四つん匍《ば》いにさせられ、長い間、腹部や股《また》を地につけてはならない、という罰がある。腕が痺《しび》れ、肩がくだけるようだった。口をぱくぱく開けて喘《あえ》ぎ、頭の中がぼうとかすんだ。年をとっているので他の者より体力がない。指先だけの仕事で、労働をしたことがなく、腕も脚も弱かった。座職が彼を虐《いじ》めた。

こんな苦しい思いをさせるのも、一枚の召集令状だった。発行人は東京聯隊区司令部である。その下にあるいかめしい四角い印鑑は印刷されたものだった。責任者の判コも何もない。発令者は、天皇陛下だと皆は言うだろう。しかし、天皇が個人を知るわけはない。代行者がいる。しかもそれは末端の実務者だ。町内の教練掛でなかったら、それはいったいだれだろう？

衛生兵の徽章《きしょう》は、服の胸に縫いつけられた濃緑色の山形であった。教練の土埃《つちぼこり》と汗と食器洗いの汁とがしみついている服は、軍服というよりも乞食の服だった。徽章の緑色も煮しめたような色になっている。制裁は夜の点呼後に行なわれた。《衛生兵集合！》と掛け声をかける。

最後の点呼は、一日の兵務の最後である。これがすむと、歩哨など勤務の者以外は、はじめて私的な生活に戻る。欲求の抑圧に苛《さいな》まれる古兵は、体内に鬱積《うっせき》する灰汁《あく》のような精力を、抵抗を失った衛生兵たちに向ける私刑《リンチ》によって吐き出す。

医務室で「練兵休」の診断をもらったと称する安川という古兵は、上段の寝台の端の《一等場所》に最良質の毛布を敷いて寝そべり、上から衛生兵たちの様子をものうげに見おろしている。この男は点呼のときだけ鰐《わに》のように上から匍い降りて、整列の端に加わる。週番士官の前で唱える番号の逓伝《ていでん》に殿《しんがり》を承《うけたまわ》り、三十七を《さんじゅうーなな》というように納めを荘重めいた気取った口調で言って《軍隊で大メシを食った》貫禄を見せる。列外の班長に番号のバトンタッチをするきっかけを上手につくり、班長が《三十八》と自己を数に入れ、《事故四名。事故の四名は、入院一、厩《うまや》当番二、炊事一。以上、異状ありません》と報告する、リズムの役にも立っている。

週番士官が、週番下士官を従えて班内を去り、各班からの点呼の声もひととおりすむと、班長も班付下士官も下士官室に引きあげる。入隊した当時は、班長が訓示をしたものだが、いまはそれはなく、あたかも私的制裁の座をはずすように、そそくさと去った。田中兵長も出て行く。消灯ラッパが鳴ると、衛生兵の地獄がはじまる。

「練兵休」で一日じゅう寝転がっている安川一等兵が、このときばかりは生彩をにわかに帯びて、《衛生兵集合》と言ったり、《こら、ヨーチン、そこへ並べ》とどなった。ヨーチンとはヨードチンキを略したもので、衛生兵の蔑称《べっしょう》であった。怪我《けが》にはなんでもヨードチンキを塗るところからこの名がきたらしい。

衛生兵たちは、安川がどのように怕《こわ》い古兵であるかがわかってきていた。除隊前夜の補充兵らに暴力を振るったのも、おもに彼だった。兵長も上等兵も安川には遠慮し、志願兵のコドモはまるで彼の小使のように奉仕していた。班長も彼には一目置いているようだった。安川は、おれは軍隊の大メシを長い間食ってきただけが取柄《とりえ》だと自分で言っていたが、何年兵なのか信治たちにはまだよくわからなかった。そうして軍隊には星の数による階級のほかに、年季のようなものによる序列があるらしいことがぼんやりとわかった。ヨーチン、そこへ並べ、という安川のひと声で衛生兵たちは顔色を変えた。いっしょに召集された仲間で山崎という男が、おい、みんな早くしろよ、と言った。どんな組にも一人気のきいた男がいて、それが仲間のリーダー格ともなり、上の者のお気に入りともなる。召集されて一週間目にはもう山崎がそれになっていた。

うす暗がりの中に、班内の衛生兵は中央の細長い机をはさんで両側に向い合せに整列した。

安川は片方の肩を上げ、やい、ヨーチン、貴様らはだらけ切ってる、ここは地方とは違うぞ、おれはこの上からお前らの動作をじっと見ていたが、もう、我慢がならん、軍隊がどういうところか教えてやる、今から気合を入れてやるから、両股を開き、足を踏ん張って待っておれ、眼鏡をかけている奴は眼鏡をはずせ、奥歯をかみしめろ、声を出すな、と言い、列の端にのしのしと歩み寄った。

## 4

日曜日ごとに家族が東京から面会にきた。初めの二回は父親の英太郎と妻の良子とがきたが、母親のスギは身体が不自由なので家に残っていた。下の児を良子が背負い、上の児二人は兵隊の面会所が珍しく、はしゃいでいた。面会所は営門をはいった衛兵所のすぐ横にあり、営庭とは低い杉垣で仕切られ、小さな建物はあったが、面会の人数が多いので、その外にあふれていた。

日曜日となると、古兵は大部分午後から外出するので、ここで面会人に会っているのは召集の衛生兵がほとんどだった。みんな女房や子と話をしていた。第三週目の日曜日には父親は休み、良子が子ども三人をつれてきた。良子は、はじめ彼のよごれた軍服を情けなさそうに見ていたが、もう三回目には馴れた顔になっていた。

信治は、留守中の仕事のことが、やはり気がかりだった。得意先の印刷所は自分に持ってきていた色版の仕事を、どこの画版所に回しているのだろうか。良子にきくと、もちろん印刷所からはだれもこないのでわからないが、この前ジンク版を運んでくるA印刷所の小僧に道ばたで遇ったとき、浅草の画版所に持って行っていると言っていたから、ほかの印刷所も、浅草とか日本橋とかに頼んでいるのではないかと話した。

信治はそれを聞いて少し不安になった。三カ月の間に得意先をよその画版所に取られるのではないか。事情が事情だから、三カ月して召集解除になり家に戻ったら必ずまた仕事をお願いすると印刷所の職長や外交員たちは言い、餞別《せんべつ》もはずんでくれたが、その約束をどこまで当てにしていいかわからなかった。

よその同業者が新規な得意先というので、その気になれば値段にしても仕上がり期日の早さにしてもサービスするにちがいない。また人情もからませるだろうから、印刷所のほうもそこに勝手なときに仕事をたのみ、勝手なときにそれを引きあげるわけにもゆかなくなるだろう。そうすると、こっちに仕事を戻したとしても半減するのではないか。それに、画工の腕だって自分よりは上の者がよそにはいるかもしれない。どこの画版所にはどういう画工がいるかぐらいはたいていわかっていたが、こういう時世なので職人の出入りも激しくなっていた。三カ月の間にどこの画版所がどういう腕のいい画工を雇うかわからなかった。技術の世界だから、値よりも納期よりも腕がまずその条件をきめた。

いろいろなことを考えると、不安であった。同じ召集で軍隊に来ている人間でも、勤め人や事業主や商人、農夫などと違い、自分には留守中の生活の安定がない。給料もこず、家族の手伝いもなかった。無収入のうえに、解除後の生活が不安定であった。

お父さん、そんなことを心配してもはじまらないから安心しなさいよ、長いつき合いの得意先のみなさんがお父さんを捨てるわけはないじゃないの、それよりも軍務に精出して早く帰ってください、と良子は励ました。家族と会っていると、杉垣の向うに立ちならぶ、迷彩を施した兵舎の殺風景さ——殺風景などというものではなく、その四角い窓の一つ一つの中は地獄なのだが、その無味乾燥な兵舎も、しばらくは浮世の風で心から遠のいてみえた。

そのうち、良子が、近くに二人ほど赤紙がきたと話した。父親が心配して様子をきいてみたところ、一人は既教育の上等兵で三十一歳、一人は去年の十月に三カ月の教育召集をうけて戻った第一乙種の二十八歳だということだった。在郷軍人が出征するのは当然だし、第一乙種の再召集も仕方がなかろうと父親は言っていたという。父親も、息子の第二乙種に、むりに安心しているようであった。

「去年の十月に教育召集を解除されたとすると、家には十一カ月ほどおらせてもらったわけだな」

信治は暗い顔になって言った。

「まだ再召集がこない人がいくらでもいるわよ。第一乙種でも教育召集のかからない人だってだいぶいると聞いたわ」

「それは身体の弱い人か、病気のある人じゃないのか?」

「そういうふうには聞かないから、元気な人じゃないの。ほら、電車通りを二町ほど西に行った角の化粧品問屋のご主人ね、天盛堂とかいう……」

「うん。あの小肥りの主人か」

信治も、その大きな化粧品問屋の店さきで見かけたことがあった。

「あの人、二十七歳というけど、まだ一度も教育召集がこないんですって。あんないい体格をしてて」

それは町内の教練に精励したのかもしれないなと信治は言おうとしたが、口を閉じた。教練を怠けたからハンドウを回されてこの召集になったらしいと教えた酒屋の白石のことは、まだ妻にも父親にも黙っていた。

ハンドウとは《反動》のことか。反動を回す、とはものごとが行き過ぎた場合に逆方向に戻すという意味らしく、あるいは、砲弾を撃った直後に起る砲身の反動から思いついたのかもしれない。いずれにしても、制裁の懲罰《ちょうばつ》に変りはない。すると、教練に出なかった自分に教育召集令状を出すことによって懲罰を加えた制裁の張本人はだれなのか。

手がかりは一つある。町内の教練を休んだことを知っている人間だ。では、戦場で腕を負傷して後送され、予備役となった中尉の教官だろうか。教官が聯隊区司令部に非国民的な成績を通報して意見具申をする。聯隊区司令部の召集掛のような人間がそれに従って令状用紙にさらさらと「山尾信治」の名を記入する。どうせ何かの名簿を見て、青色の用紙綴《とじ》の一枚に書いたにちがいないから、それは封筒書きと異なるところがない。

——それにまだ洩れているのが、良子の話す、天盛堂の主人であろう。将来のことはわからぬにしても。

家族との面会は午後三時までであった。

信治が第六中隊の兵舎に戻ると、舎前の出入口のところに仲間が七人も八人もかたまって営門のほうを凝視していた。四時近くになると、休日外出の班長や兵長、上等兵、古年次兵が市内の遊びからぽつぽつ戻ってくる時間である。班長や兵長は日夕点呼前すれすれにすべりこんでくることがあるが、上等兵や古兵は四時から六時ごろの間に帰る。その帰りを教育召集の年くった新兵は早くから待ち受け、その姿が営門の方角から小さな粒となって現れるのを見つめているのだった。これら班内の上級の者が戻って中隊の入口にくると、出迎えの新兵たちは「ご苦労さまでした」と異口同音に叫んで、いち早くイナゴのようにその者の身体に群れてとびつき、二人は相手の両脚のもとにしゃがんで両脚の巻脚絆《まききやはん》をほどくと、塵《ちり》を払っていねいに巻き、べつな二人は靴の紐《ひも》を解いて脱がせ、いち早く靴を磨き、そうする間にもほかの者は帯剣の帯を相手の腰からはずしてやって、何人がかりかで帯革《たいかく》（バンド）とゴボウ剣の手入れにかかる。ていねいに動物脂（ヘット）を塗って柔らかい布《きれ》で磨き上げるのである。

外見からすると、群盗に強奪される被害者の格好で上等兵や古兵は棒立ちになっているのだが、口ではもういい、あっちへ行け、そこ退《ど》け、などとうるさそうに言っているが、もとより本人は悪い気はしてなく、その間にも、だれがいちばん働いているのかを眼の隅に入れていた。市内の淫売屋に上がってきたかもしれない兵隊を、ご苦労さまでした、と小学校の子どものように大声で迎えるのも莫迦《ばか》らしいことだったが、そんな気《け》ぶりを少しでも見せたらあとでたちまち反動を回されるのは必定《ひつじょう》である。見ないようでもほかの古兵がどこかでその様子を偸《ぬす》み見し、私的制裁の材料を物色している。それで彼らの帰営時間となると、早くから舎前に立って営門のほうを望見しているのだが、それはできるだけ制裁を避けるための監視でもあった。そういうときにもやっぱり気のきいた仲間がリーダー格となり、おい、みんな舎前に立とうぜと言い出すが、それも山崎であった。

面会の終った信治も、その立ちん坊の仲間に加わるが、自分にもし日曜日ごとの外出が許されたら、得意先の印刷所回りをしてできるだけ仕事をつなぎとめるようにしよう、日曜日で先方の顔馴染《かおなじみ》の係が休みだったらその住所を聞いて自宅に挨拶に行こう、そうして三カ月後には仕事が全部戻ってくるように頼もうと、思ったりする。軍隊は仮の宿である。それで家族が生活させてもらえるわけではなかった。一家の生活を守るのが絶対であった。

そのついでには、どういう経路で教育召集令状が発行されるのかを知りたいと思った。それを聞く手がかりは町内の教練の助教をしている酒屋の白石だった。白石に話を聞けば、そのしくみがわかるかもしれない。いや、あいつは知っているだろう。知っているからこそ、教練を怠けたと聞いてすぐに、ははあ、ハンドウを回されたな、という言葉が口を衝《つ》いて出たのだ。その具体的な言い方には、令状の発行者に心当りがありげだった。

それは組織体ではない。組織体だったら、ハンドウを回されたなどというような感情的な発想にはならない。ハンドウを回すという語には、この内務班の経験でもわかるように、個人的な感情が含まれている。《懲罰・仕返し・見せしめ・意地悪》は、個人的な感情であって、組織体の発想ではない。しかも、その相手はその組織体や集団の中にかくれている人物だ。助教の白石には、おそらくその心当りがあるのではないか。

これだけは信治も妻には言えなかった。父親にも明かせなかった。調べるなら、自分がこっそりすることである。もし、それが他に洩れたら、時節柄どんな大事《おおごと》になるかわからなかった。

が、日曜日には外出ができない。いっさいは三カ月後に待たねばならなかった。十二月十五日の召集解除後だ。それまでは辛抱せねばならなかった。何もかも封じられているとなると、しだいに焦燥が募《つの》ってくる。

仲間のリーダー格になっている山崎は、有名市中銀行の行員で、地位は係長ということだった。それなら家族の生活に心配はない。有名銀行なら、彼が何年間軍隊にいようと、家族のもとに給料は送られる。係長なら月給はいいにちがいない。彼は東京帝大を出ている。当人もそれとなしに高給をみんなに自慢していた。山崎のような立場だったら、自分だって家庭のことを少しも心配せずに《軍務》に専念できる。あいつのように、いくらでもみんなの先頭に立って、指図できる。班長も田中兵長も、それから二段寝台の上から新入り召集兵の様子を見おろしている安川一等兵までが、山崎をその代表者とみていた。山崎もそれを意識し、よけいに精勤するが、すべては生活の安定から発している。「練兵休」をとって毎日班内でごろごろしている安川は、すべての当番勤務に就《つ》かないかわり、休日の外出もできなかった。いったい安川の病気はなんなのか、正体が知れず、神経痛ということだが、その様子は少しもなく、毛布の上に寝ころがっているからそのように見えるだけで、「練兵休」というが、医務室に行って軍医の診断を受けたのは一、二回きりと思われ、あとは医務室に行こうともせず、前の診断を口実に横着をかまえている。気がむくと二段寝台から降りてほかの班に遊びに行ったり、中隊の被服庫や兵器庫に行って身を匿《かく》している。安川には班長も田中兵長も、どことなく遠慮しているくらいだから、被服庫や兵器庫の助手の上等兵も、その密室にいつまでもねばる安川を迷惑がっても、追い出しもできないらしかった。

安川の原籍地が神田の駿河台《するがだい》というのを信治はあとで聞いた。彼は四年兵ということで、そのために同年兵かその下の班長や兵長が彼に一目おいているのだった。年次の若い上等兵はもちろん気をつかっていた。単に年次が古いというだけでなく、安川は台湾の部隊にいたが、そこで何か大きな事故を起し憲兵隊に逮捕され、危うく軍法会議にかけられるところを不起訴になってこの聯隊に転属となったという。四年兵でも星二つのままなのはそのためで、精勤章一つ付けていなかった。が、憲兵隊に逮捕されたほどの事故が安川の箔《はく》となって、まるで陸軍刑務所帰りのように怕がられていた。

それというのが、上長の者は安川がまた大きな事故を起すことによって責任をとらされるのを恐れているからで、台湾の部隊では、安川の事件で中隊長以下が左遷されたり昇進が停まったりしたということだった。その事故がどういう性質のものだかはよくわからなかった。本人は決してそれを語ろうとはしないし、周囲も黙っている。喧嘩《けんか》で班長を半殺しの目にあわせたとか、外出のとき泥酔して、飲み屋でゴボウ剣を抜いて振り回したとか、いろいろ噂はあるが真偽は知れなかった。しかし、彼に対して腫《は》れものにさわるような班長や兵長や上等兵の様子を見ていると、安川はそれに近いことをしたかもわからぬ。また、自棄《やけ》半分になっている安川は、怕いもの知らずで、何をやろうと平気だという態度を日ごろからはっきりと見せ、それが一種の示威にもなっていた。

軍隊では星が多いからといって上長とは限らず、下の者が上級の者に私的制裁を加えることがあった。信治がそれを目撃したのは、夕食後の飯桶《めしおけ》を大八車に積んで仲間の兵といっしょに炊事場に返納に行っての帰りで、点呼にはまだ間があるのでちょっとした散歩のつもりで厩のほうを迂回《うかい》していると、その裏のうす暗がりで若い伍長が年くった一等兵に殴打されていた。一等兵は肩を怒らせ、何やら罵倒しながら平手打ちのビンタを相手の頬に喰らわせているのだが、伍長は、つづけざまに殴られても抵抗はせず、ほとんど直立不動といった格好で立っているのだった。凡《およそ》軍人には上元帥《かみ》より下《しも》一卒に至るまで、其間《そのかん》に官職の階級ありて統属するのみならず、同列同級とても停年に新旧あれば新任の者は旧任のものに服従すべきものぞ、下級のものは上官の命を承ること実は直《ただち》に朕《ちん》が命を承る義なりと心得よ、と覚えさせられた軍人勅諭とはまるきり反対で、下級の者が、朕が命のごとくに上官を殴りつけているのだった。信治たちはそれを見て息を呑み、急いでそこから逃げた。

あの一等兵もたぶん安川のような存在にちがいない。どこの中隊にもそういうのは必ずいるものだとあとで知ったが、これは軍隊の飯を食ったかどうかによるもので、同列同級のときの新旧の位置が階級の相違ができたのちまでも尾を引いて固定しているのだった。

それからは班内にごろごろしている安川一等兵が衛生兵たちにはいっそうおそろしくみえた。その安川は外出止めなので日曜日や祭日にはことのほか荒れ、飯を出しても食おうとはせず、ふてくされ寝をしていた。衛生兵たちは、上等兵や古年次兵が外出した留守はせめてもの気休めでひと息入れるのだが、班内に安川のような男がごろ寝しているのでは、気が休まるどころか、そのヒステリックな、青白い、硬《こわ》ばった顔を見ただけでも心が怯《おび》えた。

当番や勤務につきたくないばかりに「練兵休」の名目で遊んでいる安川だが、そのために外出できないのは自業自得《じごう》としても、当人の身になってみれば鬱積した本能のやり場がなく、嬉々として外出し、さばさばした顔つきで戻ってくる下士官兵がなんとも癪《しやく》にさわり、嫉妬と憤りが内攻し、それが召集兵苛《いじ》めに捌《は》け口《ぐち》を求めるようにみえた。五時すぎに田中兵長が外出から戻ってきて班内で煙草をふかしながら上機嫌に衛生兵たちをからかっていると、二段寝台の上から腹匍いになって下の様子を見おろしていた安川が、突然、おい、山尾、と声をかけた。

信治は、はっ、と返事して安川のほうにむかい不動の姿勢をとった。悪い予感が走ったのは、安川の光る眼を見たときだった。

「山尾、貴様は兵長殿が外から帰られたとき、どんなお世話を申し上げたのだ？」

安川はきいた。そこまではおとなしい声だった。信治は、はあ、と言ったがあとがつまった。田中兵長が帰ったときは、それこそ十人以上の衛生兵が田中に群がりついて、動作のおそい信治は手の下しようもなく、傍《そば》にぼんやりと立っていたのだった。安川はそれを班内の窓からのぞいて見ていたらしかった。

「何もいたしません。自分が兵長殿をお世話しようと思っていたときは、もう……」

「思っていたァ？」

安川は声を尖らせた。

「思っていただけで何もしなかったのか。この横着野郎め。早く兵長殿の褌《ふんどし》をいただいてすぐにお洗濯申し上げろ」

「はい」

「何をぼさぼさしとるか。早くせい」

「は」

信治は田中兵長に向き直って言った。

「兵長殿。山尾に兵長殿の褌を洗濯させていただきたくあります」

「いや、いいんだ。それは、おれがやるよ」

田中兵長が少しあわてたように言った。

「山尾。ぐずぐずするな。早く、兵長殿から褌を頂戴《ちようだい》せんか?」

安川の尖った声に、班内は急に静かになった。

5

田中兵長は、自分の褌をはずして信治に洗濯させるのがさすがに恥しいのか、それとも安川一等兵の険悪な雲行きを回避するためか、さりげない様子で班内を出ていった。中隊事務室にでも遊びに行ったのだろう。

田中兵長もなぜ安川が荒れているか、十分に知っている。たったひとり班内に残されて外出先の享楽にあずかれなかった恨みが召集の衛生兵に腹癒《はらい》せとなってむかったのだ。信治に、田中の褌を洗えと言ったのも、田中が商売女と寝て戻ったと睨《にら》んだ安川の皮肉であった。田中が逃げたのもそれが大きいと思われる。

衛生兵たちは、いままで田中兵長が外出戻りの上機嫌で、冗談も交《まじ》えながら話していたのを明るい顔で聞いていたが、安川の怒声でいちどきにしゅんとなった。彼らは中央の机から離れ、めいめいが安川の眼から逃れるように二段寝台の下にかくれたり、思い出したように帯剣の手入れをしたり、手箱の中を片づけたりしていた。だれひとりとして私語するものはなく、無気味な沈黙に息をひそめていた。点呼まで三十分くらいの時間だから、使役に出る用事もなかった。これが朝食や昼食の前後だと、週番上等兵が、各班使役に出ろ、とどなって回る。使役は、舎前舎後や便所の掃除なので、はじめは、だれもが尻ごみしたが、田中兵長に整列させられて殴られて以来、追い立てられるようにとび出して行くようになった。しかし、もちろん使役が好きになって出ていくのではなかったが、安川の怒りが班内を圧迫しているいまほど、声のかからぬ使役が望まれたことはなかった。この嵐の前の重苦しい班から脱出するには何でもよかった。しかし、班内からは、外はおろか敷居一つの廊下にも許可なしには出ることが許されなかった。が、なかには要領よく、敷居のところで、何々は便所に行ってまいります、と姓を名乗って頭を下げ、ほんの五、六分間でも抜け出るものがあった。

が、安川が二階のような二段寝台の上から眼を光らせていると思うと、真似して便所に出ることもできず、みんな縮まっていた。

「おい、山尾」

安川は、なおも「二階」にあぐらをかき、射すくめられたようにひとり立っている信治を見おろして言った。田中が出ていっても安川からは解放されてない信治は、ほかの場所に移ることもできずにいた。

「はい」

信治は直立して安川を見上げたが、怯えで声がよく出なかった。

「おれは、貴様に兵長殿の褌を洗濯申し上げろと命令したなァ？」

安川は念を押すように言った。

「はい」

「はい、ではわからん。どうだったのだ？」

「山尾は田中兵長殿の褌を洗濯申し上げるように安川古兵殿から命令されました」

「よし。それで命令を実行したか？」

「いいえ」

信治は唾《つば》をのんだ。周囲の同年兵が息を殺してこの成行きをうかがっていることがわかった。

「いいえ？　いいえとはなんだ。なぜおれの命令が実行できないのだ。ふん、万年一等兵のおれの命令では、おかしくて服従できないのか？」

「いいえ、そんなことはありません」

安川の片方の肩が上がったので、信治はあわてて言った。

「じゃ、なんで実行しなかったのだ？」

「はい。兵長殿が、もういい、と言われて褌を出されなかったからであります」

ふつうなら失笑が起りそうな返事も、同年兵は水を打ったような緊迫感で聞いていた。

「ばか野郎。それは兵長殿が遠慮されているからだ。兵長殿はな、外出から疲れてお戻りになっているんだぞ。遠慮されていても、そこを無理にでも褌をいただいてお洗い申し上げるのが、兵長殿や古兵殿のお世話になっているお前らの務《つと》めじゃろうが。おう、違うか。それとも何か、兵長殿がご自分で洗濯なさるのを、お前は知らん顔の半兵衛をきめこむつもりでいたのか。お前はそんな義理知らずか？」

「……………」

「やい、なぜ返事をせん？」

「そんな気持はありません。ただ、その兵長殿がわたしに、いや、自分に褌をお渡しにならなかったもんですから」

「ならなかったもんですからァ？」

安川は突然そこで身体を揺さぶると、「練兵休」の神経痛の身体にもかかわらず、梯《はし》子段《ごだん》を伝って猿《ましら》のごとくに駆け降りた。彼の異様に光った眼と、ひきつった顔と、そびえる肩とがすぐ眼の前に立ったとき、信治は恐怖で呼吸《いき》がとまりそうだった。

「やい、山尾。貴様はだいたい日ごろから動作が太《ふと》い。おれは二階からお前の動作をじっと見ているのだ。横着な奴だと、おれにはわかっている。そんな横着な奴だから、おれの命令がおかしくて諾《き》けないのだ。おう、おれはな、こうみえても四年兵だぞ。軍隊はな、星の数より年季がモノをいうところだ。その年季のはいった兵隊の気合を今から見せてやる。万年一等兵の気合で、たるんでいるお前の根性を叩き直してやる。……気をつけ」

安川は、激昂《げっこう》した声で号令をかけると、片足から革製の上靴《じょうか》（スリッパ）を脱いで右手に持った。安川は、毛布に限らず、上被でもズボンでも沓下《くつした》でも、支給品はみんな極上だった。被服庫の助手をしている上等兵が、同年兵とかで、それから回されていた。上靴も新しいもので、それだけに革も厚張りになっていた。

その上靴が顔の横から襲ってくるところまでは、信治の正常な視覚にあった。頰に、狂暴な疼痛《とうつう》が襲い、眼の前に閃光が散ったとき、あたりの模様がひとりでに傾いた。

「やい、これぐらいのことで、ふらふらするな。直立不動だ」

起ち直ると、上靴が鋼鉄のように顔の一方に衝撃を与えてきた。顴骨《ほおぼね》が摧《くだ》けそうだった。

殴打され、何度かうしろに倒れながら、信治は本能的に右手の指だけは片輪にしてはならないと思った。色版の筆は細軸で、穂の先が針のようになっている。仕事によっては、拡大鏡で検べるような微細な線を引いたり、点を打たねばならなかった。この指には十数年の修練という資本《もとで》がかかっている。たった三カ月の臨時の軍隊生活で筆が握れなくなるとか、正確な線が引けなくなったらどうなるか。右手には、一家七人の生活がかかっていた。

右手を庇《かば》う彼のしぐさが、安川の癇《かん》によけいにさわったようだった。彼は最後の一撃を信治の横面《よこつら》に憎しみをこめて加えた。信治は灼熱《しゃくねつ》を感じながら頭がかすんだ。

田中兵長が来て、自分を下士官室に連れていったことを、信治はぼんやりと覚えていた。下士官室は二階の端で、片方の階段を上った右にある。兵長が堀川班長を呼び出して入口でぼそぼそと話していた。班長は、信治の顔をのぞき、よし、お前はおれの寝台に寝ていろ、と言った。信治の頰は痺《しび》れたようになって感覚がなかった。唇を押えた手拭いは血でそまっていた。

下士官室では、ほかの班長たちが将棋をしたり、碁を打ったり、雑誌を読んだり、寝台に転がって雑談をしたりしていた。そこは内務班とは別天地だった。はいってきた信治の腫れ上がった顔にそこにいる者は一瞥《いちべつ》を送ったが、だれも何とも言うものはなかった。堀川班長は、田中兵長に、今夜の点呼には厩当番を一名ふやして三名ということで報告せよと低声《こごえ》で言っていた。加害者のことは何も言わなかった。

班長の立派な毛布の寝台に横たわるのを信治がためらっていると、ばか、お前は点呼がすむまでここに寝とればいいのだ、と堀川が渋い声で言った。信治は手拭いを唇に当てたまま、おずおずと横になった。

だらけきった下士官室も、点呼のラッパが鳴ると、みな立ち上がって、ぞろぞろと部屋を出て行った。「てんこーう」と廊下を触れ回る声がし、各班から乱れた足音が騒がしく聞えて、やがて静かになった。

まもなく、一、二、三、四と番号を唱える声が近くの班からした。週番士官の剣がときどき鳴った。

第二班は階下だから、もちろんここまでは班長の声は届かなかったが、事故何名、事故の内訳は厩当番三、と報告されているだろう。厩当番三の一人は、下士官室の班長の寝台に週番士官の眼から隠匿されている被制裁者だった。その変形した顔を見ては、事情はわかっていても週番士官も知らぬふりはできなかったろう。

麻酔がさめたように、顔の痺れがゆるむと、疼痛が顴骨を中心に起きた。頰は、枕にちょっとふれただけでも激痛を発した。頰が腫れ上がってくるのが自分でもわかるのだ。唇が切れて血は止まらず、血管が動くたびに口腔内に熱い痛みを波打たせた。

点呼取りの声が遠くに移るのを聞きながら、信治は泪《なみだ》を流した。安川への口惜しさと、理不尽な軍隊世界への憤りだった。

信治は、なぜ安川が、その鬱積した精力の捌け口として、自分だけを暴力の対象にしたのかわからなかった。たしかに安川の狂暴は、そのヒステリーの噴出だった。だが、その目標とされたことに問題がある。安川は、貴様の行動は、上からいつも見ているのだと言った。それが本当なら前から眼をつけられていたのだ。動作が太いとか横着だとかいっても、それは具体性のない攻撃で、要するに言いがかりであった。難くせをつけようと思えば、軍隊ではどんなことでも言える。抗弁はおろか、弁解の権利はいっさい奪われているのである。

人には、なんとなく虫の好かぬ相手というのがある。顔つきが気に入らないとか、雰《ふん》囲《い》気《き》や態度に反発を感じるとかいう理屈抜きの悪感情だった。安川とは、もちろん話し合ったこともない。第二班にいる教育召集の衛生兵四十数名のなかから、安川が自分だけを暴力の相手として捉えたことは、それが不運な偶然でないかぎり、虫の好かぬ男として眼をつけられていたようである。安川の狂暴が、それが欲求不満と外出兵への嫉《ねた》みから発した異常な怒りとすれば、まず殺到するのは、気にくわぬ奴の前であろう。

毛布の中で、そんなことを考えているうちに、自分をこんなところに追いやったのも、それができる男にとって自分が気にくわぬ人間であり、虫の好かぬ存在だったのではないか、と信治は思い当るようになった。思い当るといっても、とくにだれとも思いつかないから、なんとなくそう思えてきたといえる。

町内の教練に出ぬため召集でハンドウを回されたというのが酒屋の白石の口吻《こうふん》だった。それもたしかに、気にくわぬ感情の中にはいっているし、憎まれていた、といえるのである。さらに、その原因のほかにも、こっちは気がつかないが、相手から憎まれていた様子がないとはいえない。虫が好かないという人間は世間にいっぱいいる。そこにたまたま教練に出なかったことを見つけて、相手は、意趣晴らしの手がかりを得たのではあるまいか。もっとも、教練に出ないことだけでも、態度の太い奴だ、横着な奴だ、という腹癒せの理由は十分に成立するが。今までは、まさかそんなことまでは、という思いも残っていたが、安川の暴力を受けてから、その考えはまったく消えた。

その相手は、教育召集令状を発行し得る者、またはそれを命じるか推進し得る者ということに絞られる。——だが、その範囲に絞ってみても、まだ漠然としたものだった。

一カ月の歩兵科の教練がすむと、召集の衛生兵たちは、衛生兵としての教育を受けるために、陸軍病院に毎日通うことになった。

それまで教練用として持たされていた小銃からはなれたとき、皆は厄介払いしたように、ほっとなった。この小銃のためにどんなに苛められたかわからなかった。

教練では、安全装置を忘れているといって教育掛の助教や助手に顔を押えられ、鼻の頭を拳《こぶし》で捻《ね》じまわされたし、銃架にならんだ小銃を古兵が廊下で調べ、引金を引いて、音が鳴ると、安全装置のかけ忘れということで、一列にならばされて殴打の制裁をうけた。

セミ啼《な》き、自転車踏み、などという軍隊では普遍的な制裁も、年齢《とし》をくった新兵には辛かった。

セミ啼きは、柱に抱きつかせて、ミーン、ミーンとセミの擬音を出させ、足を下におろさせない。セミの啼き声が悪いといっては怒り、身体の重量に耐えかねて足を下におろそうとすると、臀を上靴で殴ってきた。自転車踏みとは、二つの机を離して並べ、手をそれぞれ両側の机の端に突っ張って、身体を浮かせ、両足を宙に忙しく回転させ、ちょうど自転車のペダルを踏む格好をさせるのである、疲れ果てようとどうしようと何回もやり直させる。三十前後の兵隊は、だらしなく柱から転落し、机の谷間に倒れこんだ。

信治は息を切らし、肩が砕けるような苦痛のなかで屈辱を味わった。制裁者は年の若い古年兵ばかりで、げらげら笑いながら見物した。十八歳の志願兵は、牢屋のキメ板役のように傍に立ちはだかって、やい、ぼさぼさするな、動作が鈍いぞ、もっと足を速く回せ、ほら、そこからは下り坂にかかるから速力を出すのだ、回転を速めろ、とわめき、セミの啼き声が低いとか悪いとか、柱に抱きついた格好がなってないとかいって小突いた。コドモのような彼は召集兵を苛め、苛めるのを誇示することによって見物の古兵のご機嫌をとっていた。とくに安川に媚《こ》びた。どのような制裁をうけようと、それがすめば、相手に対して「ご苦労さまでした」とか「ありがとうありました」とかお礼を言わなければならない。

信治には小銃の手入れが苦手《にがて》だった。分解して部品を掃除するまでは何とかできるが、それをもとどおりに格納するのに暇がかかる。はじめ、部分の名前を親切に教え、たとえば撃茎《げっけい》は女の月経だと覚えておけなどという入念な指導だったが、一週間も経つと、どうしていつまでも覚えんのか、覚える気がないのは軍人精神に欠けているからだと殴打された。筆先を動かすには器用な信治も、器械類の取扱いには馴れてなく、指が思うように動かなかった。部品を遊底《ゆうてい》の中におさめようとしても、遊底覆いがうまく締まらず、ぶかぶかと浮き上がってしまう。部品のはめこみを何度やり直してもどこかが違っていて上手にいかなかった。ほかの兵隊はその操作をばたばたと手早くすませるので、気があせりまごまごした。古兵がやってきて、おい、すぐ点呼だぞ、早くしろ、何をぼさぼさやっとるか、えい、あとは点呼後にやれ、と机の上にひろげた手入れ用の毛布に分解した銃を包み、寝台のうしろに押し隠した。

　点呼がすむと、包んだ毛布を机の上にひろげて分解銃の部分格納をさせられたあと、古兵の命令でその銃で捧《ささ》げ銃《つつ》をさせられた。三八式歩兵銃殿、山尾衛生二等兵の動作が鈍いためにご迷惑をかけました、と銃に詫びたうえ、一時間以上も捧げ銃を続けさせられた。銃の重みで腕の付け根と肘《ひじ》が痺れ、姿勢が崩れると、やい、銃が下がっているぞ、そんな直立不動があるか、と監視の古兵が叱った。額から脂汗が流れ、それが眼にはいっても拭くこともならず、膝の関節はがくがくして今にも気を失って倒れそうであった。——こうした苦痛と屈辱を味わうのも、一枚の教育召集令状に自分の名前が書かれたためだった。

　ようやく、病院での教育となって小銃からは解放されたものの、陸軍病院はふだん考えていた病院とはまったく違っていた。他の中隊に配属された教育召集の衛生兵と合同の教育だったが、裏門から講堂のような建物にはいるのに、看護婦の姿は一人も見かけなかった。ここにも病院側の教育掛兵長と上等兵がいて、教官としてやってくる軍医の話がすむと、私的制裁を激しく行なった。病院もまた内務班の延長であった。陸軍病院にいる衛生兵たちは、部隊への対抗意識があるらしく、貴様らは隊でどんな待遇を受けているか知らんが、ここは鬼の陸軍病院だぞ、甘ったるく考えていると大違いだ、と怒号するのだった。

　一カ月の兵科訓練では、まだ中隊にいても家族意識があった。しかし、毎日午前九時に病院に行き、午後四時に隊に帰ってくるようになると、衛生兵たちは、単に中隊の居《い》候《そうろう》でしかなくなった。厄介もの扱いにされてくると、内務班での制裁はいっそう苛酷《かこく》なものとなった。

6

陸軍病院での衛生兵教育は、教育掛の上等兵の私的制裁さえなければ、気楽なものだった。講堂の腰かけで教官の講義を聞いていさえすればよかった。本当は、担架演習とか、繃帯《ほうたい》や三角巾《さんかくきん》の結束方法とか、病衣の着更《きが》えとかいう実習が必要だったにちがいないが、百人以上も集めていたのでは、その面倒が見きれなかったのであろう。黒板の図解で簡単にすまされてしまった。

だが、これは先方で教育召集兵などは当てにしない、ということでもあって、信治はかえって安心した。もし、この教育を熱心にやられたら、本ものの召集がきそうだった。いい加減に手を抜いてくれるのはありがたかった。

病院長は軍医大佐で、部下に対する教訓は「らしくせよ」というのだった。衛生兵は衛生兵らしく、初年兵は初年兵らしく、その身分と任務にふさわしい行動をとれ、ということである。病院の教育掛の上等兵は、この教訓を振りかざし、学科の日課が終ると病院の中庭にみなを集め、貴様らの今日の態度は何だ、あれが衛生兵か、教官殿のお話を聞く初年兵の動作か、病院長殿は日ごろから何と言われている、らしくせよ、と申されているではないか、貴様らがらしくなるように陸軍病院の流儀で気合を入れてやる、と皆を四つん匍いにさせ、竹刀《しない》で頭や背中を叩いて回った。

それからはこの上等兵が講堂の壁ぎわに竹刀を持って控え、後ろから皆を監視した。その光る眼が背後にある限り、私語はおろか、姿勢を崩すことさえできず、なまじっか椅子に縛りつけられているだけに、手足も伸ばせず、難行苦行であった。

そのうえに、隊の内務班では、員数外として邪慳《じやけん》にされ、朝と晩に酷使されるので、なまじ椅子にかけているだけに疲れがでてきて、睡気《ねむけ》がさした。教官の話は面白くもない初歩軍陣医学の教科なので、その話し声がものうく耳に伝わり、まるで子守唄を聞いているように睡魔に引きこまれた。背中の監視の眼に気づいて、はっとするが、すでに遅く、教科のあとは上等兵の「気合」が来た。

病院で集団制裁をうけると、それだけ隊に戻る時間が遅くなる。内務班では、飯上げ、掃除、古年兵の雑用などが待っていて、それが食事時間を基準にしているので、気があせった。帰りが遅くなれば、制裁を受ける。病院の都合というのでは言訳にならなかった。隊とは関係のないことだった。

内務班の無気味な存在は安川一等兵だった。二段寝台の隅に上等の毛布にくるまっているが、毎日何もしないで寝たり起きたりしている。座骨神経痛の診断で「練兵休」をとっているが、動作はふつうと変りなく、二段寝台の上から梯子段を上下する動きも、自由自在だった。とくに衛生兵を目がけて、こら、ヨーチン、そこにならべ、とどなりながら梯子段を駆け降りる状《さま》は、猿《ましら》のごとくとまではいえないにしても、たいそうな勢いで、その威勢で上靴を衛生兵の頬に叩きつけてゆく。

一日じゅう班内に屈蹐《くっきょく》している安川は、用がないだけに苛々《いらいら》していて、衛生兵の病院からの帰りがひまどり、飯上げがおくれて夕食が時間どおりに食べられないとなると、猛獣のように唸《うな》った。やるせない気持のやり場が衛生兵の私的制裁に向かう。制裁というよりも、それは彼の生理的ともいえるリンチだった。

私的制裁は表面ではきびしく禁じられ、聯隊幹部もたびたび下部に通達している。ことに最近のように、未教育の補充兵がはいったり、教育召集兵が入隊したりすると、厳重にとめられていた。しかし、上級の者は下級のものに向かい、聊《いささか》も軽侮驕傲《きょうごう》の振舞あるべからず、(中略)務めて懇《ねんごろ》に取扱い慈愛を専一と心掛け、上下《しょうか》一致して王事に勤労せよ、と勅諭のとおりに心がける者は、下士官以下一等兵の古年次兵にいたるまで一人もなく、初年兵には気合を入れなければ士気がたるむ、動作が太くなる、といって私的制裁禁止令を悪法視し、その殴打、暴行をいっこうに改めなかった。

安川の制裁は巧妙で、はじめは言葉もやさしく、微笑さえ湛《たた》えて話しかけてくるが、それにうっかり釣られて衛生兵が愛想笑いして応じようものなら、突如として安川は血相を変え、貴様おれにむかって気やすげにモノを言うな、動作が太いぞ、白歯を見せたりしてとんでもねえ野郎だ、こら、気をつけ、と、命令を咆哮《ほうこう》するのだった。罠《わな》にかかったと気づいたときはすでに遅く、上靴が耳から頬桁《ほおげた》に飛んできた。耳と顴骨とが感電したように痺れ、しばらくは何も聞えず、鼓膜が破れてこのままツンボになるのではないかと思われた。古兵殿、お世話になりました、と礼を言うのが精いっぱいで、その声が小さいと、やい、格好をつけるな、とまた殴ってくる。

それだから、班内の二段寝台の上に鰐《わに》のように腹匍い、じっと下を俯瞰《ふかん》している安川が衛生兵にはもっとも怕く、病院で私的制裁をうけている最中でも、心の一方では班内にひそむ彼の動物的な姿が浮んだ。

信治は、安川からひどい打擲《ちようちやく》に遇わされて以来、人一倍に安川がおそろしかった。あのときは、点呼の週番士官の眼を逃れるために、腫れ上がった顔を班長の寝台に横たえられたが、消灯後は班内に、こっそり戻って寝た。二晩ほどは顔の激痛でまんじりともできなかった。

あれ以来、安川も信治には少し手控えしたが、それは反省からでも何でもなく、しばらく間《ま》を置いているようにみえた。性が合わない相手というか、虫が好かぬというか、とにかく安川の信治を見る眼つきは執念深い憎しみに似たものがこもっていた。

その安川も、本心から笑顔を見せ、彼のほうからご機嫌をとる人間がいた。中隊の衛生一等兵の池田で、これは既教育の召集兵だった。班も違っていたが、昼間は医務室に行っていて、中隊には朝と夕方しかいない。彼は左腕に赤い山形の精勤章を三つも重ねて付けている。精勤章は、勤務に精励した褒美《ほうび》として貰えるとは限らず、同年兵が上等兵になったり兵長になったりすると、振り合いの上から万年一等兵にくれるのである。

が、一等兵に付いた精勤章は、軍隊の大メシを長く食っている象徴でもあり、いわば古参兵の印だから、新任の兵長、上等兵も遠慮する。とくにまだ襟章に座金《ざがね》をつけた乙種幹部候補生の伍長などは、こうした古参兵に新兵のごとく扱われる。信治がいつぞや厩の裏で見た殴打されていた下士官はこの乙幹であり、制裁者は古参の一等兵であった。

しかし、安川が池田衛生一等兵に一目も二目もおいているのは、池田が中隊の古参兵という理由だけではなかった。年次をいうなら、まだ安川のほうが上かもしれぬ。しかも安川は、台湾の陸軍刑務所帰りという噂の箔がついているから、池田などに遠慮するわけはなく、立場はむしろ逆になっていなければならなかった。

それがそうでないところに安川の秘密があった。中隊長からも見て見ぬふりをされ、ふて腐れた態度でごろごろしている安川だが、池田がくると、にわかに片手で腰のあたりを擦《さす》り、さも痛そうな顔をしながらも、満面に本当の愛想笑いを浮べ、頭を下げて、打って変った謙虚さを示した。

「おい、安川、今度は軍医さんの診断を受けろよ、な」

と、浅黒い顔の池田古参衛生兵が眉根を少し寄せて言うと、安川は、

「いいよ、いいよ、じゃ、明日の朝、医務室に行くよ」

と、すぐに合点合点をした。

「あんまり診断に来ないいんじゃァ、軍医さんもお前のことを忘れてしまうぞ」

池田も笑いもせずに言った。

「おお、そりゃ、たいへんだ、必ず明日の診断には整列に加わって医務室に行くよ。けど、診断を受けても、軍医さんは、ちょっと指先でおれの腰や膝にさわるくらいで、薬といったら、いつもいつもアスピリン錠ばかりだろう。あれじゃ、なんとなく頼りなくて、診《み》てもらっても、もらわなくても同じという気になるでな」

安川は、追従笑《ついしょうわら》いしながら言った。

「神経痛は、治療の方法も薬もないのだから仕方がないよ。といって、お前が顔を見せないんじゃ、軍医さんの印象もうすくなる。練兵休のほうは、なんとか、おれが診断簿をごまかして連続して取ってやっているんだけどなァ」

「いや、すまん、すまん。明日は必ず行くよ」

「そうしろよ。一週間に二回ぐらいは顔を出さないと、例の効果はないぞ」

「わかった、わかった、そうするよ。で、軍医さんはおれのことどう言ってるかい、最近は？」

「何も聞いてないな」

「心細くなったな。池田古兵殿。ぜひ、お口添えを頼むよ」

「おれも、ずっと心がけているが、かんじんのお前が怠けていてはどうにもならん。……おい、安川、明日はなるべく痛そうな格好をつけてこいよ。状況でも何でもかまわん。どうせ、軍医さんが診断しても神経痛はわかりっこないからな」

池田は、あとを低い声で言うと、班内をさっさと出ていった。

「状況をつける」という軍隊用語は、演習のことからきていて、偽装とか、その格好をする、とかいう意味に使われる。この会話は、安川がなおも横着をきめこむために「練兵休」の継続を必要として、実際以上に神経痛に悩む演技を軍医に見せるということらしかった。診断の結果による「練兵休」は、「教練、演習、衛兵其ノ他労力ヲ要スル勤務ヲ休マシムルモノ」と軍隊内務書には規定されてある。その特権をつづけて取るために池田隊付衛生兵が軍医によろしく口添えするという意味のようであった。信治は、はじめそう解釈した。

ところが、やがてそんな単純な意味でないことがわかってきた。兵隊には特殊な嗅覚《きゆうかく》のようなものがある。それは軍隊の空気がもつ臭《にお》いかもしれなかった。臨時の教育衛生兵だが、入隊して二カ月も経つとその嗅覚が伝わるようになった。

――近いうちに、弱兵整理があるらしい。病弱な補充兵は除隊させるらしい。

噂はどこからともなく伝わってくる。それはまず兵隊の間から生じてくる。兵は、聯隊本部とか、将校集会所とかの当番に出ているし、将校付の当番兵もいる。また暗号係にもなっていた。情報はそういうところから洩れて、ひそひそ声の噂を発生させるのだった。

もちろん当てにならないデマの部類もあったが、意外に正確な情報もあった。将校の知らない情報も、兵隊は噂で知っている。兵隊のほうがよく知っているからと逆に情報を聞きたがる将校すらあった。

安川の狙いは、弱兵整理に自分がはいりたいことだと、やがてわかった。彼は、単に怠惰を貪《むさぼ》りたくて神経痛を理由に「練兵休」を取っているわけではなかった。安川も、中隊長や班長などから厄介もの扱いされ、兵長や上等兵からも、表面はともかく、内心では軽蔑されているのを十分に知っている。それを安川があえて我慢し、ぶらぶらしているのは、ひたすら病弱を誇張して除隊されるのを期待しているからだった。日曜や祭日の休日ごとに他人の外出を指をくわえて見ているのも、嫉妬と本能に苛《さいな》まれながら寝台に横たわっているのも、ただただ軍服を脱ぎ捨てて躍《おど》り脚《あし》で営門を出て行く機会を捉えたいためであった。

そうとわかってみると、信治には、安川がこのうえなく狡猾《こうかつ》で陰険な人間に見えてきた。だれしも除隊を願わない兵隊はない。が、安川の策略や手段が卑劣すぎて、同情が少しも湧かないばかりか、憎悪をおぼえてきた。安川から虐《いじ》められている憎しみからだけではない。彼から暴行を受けなくても、この安川の卑劣なやり方には憤りをおぼえたであろう。やりたくてもその手段を持ち得ない人間には、正義心のような、公憤のようなものが起るものだ。

池田隊付衛生兵に忠告されてから、安川は医務室に週番下士官に引率されて行く受診患者の列にならぶようになった。班内で暴力を振るう姿はどこからも想像されない悄然《しょうぜん》とした格好で、腰を老人のように曲げ、顔を苦痛に歪《ゆが》め、びっこをひいていた。神経痛は軍医でも偽装が容易に見抜けないという。

ある日、病院で昼食のあと、陸軍病院長が教育召集の衛生兵を病院の中庭に集合させて訓示した。「らしくせよ」を標語とする病院長は、初老の、瘠《や》せた人で、その上品な面ざしは、婦人科医を想わせた。

「いまや、戦局は重大である」

と、病院長は高いところから、一同を見まわして言った。

「諸子も知っているように、去る八月、アメリカ軍はガダルカナル島に上陸した。以来、皇軍との間に熾烈《しれつ》な戦闘が行なわれている。もとより忠勇無比な皇軍のことであるから、やがては上陸のアメリカ軍を掃滅するのを信じて疑わないが、しかし、敵も必死である。今回はその誇る物量を投入して懸命な攻撃を開始している。皇軍が南太平洋を制圧して以来、初めて重大な戦局を迎えたといわなければならない。ドイツ軍は破竹の勢いでソ連軍をいたるところで撃破しつつ進撃、今やスターリングラードを包囲するにいたった。スターリングラードの陥落は目睫《もくしよう》の間に迫っているが、アメリカ軍はソ連軍の士気を遠く鼓舞するためにも、南太平洋で総力を挙げて反撃に移りつつある。今度の戦争は、日清、日露の戦役が二年間で終ったのと違い、これから何年かかるかわからない長期戦である。われわれは百年戦争を覚悟しなければならない。したがって、忠勇なる皇軍将士の動員数も多数を要する。去る五月に、朝鮮においてはじめて徴兵制が施行されたのも、朝鮮出身同胞の熱烈なる希望にもとづくものではあるが、また今後の長期戦に備えたものである。いまや、諸子に課せられた任務は重かつ大である。よくこのことを心得て衛生兵らしく、その任務が遺憾《いかん》なく果せるよう、今のうちに、学習に実習に精励せよ」

解散になったあと、信治は、その訓示に不安をおぼえた。

訓示は単なる紋切り型の士気の鼓舞だったろうか。アメリカ軍の攻撃開始による戦局の重大さを説き、朝鮮での初の徴兵制度施行にふれた。軍隊では、新聞が読めない。訓示はかなり具体的な危機感をふくんでいた。壇上の雅《みやび》やかな病院長の顔には暗い憂愁の影があった。


いやな予感がした。戦争は長びくといった。兵士の動員数もますます多数を要するといった。そうすると、この教育召集でいったんは帰されても、すぐに赤紙がくるのではなかろうか。病院長は、その覚悟をしておけといったのではないか。

信治は仲間を見渡したが、だれも訓示を深刻にはうけとっていないのか、のんびりとした顔でいた。口を開けば、あと一カ月で家に帰れるという、愉しみだけであった。家に帰れば、十日間は何もしないで朝から晩まで寝ているつもりだという者がいる。握りずしの暴れ食いをしたいというのがいる。鰻《うなぎ》の蒲焼《かばやき》をたらふく食うというのがいるし、腰が抜けるほど酒を飲んでやるというのがいる。いまも、その夢をもっている顔ばかりだった。

信治は、山崎なら何かを考えているかもしれないと思い、彼の傍に行った。山崎は病院に通うのに班の衛生兵を引率するくらいに兵長たちに点数を上げていた。

「そうだな。いまの病院長の訓示はそういうことかもしれないな」

大学出の山崎は、信治の言うのにうなずいて答えた。が、思ったほどには暗い表情をしてなかった。

「だが、兵隊生活も悪くないよ。なにしろちっとも頭を使わなくてもいいんだからな。のんきな気分でいれば、これくらい楽な世界はない。おれは銀行員だが、銀行の仕事にくらべるとまるでバカみたいなもんだ。それに、こんな兵隊ごっこをしていても、銀行はちゃんと給料をくれるんだからな」

そうだ、この男はサラリーマンだった、と信治は山崎が自分とは身分が違うのに気づいた。山崎には銀行から給料が出る。留守家族の生活は安泰であった。そのほうの懸念《けねん》は、いささかもないのだ。安心してバカのような軍務に「精励」できる。山崎が班内の兵長や古兵に受けがよいのも、その心配がないから内務班の雑用に没頭できるのだろう。それにひきかえ、おれの立場はどうか、と信治はまたしても家族の不安定さを考えるのだった。

## 7

十一月の末になった。聯隊の銀杏《いちょう》が落ちはじめ、陸軍病院の桜は裸梢となった。日曜日ごとの面会もこのごろでは寂しくなった。入隊当座こそ多かったが、三カ月の教育召集期間があと二十日ばかりとなり、除隊が近いせいである。もうすぐに家に戻ってくると思うと、家族は面会を控えて家で待つのが愉しいのであろう。農家の者もあまり来ない。都市の者も遠方の者は少なくなった。面会に飽きがきた気分もあって、人数が減った。

しかし、信治には日曜日ごとにだれかが面会にきた。父親と妻が子どもを連れてくることもあるし、父親だけのときもあり、妻と子どもだけのときもあった。

その日は父の英太郎だけが一人できた。

「幸子が風邪で熱を出してなァ。それで良子もよう来られんようになったが、あと十六日ばかりじゃけんのう。次の日曜日には来ると言うとったが、あとは家で待ってお前を迎える支度をすると言うとった」

英太郎は広島訛《なま》りで言った。よれよれのスフの国民服は安っぽく光り、しみやよごれでまだらになっていた。信治の帰宅を楽しみにしているのは、妻よりも老いた両親だった。

「婆さんものう、あと何日したらお前の帰った顔が見られるちゅうて指折り数えとる。お前のことを気にかけて身体もだいぶん弱ってきとる。あれはもとから心配性じゃ」

二階の六畳に一日じゅう寝て暗い顔をしている母親のスギが眼に見えるようであった。神経痛で階下の便所に通うのが精いっぱい、急な梯子段を、虫が這うようにへばりついて上り下りをする。その姿を信治は見ているので、班内の安川の偽神経痛がよくわかるのだ。スギは孫の面倒はおろか何ごとも嫁の世話にならなければ動けない。英太郎は元来がのんきなほうで、孫の世話よりもひとりで外を遊んで歩くのが好きだ。この面倒を抱えた良子の忙しさも並みではないが、子どもが病気となるとそれだけ苦労が多くなる。

「一昨日《おととい》、おれは家にくる印刷会社の山本さんと道ばたで出遇った。山本さんはお前がもう帰るころだから仕事を抱えて待っていると言うとったよ。いまは、浅草の画版所に仕方なしに仕事を出しておるが、どうも仕事が粗《あら》っぽくて気に入らんというとった」

英太郎は自分のことのように得意そうに言った。

山本がそれほど待っているのだったら、留守中にときどきは家に顔を出しそうなものだが、そういうことはなく、道ばたで父親に遇っての言葉をどこまで信用していいかわからなかった。その場の挨拶のようでもある。そういえば、ほかの取引先の印刷所からはだれも来ないという。信治は、三カ月の留守の間に得意先がみんなよそに取られてゆくような気がした。

班内に戻ると、安川の顔がなかったので、ほっとした。炊事場に遊びに行っているらしいということだった。安川のような古い兵隊になると、聯隊の要所要所に友だちをもっている。炊事場では、酒でも飲んでいるらしかった。

炊事場にいる兵隊というのが新兵には怕い存在で、飯上げに行くときもおどおどしていなければならない。態度が悪いとか、動作が太いとかいって、ここでも気合を入れられた。動作が太い、態度が横着、という攻撃は漠然としていて具体性がないから、このくらい私的制裁に都合のいい言いがかりはなかった。飯桶《めしおけ》や惣菜桶《そうざいおけ》の返納に行って、飯粒一つ、菜っ葉の端きれ一つがそのアルミの桶に付いていて、それを理由に殴打されるほうがまだ理由がはっきりしていた。だから、「バッカン返納」に当ってはそのアルミの容器を磨き上げておかねばならない。バッカンとは飯入れ、惣菜入れの容器のことだが、どういう漢字を当てるのか信治は最後までわからなかった。新兵には「鬼の炊事場」も、安川あたりになると楽天地で、祝祭日用の酒をそこで振舞ってもらっているようだった。

兵長をはじめ古年次兵が外出し、安川もいない班内は、外出兵が戻ってくるまでは一同には憩《いこ》いのひとときで、まさに鬼のいぬ間であった。そこでは、当然に、あと二十日足らずにせまった「満期」の話で持ちきりだった。このとき山崎が笑顔を引っこめてふと言った。

「みんなは三カ月がすんだら除隊になると思っているかしらんが、もしかすると、このまま本ものの召集に切り替えられるかもしれんぞ」

同年兵のなかで最右翼(リーダー格)の山崎の言葉なので、一瞬、一同は話し声をやめた。

「どうも戦局がよくないようだ。この前の病院長の訓示な、あれはその暗示かもしれん」

大学出の山崎の言うことだから、すぐにはだれも反対論を言い出さなかった。信治は、山崎がいやなことを言い出したと思ったが、実は彼がもっとも心配している点に山崎がふれたのである。

「まさか、おれたちをこのまま赤紙に切り替えることはあるまい。いずれそれが来るにしても、いったんは家に帰すだろう。病院長の訓示は、例によって兵隊を鼓舞するためのとおりいっぺんの挨拶だよ」

そう言ったのは、小さな電器商を営んでいる秋田という二十八の男だった。

「それなら、いいがね。おれのは取越し苦労かもしれんが、どうもそういう気がかりがあるよ」

山崎はさからわなかったが、眉間《みけん》の不安げな皺《しわ》は消えなかった。

山崎の懸念も、秋田の希望的な観測も、どちらも根拠があるわけではなかった。が信治は、山崎の言葉に反発しながらもその不安に同感せずにはいられなかった。最悪の事態を覚悟したほうがいいかもしれない。反論した秋田も、実は内心で同じ不安をもっているのではあるまいか。彼はその不安を消すために、山崎の言葉を否定したのではなかろうか。

「近いうち弱兵の整理が行なわれるというじゃないか。それは各部隊に兵隊が多すぎる証拠だ。補充兵を召集し過ぎたんだよ。だから、なにも教育召集のおれたちをすぐに本召集に切り替えるようなことはせんと思うよ」

秋田はなおも言った。これは少々説得力があった。げんに安川がその弱兵整理の中にはいりたがっている。安川ぐらいの古ダヌキになると、なにも「練兵休」の診断を医務室で取らなくても、班内で勝手に横着をきめこんでいられるのだ。そういう兵隊は各中隊とも二人や三人は必ずいた。彼らは演習にも出ず、当番にもつかぬ。毎日班内で寝たり起きたりしている。そうして外出はちゃんと取る。中隊長も班長もその種の古い兵に手出しができないのは、うっかり叱言《こごと》でも言おうものなら、何を仕出かされるかわからないからだ。そういう兵隊は進級などとっくに望みを絶っているだけでなく、処罰も恐れない一種の虚無主義者だった。極端な者は、陸軍刑法にふれて、陸軍刑務所にはいることも辞さない。軍隊は、ある意味の官僚機構の縮図だから、部下が重大な事故を起せば責任の累が上司に及ぶ。中隊長も班長もそれを怖れるから、見て見ぬふりで放置しているのだ。うかうかすると彼らは刃傷沙汰《にんじようさた》に及ぶこともある。

安川は、その横着が自由にできる兵隊だ。なのに、ことさらに神経痛の状況をつくり、隊付衛生兵の機嫌をとって「練兵休」を継続し、外出を禁欲しているのは、ひたすら弱兵整理にかかりたいからであった。その目的のための「練兵休」である。それは彼にとって「苦行」ともいえた。その苦行に耐えかね、狂暴に一瞬の癒えを求める。——

ほかの古兵だったら手を出さずともすむ新兵への制裁も、安川だと暴力となった。たとえば、軍靴の手入れが十分でないのを古年次兵に発見されると、その靴を紐でくくり合せ、首にかけて各班に挨拶して回らなければならない。第二班陸軍衛生二等兵何某は靴の手入れ不良のためにその申告にまいりました、と廊下から班内にむかって大声で言い、直立不動の姿勢をとる。こんな制裁は珍しくなく、どの班も笑いもせず、見むきもしない。よし、わかった、帰れ、と言ってくれるのがせいぜいだったが、靴を首に吊り下げての各班の歴訪は、その屈辱感に泣き出したいくらいだ。それでたいてい放免されるのに、安川の場合は、そのあとで殴打の制裁がある。貴様、よくも第二班の名誉を傷つけてくれた、他班によくも恥をさらしてくれたな、と怒り肩で自分の顔を目の前に突き出し、気をつけ、奥歯をかみしめろ、と号令をかけて上靴をふりあげてきた。

安川の口から、第二班の恥さらしという台詞《せりふ》は義理にも吐けないはずだが、その「名誉」を臆面もなく言えるところが軍隊の特徴であった。上の者へのへつらいも、見えすいた追従《ついしょう》も他の社会なら気恥しくて口にも行動にも出せないが、ここではそれがおおっぴらに通り、追従される者は平気で人前でその者に眼をかける。こうした一種の賄賂《わいろ》関係のようなものも原始的な露骨さで現れていた。

夕方になると、外出から班長をはじめ古兵が戻ってくる。例によって早くから出迎えた新兵たちは一人にイナゴのように群がって、カカシのように突っ立っている古兵の巻脚絆を取り、帯革をはずし、靴を脱がせる。うるさいから向うへ行け、おれがひとりでやる、と古兵は口さきでは言うが、眼を細めて、新兵のなすがままになり、その細めた眼の奥から、だれがもっとも自分に奉仕し、忠勤をはげんでいるかと瞳《ひとみ》を凝《こ》らしている。

新兵は相手の思惑《おもわく》を測る一方では、背に光る安川のような古強者《ふるつわもの》の眼を意識しなければならない。だれが一番先に古年次兵の巻脚絆をほどくか、帯剣をはずすか、軍靴の紐を解くか、新兵たちにとって、少し誇張していえばそれが生死にもかかわる重大事であった。だから、運悪く同年兵に遅れをとった者は、群を分けて、その帯革の端や軍靴の先にちょっとでも触れなければならなかった。ここでは同僚を押しのける機敏さが何よりも必要だった。

信治は、外出帰りの班長の帯剣をようやくのことで奪い取り、刀身から鞘《さや》の隅々まで入念に手入れして下士官室に持参し、留守の班長の帯革に納めておき、あとで班長にその旨を告げた。班長は、ご苦労だったと言うと思いのほか、よけいなことを言うな、と睨《ね》めつけて一喝《いっかつ》した。そんなことはいちいち口で言うほどのこともない些細な奉仕だという意味であった。どんなによくできた女房でも、兵隊の世話にはとうてい及ばないといった下士官の放言は実感なのである。

その日、安川は炊事場で飲んだ酒で赤い顔になって点呼時間寸前に班内に戻った。身体もふらふらしているので、さすがの班長も気づかって、最左端にはならばせずに、週番士官に見えないように後列にさげた。

日曜日の夜には安川はたいてい荒れる。外出兵に対する嫉妬とひがみが、彼を狂暴にさせるのである。そのうえ、酒を飲んできているので、今夜はもっと荒れるだろうと、教育召集兵たちは点呼後の成行きにびくびくしていると、果して、

「こら、ヨーチン」

と安川がどなった。

「貴様ら。そこへならべ」

はい、と衛生兵たちは机の左右にあわてて整列した。遅れると殴られる。

みんなのならんでいる前を、一方の肩をあげて、のっし、のっしと、顔をのぞいては歩き回る安川を見てはだれも次にくる上靴の攻撃を覚悟しない者はなかった。だが、今夜は何を口実にするのか。いや、口実などはたいした問題ではなかった。言いがかりをつけようと思えば何でも理由になる。

班にいた兵長も古年次兵も、ヨーチン、ならべ、の安川の一声を聞いたとき、いち早く班から逃げていった。ただ一人残った安川は班長のような姿で中央に突っ立った。両手を腰に当て、両脚を開いて踏ん張った。その眼をひととおり一同の顔に一巡させたが、信治は自分の顔に当った安川の視線が瞬間だが停滞したような気がした。

「おい、山崎」

安川は、まず右翼の先頭にいる山崎に声をかけた。

「はい、山崎」

と、優等生の山崎は響きに応ずるように答えた。が、彼も相手が安川なので緊張しきっていた。

「貴様ら、今日、班内でみんなで何を話していたか?」

安川は意外におとなしい声できいた。が、この猫撫で声が油断できないことは、だれにもわかっていた。信治は、来たな、と思った。教育召集兵にいちばん嫌われているのはだれか、本人の安川がだれよりも知っている。今日の留守に皆から悪口を言われていると推量しての訊問だった。

「はい。……」

山崎も、とっさには返事が出なかったが、唾をのみこんで、

「これまで陸軍病院で教わった衛生兵教程を復習しております。終り」

と、優等生らしい返事をした。

「そうか、次の山田はどうだ？」

「山田も、衛生兵教程を復習しておりました。終り」

山田は咽喉仏《のどぼとけ》をごくりと動かして答えた。

次も、次も、「衛生兵教程の復習」であった。直立不動の姿勢でならんでいる者は、いまにも安川のビンタの順が自分に回ってくるときのように、彼の質問をどきどきしながら待った。

「山尾、貴様はどうか？」

安川は信治の前に立ちどまって、せせら笑うように見た。不動の姿勢で正面を見つめている信治にはその安川の顔が瞳にぼうと霞《かす》んで映った。

「自分も、衛生兵教程を勉強しておりました」

信治は、前にならったほうが結局無難だと思ってそう答えた。この返事で気に入らなければ、皆でいっしょに安川に制裁されるわけである。そのほうがまだ気楽だった。ところが安川は信治に限って、そのあとを質問した。

「うん。お前も衛生兵教程の復習か。感心によく勉強しとったなあ。何時から何時まで勉強しとったか？」

「は。……」

新兵には午前中、雑用がある。ひと息入れるのは昼食が片づいた午後一時ごろからだった。四時ごろになると外出戻りの古年次兵を迎えに舎前に立たなければならない。

「は。午後一時から二時まで、面会に来ていた家の者と話しました。二時から四時まで班内で衛生兵教程の勉強をしました」

信治は正面を凝視したまま答えた。安川の顔が右に寄ったり、左に回ったりした。

「うむ。面会はだれが来ていたのか？」

「はい。父であります」

「カアちゃんは来なかったのか？」

「はい。父だけであります」

「どうしてだ？　どうして、カアちゃんが面会に来ないのか？」

「子どもが病気で来られなかったのであります」

「そうか。子どもが病気じゃ仕方がないな。お前は、病気の子どもにも会ってみたかろうな？」

「いえ」

「なぜだ？」

「軍務に精励する身として、家庭のことは諦《あきら》めております」

「立派なことを言うわい。しかし、そうじゃなかろう。お前は、もうすぐ満期になるから、カアちゃんはそうたびたび面会に来んでも、家で愉しく待っとるつもりだろう？」

「そんなことはありません」

「そんなことはない、か。……ふん。それじゃ、お前は二時間も衛生兵教程ばかり勉強して、まわりにいる同年兵とは、一言も口をきかなかったのかよう？」

「………」

「どうだ？」

安川が眼を光らせた。

「はい。それは少しは話をしました」

「どんな話をしたか？」

「復習について、よくわからない点や、そのほか勉強のことであります」

「嘘つけ」

と、安川が大きな声を出した。その口から酒がにおった。

「二時間も勉強のことばかりで班内に過していられるか。そうじゃねえだろう。満期のことばかりしゃべっていたのだろう。お前ら、嘘をついても、その面《つら》にそう書いてある。ヨーチンの本の復習とか何とか体裁のいいことばかり言いやがってよう、あと何晩寝たら除隊になる、地獄の軍隊を脱け出したその晩から毎晩カアちゃんと腰が抜けるほどやる話ばかりして、オダをあげていたにちげえねえ。だが、山尾よ。いや、山尾ばかりじゃねえ、おい、ヨーチンども！」

「はアい」

「貴様ら、ようく聞け。貴様らは三カ月の教育召集の満期が来たら、本当に私物抱えて営門を出られると思ってるのか。……今度、部隊では野戦行きの動員がある。いや、あるという話だ。南方かどこかそれはわからねえ。貴様らは、そうなったらよう、その動員部隊に編入されるんだぞ。甘《あめ》え夢を見ていたら、とんでもねえ大間違いだぞ」

## 8

今度、部隊では野戦行きの動員がある。いや、あるという話だ。そうなったら、貴様らは編入される、と安川が両股を開き、腰に両手を当てて一同に言ったとき、信治は、他は知らず、自分だけは蒼ざめる思いがした。

万年一等兵の安川の言うことだから、いい加減な話だと聞き流してしまえばそれまでだが、安川の口調には妙に確信的なものがあった。安川は今日、炊事場に行って長いこと遊んできた。動員の情報はそこから耳に入れてきたらしい。

炊事場もまたこうした情報源の一つのようだ。近く動員があるといえば、まず給与の準備からなされねばならない。炊事場は経理の管轄だが、経理は動員計画と密接な関係がある。機密はそのへんから洩れるようだ。安川のような古い兵隊となると、炊事掛の下士官には友だちがいるだろうし、案外要領のいい彼のこと、自分の利益のためにはヘラヘラしながら近づいてもいるだろう。炊事掛下士官の業務は、炊事当番、厨夫《ちゆうふ》等を指揮し、食物の調理、分配、浴場等に関する業務に従事する。炊事軍曹は出入りの御用商人と接触しているから何やら役得もあるらしい。物資の不足が深刻になっている折りから、聯隊にはいってくる砂糖、酒などを聯隊長をはじめ上官の家庭に当番兵などを通じてこっそり届けてご機嫌をとってもいるようだ。なかには砂糖を地方に横流ししているという噂も聞く。

兵隊には甘味品といってお八つが分配される。たいていはアンパンで、軍隊の砂糖をふんだんに使い、菓子屋に作らせて納入させているけれど、その甘さは「地方」のまやかしの饅頭《まんじゆう》とはくらべものにならない。三日目ごとに一人に二個ときまったそのアンパンや饅頭を、安川は炊事場から二十個ぐらい、いっぺんにもらってきて、手箱の中に隠し、ひとりで食ったり、気に入りの古兵に分けあたえている。安川は酒も飲むが、甘いものも好きだ。煙草の「ほまれ」も、手箱の中にはいつも十個ぐらい積まれている。班長がときどき行なう班内の私物検査も、安川の手箱だけは触れない。

そのようなわけで、今日長いこと炊事場で遊んできた安川が、いま、動員のことを言い出したのは、教育召集の衛生兵に対する単なる恫喝《どうかつ》ではなく、根拠があるように信治には思われた。野戦行きの動員がある、いや、あるという話だ、と風聞のように言い直したところなど、かえって現実性がある。

衛生兵たちが、日ごろの私的制裁を受ける前とは違う深刻な顔になったのを、安川は、心地よさそうに見渡した。

「お前ら、たった三カ月のご奉公のつもりで気軽にここに来たかもしれんが、そう甘くは問屋は卸《おろ》さねえぞ。熱い南方か、寒い北の方か知らねえが、このまま向うに行って戦争が終るまでご奉公するのだ。今度の戦争はちっとやそっとでは終らねえからそのつもりでいろ。もっとも、それまでには骨になって白木の箱の中にはいり、カアちゃんや子どもと泣きの涙のご対面ということになるかもしれねえがよう」

安川は捲《ま》き舌《じた》になって言った。

「白木の箱で戻るのは、まだいいほうだ。南方に行く途中、輸送船が敵潜の一発をくらったら一巻の終り、海の藻屑《もくず》か、フカの餌食《えじき》になって骨も残らねえ。骨の代りに石ころを白木の箱に入れておくこともできねえ。お前らは、三カ月で家に帰り、毎晩カアちゃんと寝ながら赤紙を待つつもりでいたかもしれねえが、とんでもねえコンコンチキだ。このまま本召集に切り替えられる覚悟でいろ。教育召集だろうと何だろうと、どうせこんなところに引っ張られてきたからには、そのくれえの覚悟はできてるだろう。どうだ?」

安川は皆の顔に視線を一巡させた。今度は、はアい、という共同の返事はなかった。

「内務班はな、それはそれは辛《つれ》えところだ。お前らヨーチンは昼間陸軍病院に行って内務班を宿借りにしているから、よっぽど極楽だぞ。一期の検閲がすむまでの三カ月間、本科の初年兵はもっともっと締め上げられる。気の弱い奴は、その地獄に耐えかねて自殺したり脱走を図ったりする。おれの初年兵時代にはな、同年兵が便所で首をくったり、頭がヘンになって気違い病院に入れられたりしたもんだ。それで、こんな内地の地獄みてえな内務班にいるよりは、いっそ野戦に出たほうが出鱈目《でたらめ》ができて気が楽だと思う奴もいた。それがまた見当違いの大穴狂いだ。野戦に出て現地人の持ち物を奪《と》りあげたり、女を強姦したりするいい話ばかり聞かされても、聞くと見るとは大違い。弾丸がビュンビュン飛んでくる中を進んだり、逃げ回ったりしていると、生命の無事な内地の内務班がどんなにいいか、そのありがた味がわかるというものだ。お前ら、おれが気合ばかり入れると思っておれを毛嫌いしてるだろうが、野戦に行ったら、こんな甘えもんじゃねえぞ」

安川は一同をまた一睨みした。

安川は野戦の話をしたが、彼はいったい戦争の経験があるのだろうかと信治は思った。台湾で何か事故を起して内地部隊に転属になったというのが安川に対する通説だが、もし彼が戦争に行ったとするなら、大陸戦線だろう。彼の長い軍隊生活から考えると、そのようにも思われる。現地の略奪だとか強姦の話を持ち出したところなど、支那にいた経験のようでもある。

しかし、安川は一度も野戦に行ったとは洩らしていない。ふつうなら内地の兵隊にむかって箔が付きそうなこの話をすすんで語り、自慢しそうなものである。それがないというのは、やはり、台湾の部隊で暮らしていたのか。野戦の話は、人から聞いたのをこの場の「訓話」に挿入しているのだろう。

昼間、炊事場で酒を飲んできたせいか、安川の舌は滑《なめ》らかで、珍しく長広舌だった。班内には兵長も上等兵も古兵もいず、残っているのは彼ひとりと衛生兵だけだったから、安川はますます気楽とみえ、心地よさそうであった。

安川は、お前ら三カ月で家に戻ったら毎晩カアちゃんと腰が抜けるほどやるつもりだろうとか、白木の箱の骨になってカアちゃんや子どもと泣きの涙の対面だとか言ったが、その言い方からしても彼はまだ結婚してないようであった。現役から三年つとめているとすれば二十四歳だが、顔は二十七、八ぐらいにみえるので、いったん帰されたが、すぐに台湾に召集されたのかもしれない。とすると、結婚の機会がないままに現在にいたったのであろう。

安川の家は駿河台下の近くだというが、どこにあるのかよくわからなかった。信治の近所といっていいが、場所としては立派な商店や会社がならんでいる一等地だ。まさか安川がそういう商店主の御曹司《おんぞうし》とも思えないが、あのへんに住むなら、悪い生活ではない。が、安川の口からは、まだ一度も駿河台下の何番地なのか、どういう仕事をしているのか洩れたことがない。もっともそれは教育召集の衛生兵の前だから口にしないのであって、兵長や上等兵などの仲間には話しているのであろう。

それはともかくとして、信治は安川のおしゃべりを聞いているうちに、教育召集からこのまま本召集にされる不安がしだいに濃くなってきた。

安川の話しぶりは確信に満ちているように思われる。彼の威《おど》しとも考えられないことはないが、炊事場で何やら確実な情報を耳にしてきたようだった。

信治は悪い予感がしだいに現実のかたちをとってくるように思われた。戦争に行く不安よりも、留守の家族の生活をどうするかという悩みであった。いまは三カ月で帰されるという前提のうえで、生活の目論見《もくろみ》を立てている。貯金も、その予定でつくってある。取引先の印刷所には、そのつもりで、あとの仕事のことを頼んできたのだ。

このまま本召集となったら、いっさいが崩壊する。貯金はすぐになくなるから、あとの生活を考えなければならぬ。家賃にしても、あと半年払えるかどうかわからない。一文の収入もなくなるのだから、六人の家族が東京で暮らしてゆける道理はない。妻が働くといっても、とてもこれだけの家族を支えることはできない。下の子はまだよちよち歩きだった。

留守の間、家族を物価の安い田舎に移すにしても、その行先は見当もつかない。これが妻や父親との相談だったら何とか方針も立とうが、このように隔離されたままではどうすることもできないのだ。たとえ一カ月でも家に戻してくれたら、いろいろな整理ができる。本召集が来たらそのつもりで家族の始末に何とか見通しをつけ、改めて入隊できるのである。ここでも、月給とりと、腕一本にたよって生活している職人とは、不安の点で根本から違っていた。

――それにしても安川は、動員の話をしてきているのに、彼自身はまったく無縁のような顔で「訓示」するのはどういうことか、と信治は肩をそびやかしている彼の様子をぬすみ見るのだった。長い間、軍隊に置かれている彼のような兵隊は、もう野戦に行かなくてもすむのだろうか。彼には何か重大な事故を起したらしい前歴があるので、野戦行きから外されているのだろうか。それとも今回の動員には教育召集の衛生兵だけがひっかかって出動各部隊に編入配属されるというのであろうか。一つの部隊にこんなに多数の衛生兵は必要ない。速成で教育したうえ、師団隷下《れいか》の各部隊に分散させるということはあり得る。安川はそういう内容を噂で聞いてきたのではあるまいか。

いやいや、そうではない、と信治は気づいた。安川はこの前から弱兵整理の中にはいりたがっていた。そのために隊付衛生兵の池田古兵にとり入っていた。伊達《だて》に「練兵休」を取っているのではないのだ。まさに今日あるのを――彼のいう野戦行きの話が本当だとすれば――このことを期して、備えていたのではないか。弱兵整理の対象になるような病気持ちの、足手まといの兵隊を部隊が野戦に連れてゆくはずはない。安川はそのへんを読み、かつ炊事場あたりの情報で確信を得たようにみえる。とにかく自分だけは動員から除外されているような安川の自信に満ちた口吻を聞いていると、他の者はまだ気づかないようだが、信治はそうした疑念をもった。

それが、つい、表情に出たのか、それとも前から憎まれているせいか、安川は信治の顔に眼を向けると、列の前を歩いて寄ってきた。

「山尾」

安川は信治を睨《ね》めつけて呼んだ。

「はい。山尾」

「貴様、おれの話を聞いていたか?」

「はい」

信治は、いささかわれに戻った思いで、膝《ひざ》を伸ばした。

「どういうふうに聞いていたか?」

「はい、自分たちは野戦に行くので、その覚悟でおるようにというお話でありました」

「ばか。だれも野戦に行くと決まったようには言ってない」

「はい」

「そういう噂があるらしいというだけだ。噂だから当てにはならん。しかし、軍人は、いつでも野戦に行く覚悟でいなけりゃならん。そうだ、ヨーチンでも軍人のうちだ。昔はな、輜重輸卒《しちょうゆそつ》が兵隊ならば、蝶々トンボもトリのうち、というた。ヨーチンも蝶やトンボだった。それがありがたいことに、今度の大戦争で兵隊の数が足りなくなり、野戦ではヨーチンでも銃を握るようになってトリの端くれに出世したのだ。貴様、その軍人精神をもっているか?」

「はい」

事実とは違う返事だった。三カ月の教育召集兵に軍人精神がもてるはずはなかった。

軍人精神といえば専門的な兵隊だ。教育召集は、いわば、臨時の見習いと同じで、一人前ではない。脚の片方は「地方」の生活に付いていて、むしろそっちのほうが大切だった。そんな人間に、軍人精神があるかといわれても、ピンとくる道理はなかった。

「よし。それなら、本召集に切り替えられて、野戦に行く覚悟はできているだろうな?」

安川は下から掬《すく》い上げるような眼つきをした。

「はい」

「ただ、はい、だけではわからねえ。はっきり言え」

「その覚悟は、できております」

「その覚悟とは、どういう覚悟だ?」

「野戦に行く覚悟のことであります」

「ばか野郎。野戦に行く前に教育召集から本召集に切り替えられる。その覚悟のことをおれは言っているのだ」

「間違いました。山尾は、本召集になる覚悟ができております」

「嘘つけ」

安川は、片側の電灯を眼に反射させてどなった。彼の顔が逆光線で黒い影となっているだけに、その眼の一点の光がきらきらと揺れ動くのがよくわかった。

「そんな間抜けな返事じゃ覚悟がついているとは思わねえ。三カ月の教育召集で来たから、あと二十日ばかり経つと家に帰れる、カアちゃんが抱ける、という夢ばかりまだ見ているにちげえねえ。そんな野郎が、かりにも帝国の軍隊にもぐりこんでいるから、前線の旗色が悪くなるのだ。おれが、今からそのトボケた夢をさまして軍人精神を入れてやるから、そのつもりでいろ」

安川はそう言うと、信治の顔を見つめたまま、三十秒ぐらいは何もせずに立っていた。それは行動に移る前の、一種の間《ま》であった。次は鬼が出るか蛇《じゃ》が出るか、どのような手段で痛めつけられるのか、哀れな兵隊は心臓を高鳴らせながら待っている。間は、事前のその恐怖を存分に相手に味わわせるうえで効果的であり、制裁者はその嗜虐的《しぎゃくてき》な愉しみが味わえた。

——それにしても安川がなぜに執拗に教育召集からそのまま本召集に切り替えられる点に固執するのか、信治にはだいたい推測できた。長いこと軍隊から出られないでいる安川には、教育召集兵が三カ月で帰るのが耐えられないのである。なにびとも自分と同じ不幸な立場にいないと不公平だと彼は思っているにちがいない。あと二十日で家に帰れるのを愉しんで、内心ウキウキしている連中を見ているのが、彼には、どうにも我慢できないのだ。日曜日の外出で好き勝手なことをして戻る兵隊に邪推と嫉妬を燃やしている気持と通じている。いや、除隊に対してはそれ以上だ。そこで、鬱憤《うっぷん》晴らしのいやがらせに出る。

だとすれば、安川の言うことは案外出鱈目かもしれないぞと信治はふと思った。いままでは彼が炊事場で確実な情報を得て班内に戻ってきたとばかり思いこんでいたが、それはこっちの早合点で、実際は何もないのではないか。それを安川は思わせぶりなことを言って腹癒せの道具にしているのではないだろうか。どうも、そういうフシが読みとれる。

信治に、少しずつ希望が蘇ってきた。もしそうなら、安川からどんな痛い目に遇わされてもいいと思った。あと二十日ばかりで予定どおり家に帰されるなら、どんな私的制裁を受けても苦痛とは感じない。

営庭から消灯ラッパが哀調の音色を曳きながら流れてきた。ラッパ兵は営庭の中央に立って、三方の兵営に向かって吹奏するから、三度鳴る。これが終ったら兵営の窓の灯は消え、いくつかの班では新兵の地獄がはじまるのだ。——兵営は軍の本義に基づき、死生苦楽を共にする軍人の家庭にして……。

安川に命じられた教育召集の衛生兵たちの整列はまだ解けてない。班内は廊下の灯からの薄明りだけになっている。その中で、これから信治と向かい合っている安川の行動がはじまろうとしていた。制裁に用いる道具は革製の上靴か、それとも帯革（バンド）か。帯革で鞭打《むちう》たれたら、顔の半面でも、首でも、幾条かの筋がたちまち腫れ上がってくる。

——このとき、階下の中隊事務室のほうから、大きな声が聞えた。

「各班、聞け！」

声は週番下士官のものだった。

「ただ今より中隊長殿のお話がある。全員、ただちに石廊下に集合せよ」

この声を聞くや否や、安川の身体が、くるりと半回転し、廊下のほうを向いた。彼の姿勢は、なおもあとの声を耳に入れようとしていた。

「各班全員、ただちに石廊下に集合」

週番下士官がもう一度言うと、班から班に、次々と「石廊下集合！」と叫ぶ兵隊の声が逓伝《ていでん》され、すでに足音が班内から廊下に乱れ出ていた。

日曜日というのに、しかも夜になって、中隊長が出動して来ている。——

9

石廊下というのは、中隊兵舎の出入口にあるコンクリート床のことで、少々広くなっている。週番勤務に当った中隊長の夜間の訓示とか、週番士官の達しなどは各班の兵をここに集めて行なわれる。たいていは紋切り型の精神訓話で、滅私奉公、軍人精神の昂揚、敬礼の厳正、火災予防といった内容が多かった。

信治が石廊下に行ったときは、すでに各班の兵が大半集まっていて、暗い電灯の下に、黒い頭がかたまっていた。石廊下から班の廊下に上る低い石階段があるが、その高みのところに中隊長の影が立っていた。

信治が、おや、と思ったのは、中隊長の両脇に准尉と週番士官の少尉が立っていることだった。その背後には班長の下士官連がならんでいる。休日で非番のはずの中隊長が出てきていることも変だったが、横に同じく自宅にいるはずの准尉の姿があるのは、奇妙だった。准尉は中隊の人事掛を担当している。げんに准尉の小脇には書類綴《とじ》のようなものが挟まれていた。

これは、たしかに異例である。いつもの訓話とは違うぞ、という気がした。ほかの兵隊も同じ気持をもったらしく、沈黙のなかにも緊張が漲《みなぎ》っていた。

遅れて群に加わった兵の最後を見きわめたように、週番士官は頭の上を見渡して、

「各班、全員集合したか？」

と言った。

「はアい」

兵たちは声を揃えて答えた。

――この石廊下集合がかかったばかりに、信治は安川の暴力から逃れることができた。信治だけでなく、第二班の衛生兵全部が「共同責任」の制裁を受けなくてすんだ。第一、安川が石廊下集合の声を聞くと、よし解散、とも告げずに自分がまっ先に廊下にとび出して行ったものだった。

おそらくここに集合している他の班の教育召集兵のなかには、同様に私的制裁を逃れた者もいるに違いなかった。石廊下集合はまさにその意味で消灯後の初年兵の災難を救ったわけだが、しかし、ここではつねとは違った「訓話」前の雰囲気に当面したのであ

る。この群には、さっきまで気合を入れていた安川もいる。安川はさすがに嗅覚が発達している。

集合終りました、という週番士官の報告を受けると、准尉が小脇に抱えた書類綴を開き、そのまま中隊長に渡し、懐中電灯の光を横から書類の上に当てた。

廊下の電灯が暗いのと、逆光線になっているのとで中隊長の顔も准尉の顔も暗い影になって何もわからなかった。が、その表情は、やがて口を開いた中隊長の張りのある声で想像できた。

「全員、聞け！」

この予備役から召集された中隊長は、訓話のときはおもむろに低い声から発するのが癖だが、いまはまったくそれとは違って、はじめから高い調子で興奮すら感じられた。ただ、嗄れ声《しわがごえ》はどうしようもなかった。

「ただ今より、命令を達する。……これより読み上げる姓名の者は、返事する。ようく耳を澄まして聞け」

中隊長は准尉のむける懐中電灯の光の先に眼を落した。黒い群の頭は石のように動かなかった。信治の横には他の班の一等兵がいたが、これが緊張しているのである。

「第一班、陸軍二等兵加藤豊太郎」

中隊長は読んだ。

「はい」

群の中から返事があったが、どの兵か、わからなかった。中隊長の横に立った准尉が声のほうに眼をむけた。

「同じく、小林喜市」

中隊長は次を読んだ。

「はい」

返事は信治の近くで起ったが、その顔はわからなかった。准尉が声のほうをのぞいた。

「吉沢利雄」

「はい」

返事のたびに、准尉の眼の移動が繰り返された。

「平野安男」

「はい」

「後藤忠吉」

「はい」

「村井省吾」

杉村謙次、田村豊造、村上源三郎と中隊長は読みすすんだ。

信治は、不安が急速に氷塊のようになって前に逼《せま》ってくるのを覚えた。第一班には教育召集の衛生兵ははいっていない。が、本科の教育召集兵がいることはわかっていた。臨時の兵隊には、隣どうしの班でも往来はなかった。しかし、吉沢という名には心当りがある。いつぞや、それは便所の帰りでもあったろうか、袴《こ》（ズボン）の前ボタンを外したままでいたのを古兵に見つけられた兵隊が各班詣《まい》りをさせられ、第二班に来て、陸軍二等兵吉沢何々は袴の前ボタンを締め忘れました、と股を開いて見せたことがある。二班の古兵が、ぼさくれ奴《め》、その格好は何だ、とわざと前が開くように体操をさせて嘲笑したが、あいつは教育召集兵だと、古兵が言ったことがある。

現在、本科の二等兵がはいっているのは教育召集兵しかなく、中隊長が読み上げる二等兵は、吉沢という名前からして、三カ月組に違いなかった。

信治は、たったいま、安川から教育召集兵の本召集切替えの話を聞いたばかりなので、中隊長のいう「命令を達する」とは、そのことではないかと思った。命令の実体があと回しになっているので、まだはっきりしないが、予感が当るような気がする。――ただ、安川の情報が今日聞いてきたばかりなのに、それがもう命令に現れるのは早すぎると思った。そこに多少の疑念が残らないでもなかった。

「第二班」

と、中隊長が懐中電灯の下の書類綴をめくって言ったとき、信治は心臓が早鳴りした。その書類が中隊で作成されたものでなく、聯隊本部から回ってきたらしいことは、もはや疑う余地がなかった。

「……陸軍衛生二等兵飯田茂」

「はい」

聞きおぼえのある飯田の声が、暗闇の中からはね返った。心配そうな響きがあった。

「同じく金子正巳」

「はい」

「安達《あだち》勉治」

「はい」

「豊田文次郎」

「はい」

「山崎英夫」

「はい」

山崎が呼ばれた。返事に不安がこもっていた。

「山尾信治」

と、中隊長が言った。

信治は咽喉がつまって、すぐには声が出なかった。

「山尾信治……山尾はいるか？」

中隊長は書類綴から眼をあげて暗い兵隊の群をのぞいた。信治とは別な方角を見ていた。

「はい」

信治は、やっと返事が出たが、夢中だった。中隊長は、じろりとこっちに顔を移し、

「呼ばれた者は、すぐに返事をする。よいな。……つぎ、第三班。陸軍衛生二等兵村上勘次」

あとの姓名は耳鳴りがして信治にはほとんど聞えなかった。五、六名は呼ばれたようであった。

「以上、姓名を呼ばれた者は、手を上げろ」

中隊長は書類綴を准尉に渡してから言った。

周囲から手が上がった。信治も手を上げげた。准尉は懐中電灯の光をこっちに振り向け、手の数を光の移動といっしょにていねいに数えて書類綴と照合し、それを中隊長に報告した。中隊長は軽くうなずいた。

「よし」

中隊長はその手の上がったほうを見渡した。

「いま、姓名を読み上げられた者に、各自の管轄聯隊区司令部よりの命令を達する。……十一月二十九日付を以て、つまり今日だ、いいな、十一月二十九日付を以て召集を命ずる」

中隊長は、そこだけは高い声で、ゆっくりと言って、あとは早口になった。

「名前を言われたものは聞け。お前たちはただ今は教育召集である。十一月二十九日付を以て召集を命ずる、ということはだな、すなわち、本日を以て、教育召集から本式の召集に切り替えられたということなのだ。つまり、お前たちは、それぞれ赤紙が来たというわけだ。わかったな?」

中隊長はい、という返事があったが、それは二、三人くらいの低い声だった。

中隊長はそれで心もとなく思ったのか、准尉の手もとにある書類綴を再びのぞいて、

「第一班、平野安男」

と、眼にはいった名を呼んだ。

「はい、平野」

はなれたところから声が上がった。中隊長も准尉もそのほうを見た。

「いま中隊長が言った命令を復誦してみよ」

中隊長はその暗がりに向かって言った。

「はい。……」

声はどぎまぎしていたが、

「平野二等兵は、本日十一月二十九日付を以て教育召集より本式の召集に切り替えられました。終り」

と、わりあい上手に述べた。

「よし。では、第二班」

中隊長は准尉の手もとをまたのぞいて言った。

「第二班、第三班は教育召集の衛生兵だな。うむ。第二班、飯田茂。命令を復誦してみよ」

「はい、飯田」

千葉市内で八百屋をしているという飯田は、

「陸軍衛生二等兵飯田茂は、十一月二十九日付を以て教育召集から本召集に切り替えられました。終り」

前の復誦者にならって、わりとうまく述べたが、声が少し慄《ふる》えていた。

「よし。それでよし。他の者も、平野や飯田が復誦したとおりと心得よ。よいな？」

はい、と今度は十人以上の返事になった。信治の声もその中にあった。

「なお、つけ加えておく」

中隊長は言った。

「本来ならば、お前たちは、聯隊区司令部より召集令状、つまり赤紙が交付されるはずである。しかし、お前たちはこうして教育召集でこの部隊に入隊していることであるから、聯隊本部の命により中隊長がその旨を口頭で伝達したのだ。わかったな？」

はい、と同じ数の声が答えた。

「よし。さらに、もう一こと言っておく。召集令状は各市町村役場よりお前たちの留守宅に交付されることになっている。したがって、お前たちが留守宅にこのことを連絡する必要はない。よいな？」

信治の衝撃とはかかわりなく、中隊長の言葉は事務的にすすんだ。

「以上の者は、別命あるまで、これまでどおり各班に所属する。わかったな。……なお、名前を呼ばれなかった他の教育召集兵たちに注意しておく。お前たちは本召集にならなかったといってもがっかりすることはない。ただいまのは、さし当り召集が来た者たちである。あるいはつづいて、第二回、第三回の召集があるかもしれない。ご奉公を期して待つように。……よし。解散させい」

中隊長は、そばの週番士官に顎《あご》をしゃくった。


次の日曜日の面会には、良子が子ども三人を連れ、父親の英太郎といっしょにきた。良子の顔は蒼白く、いつものんきな英太郎が、赤い顔をして落着きを失っていた。子どもは無心に営庭の兵隊さんを見てはしゃいでいた。

「あんた、月曜日に赤紙が来たわよ」

良子は、財布の中からたたんだ召集令状を出して見せた。粗悪な紙の赤い色はどぎつく、血を塗ったようにもみえ、また、安っぽいチラシ広告のようにもみえた。

《召集……入隊、歩兵第五十七聯隊（佐倉）……入隊期日、十一月二十九日……東京聯隊区司令部》

書込み欄に捺《お》されたゴム印の活字と、司令部印の印刷とは、前の教育召集令状と変りなかったが、《期間三カ月》というのがないだけに、威圧感があった。

「これを配ってきた区役所の人は、本人には隊のほうから通知してあると言ってたけど」

「ああ、この前の日曜日の晩に、中隊長から達しがあった」

信治は言ったが、中隊長からの口頭でなく、こうして実際に赤紙を見ると、「国家」が現実に自分を永遠に拉致《らち》してゆくのをおぼえた。

「本召集になって、どこかに出て行くの？」

良子が気がかりげに訊いた。

「それはわからん」

信治の頭には、今度、部隊では、野戦行きの動員がある、いや、あるという話だ、南方かどこかそれはわからねえ、といった安川の「情報」がこびりついていた。が、それは話せなかった。はっきりしたことではなく、妻や両親が心配するだけであった。それに「南方行き」云々《うんぬん》というのは、今では動員の噂とともに隊内でひろがっている。だが、このことをうっかり言うと、「防諜」にひっかかるおそれがあった。日ごろの石廊下の中隊長訓示も、班長訓示も、部隊内に起ったことはいっさい家族知人には知らすな、とたびたび言っていた。班長の検閲をうける「地方人」宛てのハガキ通信は「軍務に精励」のきまり文句になっていた。

それに、「南方行き」のことは、かなりの現実性があった。兵隊の噂は真実を伝えることが多いのだ。アメリカ軍の反攻で、南方戦線がよくない現在、内地からの兵力の増強はあり得ることだった。信治の耳には、またしても、南方に行く途中、輸送船が敵潜の一発をくらったら一巻の終りだ、海の藻屑か、フカの餌食になって骨も残らねえ、骨の代りに石ころを白木の箱に入れておくこともできねえ、と言った安川の言葉がよみがえったが、家族の前には、もちろんその「不吉な予想」を口にすることはできなかった。

「あんた、ほかの教育召集兵もみんな赤紙が来たの？」

良子はきいた。

「いや、来たのは、おれたち衛生兵では十二人だった」

「じゃ、ほかの何十人かの人は赤紙から逃れたのね？」

「逃れたかどうか、まだわからん。そのうち、来るかもしれんな」

「じゃ、あんたたちがその第一番目に来たというわけ？」

「そういうわけだ」

「それは、訓練成績が良かったからかしら？」

「なんともいえんな。クジ引きみたいに偶然に当ったのかもわからん」

同じく赤紙に切り替えられた中に、山崎がいた。山崎は陸軍病院での学科成績もよいし、内務の働きもよい。上の者に眼をかけられ、第二班衛生兵のリーダー格にさせられて、営門の出入りには、歩調とれとか、頭右《かしら》とか、号令をかけている。しかし、信治自身は、学科の成績がいいとは思えないし、内務にいたっては最低といっていい。また、ほかの切替え組の中にも、文字もろくに書けず、内務でぼんやりしていて古兵から小突かれている者もいる。だから、今回の指名は部隊にも病院にも関係はなさそうだ。それは赤紙が、前回の教育召集令状同様に、東京聯隊区司令部の発行だということでもわかる。

では、聯隊区司令部がその人選をしたのか。いや、そうではあるまい。酒屋の白石が彼の召集令状を見て、ハンドウを回されたな、と呟いたところを見ると、町内の教練を怠けたことと関連がある。町内の教練成績は、聯隊区司令部のような大きな機構とはつながらない。それは区役所の兵事係だろう。げんに、赤紙を届けにくるのは、区役所からであった。

「わたしは、この赤紙が来たから、すぐに金井さんの奥さんに会いに行ったのよ」

良子は言った。金井というのは、軍需工場で働く工員で、教育召集令状がきたときにも良子の口からその名を聞いたことがある。

「金井さんの奥さんは区役所の兵事係の人を知ってなさるというので、その人に様子を聞いてもらったの。そしたら、もうちょっと前にそう言ってもらったら、自分の手で何とか赤紙にかからないですんだのに、とその人は言ったそうよ。惜しいことをしたわね。なんでも、その人が聯隊区司令部の指示をうけて、赤紙の人選をするんですって」

「その区役所の人は、何という名だ?」

「牛島さんというの。兵事係の」

10

区役所の兵事係は聯隊区司令部の指示をうけて召集事務に従っていて、その牛島という係の者は赤紙の人選について権限を持たされているらしい。それは、牛島が赤紙がくる前に言ってくれたら自分の手で何とか召集にかからぬようにできたのに、といったという良子の話で想像がついた。

ということは、いったん赤紙が発送されてしまえば牛島の手でもどうにもならないわけで、彼の権限は赤紙発行の事前にかぎられているようである。事前の段階だと彼の自由裁量になるらしい。つまり、赤紙が来ないようにしてくれと頼めば、兵事係の牛島は召集者の人選からその者を除外することができるらしいのである。

ここで、聯隊区司令部は召集者の個別についてはまったく関与していないことが信治にわかった。司令部は単に所要の人数を各区、市町村役場の兵事係に通告するだけなのであろう。各兵事係はその連絡を受けて、頭数《あたまかず》だけの赤紙を発行するのだが、その人選はいっさい彼らに委《まか》されている。だからこそ、牛島という区の兵事係が、前もって自分に言ってくれたら何とかなったのに、と言ったのだ。赤紙が相手に発送された瞬間から国家権力の発動となるので、一兵事係の手では及ばないところとなる。

問題は、その兵事係が行なう召集者の人選の方法である。もちろんそれは戸籍簿のようなものを見て、該当年齢者を抽出するのであろう。この段階では氏名に関係なく抽《ぬ》き出されるから、個別的とはいえない。眼をつけるのは、生年月日だけにちがいない。その者がどのような職業をもち、どのような家庭事情にあるかはいっさい不明だし、また顧慮されることはない。

個別的なのは、むしろ除外者の場合であろう。兵役免除者がそれにあたる。不具者などを含めた体格劣弱の不合格者などだが、そのほかに、戦時国家が必要とする技術者などはあらかじめ召集から除外されているようである。というのは、軍需産業の工場で働いている技師や熟練工は召集にひっかからないという話を聞いているからである。政府の役人もこれにはいるらしい。

だが、個別的な人選は、特別だが、召集者の側にも行なわれるらしい。信治の耳には、町内の軍事教練の助教白石予備伍長が、あんたはハンドウを回されたな、と言った一言が消えないでいた。それが鼓膜に灼《や》きついている。

町内の軍事教練当事者と、区役所の兵事係とはもちろん緊密な連絡があろう。教練を怠けるような横着者は召集にかけろということなのかもしれない。内務班で古兵がいう「動作がフトい」である。古兵は動作のフトい下級者にハンドウを回す。自分の召集は国家がハンドウを回したのだと信治は思う。だから、この場合の召集は懲役と変らない。まが、これは所要召集人員の差出しを命じる聯隊区司令部のあずかり知らぬことだ。まして、この佐倉の聯隊とは関係がない。教育召集兵の成績がよかろうが悪かろうが、赤紙とは何ら因果関係はないのである。

面会の妻の言ったことから信治はこれだけの推測を得たが、その赤紙の人選にあたる区役所の兵事係は何人ぐらいいるのだろうかと思った。この時局下だから、少なくとも四、五人ぐらいはいるにちがいない。名簿から抜いて山尾信治に赤紙を発送したのは、牛島ではなさそうだ。というのは、牛島は、もう少し早く言ってきてくれたら、自分の手で召集にかからないようにできたのに、と言ったというからだ。もし、牛島が町内の教練当事者と結託して赤紙を出したのだったら、そんなことを言うはずはない。ほかの係員が出したのだろう。

もっとも、それは牛島という男が嘘を言ってない場合の話である。赤紙を出したのが、牛島自身だったとしても、これは外部にわかりようのないことである。召集者の家族に言ってこられて、体裁をつくってそう答えたともいえる。すでに兵事係の権限の及ばない彼方《かなた》に去っている問題だから、牛島は何とでも言えるのである。

妻の良子から牛島兵事係の話を聞いたとき、こうした思案が信治に一時に起ったのではなかった。それはあとになってからも考えたことだが、話を耳にしたときもその一部の推測は持った。

おそろしいことである。町内の軍事教練に出られなかったばかりに、一家の崩壊という運命にも直面させられている。それだけでなく、もし南方戦線に行くという噂が真実なら生命を失うことになるかもしれないのだ。こんなひどい懲罰があろうか。自分は教練には出なかったのではなく、出られなかったのである。生活の仕事に追われてその時間がなかったのだ。これは自由労働者——大工、左官などの日雇い、零細企業の雇傭者《こようしゃ》なども同じであろう。勤め人や、家族ぐるみで営んでいる商店の主人とは立場が根本から違う。

生活を支えるために出席できなかった軍事教練のために、生活自体の破壊を招く結果にもなったのだ。こんな皮肉な、そして酷《ひど》い懲罰があろうか。しかも、これに対して抗議はおろか、不平も漏らせないのである。そんなことをひと口でも漏らそうものなら「非国民」として世間の攻撃を受け、激しい嘲罵《ちょうば》を受ける。

召集令状用紙にさらさらと名前を書く区役所の兵事係にとっては、年賀状の宛名を書くほどにも感情は動かなかったにちがいない。が、受け取った者の運命は死にもつながる。池に小石を投げこむ子どもは悪戯《いたずら》の面白さからだが、池の蛙《かえる》には生命《いのち》がけだという童話が、このときほど信治の胸に蘇ったことはなかった。

上の子二人は面会所の柵《さく》にもたれて、営庭を歩く兵隊を見ては、はしゃいでいる。よちよち歩きの下の子は小さな兄や姉のうしろを追っている。面会所の人の賑やかさにも興奮していた。子どもは父親の兵隊姿も見馴れていた。

あと二十日足らずで信治が帰ると思いこんでいた父の英太郎も良子も少なからぬ衝撃で、良子は、はじめから蒼い顔をしていた。

「お前がこの聯隊にずっと残るようなら、おれたちも東京に頑張っとるよ」と、英太郎は強いて元気そうに言った。

「そうすれば、こうしてたびたび面会に来られるけんのう。そのうちに、お前も日曜日や祭日には家に戻ってこられるじゃろう。顔が見られるだけでもありがたい」

生計は、どうして立てるつもりだろうかと思っていると、

「なあに、暮らしのほうはなんとかなる。区役所のほうから月々軍事扶助料が出るということだが、わずかな金でも、お国のお金をもろうては相済まん。おれが広島の従弟《いとこ》のとこに言ってやって、借金してもええ。従弟は広島で大けな商売をしているし、田舎には松茸山《まつたけやま》も持っとる。日ごろはあまり便りもせんが、ほかのこととちごうて、金を貸さんわけはない。それで、何とか食いつないでゆくよ。まさかのときは、おれが働いてもええ。年はとっても、まだ動けん身体じゃなし、少々なことはできる。若い者がどんどん出征して、どこも人手不足になっとるけん、年寄り向きの働き口はどこかにあるよ」

と、父親は広島訛りで言った。

区役所からくる留守家族の軍事扶助料は、一人一日八銭、四人以上は一日六十銭の支給だった。これは本人からの申請なので、遠慮して、その金を申請する者はほとんどなかった。収入はまったく閉ざされている。家族は最低の生活に耐えるつもりでいる。現在の高い家賃の家からもすぐに出なければならない。その引越し先によっては、さらに生活が落ちてくるのだ。

三カ月後に、取引《と》先の印刷所との取引再開を希望していたことも、夢に終った。なんとか得意先を他に奪られないようにとの不安も腐心もいまは洪水のように流れ去った。あとに遺されたのは、いつになったらその仕事に戻れるかという絶望感だけである。

「ほんとに、あんたはこの聯隊に残れるの？　よそに行くんじゃないの？」

良子はきいた。それは妻の直感だった。

「いや、まだそんな話は聞いていない」

南方行きの噂は言えなかった。実現の可能性があろうと、現在、噂はあくまでも噂だった。噂で家族を心配させることはない。

南方に行くというだけで、妻も両親も戦死の予感を抱くにちがいなかった。自分自身だってそうである。

(ヨーチンども、ようく聞け。熱い南方か、寒い北の方か知らねえが、お前ら、このまま向うに行って戦争が終るまでご奉公するのだ。今度の戦争はちっとやそっとでは終らねえからそのつもりでいろ。もっとも、それまでには骨になって白木の箱の中にはいり、カアちゃんや子どもと泣きの涙のご対面ということになるかもしれねえがよう)

安川の声が耳の底に響いてくる。

「良子」

信治は思いつくことを言った。

「お前、金井さんの奥さんに区役所の牛島さんのところに連れて行ってもらって、少し牛島さんにきいてくれんか?」

「何をきくの?」

「今度、おれが教育召集から赤紙に切り替えられたことさ。区役所の兵事係の人なら事情がわかっているはずだから、この本召集が戦地行きの動員にひっかかっているのかどうかをな」

信治は低い声になった。

「そうね」

良子は深くうなずいた。

「兵事係なら、そのくらいのことは、わかっているだろう。そのへんがはっきりすれば、おれたちにもそのつもりで覚悟がつくわけだ。もちろん、だれにも口外しないと約束するのだよ」

良子は黙ってうなずいた。

「それから」と信治は、もっと小さな声になって言った。「これは兵事係に顔のきくらしい金井さんの奥さんに聞いてみてくれ。区役所の兵事係には牛島さんのほかに係員が何名かいるはずだが、おれに召集令状を宛《あ》てた人は何という人だったのかとね。いや、その人の名前を知ったからといって、どうということもないが、わかればわかったほうがいいのだ」

良子は、ちょっと険《けわ》しい眼をしたが、何も言わなかった。

英太郎は、息子夫婦の語らいとみて遠慮し、孫の世話にかかっていた。

「兵事係長の名前なんかはすぐにわかるから、これも聞いておいてくれ。なるべく急いで聞いてくれよ」

「次の日曜日の面会にまに合えば、そのときに知らせせます」

良子はうつむいて答えた。

「それでもいいが……」

信治は、次の日曜日に面会ができるかどうか不安を感じた。急に一部の教育召集兵が本召集に切り替えられたりして、何か突発事が起りそうでもあった。面会が禁止されるような事態を、予感しないでもなかった。たとえ面会ができたとしても、良子のその報告が次の日曜日までにまに合うかどうかもわからなかった。それが延びると、それだけ面会の可能性がうすくなってくるような気がする。

「その名前がわかり次第、おれに手紙かハガキを出してくれ」

「そんなことを手紙に書いてもいいの？　部隊の検閲に見られないの？」

「うむ。……じゃ、こうしよう。兵事係長の名前がわかれば印刷会社の何々課長さんは元気です、と書くのだ。たとえば兵事係長が山本だったら、山本課長さんは元気です、と書いてくれ。そうすれば、ハガキにしたってわかりはしない」

良子は、わかった、という表情をした。

「次に、おれに召集令状を宛てた人の名は、近所の何々さんの家では男の子が生れました、と書くのだ。たとえば、その兵事係が梅田という名だったら、梅田さんの家では男の子が生れました、と書いてくれ。だれが読んでもわかりはしない。いいな？」

「はい」

良子は最後に大きくうなずいた。

「忘れるなよ」

「忘れません」

暗号の打合せはできた。

あとは良子が、どのようにうまく先方の名前を聞き出してくるかだった。良子は、愛嬌がよく、人づき合いがうまい。近所の人たちから好かれている。印刷所の外交員たちも好感をもっていた。無愛想な信治に仕事がくるのも、腕だけではなく、良子の客あしらいがうまいからだった。——良子なら上手に聞き出してくれるだろうと信治は思った。

良子との話がすんだのを見はからったように、英太郎が孫たちの傍をはなれて寄ってきた。

「信治や。おれは、たった今、考えたのだがのう。もしお前がこの佐倉からほかの部隊に移るようなことがあったら、おれは、いっそ広島のほうにみんなを連れて行こうかと思うとる」

「広島に？」

「うむ。従弟の太一を頼って行けば、何とかしてくれるじゃろう。血は濃いから、他人よりはずっとええ。それに太一は、俠気《おとこぎ》のある男だし、金を持っとる。おれたちの世話ぐらいしてくれんことはない。ほかの場合と違うけえのう」

東京で何とか頑張るといった英太郎も、無収入を考えて、心細くなってきたようだった。いつ帰るかわからぬ信治を待って、長いこと生活が支えられるわけもなかった。貯金はそろそろ心細くなってきている。引越しの費用だけでも底をつくはずだった。

「区役所のほうも、疎開を勧めているから、ちょうどええ。広島なら田舎だから空襲を受けることもなかろう」

英太郎は、郷里を田舎だと思っていた。東京に出て長いのでそんな意識になっている。広島は相当な都会だから、山間の農村とは違うが、地方だということで東京よりは安全だろうと信治も思った。

ただ、知らない土地に移る良子の苦労が、思いやられた。舅《しゅうと》は年をとっている。姑《しゅうとめ》は寝たり起きたりの身体である。

「お母さんは、どうしている？」

信治はきいた。

「うむ。あれにはまだお前に赤紙が来たことは言うてない。そのうちぼつぼつ知らせてやるつもりだ。いっぺんに言うと、あのとおり取越し苦労をする婆さんだから、身体にさわるようなことがあっても困るけえのう」

蒲団《ふとん》の中で泣いている母の姿が信治に浮んでくる。

「なあに、広島に行けば安心だよ。太一も親切に世話してくれるにきまっとる。それに、おれの昔友だちもいるけえのう、何かと心強いわい。旅の空の東京とは違う」

東京に何十年と暮らしていても、郷里以外の土地はみんな旅先だというのが英太郎の意識だった。

「広島に帰れば、おれに適《む》くような仕事口も太一が世話してくれるじゃろう。お前も心配せんでもええ。お前が家に帰ってくるまで、おれがみんなを立派に守ってやるぞ」

英太郎はこの思いつきに元気を出したようだった。早くも郷里に戻るよろこびがその萎《しな》びた眼に輝きとなって表われていた。

「広島はええとこじゃ。海をひかえとるから活《い》きのええ魚がいっぱい食える。北のほうは農地が広いから新しい野菜がなんぼでも食える。東京の配給もの暮らしとは違うぞ。それに太一は賀茂《かも》郡のほうに松茸山を持っとるけえ、秋になると松茸がたらふく食える。孫たちを松茸狩りに連れて行ってやったらよろこぶぞ」

英太郎の楽天的な空想はだんだんひろがってゆくようだった。信治を安心させるためよりも、これからの生活に見通しが立ったつもりで父親自身がよろこんでいた。

「ま、それもなァ、お前が他の部隊に移ったときの話じゃ。お前がこの聯隊から動かんだら、おれたちも東京で頑張るよ。こうして面会ができるのが一番じゃけえのう」

英太郎が少し声を落して言ったのは、横に立っている良子の暗い顔色に気がついたからだった。一家の中心になっている良子にはやはり遠慮がある。

それだけに良子の苦労が多い。もし、広島に移るようなことになれば、見ず知らずの土地で、遇ったこともない舅の親戚を当てにして生活を立ててゆかなければならないのだ。

子どもたちもここに長くいるのに飽きがきて、家に早く帰ろうと言いだした。下の子は泣きだした。

「それじゃ、今日はこれで帰るけえのう。この次の日曜日に、良子か、おれかが面会にくる。ま、身体に気をつけて、事故を起さんように、軍務に精励してくれ」

——次の面会はできなかった。

## 11

次の週、三百人を越える召集兵が、聯隊にはいってきた。三カ月の教育召集をすませた二等兵が半数と、既教育の兵長、上等兵、一等兵が半数だった。また、教育召集の経験者は、除隊されて一年後に引っ張られてきた者や半年足らずで来た者もあって、まちまちだった。

佐倉の第五十七聯隊は、軍旗が早くから満州に渡っていて、目下は留守部隊だったので、空いた兵舎がいくつかあり、新しい召集兵を収容するのに不便はなかった。

信治は、石廊下集合で中隊長に指名された他の本召集切替え組と東の端にある二つの兵舎の一つに移った。もとの機関銃隊だった。隣は歩兵砲隊が住んでいた兵舎であった。

信治のはいった仮の中隊には、衛生兵の同僚で飯田茂と安達勉治とがきていた。山崎英夫と、金子正巳、豊田文次郎は隣の中隊兵舎だった。

中隊長は第七中隊長が兼任したが、ほとんど顔を出さなかった。下士官も各中隊から五、六名が狩り集められたけれど、正式な班長ではなかった。この召集兵ばかりの集団が、近いうちに他に移動することは予想できた。

「面会は当分の間禁止される。通信も別命あるまでは出せない」

仮の班長が一同に言い渡した。

もはや、この部隊が野戦要員であることはあきらかだったが、まだその編制にいたっていなかった。

本格的な編制は、別の部隊に移動して行われるだろう。ここにいるのは二個中隊にも足りない兵数だった。本当の編制が師団単位になるか聯隊単位になるかわからなかったが、この二個中隊はその細胞だった。しかも、どこの組織に付着してゆくのか不明であった。

面会禁止は、野戦部隊になったからである。軍の機密であり、動員の秘匿《ひとく》であった。当局は「防諜」に気をつかっている。通信の禁止もそれだ。「別命」は、どこかにすっかり落ち着いてから先ということにちがいなかった。

突然の事態だから、家族に連絡する間もなかった。予告してくれたら、前の日曜日に妻や父がきたとき、次からは面会は不可能と告げることができたのだ。今後の打合せも十分にできたし、その覚悟での別離もできた。子どもたちも見納めに抱き締めてやれたのである。すべてが中途半端な別れ方であった。

が、教育召集のときからがそうだったのだ。三カ月で帰されると思っていたから、そのつもりで、家を出てきた。いっそ赤紙だったら、その心づもりで後事の処理ができたが、それもやっていない。信治は、欺《だま》し討《う》ちに遇ったような気がした。国家に欺瞞《ぎまん》されたのである。

しかし、臨時にあてられた兵舎内の空気は、いままでいた内務班とはがらりと変っていた。みんな軍服はきていたが、軍人の態度になり切っていなかった。家庭から召集されてきたばかりで、「地方人」のにおいが濃く付き、お互いが話すときも、行儀よかった。兵長の襟章を付けた者が一等兵に「あんたは何年の入隊でしたか」などと聞いていた。

勤務はおろか、教練も演習もなかった。それらしいのは朝の体操か、運動のため三、四十分くらい営庭を駆け足で回る程度だった。第一、まだ新しい鉄砲が支給されていなかった。

ここでは各自が洗濯する調子なので、二等兵は上級者の世話をやく必要がいっさいなかった。内務班でごろごろしていてもだれも咎《とが》めず、叱る者はなかった。ただ、炊事場の飯上げと、バッカン返納とは、最下級者の仕事として仕方がなかったが、そのほかは、いっさい平等であった。古年次兵といっしょに煙草を喫《す》っていても、談笑していても、動作が太いとか横着だとかいってどなられることもなかった。忌《いま》わしい私的制裁など思いもよらなかった。

信治は、地獄からにわかに極楽に移ってきたような気がした。ここでは圧迫も懲罰もなかった。すべてが自由人であり、階級章を越えて、互いが人間性を認め合っていた。

寸暇もなく働き、小動物のように絶えず古兵を恐れ、不安に暮らしていたこれまでの内務班の生活とはまるで別世界であった。日夕点呼がすんでも、消灯ラッパが鳴っても、何の恐怖もなかった。まるで合宿生活のようだった。

しかし――その自由は、軍隊の規律の外に成り立っていた。それは市民的で、個人的なものだった。団体的な秩序も統制もなかった。なまじっか軍服をきているだけに、その自由がひどくだらしなくみえた。怠惰に映り、放逸に見えた。

他中隊の下士官が、臨時の班長や班付を兼任していたが、彼らは点呼をとるときにくるだけで、間は、ほとんど顔を出さなかった。その注意も、火災予防に気をつけてくれ、と言うくらいなものだった。火事を出されると困るのである。軍隊では、どの週番士官でも、「今週の着眼事項」のなかに「火災予防」が必ずはいっていたから。

隣の中隊兵舎にはいった山崎英夫がぶらぶら遊びにきた。

前の内務班では考えられぬことである。前だと、便所に行くときでも「山尾は便所に行ってまいります」と大声で言い、班の出入りを明瞭にしておかなければならなかった。声が小さいと、やり直しをさせられ、「この野郎、娑婆《しやば》っ気《け》を出しやがって」と殴られた。黙って行動することはいっさい許されなかったが、この中隊兵舎に入れられてからは、脱柵《だつさく》をしないかぎり、どこに姿を消そうといっさいが自由であった。

山崎は、教育召集から本召集に切り替えられたとき、見るも気の毒なくらい、嘆き悲しんでいた。この「優等生」は率先して内務のいやな雑用に励み、同僚たちをまとめ、学習にいそしみ、上級者に気に入られるように立ち回っていた。が、眼から鼻に抜けるような利口な山崎でも、まさか自分が本召集に切り替えられる組にはいるとは考えもしていなかった。

信治は、山崎が気の毒と思わないことはなかったが、一方では自業自得だと思っていた。お前があんまり成績を上げるから赤紙に当ったのだ、とひやかしたが、山崎は唸《うな》るだけで一言も返答できなかった。山崎のこれまでの努力は、上の者に認められようという勤め人の習性的な根性からであり、大学出という優越意識であり、また自分に向かう私的制裁から逃れようとする利己主義からであった。

「おい、もとの中隊に残っている連中がこっちにくるらしいぞ」

山崎は聞きこんだ情報を信治に伝えた。

「みんなこっちにくるのか。そんなに衛生兵が要るのかなァ?」

信治は勘違いした。

「いや、衛生兵じゃない。古兵連中がくるらしいぞ。そう多くはないらしいが」

山崎は言った。

「それじゃ、名前を呼ばれなかった衛生兵は三カ月の予定どおりに、あと十日ぐらいで除隊になるのか?」

信治には古兵よりもそのほうが気にかかった。今はその不公平のほうが問題だった。

「それはまだ聞いていない。除隊になるかもしれんし、まぎわになって赤紙ということになるかもわからん」

「おれたちだけが残って、ほかの連中が家に帰されるんじゃ、おれたちが浮ばれんよ。それじゃ、あんまり不公平というものだ」

「ここは不公平だらけだ」

と山崎は顎の横に皺をつくって言った。

「公平なことが何一つあるかい？　それが軍隊というところだ」

「ほう、いやに覚悟がよくなったじゃないか？」

当座、深刻な顔をして打ち萎《しお》れていた山崎の姿を知っているだけに、信治は彼を見直すような思いになった。

「おれは運だとあきらめたよ。覚悟をつけた。運と不運だ。野戦に行かんでも不運な奴は病気や事故で死ぬ。運のいい奴は野戦に行っても生きて帰還する。兵隊にとられて、昇進が停まるのはおれだけじゃない。銀行の応召者には、先輩もいるし、同僚もいる。戦争が激しくなると、ますます兵隊にとられる者がふえる。そう思ってからは、いくらか心が落ち着いたよ」

贅沢《ぜいたく》をいう男だと信治は山崎の言葉を聞いていた。この男は銀行での出世が停まることばかり心配していたのだ。兵隊に出ても給料が保証されている彼と、無収入の自分との相違を、またしても思わないわけにはゆかなかった。

「それよりもだな」と、山崎は言った。

「もしかすると、こっちの中隊に安川古兵が移ってくるかもしれんぞ」

「えっ、安川古兵が？」

信治は、頭上に石が落ちたようになった。せっかく離れた悪魔が再び引き返してくるような衝撃だった。

「そりゃ、ほんとうかい。どこから聞いた？」

思わず、急《せ》きこんで訊くと、

「いや、まだ確かというわけじゃないがね。なんだかそんな予感がするだけさ」

と、山崎は憂鬱な表情で答えた。

「そんなはずはなかろう」と、信治は山崎の予感なるものを否定した。

「安川古兵は病気もちだぜ。あのとおりの神経痛だ。勤務にも就かず、演習にも出ていない。近いうちに行なわれる弱兵整理にかかるかもしれない兵隊だ。そんな病人の兵隊を、野戦に連れて行くわけはないよ」

「あの神経痛が本ものなら、そのとおりだがね。あれは仮病《けびょう》だからな」

山崎も信治と同じ見方であった。そう疑っている者は多かった。

「中隊の幹部は知っているのか？」

「もちろんわかっているよ。知っていて知らぬふりをしているのは、安川古兵が札付きの兵隊だからさ。中隊では、また大きな事故を起されては困るから、腫《は》れものにさわるようにしているだけさ、だから、今度の動員は、中隊にとってもっけの幸いなんだ。また野戦部隊に転属させて、厄介払いをしようとしているんじゃないかな。これは、まったくおれの想像だが、どうもそう思えてならんよ」

「うむ。……」

信治は、山崎の言うことも一理あると思った。いや、その可能性は十分にあるように思われた。

弱兵整理で除隊されたいばかりに仮病を使っている安川が、逆に野戦部隊に転属になるのは痛快でないことはなかった。信治は安川に人一倍虐《いじ》められている。その仕返しが安川の転属というかたちで現れるのはうれしかった。が、しかし、その安川がこの中隊にはいってくるようでは、その腹癒せが腹癒せにならなかった。またも彼から、狂暴な私的制裁を受けるかと思うと、身の内が冷えてきた。

「心配するなよ」

山崎は、信治の顔色が変ったのを見て、肩に手を置いた。

「こっちにくれば安川古兵も変ってくるよ。これまでとは勝手が違うからな。こっちの中隊は安川古兵よりもっと年次の古い召集兵がいっぱいいるし、兵長や上等兵がごろごろしている。安川古兵も威張ってはいられないよ。それに今度は上官も彼に遠慮なんかしないだろうから、彼はずっとおとなしくなると思うがな」

山崎の分析は筋が通っていたが、果してそのとおりになるかどうかはわからなかった。

「お前は、安川古兵に受けがよかったからそんなことを言うけどな。おれはずいぶん憎まれたからなァ」

「うむ。お前には、ちょっとひどかったな。あれは、どうしたんだろうな？」

山崎は少し気がひけたように言った。

「性《しょう》が合わなかったんだろうな。べつに、どうということはないのにさ」

「そうかもしれん。しかし、安川古兵がこっちに移ってくると決まったわけじゃなし、そう取越し苦労することもないよ。……しかし、野戦部隊というのは、初年兵には楽だなあ。内務班で締めつけられることもないし、殴られることもない。まったく、のんびりしている。これで軍隊かなァと思うよ。……だが、おれたちは、いったいどこに連れて行かれるんだろう。南方だという見方が強いけどな」

南方行きの可能性が強いことは、信治も召集兵たちの話で知っていた。兵隊の噂は適中率が高い。

それにも見方が二通りあって、この一個中隊のままで現地に行き、そこの部隊に編入される、いわゆる増援部隊だという説と、いや、内地のどこかで一個師団くらいの編制が行なわれ、それにはいるのだという予想とにわかれていた。

どっちにしても、この佐倉の聯隊はしばしの仮の宿であった。この中隊兵舎にはいっている召集兵たちに「地方人」気分が抜けないでいるのも、自身にまだ仮の軍隊だという意識があるからだった。いわば、地方人と兵隊の中間であった。

が、そのうちに信治は、彼らの自由な、自堕落ともみえる様子が、そればかりでないことがわかった。やがて野戦という死に直面した曠野《こうや》に立たされる恐怖と絶望感が、召集兵たちの投げやりな態度になっているという彼らは、そんなことは口にしなかった。なかには満州で戦った経験者もいた。「北支」や「中支」にいたという者も少なくなかった。そこで一年前まで戦争していたという兵長もいた。「匪賊《ひぞく》討伐」の話や、「徐州《じよしゆう》会戦」に参加した話はしきりとしていたが、南太平洋方面の話は出なかった。今から行くにちがいない戦線の話がいっこうに口から出ないのである。彼らがその戦場を踏んだことがなかったからではなく、また、戦局を知らないからでもなかった。いや、彼らは新聞を読んで戦局を察していた。八月にガダルカナル島に上陸した米軍を、日本軍はまだ撃退できずにいた。すぐにでも海の中に追い落せると大本営の発表は当初いっていたが、三カ月経った今でも米軍が敗退したという報道はなかった。攻防戦がつづいているのだった。軍発表の新聞記事は、しきりと敵の物量作戦を書きはじめた。よく読めば、その裏には日本軍の劣勢が推測できた。

召集兵のなかには、半年前まで西南太平洋の島で海軍軍属としてラバウルの基地の建設に当ったという者がいた。一等兵の彼は、ニューブリテン島のラバウルが要害堅固に構築されていて、どんなに敵の攻撃を受けても二年や三年ぐらいでは落ちないこと、この基地がある限りは日本海軍艦隊は広い海域に自由自在に出撃できることを景気よく話していた。彼はたぶん、土木業者の人夫らしかったが、彼が唯一といっていいくらい南方戦線の話をした。しかし、だれもそれを深く聞こうとする者はいなかった。

それは陸軍と海軍の違いによる縁のうすさからではなかった。そうした南太平洋の戦局の激烈さを想像するにつけても、皆は今度こそは「生還の期しがたき」を察しているのだった。口でこそ言わないが、「今度はだめだ」とその表情が言っていた。

　彼らの現在のだらしなさも、その覚悟の前面に横たわる虚脱であった。放縦も、自堕落も、およそ無秩序な非軍隊的雰囲気は、その投げやりな気分からきていた。そのくせ、騒ぎもせずに静かでいるのは、そのためであった。
　四、五日経つと、信治のいる中隊に二十人ぐらいの佐倉聯隊の兵が転属してきた。前に信治がいた第六中隊の者ではなく、他の中隊からだったので、知っている顔は一人もいなかった。上等兵が二名で、あとは一等兵ばかりだった。みんな元気がなく、硬《こわ》ばった顔をしていた。彼らはおどおどした様子で割り当てられた寝台に腰をおろし、手箱に私物を入れていた。
　山崎がすぐにやってきた。

「おい、安川古兵がやっぱり転属してきたぞ。おれの中隊だ。班は違うけどな」

「ほんとうか？」

　かすかに予想しないではなかったが、やはり氷をぶっつけられたような思いになった。隣の中隊というのが、せめてもの救いであった。

「で、どんな様子か？」

「いや、それがな、彼は、まったく別の人間のようだったよ。蒼い顔をしていてな。廊下を打ちしおれた様子で歩いていたよ」

山崎は、その印象を早く伝えようとするかのように声をはずませていた。

「何か、お前と話したかい？」

「うむ。顔を合せたから仕方がない。古兵殿、と言うと、安川古兵は元気のない眼でおれを見てな、おお山崎か、と力弱く言っただけで向うに行ったよ」

「………」

「そうそう、安川古兵は、もうびっこをひいてなかったよ」

## 12

信治の所属する部隊約二個中隊が佐倉から九州に移動したのは十二月下旬であった。博多《はかた》駅に降ろされ、福岡の歩兵第二十四聯隊の兵舎に五日間滞在した。この間、なんの命令も教練もなく、ぶらぶらと遊んだ。中隊が違うと兵舎まで別なので、信治は安川の姿に遇わなかった。運動のために聯隊を出て大濠《おおほり》公園を駆け足で一周したりしたが、そのときは見知らぬ他中隊の兵隊がだいぶんふえていた。彼らは九州訛りで話していた。

そのついでに近くの何とかいう神社に将校の引率で参拝した。神社は高い石段の上にあり、一同で武運長久を祈願した。

そのころから兵隊の間に、ニューギニア方面に向かうのだが、ひとまず朝鮮に渡り、そこで新しい兵団が編制されるという噂がひろまっていた。信治は武運長久を祈りながら、もう無事には家族のもとには帰ってこられないのではないかと思った。佐倉を発ち、東京を過ぎ、家族のいる土地がしだいに遠ざかると、肉親との間を引き裂かれてゆく実感に襲われた。

福岡の聯隊を完全武装で出発したのは未明であった。銃と背嚢《はいのう》に冷たい雨が降りそそいでいた。港までの沿道には憲兵がところどころ立った。うす暗い道を市民が三々五々にかたまり、隊列に沿って歩いていた。女が兵隊に近づいて話す。憲兵が追い払う。それでも、家族は雨に打たれて執拗についてきた。妻は泣いていた。出動は秘密にされているのに、この出発時間を家族に知らせる兵隊がいたのだった。

信治は、良子は、自分がまだ佐倉にいるくらいに考えているだろうと思った。急に面会が禁止になったので、近く移動するとは察しているだろうが、その直前には最後の面会が許可されると思っているのではあるまいか。それとも、行先はわからずとも移動のハガキぐらいはくると思って待っているのではなかろうか。今ごろ博多から朝鮮行きの船に乗りこむとは想像もしていまい。

この前の面会で、区役所のだれが自分に教育召集の指名をしたのかを、金井の細君にたのんで兵事係の牛島という係員から聞き出してもらうように良子には言っておいた。それを手紙かハガキで知らせる暗号も打ち合せたが、あれは成功しただろうか。もう二十日ばかりも経っているので、あるいは良子はその通信を出しているかもしれなかった。

（おれに召集令状を宛てた人の名は、近所の何々さんの家では男の子が生れましたと、

書くのだ。たとえば、その兵事係が梅田という名だったら、梅田さんの家では男の子が生れました、と書いてくれ）

だれが男の子を生んだのか、早く知りたいものだ。

兵隊宛ての郵便物は、佐倉聯隊から部隊の落着き先に回送されるだろうか。信治はそれが心配になってきた。朝鮮にはどのくらい置かれるかわからない。新兵団の編制が完了するまでの仮の滞在だとすれば、そう長くはない。朝鮮の部隊に郵便が回送されても、戦地に出発するまでにまに合うかどうかわからなかった。ニューギニアくんだりに行ってしまえば、手にはいる見込みはさらにうすかった。懲罰的な召集をかけた男を永久に知ることなく終りそうでもある。

肉親との間を引き裂き、戦地に追いやった男の名がわからずじまいになる。が、死ぬ前にそれだけは知っておきたかった。

輸送船では貨物室に入れられた。詰めこまれた兵隊で身動きができない。吃水線《きっすいせん》すれすれだったので、丸窓から鉛色の海面が眼と水平に動いていた。敵潜を警戒する護衛の駆逐艦が艦首を波に上下させながら並行するのを見たとき、信治は初めて戦争の入口に身を置いた自分を知った。

釜山《ふざん》の港からすぐに汽車に乗った。見送りの群衆もなく、万歳の声もなかった。ホームは憲兵と駅員の姿だけで、乗車と同時に窓に鎧戸《よろいど》が下ろされた。行先が京城《けいじょう》らしいとは皆の話でわかったが、どこをどう走っているのかわからなかった。

夜中に眼がさめたとき汽車はのろい音を立てていた。坂を上っているらしかったが、その様子が山陽本線の八本松と瀬野の間の汽車の徐行に似ていた。あのへんは急勾配《きゅうこうばい》で、たしか両駅の間の信号所で機関車をもう一つ付けたようにおぼえている。十年前、父親といっしょに初めて東京から広島に行ったときだ。八本松をすぎると汽車は速力をあげ峠《とうげ》を下った。

広島では、父親の従弟というのにはじめて会ったが、色の黒い、眼の大きい、獅子鼻《ししばな》の男だった。坊主頭は白髪だったが、やさしい広島弁も商人の狡猾《こうかつ》な口調に信治には聞えた。その妻は無口な女だったが、たえずこっちの様子を上眼づかいに見ていた。あとつぎの長男は働き者のようだが、赭《あか》ら顔《がお》の、肥ったその妻は、とりとめのないことを大声でしゃべる女であった。気のいい父親は、従弟ににこにこして話しかけたが、向うでは表面《うわべ》だけの愛想で接していることがよくわかった。父親はそれに気がついていない。東京に帰るとき、ちょうど採れたばかりの松茸を小さな籠《かご》にもらったが、東京の近所には「従弟の松茸山」を吹聴していた。今度、その従弟をたよって父親は皆を引きつれて行くという。父は留守をまもる責任者のつもりでいる。従弟一家の迷惑顔が信治には見えるようだった。身体の自由が利かない姑と、小さい子三人を抱えた良子のこれからの苦労が思いやられた。といって、信治には、さし当っての思案もなかった。教育召集につづいての赤紙と野戦行きでは、ことは急すぎた。

――喘《あえ》ぎながら坂を上っていた汽車がとまった。便所に行って窓の隙間からのぞくと、ホームの駅名は「秋風嶺」とあった。暗い外灯よりも、凄《すご》いほど明るい月光で読めたのである。窓ガラスは凍っていた。

竜山《りゅうざん》には午後に着いた。銃を担《かつ》ぎ、駅から徒歩で練兵場に向かった。その長い軍列は、九州部隊を加えて一個大隊にはなっていた。信治は朝鮮の街を初めて見た。竜山は京城と隣り合っている。ここにも冷たい雨が降っていた。

濡れながら練兵場で部隊の受領者である将校から中隊区分を受けた。福岡から引率してきた第二十四聯隊の輸送指揮班、といっても下士官たちだけだが、彼らはここで引き返した。

練兵場の向うに赤煉瓦造りの兵舎が見えた。小さな煙突をいくつも持った洋館のような建物である。裸梢のポプラの林が囲繞《いにょう》しているので、まるで北欧のような景色だった。そこには、歩兵聯隊が二つならんでいた。第七十八聯隊と第七十九聯隊。が、このときは第二十二部隊と第二十三部隊といった。信治は第二十二部隊の第六中隊に配属された。

中隊の舎前で、准尉が兵員受領名簿を次々と読み上げた。

「安川哲次」

と、准尉が言った。

「はい」

低い返事だったので、准尉が顔をあげた。視線は信治から離れた整列の中に向かった。姿こそ見えないが、久しぶりに聞く安川の声であった。

「呼ばれた者は大きな声で返事をする」

准尉が気むずかしい顔で言った。信治は佐倉聯隊の石廊下集合の夜を思い出した。あのときは本召集の中にはいった衝撃で急には返事ができなかった。安川の返事が低いのは初年兵の初心からではなく、古兵のふてぶてしさからである。ここでも安川は横着を構えようとしているのか。相変らずだな、と信治は思った。

「以上呼ばれた者は第一班だ」

准尉は区切りをつけて言った。

「次に呼ぶ者は第二班にはいる」

終りのほうで信治の名が読み上げられた。

このとき、信治の胸に急激に一つの考えが湧いた。この聯隊は仮の宿舎である。兵団の編制ができ、ニューギニアに向かって出発するのだ。最後である。何とかこの聯隊に残してもらいたかった。准尉は中隊の人事掛である。中隊も仮の宿だが、その人事掛の権限で兵の一人ぐらいは野戦部隊の編制から外して、この中隊に取ってくれるように思われた。

第二班の人名の読み上げが終ったころ、信治は整列から離れて准尉の真ん前に出た。そこで捧げ銃をした。准尉は将校待遇だから、そうした敬礼をしなければいけないと思ったのだ。

「なんだ？」

准尉は、それが突然だったので、ちょっとびっくりした眼で捧げ銃の衛生二等兵の顔を見た。

「陸軍衛生二等兵山尾信治であります。准尉殿に申し上げます。自分は色版画工でありますが……」

信治は、背後に幾百人という兵の注目を意識しながら懸命に言った。生命のためなら、なりふりかまっていられなかった。軍隊は、他人の思惑《おもわく》に遠慮しては損なところである。

「……色版画工というのは、文字をきれいに書く仕事でもあります。筆耕として中隊事務室に使っていただきたいのであります」

信治が言い終ると、准尉はそれには黙って、列にかえるように顎をしゃくった。

中隊事務室ではおびただしい書類をつくっている。そのほとんどが聯隊本部宛ての報告書だったが、なかには聯隊本部から回った指示とか会報とかを写したり、ガリ版にしたりするのもあった。その文字書きは、能筆の兵がえらばれているが、ほとんどが楷書《かいしょ》で書かれた。

信治が准尉に申し出たのは嘘ではない。色版画工は図案を描くと同時に、文字もひと通りは上手に書かなければならなかった。意匠文字のほかに、隷書《れいしょ》も楷書も行書《ぎょうしょ》もこなさなければならぬ。専門の文字書きが街にいたが、よほど特別なものでないと金を出してまで頼まない。ラベルなどはとくに隷書や楷書が多かった。徒弟時代、師匠は文字をやかましくいった。文字が書けなければ、画や図案がどんなにうまくても、画工として一人前の職人とはいえなかった。信治は習字の手本についてずいぶん練習してきた。印刷物の文字は気品とか味とかを要さない。いや、個性があってはいけないのだ。形が美しければよい。それには信治も自信があった。

特技を持った兵は、何かにつけて軍隊で重宝がられて得《とく》である。わずかな期間だったが、佐倉の聯隊にいるとき、それを見聞していた。他班の兵だが、中隊事務室に筆耕で勤務する一等兵が上等兵よりも威張っているようにみえた。その兵は演習にも間稽古《まげいこ》にも出ず、肉体的労働の勤務からはいっさい免除されていた。

信治は、そのような特典よりも、この第二十二部隊にこのままずっと残してもらいたかった。朝鮮軍は、朝鮮警備が重大だから、絶対に外地に出動することはない。竜山が第二十師団で、羅南《らなん》が第十九師団である。両師団とも朝鮮の押えである。

准尉がこっちの言うことを考えてくれるかどうか信治にはいっさいわからなかった。どこまでそれが耳にはいったのかすら疑わしかった。准尉は中隊に受け入れた兵を各班に割り当てることで頭がいっぱいのようだった。

「つぎ、第三班は……」

准尉は忙しく続きを読み上げていた。山崎は第三班の配属だった。

内務班に落ち着き、身軽になってから信治は便所に立った。廊下を歩いていると、隣の班から出た兵と顔が合った。これは正面だから避けようもなかった。

信治は反射的に安川に敬礼した。屋内だから脚を揃えて停止させ、三十五度に背を曲げた。が、習性で眼が怯えていた。

安川も彼を見た。その表情に、一瞬のとまどいが見えた。怕い顔をしたものか、別な表情をつくったものかと安川が迷っているのがわかる。が、彼は思い切ったように、顔を崩した。

「おお、山尾か」

安川の声は、反歯《そっぱ》の間からの柔らかい調子であった。

「お前はどこの班にはいったのか?」

安川は懐しそうにきいた。

「第二班であります」

まだ油断がならないので、信治は硬くなって答えた。

「おう、それじゃ隣の班だな。おれはこの第一班だ。……遊びに来いよ」

安川は誘った。

「古兵殿も、いっしょにこっちに来られたのでありますか?」

知ってはいたが、挨拶代りにきいた。

「うむ。お前らといっしょに野戦部隊に転属だ。これからはお前らとは戦友だからな。よろしく頼むよ」

意外な愛想のよさに信治のほうが困った。

安川は信治にゆっくり一歩近づいて言った。

「なあ、山尾。もう、これからはお前たちに気合を入れることもないから、安心してくれ。いや、一期の検閲がすむまではな、初年兵はどこの部隊でも古年次兵から気合を入れられるものだ。これは軍隊の習慣《ならわし》だからな。おれだってやりたくなかったが、あのときは、仕方がなかったのだ。班長の命令でもあったしな。気合を入れないと初年兵はいつまで経っても兵隊らしくならないというわけさ。ま、お前も一期の検閲が終ったようなものだから、一人前になったわけだ。もう気合は入れんから、おれを恐れんでもいいぞ」

最後のほうを軽口めいて言うと、眼を細めて、にっこり笑った。

小便をしながら、信治はいま会ったばかりの安川の顔を泛《うか》べていた。福岡にいるとき、山崎の話でだいたいわかっていたが、安川がああまで砕けていようとは思わなかった。むしろこっちの機嫌をとるようなところがあった。

あれは自分らに私的制裁を加えてきた体裁の悪さからであろうか。班長の命令で気合を入れざるを得なかったというのは安川の言訳だ。凶暴な制裁は彼の自発性から出ている。仮病で外出のできない鬱憤、鬱積した青黒い禁欲の塊が、あの嗜虐的《しぎやくてき》な暴力に噴出口を求めていたのではなかったか。

お前たちに気合を入れたと安川は言ったが、とくに意識的に彼から虐待されたのは自分ではないかと信治は思った。たちという複数的な言い方で安川はそのへんをごまかそうとしている。それは安川自身にも、何をしてきたかわかっているからである。

(三カ月の教育召集で来たから、あと二十日ばかり経つと家に帰れる、カアちゃんが抱ける、という夢ばかりまだ見ているにちげえねえ。そんな野郎が、かりにも帝国の軍隊にもぐりこんでいるから、前線の旗色が悪くなるのだ。おれが、今からそのトボケた夢をさまして軍人精神を入れてやるから、そのつもりでいろ)

真ん前に立って、右肩をあげ、眼をむき、唇の端を痙攣《けいれん》させながらどなる安川の顔や声が蘇り、班長室に寝かされるほど殴打で頬が紫色に腫れた記憶が戻ってきた。上靴が顔に飛んできた瞬間、眼前に閃光がひろがり、頬桁《ほおげた》が砕けるかと思われたあの経験。——

安川は弱兵整理のなかにはいるのに失敗し、かえって野戦部隊に投入されてしまった。そのために気が弱くなったのか。それとも見ず知らずの兵隊に囲まれて、当分は猫をかぶるつもりでいるのだろうか。

便所から戻ると、山崎がやってきた。

「おい、陸軍病院にいた向井《むかい》上等兵な、ほら、おれたちに気合を入れていた教育掛の上等兵さ」

そうだった、あれは向井といっていた。意識が朦朧《もうろう》となるほど、陸軍病院の中庭の地面に四つん匍《ば》いにさせた男だ。内務班の安川と病院の向井と、往復で私的制裁を受けたものだった。

「あの向井上等兵が、兵長に昇進して、こっちに来てるぞ」

山崎は発見を告げた。

「えっ、こっちに？」

「うむ。この聯隊の講堂に泊まっている。講堂はおれたちより一足先に南方に行く兵隊でいっぱいだ。五日前にこっちに来たといっていた。どうもこの京城は南方に行く部隊編制の基地らしいな」

「おれたちといっしょに、向井上等兵たちも、行くのかな？」

「いや、向うが早い。あと三、四日ぐらいで出発だといっていた」

「お前は向井上等兵と話をしたのか？」

「講堂の前で、偶然に遇った。まあ上がれと向井上等兵、いや、兵長が言ったので、おれもついて中にはいった。兵員を入れる兵舎がないので、連中は講堂に蓆《むしろ》を敷いて寝起きしている。向井は、佐倉にいたころの元気をすっかりなくしているよ。おれの顔を見て、懐しがってな、みんながこっちにいるなら呼んでくれ、もう気合は入れんから安心して来いといってな」

山崎について講堂のほうに向かうと、信治は途中で二つの奇妙な演習が行なわれているのを見た。

# 13

信治が見た演習の一つは、戦車に向かう手榴弾《てりゆうだん》攻撃だった。戦車の木製模型が実物大に二台つくられて営庭に据えてあった。兵隊たちが集まって一人ずつ戦車の前に突進する。その少し手前でタオルに包んだ石を戦車のキャタピラ目がけて投げつけるのだ。若い将校が命中の具合を見て「よし」とか「やり直し」とか判定を叫んでいた。兵隊はそれを次々と練習していた。

敵戦車への肉弾攻撃であった。戦車に押し潰されるのを覚悟させる演習である。「よし」というのは手榴弾がキャタピラに爆発して戦車を擱坐《かくざ》させた想定である。石の当て方が外れたり、手の振り方が悪かったりする兵は何度でもやり直しをさせられていた。

子どものころに信治は、どこかの練兵場で兵隊が石を包んで縛ったタオルや手拭いを投げる演習を見たことがあった。丸められたタオルの先が飛ぶとき、その端は空中に尾を翻《ひるがえ》しながら弧線を描いたのを憶えている。それも手榴弾の演習だったのだ。石をタオルに包んで投げる手榴弾の練習道具は二十数年経った今でも変っていなかった。

戦車に肉弾で体当りする演習を信治は山崎としばらく足をとめて見物したが、講堂のほうに歩き出してから何ともいえぬ気持になった。対戦車の近代兵器は日本にないのだろうか。ノモンハンではソ連の戦車隊に日本軍が悩まされたというが、そのときの教訓で肉弾攻撃がもっとも効果的な兵器として判断されたのであろうか。それは戦車のキャタピラの下敷になって踏み潰される練習でもあった。子どもの石投げ遊びみたいなものだったが、兵隊たちの動作や顔色には、他のいかなる演習よりも真剣味が溢れていた。「死生を貫くものは崇高なる献身奉公の精神なり。生死を超越し一意任務の完遂に邁進《まいしん》すべし」（戦陣訓）。兵隊たちの脳裡には、南方の灼熱《しやくねつ》した荒野や砂漠で地をゆるがして突進してくるアメリカの戦車が拡大されて映っているにちがいなかった。

もう一つの演習は、高所から垂らした綱を伝って降りる動作だった。足がかりとして高さ五メートルぐらいの煉瓦壁ができていた。綱から途中で手がはなれて転落しても砂場が身体を受けるようにしてある。煉瓦壁に上るため両端に梯子がかけてあった。壁上には数本の綱が結びつけられ砂の上に垂れているが、その数条の綱にぶらさがって兵が下降する。はじめは何の演習かわからなかったが、下に実物大のボートの模型が置いてあるので理解できた。輸送船が敵弾にやられたとき、船上から海に脱出する練習であった。高い壁は船腹だった。

信治は、戦車の肉弾攻撃よりもこの轟沈船《ごうちんせん》からの脱出演習のほうが衝撃だった。戦車攻撃は、歩兵のすることで衛生兵の任務ではないという点でまだ安心があった。しかし輸送船からの脱出はまもなく自分の身にふりかかってくることだった。

泳ぎに自信のない信治は、船の沈没がいちばん怕かった。朝鮮海峡を渡ってくるときもずいぶんと気持の悪い思いをさせられた。よほど風呂敷包みの中から褌《ふんどし》を何枚かとり出して長く縫い合せようかと思ったくらいである。海中に投げ出されても、浮漂物にとりすがって助かるという希望がないではない。が、上にあがるまでに鱶《ふか》の襲撃があるかもしれなかった。玄界灘《げんかいなだ》は鱶が多いという。その鱶は、自分の体長よりも長いものを嫌うので、何枚かを継いだ褌を締めて裸で泳ぐと褌が延びて安全だといわれていた。信治は、混み合う船内を見渡したが、だれも褌を縫う者はなかったので、心が臆し、それだけはとりやめた。

朝鮮海峡と西南太平洋とでは、事情がまったく違うのだ。朝鮮海峡は内地と朝鮮との重要な連絡路で、この連絡が絶たれたら日本は半身不随となる。だからこの海路に対する海軍の警戒は厳重であった。しかし、太平洋となると海域は広大だし、英米の艦隊や潜水艦がうろうろしている。敵は日本軍に占領された諸島の奪回が第一目標なので、太平洋に作戦の重点を置いているのだ。

ニューギニアというのはおぼろにその位置に見当がつくだけで、どのへんにあるのか、そしてそこにどのような航路で到達するのか、はっきりとはわかっていなかった。が、頭の中のあいまいな地図ではビルマだかインドだかのずっと下のほう、オーストラリアの近くにあるような気がする。朝鮮からそこまで船で行くのに、いったいどれくらいの日数がかかるのか見当もつかなかった。長い輸送船の航海が敵潜や敵機から無事ですむとはとうてい思えなかった。

高所に立つと脚がふるえる信治は、五メートルもあるような煉瓦壁から綱を伝って地上に降りる演習はとてもできなかった。画や文字はこなせても、運動神経を要する動作に不器用な彼は、縄一本に両手をかけて滑り降りるようなことははじめから無理だった。ましてや、沈みゆく船の船腹を伝って波浪に揉《も》まれる下のボートに飛び移る芸当など不可能だった。その前に恐怖で身体が動かなくなるか、倒れるかするにちがいなかった。海中に投げ出されてから死ぬ前、つまり窒息《ちっそく》によって意識を失う直前の、眼や鼻や口になだれこんでくる水量の圧倒を想像するだけでも、その苦悶が神経に湧き上がった。「身心一切の力を尽し、従容《しょうよう》として悠久の大義に生くることを悦びとすべし」という「戦陣訓」の「死生観」の一章が、またも信治の眼に泛んでくるのだった。

講堂にはいると、向井は板の床に敷いた蓆の上にすわっていた。彼も、まわりにすわっている兵もすでに開襟の夏軍服に着かえていた。向井の襟には真新しい金筋一本の兵長の階級章が付けられてあった。臨時兵舎となった講堂は、演芸会の観衆のように人員が雑然と詰まっていた。

「おう、来たか」

胸に衛生兵の徽章をつけた向井は金歯を光らせて山崎に言ってから信治に眼をむけたが、よく憶えてない眼だった。おびただしい衛生兵を次々と教育してきた向井がいちいち相手の顔を記憶しているはずもなかった。陸軍病院の中庭で制裁を加えたことも集団単位で、一人一人の印象は向井になかった。

「もう、気合は入れんから安心せい」

向井は山崎に伝えたようなことを信治に言った。向井といい、安川といい、制裁を加えた人間は同じようなことを言っている。それは寝ざめの悪さからではなく、彼らが陸軍病院なり部隊の内務班なりから離れて異郷に来た心細さにあるようだった。ここではなるべく皆に憎まれないようにしたい自己防衛の心理が働いていた。野戦に出ると「鉄砲の弾《たま》は前から来るとは限らない、後ろからも飛んで行く」という部下の脅《おど》し文句が上官の真剣な危惧《きぐ》になっていた。軍隊内務書綱領の「弾丸雨注ノ間尚《なお》克《よ》ク身命ヲ君国ニ献《ささ》げる」その弾丸雨注に背後からのものが混入していたとしても判別のしようはない。向井は無精髭を伸ばし、やつれた顔をしていた。陸軍病院では薔薇色《ばらいろ》の頰と青い髭剃りのあととが健康的な対照を示し、きびきびした生彩のある兵隊だったのに、いまはその頰も艶《つや》を失っていた。

「今度はおれもだめだ」

向井は元気なく笑った。

「夏の軍服を着ておられるところを見ると、兵長殿たちはまもなく出発でありますか？」

山崎が遠慮がちにきいた。

「もうあと二、三日かもしれん。この夏服じゃ寒うてたまらん。ここは兵隊が詰まっているから人蒸《む》れでいくらか暖かくて助かっているがの。夜は冷えこみが激しい。毛布の下に肌を刺すような寒さが徹《とお》って睡りもできん。朝鮮がこんなに寒いとは思わなかったよ」

向井は、ここには暖房設備もない、お前らの内務班にはペーチカがあって暖かいじゃろう、ときいた。

「ペーチカはありますが、石炭が不足しているので、班内の空気を暖めるほどにはなっていません。ペーチカに背中をぴったりとくっつけて、はじめて暖かさがわかるくらいです。こんな厳寒用の繻袢《じゅばん》袴下《こした》をもらっていますが、やっぱり寒いです」

厳寒用の茶色のシャツとズボン下は純毛混紡で、地が厚く、コールテンのように筋目がはいっていた。

「おれたちも、こっちにいる間は同じものを支給されて着ているがな」

と、向井は開襟服の胸元にのぞいている茶色のシャツをさした。

「こんなものじゃ防寒の役に立たん。それに虱《しらみ》がたかりよるしな。筋の間にひそんで、いくらでもタマゴを生みつけよる。取っても取っても取りきれん。南京虫はわんさといるし、こうなると早う暑い南方に逃げ出したくもなるよ」

内務班も虱と南京虫の巣であった。毛織りの防寒繻袢は虱の格好な棲息《せいそく》場所で、向井の言うとおり、コールテンのような筋の間に群がって潜んでいた。そのタマゴは砂粒を入れたように、白い艶を光らせていた。南京虫は藁蒲団《わらぶとん》の下から匍い上がって駆けめぐった。皮膚の弱い者は、いつも手足を赤く腫らしていた。

「お前たちも、おれたちのあとから早く来いよ。いつ、こっちを出発するのか？」

向井はきいた。

「まだ、よくわかっていません。もうまもなくと思いますが」

山崎が答えた。

「待っているからな。まあ、お互い、元気でゆこう」

向井兵長は最後に言ったが、彼の眼には今生《こんじょう》の別れといった悲しげな色が浮んでいた。講堂から内務班に帰るとき、轟沈船の退避演習から戻る兵隊に会ったが、六人がかりでボートを運んでいた。気のせいか、どの顔にも生色がなかった。向井も今度はだめだ、と言った。たぶん大陸戦線にも参加したにちがいない彼は、戦争がいかなるものか経験してきたろう。アメリカ軍やイギリス軍相手では勝ち目はないと彼らは思っている。現地を踏まない以前から兵隊の間には敗戦気分が横溢《おういつ》していた。

向井は、待っているからな、と別れぎわに言った。死の招きである。死ぬ仲間は大勢のほうがいい。そのような気持にもとれた。

何としてでも朝鮮にとどまりたい、と信治は思った。ここから足が離れたらいっさいが終りである。この聯隊に到着したとき、中隊の准尉に、文字書きの特技を「申告」したのも、その切羽《せっぱ》詰まった気持からで、ああいう大胆な行動に出ようとは自分でも思ってもみなかった。

准尉からは、その後、なんとも達しがなかった。あの「申告」が耳に残っているかどうかもわからない。聞いてはいたが、相手にしないのかもしれぬ。中隊事務室に筆耕をする兵がいればまに合っているわけだ。

が、それよりも、野戦要員から一人の兵を部隊に取るのは不可能事にちがいない。中隊の一准尉の権限を超えたもっと巨大な国家権力の中に羽交締《はがいじ》めにされている自分を、信治はもう一度あらためて知る。名もない兵隊がそうなのだ。それも、たった一枚の召集令状のためである。

兵器のことでは、たとえば銃の手入れが悪いとき、古年次兵は後輩の兵によく言う。

「銃はな、このうえもなく大切なものだ。大切な証拠には、忝《かたじけ》なくも菊の御紋章が銃身にちゃあんと付いている。銃はかけ替えがないが、お前らは赤紙一枚でいくらでも補充がつく。昔はな、一銭五厘のハガキ一枚で軍隊に引っ張り出せたものだ。このごろは物価が上がってるが、それでもまだ安いものだ」

鉄砲の大切さは、軽機関銃から機関銃、歩兵砲、大砲と、兵器が上に伸び、兵器はさらに軍服、襦袢、袴下、帯革、沓下《くつした》、靴、背嚢《はいのう》、飯盒《はんごう》、襟被布《えりひふ》、紐、ボタンなどの被服類と横にもひろがり、すべて「天皇陛下より賜わったもの」になってしまう。物資が不足しつつあるときだから、人間よりも物品がますます貴重になっていた。軍人勅諭の文句をひねると「物は山嶽《さんがく》よりも重く死は鴻毛《こうもう》よりも軽《かろ》しと覚悟せよ」ということになるだろう。

赤紙の指名者は、いったいだれなのか。——部隊から外部に出す通信はまだ禁じられていた。

三、四日して、向井衛生兵長など講堂に詰まっていた野戦部隊が消えた。いつ出動したのかだれも知らなかった。たぶん、深夜に営門を出て行って仁川港《じんせんこう》から輸送船に乗ったにちがいないというのが皆の一致した意見だった。

どういうわけか、博多港から渡ってきた野戦要員部隊はこの第二十二部隊に落ち着くことになった。これにもいろいろ噂があって、南方行きの輸送計画が変更になって先に延びたという者、満州に転用されるという者、朝鮮の沿岸防衛に新たに兵団が編制されるのでその隷下にはいるという者、このまま部隊に居残るという者、話はまちまちであった。さすがに情報感得に鋭敏な兵隊も、今度ばかりは噂が割れていた。

しかし、当分ここに落ち着くということは確かであった。というのは、信治たちの隊付衛生兵に勤務が割り当てられたからだった。

衛生兵およそ二十名の全員が、医務室に集合させられた。高級軍医は、背丈は高いが、顔の平べったい、あばた面《づら》に薄い髭の生えた大尉だった。彼の横には二人の軍医少尉がならんで立った。少尉だが、一人は頭が禿げ一人は皺の多い瘠《や》せた顔である。地方の開業医の召集ということはひと目でわかった。高級軍医だけが現役のようだった。これだけが第二十二部隊、つまり第二十師団歩兵第七十八聯隊の医者の全員であった。

「おれは畑中大尉だ」

と、高級軍医は名乗り、横にいる禿頭の小肥りの軍医が野村少尉、瘠せて顎がつき出ている軍医が森田少尉だと紹介した。

畑中高級軍医は、無愛想に衛生兵の任務を短く言うと、反対側にいる卵形の顔の曹長にあとを任せて医官とともにひき上げた。

曹長の指名で、それは例によって名簿で仕分けたのだが、各室の勤務が定められた。中隊事務室、薬室、診断室、休養室、治療室の五つだが、信治は診断室勤務となった。軍隊の准尉に能筆の特技を申し立てたことは医務室には連絡されてないようだった。軍隊とはそういうところだった。滑稽《こっけい》なのは、頭の弱い大隈《おおくま》が薬室勤務になったことで、薬の分量の間違いが心配された。

優等生の山崎は休養室勤務となった。休養室は広い部屋にベッドが置いてあり、入院まではいかないが、班内に寝かせてもおけない患者を収容していて、そこの衛生兵は昔の名前どおりの看護兵であった。

診断室勤務は、診断する軍医の指示を受けて受診患者の世話をしたり、軍医の補助として診断簿の整理に当ったりする。この診断簿がカルテの代用となっていた。

医務室は、兵舎から離れた丘の上にあった。赤煉瓦の細長い一階建てだが、周囲にはポプラの木立がならび、空に向けて裸梢を突きあげていた。その枝には首が白く、尾の長い朝鮮烏《からす》が止まったり飛び上がったりしていた。朝鮮烏はカササギのことである。

丘の上から俯瞰《ふかん》する赤煉瓦造りの兵舎は、幾棟にも異国的な建物をならべていて壮観であった。疣《いぼ》のような低い煙突で屋根を飾り立てた赤煉瓦の建築物は、荘重で、暗鬱で、まるでロシアの会堂を見るように浪漫的《ろうまんてき》であった。が、そのおびただしい煙突のどれからも、凍った空に吐き出される煙は一条もなかった。内務班に一個ずつ、銀色をした大きなペーチカはあったが、石炭が少ないので、室内を暖めるまでにはなっていなかった。古年次兵だけはペーチカにヤモリのように身体を密着させていた。

ここに着いてから一カ月目にようやく外部への通信が許可された。

《その後、元気に軍務に精励しているから安心してください。近所にはまだお目出度《めでた》はありませんか。あれば、なるべく早く知らせてください。両親とも変りないことと思う。子どもたちに病気をさせないよう気をつけること》(近所にお目出度はありませんか)というのが妻にだけ通じる暗号だった。召集令状の指名者を早く知らせよ、という催促である。

これは神田小川町の住所に宛てたハガキだが、あるいは、すでに一家は、広島に移転しているかもしれなかった。そうだとすれば、郵便局から広島に転送する日数だけ返事が遅れるにちがいなかった。

## 14

皆は医務室勤務にだいぶん慣れてきた。医務室の業務開始が朝の九時なので、八時半には内務班を出て行く。それまでは初年兵として班内の掃除、飯上《めしあ》げ、バッカン返納、使役など皆といっしょにしなければならない。医務室に出ると、ここでも各室の掃除をさせられた。

冬の朝鮮は寒い。河幅のひろい漢江が厚く凍って馬車が通るくらいだから、床や廊下を拭くと、その水がすぐに白く凍った。浴場の、ガラス戸で仕切った脱衣場の床に氷の盛り上がりがほうぼうにできている。水蒸気が天井で水滴となって床に落ちて凍り、氷塊になるのである。風呂場の中に氷ができるとは想像もしなかったので、信治ははじめ板の間に置いてある真っ白い牛糞のようなものが何かわからず、眼を近づけて知ったくらいだった。戸外は零下十度くらいだった。診断室には石炭の配給がいくらか多かった。患者のための配慮ではなく、軍医が寒がるからである。兵舎でも、兵隊のいる内務班の石炭は欠乏しているが、将校室、下士官室、中隊事務室などのストーブがいつも燃えているのと同じであった。内務班のペーチカは、じかに触れても、あるかなきかの暖《ぬく》みしか伝わってこなかった。

診断室には、ペーチカはなく、ダルマストーブが三つならんでいた。軍医が三人だから、一人に一つずつである。が、畑中高級軍医はほとんど姿を見せないので、二つにしか火がはいらない。野村軍医少尉と森田軍医少尉のすわる椅子の横だった。

おい、衛生兵、もっと石炭を入れて部屋を暖めろ、受診患者が風邪をひくぞ、と野村少尉は言った。患者が上半身を裸にして診断を受けるためだが、寒さを嫌うのは軍医自身であった。もちろん部屋の暖かいのは衛生兵たちも望むところだったので、医務室の物置小屋から石炭を遠慮なく運んできた。

九時前には、各中隊の受診患者兵が週番下士官や週番上等兵に引率されて診断室にきた。診断室といっても、べつに患者の待合室と診断室との間に区切りがあるわけではなく、広い室の片側に軍医が椅子にかけ、その前に患者のかける椅子がある。軍医の横に小さな机が二つあって、一つは診療器具を置く小卓、一つは衛生兵が診断簿を記入する机であった。診断を待つ患者は受診患者のかける椅子の後方に、一中隊から十一中隊の順にすわりこむ。

受診患者数は、一個中隊について、平均六、七名はいた。九個中隊（中隊の番号は欠番がある）に機関銃隊、歩兵砲隊などを入れて十二個中隊、受診患者の総数は毎日七、八十名に上った。多いときは百名を越した。こういうときは人いきれでストーブも要らないくらいだった。

診断は午前中に完了しなければならなかった。軍医が医務室に出勤してくるのはたいてい九時を過ぎるから、二時間半ぐらいの間に、これだけの患者を軍医二人が診断しなければならなかった。一人の診断に四分以上かけては遅くなる。なかには、時間のかかる診断もあるから、簡単なのは一、二分ですませた。

診断掛衛生兵は軍医の言うことを傍で紙に筆記する。

「どうしたか？」

軍医は受診兵が椅子にかけるのを待ってきいた。兵隊は週番下士官から渡された受診票に、所属中隊名、階級、姓名、年齢を書きこんで持ってきている。

「風邪を引いたようであります。昨日がたがたと寒気がして昨夜寝てから熱発しました」

　兵隊は蒼い顔をして訴えた。

　軍医は手首をとり、三十秒ほど脈を数えて、舌を出させ、瞼《まぶた》の裏をめくる。次に胸を指で叩いて、聴診器を当てる。音を聴きながら軍医の眼は、あとに残っている患者の数をうんざりしながら、眺めている。聴診器をはずして、口は機械的に呟く。

「顔面やや蒼白、ガンケンイッケツ無し。ゼツにハクタイをイす。呼吸、脈搏《みやくはく》ともヤヤ速し。右肺にラシオンわずかにあり。就寝」

「就寝」というのは診断区分で、班内で寝ていろということである。しかし、ガンケンとかイッケツとか漢字ではどう書くのか。ハクタイをイすとかラシオンとかは新しい衛生兵には見当もつかなかった。まさかドイツ語は使わないだろうから日本語であることはたしかだった。佐倉の陸軍病院に通ったときには受けなかった教育だし、「衛生兵教程」にも載っていない。

　――診断室には上級の衛生兵がいるにはいたが、新兵の面倒を見るではなく、どこに遊びに行っているのか寄りつきもしなかった。医務室よりも中隊勤務が優先するので、中隊に用事があるといえば、医務室の人事掛も文句はいえなかった。軍医も馴れているのか意に介していなかった。これが新兵ながら、信治が軍医と直接につながるきっかけとなった。

　別の受診兵は腹を押えていた。

「どうしたか？」

「は。昨日から腹が痛くて下痢をしております」

「なにか悪い物でも食ったか？」

「いえ、そういう物は食わないのであります」

軍医は、うしろの寝台に兵を横たえさせ、掌で腹を押えて呟く。

「腹部、ヤヤ、ボウマン。チョクチョウブにライメイオンを聞く。ヒフクキンツウあり」

チョクチョウブは直腸部と見当がついても、ボウマンやライメイオンや、ヒフクキンツウなどはどう書くのか。

軍医は、ある受診兵を横にさせ、脚を組ませ、小さな槌《つち》で膝小僧を叩く。

「ケンハンシャ正常」

あるいは呟く。

「顔面筋肉シンテンし、呼吸ヒンセン、コウシンはアンショクをテイし、ゲンウンを訴う」

軍医は一分か二分間の診断の後、受診患者に言った。

「よし。たいしたことはない。お前の気合が足りないから、ちょっとした病気にかかるのだ。もっと気合を出せ。すぐに癒る。……よし。つぎ」

軍医はその受診兵の情けなさそうな顔を無視して、後の順番を呼んだ。

診断掛の衛生兵たちは、ハクタイやラシオンやライメイオンなどをそのままにして、次々とシンテンやゲンウンなどの不明語を狼狽しながら累積していった。

軍医は、そうした衛生兵の書きこむ診断簿などは一顧もしなかった。しかし、入院患者の陸軍病院送致書となると、軍医の口述はいっそう複雑になった。これは衛生兵が書き上げたものを軍医が点検し、署名捺印《なついん》するのである。

信治は、以前の診断簿を引っ張り出して、前の衛生兵の書いたのを見た。《眼瞼溢血《がんけんいっけつ》無し。舌《ぜつ》に白苔《はくたい》を衣《い》す。右肺に羅氏音《らしおん》（ラッセル音）有り。／腹部稍々膨満《ぼうまん》。雷鳴音《らいめいおん》を聞く。腓腹《ひふく》筋痛あり。／腱《けん》反射正常。／顔面筋肉震顫《しんてん》し、呼吸頻浅《ひんせん》、口唇は暗紫色を呈し、眩暈《げんうん》を訴う……》

見てわかったからといって、どの衛生兵にも書けるというものでもなかった。忙しげな軍医の呟きを理解して文字に写すには修練が必要だった。ある程度の常識もなければならなかった。

信治はその点で他の同年兵よりも一歩先んじていた。文字書きは、中隊に到着するや否や准尉に申し出たように、彼の特技であった。

患者入院送致書の字句にたいして誤りのないことと、その美しい文字が軍医の眼にとまった。とくに森田少尉に付くことが多かったので、しだいにその信用を得た。――こうした段階では、彼には何の作意もなかった。

そういえば、ある日、安川一等兵の顔が受診患者の中に見えたときも、信治の意識に特別な計画があったわけではなかった。

安川は順番がくると、森田軍医の前に片脚をひきずるようにして腰かけた。椅子にすわるとき、安川は軍医の横にいる信治をちらりと見た。その眼には、ほんの一瞬だが、挨拶に似た微笑が浮んでいた。挨拶——それは下級者にむけたものではなく、同僚または上級者に対する親愛の表情に近かった。

「どうしたか?」

と森田軍医は安川にきいた。

「は。座骨神経痛であります」

安川は顔をひきしめて答えた。

「座骨神経痛だとどうしてわかるか?」

「前の部隊におりますとき、部隊の軍医殿から、そう診断されました」

「お前は、九州の部隊から来たのか?」

「いえ。千葉県の佐倉聯隊であります」

「いつから神経痛になったか?」

「二年くらい前からであります。佐倉聯隊におりますとき、このへんが……」

と、安川は腰に手を当てて顔をしかめた。

「このへんがひどく痛みまして、立って歩けぬくらいでありました。練兵休の診断をいただいて、半年以上も班内で休養しておりましたが、少しもよく癒りません」

「今も痛むのか？」

「は。こちらにまいりまして、気候が寒いためか、一段と痛みが激しくなってまいりました。便所に行くのがやっとのことで、這って歩くような状態であります。起き上がるときや横になるときなど、腰のまわりが刺すように痛くあります」

安川はよどみなく言った。

信治は、安川の執念におどろいた。彼はここでも神経痛を装って、長期の「練兵休」を獲得しようとしている。

森田軍医は手を伸ばして安川の腰をつついた。安川は悲鳴をあげんばかりにして、椅子から腰を浮かした。

「どうだ？」

「とても痛くあります。まるで錐《きり》で突かれたように痛くあります」

「こっちのほうはどうだ？」

森田軍医は安川の右腕をとり、肩の付け根のところを押えた。

「そこも痛くあります」

安川は促されたように答えた。

「こっちの痛さは、どういう感じか？」

「まるで、そのう、骨の中にヤスリをかけられているような痛さであります」

安川はその疼痛《とうつう》を上手に表現した。

「マラリアをやったことがあるか？」

安川はちょっと考えるようにして、

「は。台湾の部隊におりますとき、マラリアにかかったことがあります」

と、軍医の顔を偸《ぬす》み見るようにした。

「うむ、台湾にねえ。台湾には、まだマラリアが多いのか？」

「多くあります」

安川は断言するように言った。

信治は、安川の口から台湾の部隊にいたと聞いたのはこれが初めてであった。佐倉の部隊にいるとき、噂は聞いていたが、安川自身はそれについて何も言ってなかった。噂のとおり、安川がそこで重大な事故を起して、佐倉聯隊に転属、その実は、内地送還の処分をうけたとすれば、彼が台湾のことを語りたがらないのは当然である。が、ここで神経痛を軍医に訴えるためには、仕方なく台湾を口から出した、という感じであった。

「その痛みは、同じ痛さがずっと続いているのか？」

「は。ずっとというわけではありません。調子のいいときは、いくらか痛みが軽くあります。けど、すぐにまた激しい痛みをおぼえてまいります」

「よし」

軍医は、もうわかった、あっちに戻っていい、というような語調で言った。

「は？」

安川は、ふいに虚を衝かれたように眼に狼狽《ろうばい》を見せて軍医を見た。信治も、森田軍医が彼の仮病《けびょう》を見破ったのではないかと一瞬どきりとした。

が、森田軍医の顔には、困惑したときの苦笑が、その顎の出た顔に浮んでいた。

「神経痛の病因はまだ医学的にもよくわかっていないのだ。有効な治療の方法はない。内務班で安静にしていろ。……よし、アスピリン錠〇・五グラム、一日六錠、三日分投与。練兵休」

朝鮮の冬は厳しい寒さの日ばかりつづくわけでなく、あいだに、あたたかい日和《ひより》が挟まる。三寒四温のため、いくらか助かった。

信治たちにはまだ外出が許されなかった。二月にガダルカナル島の日本軍撤退が発表されてから戦局はあきらかに悪くなっていた。その影響か、当局は外出する兵隊と朝鮮人との摩擦を極力おそれていた。日本から渡ってきたばかりの馴れない兵隊を外出止めしているのは、そのせいのようだった。外出した兵隊がうろつきそうな女と酒の街は、事故の危険があると部隊の幹部は判断しているらしかった。憲兵の巡回も人数がふえているということだった。

晴れた日曜日の午後、信治はブッカン場の監視に当っていた。物干場のことで、軍隊ではすべて音読みにしないと威厳を失うかのようであった。兵舎の横の空地に干し場があり、そこで洗濯物が盗まれないように兵隊たちが数人当番で見張るのである。軍隊の支給品は定数しかくれない。これを員数といった。紛失したり、盗まれたりしたときは、他班のものや他中隊のものを盗んできて、員数を揃えなければならない。その意味で軍隊は盗癖をつけるところでもあり、泥棒の巣でもあった。物干場は被服類の員数がもっとも狙われやすかった。

張られた綱にかけた敷布や襦袢、袴下などには深紅《しんく》の粒が点々と付いていた。なかには、それが小さな紅葉《もみじ》の模様のようになっていた。すべて凍死した虱《しらみ》の残骸だった。虱を除《と》らないままに冷たい水につけて洗濯し、そのまま寒風に晒《さら》して乾かすので、虱は布にとりついたまま凍え死にする。いちいち爪でつぶして除るよりも、こうした冷凍法が手っ取り早かった。白っぽい灰色の虱が凍死すると紅く変色するのを、信治はここに来てはじめて知った。

部隊では虱の駆除に手を焼いていた。そのため数時間を虱除りに当てた。兵隊は演習を休み、内務班で半裸になって虱除りに精を出す。まる一日、虱除りに当てることもあった。虱は発疹《はっしん》チフスの媒体なので、部隊長も真剣だった。日本にはまだ駆除剤は発明されてなかった。もちろん医務室の軍医にもいい知恵はなかった。

さて、物干場で兵が集まると、おれたちはどうなるのだろう、という話になった。

「この前、講堂にはいっていた連中は、輸送船ごと撃沈されたらしい」

この噂がたってからもうかなり経っていた。向井衛生兵長もその中にはいっているのだ。今度はだめらしいと悄気《しょげ》ていた兵長は、予感が当ったといえる。撃沈船からの退避演習で高い煉瓦壁から綱を伝って降りていた兵隊たちのうち何人が助かっただろうか。模擬ボートを運んでいた兵の暗い顔がまだ信治の眼に残っていた。

「どうも、おれたちはここに残留するらしいぞ」

と、金子が言った。金子は治療室に配されていた。彼は常磐方面の炭鉱で事務員をしていたといっていた。

「聞いた話だが、隣の二十三部隊では、この前、関西と九州の部隊がきて兵団を編制し、南方に行ったらしい。それが無事に戦地に着いたかどうかわからんが、とにかく、おれたちがこう長くこっちに置かれているところをみると、外地に出す気はないらしいということだ」

「それは、あんまり当てにはならんぞ。順番に多少の狂いはあっても、いずれはおれたちも南方の補充部隊として向うにやらされるんじゃないかな。そのつもりで、この朝鮮くんだりにやって来たんだからな」

村上が言った。村上は兵器廠の工員で、山崎と同じように休養室に配されていた。が、そういう村上も、実はこのまま竜山に残留というのを夢みていた。

このような話は、内務班でも医務室でもおおっぴらにはできない。だれに聞かれるかわからなかった。上官や古年次兵が寄りつかない物干場は、安全な雑談場所だった。しかも、敷布など洗濯物の陰にかくれてのことだから、話題の関心はべつとして、炉辺のようにのびのびしていた。

「その証拠には、まだ内地から手紙類が一通もこないじゃないか。だれにもさ。こっちは、とっくに出したのにな。きっと途中で止められてるんだよ。つまり、兵隊には気休めに書かせたんだが、配達はしてないのだ。それというのも、おれたちを野戦にやらせるつもりなので、移動の経路が知れては困るからだ。防諜のためだよ」

村上の推測には筋が通っていた。その当て推量は信治の胸を刺した。

が、その翌日の晩、点呼がすむと郵便物の受領に中隊事務室に判コを持ってこいという触れがあった。そのなかに信治の名があった。

「良子というのは奥さんか？」

中隊事務室で、週番下士官は封筒の裏を見て信治に渡した。封筒は、久しぶりに見る妻の字だった。

「だいぶん、長い手紙らしいな」

信治は、郵便物受領簿という粗末なノートに記入された自分の名の下に判を捺《お》した。

手紙は分厚かった。封筒は開封したあとがなく、検閲してなかった。

住所は、まだ神田小川町にあった。日付は十日前になっていた。

## 15

《お父さんからのお便りうれしく読みました。長い間、何もこなかったので心配していましたが、これで両親も安心されました。子どもたちにも話してやりました。稔と幸子には、地図を出して朝鮮を教えましたが、稔は東京、広島間の何倍遠いだろうと、物差ではかっていました。幸子は、お父さんは朝鮮の絵はがきを送ってくれないかな、などとのんきなことを言っています。豊も丈夫に育っています。それにしてもあなたの行先が朝鮮とは思いがけませんでした。毎日、お元気に軍務にご精励の由、ほんとうに安心しました。朝鮮がもう少し近かったら、すぐにでも面会に行きたいくらいです。

印刷界もだいぶん統合がすすんでいます。桜印刷所は淀川製版に合併されました。小宮印刷所は転業しました。職人さんが召集やら徴用やらでどんどん出ていくので、どこの工場も人手が足りなくなっています。非常時ですから、それも仕方ありませんが。

それから近所でも応召して行かれる人がふえました。そのたびに神田駅に見送りに行っています。次に、区役所の稲村重三さんの家では男の子が生れました。さっそく金井さんの奥さんとお祝いに行きました。稲村さんは区役所に十年以上もつとめておられるので、ほうぼうからお祝いが集まっていました。金星印刷株式会社の河島課長さんは元気です。

わたしたちは、広島に行くのをもう少し先に延ばすことにしました。近所でも、疎開される人が出てきましたが、もう少しここに頑張ってみるつもりでいます。おばあちゃんが、あの身体では動かしていいかどうかわからないからです。それよりも、わたしがこっちで働いてみようかと思っています。どこも人手不足なので、女でも働き口はあるので。おじいちゃんは、やっぱり広島に帰りたいらしいのですが。

朝鮮は、内地よりはずっと寒いそうですが、身体に気をつけてください。また、お便りします。稔の手紙と、幸子の描いた画とを同封しておきます。おじいちゃんは、あとから手紙を出すそうです。では、お元気で。良子》
《おとうさん。おとうさんは、へいたいさんでがんばっていますか。ぼくも、ゆき子も、ゆたかもげんきです。ちょうせんはどんなところですか。ぼくもいってみたくなりました。さようなら。みのる》
同封された六歳の幸子の画は、電車と日の丸の旗とがばらばらに描いてあった。人間らしいのもならんでいる。良子に連れられて、出征兵士を神田駅に見送りに行った印象らしかった。
信治は、子どもの手紙や画を見て眼が熱くなってきたが、それよりも良子の「暗号」にまず注意を集中した。
《区役所の稲村重三さんに男の子が生れた。区役所に十年以上もつとめている人である。――金井さんの奥さんとお祝いに行った。――金星印刷の河島課長さんは元気》
良子は、打合せどおりの暗号で、通知してきたのだ。翻訳すると、こうなる。
《区役所の兵事係に伝手《つて》をもつ金井の細君の線から調べたところ、あなたに教育召集を指名したのは、兵事係に十年以上もつとめている稲村重三という人だった。兵事係長は河島という名である》
稲村重三……。

記憶しておかねば、と信治は思った。初めて知ったこの四字を忘れてはならぬ。兵事係を十年以上も勤めているのなら、召集令状の配達先ぐらいは平気で指定できる権限を持っている男であろう。河島という係長よりも稲村重三は実務面を握っている人物と考えられる。

町内の教育軍事教練の助教あたりが、出席率の悪い人間をチェックして稲村という兵事係に通知する。折りから聯隊区司令部より管内の教育召集兵の人員数が割り当てられてくる。係は管轄の兵役名簿か何かを開く。そのとき、町内教練の助教からさし出された「参考意見」が参照される。よし、教練に出てこないこいつを懲罰として引っ張ってやれ。名前の頭に簡単に印を付けた。――だれが令状用紙に名前を記入したかは問題ではない。それを書かせた指名人が重要なのである。稲村重三という係員がそうだったのだ。

良子はよくやった、と信治は妻の努力をほめてやりたかった。金井の細君をどのように説き伏せて協力させたかわからないが、秘密事項をよくも探し出したものだ。

良子は家にくる印刷所の外交員や係に愛想がよく、話術はうまいほうだった。それで兵事係に顔が利くという金井の細君を唆《そその》かし、他の係員の口を巧妙に割らせて稲村重三の名を引き出したにちがいない。

良子が暗号で報らせてきた名前は、決して彼女のいい加減な当て推量ではなく、確実なものだと、信治は信じた。

仕事が忙しくて町内の軍事教練には出られなかった。一家七人の生活がかかっている仕事が大事か教練が大事か、となると、やはり仕事のほうが優先してくる。納入期日にまに合わなくなると、印刷所の不興を買い、それがたび重なると取引きを停止されるかもしれない。この仕事ばかりはほかの者にはできないのだ。職人は雇ってないし、代行者がいない。たとえ職人がいたところで、技術がうまくなければ任せるわけにはゆかない。何度もいうとおり、勤め人や、使用人をもつ商店主のような結構なご身分とは違うのだ。こんなに一生懸命に働いている者に、教練を怠けたというだけの理由で、懲罰的な召集を課し、本人には地獄の苦しみを味わわせ、死の恐怖に曝《さら》し、家族を無収入の貧窮に陥れ、家庭破壊に直面させている。――その憎い男の名がやっと知れたのだ。

たぶん、当人は山尾信治に召集を指名したことなどは忘れていよう。聯隊区司令部からその男は何千何百通となく名前を召集令状に書いてきたのだから、個人名をいちいち憶えているわけはない。

やっと今日も一日がすんだな、とその兵事係の稲村という男は柱時計を見て、机の上のペン皿を抽出《ひきだ》しにしまう。彼が書いた召集令状の束は、区役所の小使が手分けして、宛名の家に届ける。生命の恐怖と、家庭破壊の配達人である。

兵営というのは、どこも似たような平面設計である。建物が木造であろうと煉瓦造りであろうと周囲に濠《ほり》があることは同じだった。その幅は二メートルそこその、大きな溝といった程度だったが、それでも環濠《かんごう》には変りなかった。

浴場の裏手は兵営の垣根になっている。低い鉄柵である。こんなものはひとまたぎである。濠を越すのはそれほど至難な業《わざ》ではない。二メートル幅のものを飛びこえることはできないが、石垣の下は水が流れないからそこまでは飛び降りられる。その泥濘《でいねい》から石垣に手をかけて道路に匍《は》い上がるのはやさしいことだ。道路は軍隊でいう「地方」であり、普通社会であった。亭々たるポプラの木が道の両側にならび、通行人が歩いていた。裾《すそ》のゆるやかな白衣をまとって悠々と木靴の脚を運んでいる男、長い煙管《きせる》をくわえている老人、子どもをずり下げるように負っている女、皺だらけな国民服の日本人。この通りは人の通行が少なかった。

道路の左手は、竜山の町で、そこから京城の街がつづいている。外出した兵隊の話では、町から電車があって南大門まではすぐだそうである。南大門から本町や黄金《こがね》町の繁華街になるという。道路の右手は赤土を見せた丘陵地がひろがり、その間の路をすすむと京城の裏側に出る。途中に火薬庫などがあって、中隊からも衛兵が出ていく。

丘の斜面には朝鮮人の民家が何段にもならんでせりあがっていた。中隊兵舎の窓からこの斜面の藁葺《わらぶ》きが真正面で、暮れ方になるとその細長い家々から橙色《だいだいいろ》の灯がいくつも洩れる。両親や妻や子どもたちの夕食どきが想われて、堪《た》えがたくなる灯の色であった。

この濠を乗り越えて、道路にとりつくぐらいわけはなさそうだった。鉄柵は低く、付近は無警戒だった。営門は離れていて、ここからは見えない。哨兵の影もない。行動はいつでもできそうだった。その気になれば、いや、その気にならなくても、つい、ふらふらと身体が柵をひとりで跨《また》ぎ越しそうであった。

《陸軍刑法「逃亡ノ罪」――故ナク職役ヲ離レ又ハ職役ニ就カサル者ハ左ノ区別ニ従テ処断ス。一、敵前ナルトキハ死刑、無期若《もしく》ハ五年以上ノ懲役又ハ禁錮ニ処ス。二、戦時、軍中又ハ戒厳地境ニ在リテ三日ヲ過キタルトキハ五年以下ノ懲役又ハ禁錮ニ処ス。三、其ノ他ノ場合ニ於テ六日ヲ過キタルトキハ二年以下ノ懲役又ハ禁錮ニ処ス》

いいか、お前らがいくらこの兵営から逃げ出してもだめだ。日本国じゅうには、憲兵の眼がアリの這い出る隙間もないくらいに張りめぐらされてある。どんな山の中に逃げこんでも逃げおおせるもんじゃない。お前らの家庭や、親類、縁者、友人、知己、情《いろ》婦《おんな》の家まで憲兵がちゃんと張りこんでおるぞ。逃亡して六日が過ぎたら陸軍刑務所行きだ。そこにはいれば、三度三度麦飯に塩、入浴といえば水風呂だ。独房にいる間は朝から晩まで板の床に正座、ちっとでも膝を崩そうものなら、看守のビンタが容赦なくとんでくる。舎外作業は腰縄つきの重労働だ。牛か豚のようにこき使われるのだ。そうして二年なり三年なりを勤めて、刑務所を出てきたら娑婆《しゃば》に戻れるかというと、そうはいかねえ、もう一度営門をくぐってもらって、刑務所で留守した間だけ満期までつとめてもらわなければならねえ。降等されるのはもちろんのことだ、上等兵であろうが軍曹であろうが、二等兵からのやり直しだ。家ではカアちゃんが泣きの涙、親類縁者の不名誉、社会からの爪はじき。さあ、軍隊はこのとおり、べつにきびしい垣根はつくってねえが、鉄の壁よりもまだ厚い壁があると思え——入営そうそうに聞いた班長の「教育」が耳に蘇ってくる。

逃亡して五日目までにつかまったらどうなるか。そのときは脱柵の罪で重営倉十日間だ。おい、お前ら軍隊内務書のうしろのほうを開いてみい。第十七章、営倉とあるな。読んでやるから聞け。……営倉ハ重（軽）営倉ニ処セラレタル者ヲ錮シ悔悟《かいご》謹慎セシメ又犯行セシ者ニシテ処分未決ノ者及一時営倉入ヲ必要トスル者ヲ留置スル所トス、営倉入ノ者ハ成ルヘク一人宛別房ニ錮スヘシ、営倉入ノ者ハ常ニ謹慎ノ意ヲ表シ喧噪ニ亙《わた》ル等ノ行為アルヘカラス又起床時限ヨリ消燈時限迄ハ横臥スルヲ禁ス、営倉入ノ者ニハ物品ヲ所持スルコトヲ許サス但シ用紙及中隊長ノ許可スル書籍ノ内一冊ハ此ノ限ニアラス。……逃亡して五日目までに聯隊に戻ってくればこの程度ですむわけだ。が、これとても辛《つら》いことだ。要するに、お前ら軍隊から逃げようとしても逃げられねえ仕組みになっていることをようく心得て、不埒《ふらち》な気持を起すんじゃねえぞ。その不心得から一家眷族《けんぞく》が世間に対してどんなに肩身のせまい思いをするか、そのへんもとくと思案しろ。《常に出征当時の決意と感激とを想起し、遙かに思《おもい》を父母妻子の真情に馳《は》せ、仮初《かりそめ》にも身を罪科に曝《さら》すこと勿《なか》れ》（戦陣訓）

うしろから肩をたたかれて、信治はびっくりしてふりむいた。

そこには、安川が眼尻を下げ、にこにこして立っていた。彼は営内靴《えいないか》を突っかけ、片手を軍袴《ぐんこ》のポケットに入れ、気楽な「散歩」姿といった格好だった。

「やっぱり山尾か。どうも後ろ姿がお前だと思っていたよ。こんなところに立って何をしているのだな?」

それは咎《とが》めるのではなく、戦友に気軽く話しかけたといった口調だった。が、信治はまるで自分の脱走願望を見ぬかれたような気がして、心臓が波打った。

「いや、ただ、なんとなく、ぼんやりと外を見ているのであります」

答えたものの、この返事にも胸が騒いだ。佐倉の聯隊にいるころ、この安川から、やい、何をぼさっと立っとるか、ぼやぼやするな、と殴られたことがあったからである。しかし、いまの安川は、ぼんやりと外を見ているという信治の返事には何の反応もみせず、怒るどころか、横にきていっしょに肩をならべた。

道路には甕《かめ》を頭に載せた白衣の女が三人、こっちには見むきもせずに通り過ぎた。鵲《かささぎ》が上の梢で啼《な》いた。

「おれも朝鮮くんだりにやられるとは、思わなかったなア」

安川は凍《い》てた白い道を眺めながら、感慨深そうに言った。朝鮮くんだりにやられた、という言い方がいかにもこの聯隊に落ち着くのが決まったように聞えたので、

「われわれは、もうここからよそには動かないのですかね?」

と、信治は思わずきいた。こんな対等的な言い方も佐倉聯隊の内務班では絶対にできないことだった。

「そうだな。まだ、当分はこのままだろうが、先のことはわからんなア」

安川は遠くの景色を見るような眼つきをして言った。信治の馴々《なれなれ》しい言い方にもべつに反発は感じてないようであった。先のことはわからん、という言葉には信治も同感であった。

信治はふと安川が軍隊に四年近くもいることを思い出した。自分は入隊してまだ半年経つか経たないかなのに、この男は四年間も軍隊の飯を食っているのだ。家に帰りたい気持は、自分の比ではないように思えてきた。

内務班では横暴な振舞いをしてきた安川だが、ほんとうに軍隊に虐《いじ》められているのはこの男ではなかろうか。台湾でどんな事故を起してきたか知らないが、除隊になるどころか転属に次ぐ転属で軍隊は彼をいつまでも縛りつけている。野戦部隊にはいって朝鮮にきたのも、古い兵隊では安川くらいなものだった。佐倉の聯隊は厄介払いしたつもりだろうが、安川からすれば、どの部隊からも愛情を持たれずに排斥されている人間だった。「弱兵整理」にかかりたい一心で、ますます嫌われるのを承知のうえで、仮病をつかっている気持が信治にはわからなくはなかった。当人にしても周囲の白眼視に耐えているのだから辛いにちがいない。今までは信治も、安川のその態度に、卑劣とも陰険とも何ともいえぬ不快さを抱いていたが、いまはかなり同情できる気持にもなっていた。安川こそは仮病による除隊という合法的な「逃亡」を企んでいるのだ。

この前も、安川は森田軍医から、うまうまと「座骨神経痛」の診断をとって「練兵休」の区分をせしめている。あのとき、ちらりと愛想笑いを送ってきた安川の視線が信治の印象にある。

「古兵殿。神経痛の痛みのほうは、どうでありますか？」

信治は、それが癖になって腰のあたりに片手を当てている安川にきいた。この質問の調子は皮肉には聞えなかったはずである。

「どうも疼《うず》いて困る。朝鮮は冷えこむからの。今日はわりと暖かいほうだが。おれの痛みも、こっちの三寒四温と同じで、激しく痛むときと、わりと痛みの軽いときとがある。今日は、その楽なほうだ」

森田軍医は、神経痛はその原因がまだよくわかってなく、治療の方法はないと言っていた。アスピリン投与は気休め程度だろう。銃もとれず、まともに歩きもできない兵隊を軍隊に置いても、ものの用に立つとは思えず、野戦行きの身体検査があれば、安川がそれから外される見込みはありそうだった。すると、それは筆耕の特技を中隊の准尉に早速に申告に及んで、野戦部隊から除外されることを思いついた信治の希望と根本的には変らないものであった。しかも、安川の計画のほうにより実現性があった。

たしかに兵の身体検査はもう一度ある。というのは、去年、朝鮮人青年に対する徴兵制が閣議で決定され、今年中には第一回の入営が予定されているからだ。軍部も朝鮮総督府もこれによって真に「内鮮一体化」が実現したと宣伝しているが、日本軍隊の兵員不足による補充であることはだれの眼にもあきらかだった。

朝鮮人「壮丁」が入営してくれば、兵舎は狭隘《きょうあい》になるから、既住の兵隊の整理が行なわれる。整理といっても除隊させるのではなく、野戦部隊への転用である。——だから、身体精密検査はもう一回ある。

「なあ、山尾。お前は、軍医さんには信用があるらしいなア?」

安川の声は、佐倉のときとは打って変って優しく、猫撫《ねこな》で声ですらあった。

## 16

安川に、お前は軍医さんに信用があるらしいな、とおだてられるように言われると、信治は、ほかの兵隊も自分をそのように見ていると思った。軍医の横にいて、顔面蒼白・発汗・震顫《しんてん》・搐搦《ちくでき》・胃部膨満・圧重・曖気《あいき》・腹部雷鳴・下痢頻回・腸症状著明などと診察用語をその口から書き取っていると、いかにも軍医と呼吸が合っていると映るのであろう。

軍隊では、上下の間に表裏があり、表むきは厳正に装っても、裏では馴れ合っていることが多い。それは、公務の外は務めて懇《ねんごろ》に下級者を取扱い、慈愛を専一と心掛け上下一致して王事に勤労せよ、という軍人勅諭の精神からではなく、すべては利用度に立っているのだが、ときにはそうした利害関係からでなく、人間的な嗜好《しこう》、つまりはフロイト流に解釈できるコンプレックスがあることがある。表面では下級のはずの下士官が少年期のぬけ切れない幹候上がりの見習士官を可愛がっている例はざらで、両者の嫋々《じょうじょう》たる様子は、教練や演習の間にもほの見え、兵士のいない中隊事務室とか下士官室などだとその情趣はもっと露骨になる。

安川は、まさかそれと同じようには見ないだろうが、森田軍医と呼吸が合っているようにみえる診断掛の衛生兵を、まるで医者と老練な看護婦の間に置きかえているようだった。医者が、そうした看護婦の意見に動かされたり従ったりすることはある。「練兵休」も入室も入院も軍医の診断一つで決まるのだから、病弱兵の除隊ももちろん軍医の裁断にかかっている。そうした決定に助言できるのは、軍医に気に入られた衛生兵だと安川は想像しているようであった。

ある日、午前中の診断が終って軍医が将校集会所に昼の会食に引きあげたあと、信治は診断机の上に一冊の本が残っているのを見た。森田軍医が置き忘れたのである。信治が何げなく開いてみると、変死者の写真や図版がたくさんあった。刃物で殺された者、絞殺された者、縊死《いし》した者、毒薬で死んだ者など他殺や自殺の実例であった。胸が悪くなるような死にざまばかりだった。法医学の本であった。

そのなかのページに、「縊死」のことで、こういう文章があるのが眼についた。

《縊死についての自殺・他殺は、解剖だけでは決定的な判断ができない。縊死の主因は、頭に血液を送りこむ頸動脈と椎骨《ついこつ》動脈の両方ともが完全に閉塞《へいそく》されるためで、ひらたくいえば脳の貧血である。このことは縊死では顔面蒼白で、また眼瞼《がんけん》結膜や眼球結膜に溢《いっ》血点《けってん》がない理由となる。ところが絞殺してから、その死体を縊死と見せかけるためにぶら下げたものでは、顔は鬱血《うつけつ》して暗紫色《チアノーゼ》を呈し、眼には溢血点が著明にでる。もっとも、ほんとうの縊死でも、足が床についていたり、すわったり、寝ていたりして縊死するような、いわゆる非定型的縊死では、顔も絞殺のときのようにチアノーゼがあり、眼に溢血点が出たりする。これは非定型的縊死の場合には頸動脈のほうはたとえ閉塞しても、椎骨動脈のほうは圧迫を脱《のが》れるためである。

要するに、絞殺したのちに死体を縊死にみせかけて高所にぶら下げても前記の所見による相違によってその偽装はすぐに判明する。それに絞殺と縊死とによって頸部の索溝《さくこう》が二重になるので容易にわかる。

しかし、たとえば意識不明の人間を他の者が紐《ひも》の輪の中に首を入れて吊り下げた場合は、自殺でも他殺でも解剖結果はほとんど同じになる。

だが、状況によっては自・他殺の判断を助けることがある。たとえば、用具で考えてみると、自殺の場合は死ぬ人の心理として荒縄のような、いかにも無粋な、いかにも痛そうなものは避けて、なるべく柔らかい腰紐のようなものを選ぶ。しかし自由を制限されている人は別である。他殺の場合はその区別なく手近なものが何でも使われる。それで結局、用具が柔らかなものであったら自他殺いずれともいえないが、これが荒々しいロープ、鉄鎖、銅線などであった場合には、まず他殺の線を考えるべきであろう。また、他殺による縊死の場合は、犯人があわてたりなどして乱暴にするから首の紐が耳のところで髪を挟んだり、ワイシャツの襟などを挟みこんだりする。だが、自殺の場合はそういうことは、あまりない。次に、自殺者の心理として、目的とする死からの失敗をおそれるために、なるべく高所にて縊死する場合が多い。それ故《ゆえ》に踏み台として使用する物もそれにつり合うような高さのものを択《えら》ぶ》

信治は、これだけを読むと、なるほどなァと思った。このときは、ただ、それだけの感想だった。

若い初年兵が古年次兵に虐められて、便所や厩《うまや》などで首を吊ることがよくあると聞いていた。地方にいるときは、その話を聞いても、気の弱い兵隊もいるものだと思っていたが、実際に、自分が初年兵の立場になってここに入隊してみると、安川のような古い兵隊がいっぱいいた。なにごとも体験してみないと真実はわからないものだ。森田軍医が法医学の参考書を持っているのも、軍隊内の縊死が今でも少なくないからであろう。

信治は身震いした。

さて、その安川だが、佐倉聯隊にいるとき、中隊付の池田衛生兵にしきりにとり入っていたが、彼は弱兵整理にかかるどころかこの野戦部隊に編入されてしまった。今から考えると、池田は薬室掛か休養室掛だったのだろう。それだと、軍医と直接なかかわり合いはない。

信治は、安川が前回の経験に懲《こ》りずにまたも同じ手を使おうとしているのを知った。今度は、池田よりも自分のほうに脈がありそうだと思ったのだろう。もっとも安川にすれば朝鮮が最後の踏んばり場所で、ここがはずれたら、ずるずると南方に持ってゆかれそうなので、必死なのだ。

「佐倉にいるときは、おれもお前たちに気合を入れたが、悪く思わんでくれ。あれは初年兵教育の期間中は仕方がなかったのだ。班長がおれにやってくれというもんだから、いやいやながら引きうけさせられたのだ。おれもなァ、お前も知っているように、神経痛で班内にごろごろしてたもんだから、班長や班付には遠慮があったのさ。断わることができなかったんだよ。お前たちには、まったく悪いことをしたと思っている。申し訳なかった。まあ勘弁してくれ」

安川は眼を細め、反歯を出して笑いながら信治の肩を撫でるように叩いた。

撃沈されたという南方行きの輸送船に乗り込む前の向井衛生兵長も同じような釈明を講堂で言っていた。が、向井の場合と安川とは根本的に違うのだ。向井の言葉はそのおりに了解できるが、安川のは見え透いた嘘である。

安川は、班長から教育召集の衛生兵に気合を入れるように命じられたと言っているが、そんなはずはない。第一、彼は教育掛でも何でもなかった。それどころか班内の持てあまし者で、表面はともかく、だれからも相手にされなかった。そんな彼に班長が初年兵の「教育」を依頼するわけがない。安川の私的制裁はまったく彼の個人的な衝動から出ている。外出兵に対する嫉妬と、鬱積した欲求不満とが、蒼白い怒りとなって衛生兵に狂暴に向かわせたにすぎない。

また、安川は、「お前たち」と複数でごまかしているが、彼の嗜虐的ともいえる暴行は、主として自分に向かっていたと信治は思っている。安川に狙われたといっていい。彼からとくに憎まれる覚えは何もないのだが、理由抜きの感情的な好悪はある。虫が好かぬというのには理屈がない。憎まれている側には、相手の感情が敏感に伝わってくる。

「安川古兵は変ったなァ」

彼と同じ班にいる山崎が信治に言った。

「もう仏のようになっているよ。佐倉のころのことを思うと同じ人間とは思えん。内務班の隅で借りてきた猫みたいになっているよ」

「猫をかぶっているのと違うか?」

信治はせせら笑った。

「そうかもしれんが、馴染のない部隊にはいっては、わがままが通らんのだろうな。練兵休で毎日班内にごろごろしてるから、本人も肩身がせまいにちがいない。そうしてみると、案外に小心者かもしれんぞ。佐倉のときにさかんに狂暴性を発揮してたのは、その小心の裏返しだろうな。トラックの運転手には、そういう性格のが多いよ」

「トラックの運転手? 安川古兵がか?」

「うん。この間、彼はおれにそう言ったよ、神田の運送会社のトラックに乗っていたそうだ。こんなふうにガソリンもだんだん欠乏してきたのでは、復員してもトラックが転がせるかどうかわからんと言ってたがね」

初めて聞く話だった。道理で、安川は駿河台下に住んでいるというだけで、信治の近所でありながら、職業を言わなかったはずだ。駿河台下でも、裏通りには小さな家がいっぱいある。佐倉の部隊にいるとき、トラックの運転手と言ったのでは威勢にかかわると安川は思ったにちがいない。召集兵にはあらゆる階級の者がいる。いくら軍隊に来てはみんな平等だといっても、職業に対する格差意識は尾を引いている。召集兵にとって軍隊は仮の住居にすぎないのだ。

「安川古兵といえば、ずいぶんお前のご機嫌をとっているようじゃないか。佐倉のときとは逆だな」

山崎は信治に言った。それはだれの眼にも明白に映るらしい。もっとも、軍隊というところは人前で卑屈に阿諛《あゆ》するのはふつうのことだから、露骨な豹変《ひょうへん》もそれほど奇妙ではなかった。

「うん。どういう風の吹き回しかな。ちょっとくすぐったいよ」

信治は山崎の前では苦笑するより仕方がなかったが、安川に虐められた記憶を忘れてなるものかと思った。あんな奴こそ首を縊《くく》って死んだらいいと、森田軍医の法医学の本を思い出した。

「弱兵整理が近づいているという噂があるから、安川古兵はお前にゴマをすってるんだよ。軍医さんによろしくとりなしてもらおうというつもりなんだよ。この前も、お前が森田軍医殿にどの程度信用があるのかと、おれにしきりときいていたからな」

「弱兵整理、弱兵整理と佐倉のときから噂だけは流れているが、こっちにきても相変らずじゃないか。入隊したとたんに満期の話が出るのだから、除隊の噂を始終流していることで兵隊は自分を慰めているのかもしれんな」

「いや、それが朝鮮ではわからんらしいぞ。近いうち初の徴兵による朝鮮人の入営があるから、その前に弱兵整理をやるという話だよ」


三週間ほど経って、良子と父親から手紙がきた。良子の手紙は封が鋏《はさみ》で切られ、あとを糊《のり》づけしてあった。閉じたところに中隊長の印判が捺してある。検閲されていると知って、信治はどきりとした。

《朝鮮は零下十度の寒さということで心配しています。でも、お父さんは風邪もひかず軍務に精励の由で安心しています。子どもたちも元気に育っています。ご両親も変りありません。

わたしもいろいろ考えましたが、やはり、おじいちゃんの言うとおりに広島に行くことにしました。東京で何とか頑張ろうと思いましたが、都会はだんだん物がなくなるし、一家六人の生活が容易でないことがわかりました。

疎開先がなくて困っている人が多いのに、そんな伝手《つて》があるなら結構じゃありませんかと羨《うらや》ましがられたりして、わたしもその気になりました。広島に行っても楽なことにはならないと思いますが、おじいちゃんがあれほど望んでいるのに、それを振り切って東京に残るのも可哀相になりました。

おじいちゃんが言うようには、従弟の太一さんが面倒をみてくれるとは思いませんが、それでも、おばあちゃんはあのとおりだし、いざというとき、わたしひとりではやっぱり心細い気もいたします。いま、荷物をまとめています。汽車の運送に時間がかかるそうですが、いずれ広島に落ち着いたら新しい住所から手紙を出します。

稲村重三さんに男の子が生れたことで、金井さんに確かめてもらう件は、すぐというわけにはいきません。あんまり催促すると、かえって稲村さんに変に思われますから。でも、広島に出発するまでには、何とか金井さんにお願いしてみようと思います。

そのことについてですが、先日、酒屋の白石さんが在郷軍人会の支部代表として出征軍人留守家族の見舞いにこられました。わたしがそれとなく稲村重三さんの名前を出しますと、白石さんの表情が一瞬に変りました。わたしは、男の子が生れたかどうかはわざとききませんでしたが、あの顔色ではそれが稲村さんに間違いないように思われました。白石さんの話では、出生届を受けつける係として稲村さんは、係長さんの次の次くらいにいる有力者だということでした。

けれども、お父さんは稲村さんの子どもさんのことについては、あまり気にかけないようにおねがいします。子どもが授かることは天命ですから。それよりも、身体に気をつけて、元気に帰還してください。ほかのことは何も考えないで、軍務に精励してください。また、お便りします。

この手紙を書いている間、警戒警報が三回出たために中断され、書き終えるまで三時

間ぐらいかかりました。いま、午前二時です。でも、こちらは大丈夫ですから安心してください。良子》

この手紙は開披されていた。「総《すべ》テ信書ハ秘密ヲ守ルヲ要スト雖《いえども》軍ノ紀律ヲ維持スル為真ニ必要ト思料スル場合ニ於テハ所属隊長ハ之ヲ開披スルコトヲ得」と軍隊内務書の郵便物及電報取扱事項にはあるが、中隊長の検閲があっても、べつに班長から注意がないところをみると、中隊長にも良子の暗号文がわからなかったようである。

召集令状の指名者が区役所の兵事係稲村重三かどうかを金井の細君に頼んでもう一度確かめよという、この前の注文に対する妻の回答であった。区役所の兵事係といっても数人いるから、信治が確認を求めたのである。それに良子はこう答えている。

――そのことをあまり執拗にきき出そうとすれば、金井の妻にも変に思われ、また稲村当人にも感づかれるかわからないので、すぐにはきけない。が、広島に出発するまでには金井の妻から何とかきき出してもらうことにする。だが、在郷軍人である酒屋の白石が留守宅の見舞いにきたとき、稲村の名を出すと、白石の表情が変った。それからすると、召集にあなたを指名したのは稲村という人に間違いないように思われる。白石は、稲村が兵事係では係長の次の次の位置で、実力者だと言っていた。……けれど、あなたは、そんなことをいつまでも気にしないほうがいいと思う。召集されたのはあなた一人だけではないし、これも運命とあきらめてください。わたしも東京に残るのをやめて、どんな苦労が待ちうけているかわからない広島に一家をひき連れて行くことだから。召集令状を出した人のことをいまさら恨んでも仕方がないじゃありませんか。——

そうかもしれないが、破滅的な赤紙を出した男の名前だけは知っておきたい、と信治は思った。町内の軍事教練の助教をしている白石が稲村重三の名を良子から聞いて一瞬狼狽の色を見せたというのにはうなずけるものがある。

教練に出なかったので、ハンドウを回されたな、といったのは信治の教育召集令状を見たときの白石の言葉だった。あれは本心だったのだ。訓練係のだれかが、教練を怠けている横着者の「非国民」の名を兵事係に通告して、兵事係の稲村がそれに懲罰を加えた。そういう内部の筋道を白石は知っていたのだ。

信治は指名人が稲村重三に間違いないという確信をかためた。

中隊長に検閲されてない父親の手紙。

《厳寒の朝鮮にて軍務に精励の由、まことにご苦労に思います。元気の便りをもらい、自分も母もともどもに喜びおる。良子から知らせたように、いよいよ近いうちに広島に一家揃って移転することに相成り、自分も十数年ぶりの帰省ゆえ、心はずみおる次第。太一は親切な従弟なれば、必ず暖かく、われらを世話してくれるものと思う。また、良子も従前の如く一人で一家を切り回すのとは違い、多数の親類縁者の手助けもあること故、はるかに楽になることと、この点も安心の至りです。広島は東京と違って田舎のこと故、敵機の爆撃もなかるべく、また、老母も元気を回復することと思われ、何もかも好都合に運び、よろこびおります。孫たちもすくすくと丈夫に育ちおれば少しも心配なく、自分も年齢《とし》をとったとはいえ、まだまだ元気にて、貴殿が目出度く凱旋するまでは良子を助けて一家を守る所存。老母は貴殿のことを朝夕に想って、神仏に武運長久を祈っておる。広島に移れば、それだけ貴殿のいる朝鮮が近くなる次第なれば、われらも何となく心丈夫な思いがしている。くれぐれも健康に気をつけ、事故を起さぬように注意し、余事に煩わされることなく、軍務に専心するよう父は祈っております》

兵隊の噂ほど事実となって現れるものはない。「弱兵整理」が実際に行なわれるようになった。

朝鮮に昭和十九年度から徴兵制を施行すると決定したのは十七年五月八日の東条内閣の閣議であった。それが実際に実施されたのは、予定より一年繰り上がった十八年八月一日である。すでに十八年二月には二十歳になった朝鮮人青年に対する徴兵検査が、第十九、第二十師団管下の各部隊軍医の手で行なわれていた。

第二十二部隊（第七十八聯隊）には春川《しゅんせん》聯隊区司令部管下の「壮丁」が含まれていた。春川は江原道《こうげんどう》の都邑《とゆう》である。江原道は道の東側に太白《たいはく》山脈が日本海岸に面して南北に走っているので、二十一郡を有する広域な地区であるが、山岳重畳《ちょうじょう》として平地に乏しく、平原も熔岩台地で、産業といっては木材と鉱石のほか見るべきものがない。以前から人口希少といわれ、「壮丁」たちはほとんど日本語がわからなかった。質問しても、彼らはきょとんとしていて、はい、とか、いいえ、とか言うだけで、それもどこまで質問の意味が通じているのかわからなかった。その代り、筋肉が発達した体軀《たいく》で、いずれも「甲種合格」の太鼓判が捺された。持参の受検票によると、住所が「江原道通川郡《つうせんぐん》新南里」とか「金化《きんか》郡岐《ぐんき》梧《ご》面《めん》昌道里」とか書かれてあって、どんなところか見当もつかない。検査場の衛生兵が漢字の字画の不明確な点をきくと、「ヤンヤン」（襄陽）とか「ピョンチャン」（平昌）とか「チョンション」（旌善）などと答えられて、こちらがぽかんとするありさまだった。「壮丁」たちは互いに朝鮮語で話をしていた。

この徴兵検査を見てよろこんだのは安川だった。

「山尾や。いよいよ朝鮮人が入隊してくるな。われわれ日本人の弱兵は要らん者になってきた。軍医さんはおれの病気をたびたび診てよく知ってるはずだ。おれはたびたび受診しているからな。軍医さんの反応はどうだな？　今度の弱兵整理にはいれそうか？」

軍医の気持は自分にはわかりようがないと信治が答えると、その突き放した言い方にも安川は腹も立てず、腹を立てるどころか、ますますへつらうような調子で、眼尻を下げた。

「山尾よ。お前は軍医さんのキンタマを握ってるらしいから、おれのことをうまく頼んでくれよな。安川はあのとおり内地部隊にいるときから演習も教練もできず、内務班に寝たきりだったと言うてな。実際、歩行もできない兵隊をいつまでも部隊に残していても、仕方がないからな。いったん、除隊になって郷里で療養し、丈夫になってからもう一度ご奉公したいとおれは思っている。なあ、山尾、軍医さんによく言ってくれ。おれはお前だけが頼りだからな。そうしてくれたら、お前はおれの大恩人だ」

貴様ら、ようく聞け、貴様らは三カ月の教育召集の満期が来たら、本当に私物抱えて営門を出られると思ってるのか、貴様らは南方行きの野戦部隊に動員されるんだぞ。甘《あめ》え夢を見ていたら、とんでもねえ大間違いだ。そんな野郎がかりにも軍隊にもぐりこんでいるから、前線の旗色が悪くなるのだ。おれが今から、そのトボケた夢をさまして軍人精神を入れてやるから、そのつもりでいろ。」――かつて佐倉の内務班で怒号したその男と、これが同一人だろうか。

信治は安川を絞め殺したい衝動をおぼえた。こういう気持が起るのも、森田軍医の法医学の本をのぞいたせいだろう。

信治は、その佐倉の内務班で、安川のいないときに兵長が言っていた言葉を思い出した。

「安川の奴、除隊になって営門を出たとたんに足腰がしゃんと立つぞ。びっこどころか、一目散に駆け出して行くにちがいないわい。は、ははは」

## 17

良子から手紙がきた。封筒の住所が変って、広島市寺町三丁目五六番地となっていた。

《お父さん、お元気ですか。わたしたちは十日前に広島に移ってきました。太一さんのお世話で、表記のところに家を借りました。六畳に四畳半二間で、小川町の家とあまり変りません。おじいちゃんは、太一さんのお店の倉庫番という名目で傭《やと》われることになりました。月給三十円ですが、おじいちゃんは大よろこびで、それに元気を出して毎日お店に行っています。わたしもそのうちに陸軍被服支廠の女工員に世話してもらえそうです。こちらに来て、おばあちゃんも身体の調子がいいようなので、子どもたちの面倒が見てもらえそうです。太一さんはいい人です。

この前のお便りで、お父さんは一等兵に進級して、同時に精勤章とかをもらわれた由、安心しました。だいぶん楽になられたでしょう。年齢がすすんでからの兵隊さんで、さぞ苦労されていることと思いましたが、精勤章がいただけるくらいなら頑張っておいでなんですね。みな、よろこんでいます。

広島は、東京と違い、戦時下といっても、どこかのんびりしています。やはり地方のせいだと思います。この前、子どもたちをつれて饒津《にぎつ》公園というのに行ってきました。浅野の泉邸にも行きました。昔の殿様の庭園だそうです。あなたが兵隊さんで苦労しておられるのに、遊んでいるようで気がひけますが、引越しのあとの家の中の片づけがやっとすんだばかりで、ちょっと大変でした。わたしは、早速隣組の防空訓練をさせられていますが、みなさんは出征軍人の家族というので親切にしてくださいます。

三日前に、町内に英霊が二柱も還られたので、みなさんで駅頭に出迎えに行きました。二柱とも南方で戦死され、一人は若い現役兵ですが、一人は三十三歳で、召集の下士官でした。わたしたちは、朝鮮の方角に朝夕陰膳《かげぜん》を据えて、お父さんの武運長久を祈っております。

こちらも春の陽気がつづいていますから、朝鮮もよほど気候が暖かくなったことと思います。幸子はこの前、風邪をひいて二、三日寝かせましたが、すぐに癒りました。稔と豊とは元気です。転校した稔は学校友だちの広島弁がよくわからずにとまどっているようですが、すぐに馴れると思います。あなたが帰還したときは、子どもたちはみんな広島弁になっていますよ。……》

――入隊して半年後に星が二つになったが、同時に精勤章をもらったのは信治も意外だった。そんなに優秀な兵隊とは思っていない。もしかすると、森田軍医が医務室の人事掛にいってくれて、医務室から中隊事務室に連絡があったのかもしれない。いつぞや、森田軍医が信治をうっかりと山尾上等兵と呼び、襟章の星一つを見て、なんだ、君はまだ初年兵か、と妙な顔をしていたことがあった。それほど信治は軍医の診断のさいの呟きを巧妙に書き取っていた。これが兵科の教練だったら、精勤章どころか、成績はビリにちがいない。佐倉での教育期間中、同年兵の先頭に立って得意そうだった銀行員の山崎ですら精勤章にはなっていなかった。休養室勤務の山崎は、軍医と直接に交渉がないからだろう。診断掛になったのは信治の運だった。

運といえば、信治は予定されたニューギニアに行かずに、このまま朝鮮に居残りそうだった。良子の手紙には、南方で戦死した兵の遺骨を駅に迎えに行ったが、一人は、三十三歳の召集下士官だとある。三十三歳といえば、自分と同じである（今年の正月をこの朝鮮の軍隊で迎えようとは思わなかった）。良子は夫と同年の遺骨が南方から還ったのを見て衝撃を受けたのであろう。それにつづいて朝鮮の方角に陰膳を据えてお父さんの武運長久を朝夕祈っていると書いているのは、暗に朝鮮から動かないようにという祈りであった。

父の従弟の太一が親切にしてくれるのは案外だった。十何年前に会ったときの印象は間違いだったのか。その女房とこっそり顔を見合せるようにして、どこかよそよそしい応対だと思ったのは、地方の人間の朴訥《ぼくとつ》さをそのように誤解していたのだろうか。それとも、良子は自分によけいな心配をかけたくないので、手紙ではそう書いているだけなのだろうか。もっとも、太一が年寄りの父を倉庫番にして月給三十円を出してくれている事実は、決して冷遇ではない。

月に三十円では暮らしが立つはずもない。良子は近いうち被服支廠とかの女工員になるというが、貯蓄もなくなったにちがいない。東京から広島への移転費だけでも相当にかさんだであろう。

この戦争が終るまで家に帰されそうになかった。戦争はこれからさき何年つづくだろうか。その間、家族の生計が保てるかどうかわからなかった。

自分が帰りさえすれば、一家を不自由させずにやれるのだ。信治は色版画工として腕には自信があった。この仕事は金になる。小川町のころは、ちょっとした会社の重役よりも収入になった。早く家に帰りたい。戦争はいつ終るのか。

良子の手紙は、案外に明るい文句で綴られていた。解釈のしようによっては、いつまでも赤紙の指名者を恨むなと信治に言っているようにもとれる。そういえば、例のことには少しもふれてなかった。今度は暗号がないのである。しかし、良子がどんな気持でいようと、赤紙一枚でこの境涯に陥れた兵事係の男のことを忘れるものか、と思った。

弱兵整理が行なわれ、入念な診断の末に除隊兵が決定した。部隊で三十八名である。入念なといっても、べつに陸軍病院に行ってレントゲンなどの精密検査をするわけではなく、医務室の診断簿を見て軍医が選び出し、日常の受診兵よりも多少ていねいに診察するだけだった。

だが、それらは軍医からみて、どうしようもない痼疾《こしつ》の患者ばかりであった。たとえば肺結核、心臓弁膜症、糖尿病、血友病などといった病気は、陸軍病院に送っても治癒する見込みはなかった。入院させても療養に長期を要する。血友病にいたっては、手段がなかった。そういうのを送院しても、医薬品とベッドが不足しつつある陸軍病院が迷惑するばかりだった。彼らを部隊に置いても戦力にならないばかりか、集団生活にとって士気に影響するし、官給物資の浪費でもあった。彼らは半ば廃兵で、部隊にとっても陸軍にとっても不要品だった。

安川一等兵がその整理兵の中にはいった。

「座骨神経痛のほうはどうだ?」

森田軍医は診察のときに安川にきいた。安川は診断室にはじめから老人のように背をかがめてはいり、椅子にかけるにも腰をいたわって時間をかけた。

「はい。また痛み出しました」

安川は泣き出しそうな顔つきをしていた。もともと眼尻がさがっているので、額に皺を寄せると、本当に悲しそうな表情になった。

軍医は指先で彼の腰部をつついて悲鳴の反応をたしかめた。軍医の口もとには、かすかな笑《え》みがあった。それは、この患者は検診する必要もないといった匙《さじ》を投げた微笑であった。

「よし。向うに行け」

と、軍医はつき出た顎をしゃくった。それは診察に横臥させる台ではなく、もとの列に戻ってよいという指図だった。

軍医が兵隊に除隊を直接に言い渡すのではない。それは診断書と意見具申書とに高級軍医が判を捺し、部隊本部に回し、部隊長が裁決することであった。しかし、森田軍医が安川の身体をろくに診ないで、よし、向うに行け、と言ったとき、安川の除隊は事実上決定したのも同然だった。

「山尾。ほんとにお前はおれの恩人だ。ありがとう、ありがとう」

中隊長から正式に除隊の申渡しを受けた晩、安川は兵の少ない廊下に呼び出して信治の手を握った。

「いえ。それは自分のせいではありません。軍医殿の診断の結果であります」

信治は、薄暗い中で、喜悦に輝いている安川の顔を見ながら答えたが、羨望《せんぼう》と憎しみとが胸の中にたぎっていた。軍医を瞞《だま》して、してやったりとほくそ笑んでいる安川の表情が、よごれたインキの下から滲《にじ》んで浮ぶ字画のように透《す》けて見えるのだった。

「いや。それというのも、お前があの軍医さんにおれのことをいろいろと言ってくれたからだろう。だから、簡単にいったのだ。佐倉聯隊の軍医は、こんな処置はしなかったからな。お前は、池田と違って、軍医さんの気に入りだ」

軍隊ほど依怙贔屓《えこひいき》の通るところはない。軍隊で大メシを食っている（在隊が長いこと）安川は、何よりもそれを知っている。あまり知り過ぎているために、錯覚を起す。安川は、信治が彼の放免を実現させるほど森田軍医を操縦していると思いこんでいるのだった。それは、もちろん信治が自分に好意をもっているというひとり合点の前提に立っていた。

「おれも、考えてみたら、お前たちにはほんとうに申し訳ないことをした。軍隊の習慣《ならわし》とはいえ、あんな気合をかけたのは悪かったよ」

安川はここでも謝った。が、信治に向かってとくに狂暴な私的制裁を加えたとは言わなかった。が、口で吐かなくとも安川にはよくわかっているはずだった。でなかったら、どうしてこうもたびたびあのことを言訳するだろうか。もし、その制裁が新兵に対する集団的で、一律的なものだったら、それは《慣例》だから、とくに意識にないはずだった。安川としても信治には寝ざめが悪いのである。

「いえ、古兵殿。そんなことは自分はもう忘れております」

この時になってまで何を言うかと、信治は自分に腹が立った。まだ、安川への恐れが意識に残っているのだ。人間が先天的に蛇をおそれるのは、遠い原始時代に人類が虐《いじ》められた記憶が潜在的に残っているからだという話を、信治はあとで思い出した。

「おお、そうか。忘れてくれるか？」

安川は機嫌をとるような笑いで、信治の顔をのぞきこんだ。

「はあ。それに、古兵殿の除隊は自分の力ではありませんから」

信治は自分の卑屈を紛《まぎ》らわすように言った。

「いいや。そんなことはない。その証拠に、お前は一等兵に進級と同時に精勤章をもらったではないか。それもやっぱり森田軍医さんのヒキがあるからだよ」

「……………」

「この次、お前は第一選抜の上等兵だ」

安川は煽《おだ》てるように言った。が、その笑顔は今度は除隊する兵の嘲笑に変ってみえた。まあ、お前さんはせいぜい頑張ってお国のために尽してくれ、用のなくなったおれは営門を出てさっさと帰るからな。唇の端からそんな声が洩れているようだった。

「古兵殿は、いつ除隊ですか？」

「明日の午前十一時だ。午前十一時に除隊兵が営庭に整列する」

安川はうれしさで足踏みするようにして言った。

「東京には三日後に着くはずだ。何年ぶりだと思う？　四年目だ。四年間も軍隊の金《かね》のお碗《わん》でメシを食わされたんだからな」

……カネの茶碗にカネの箸《はし》、ホトーケ（仏）さまではあるまいし、一ぜんメシとは情けない。——兵隊歌が安川の浮き浮きした口からとび出しそうだった。まったくあの文句はよくできている。銀色のアルミの食器と金物の箸は、仏壇の供膳を彷彿《ほうふつ》させる。が、ふと、良子が自分のためにあげている陰膳のことを思い出して不吉な気分になった。

しかし、安川が四年間も軍隊に留め置かれた理由は何だろうか。それがシナとか南方とかの野戦部隊にいるのだったら、帰還の機会がないままに在隊が長くなることはある。だが台湾の聯隊にいたのだったら、そんなことはないはずであった。安川は台湾で大きな事故を起して佐倉聯隊に転属になってきたという噂だったが、もちろん安川は今もそれにふれはしなかった。すんでのことで陸軍刑務所に行くところだったとその噂はいうから、事故というよりも犯罪に関連した事件のようだった。

「そうだ、お前の家は小川町だったな。おれの家は駿河台下だから、そう遠くない。ちょっと寄って家族にお前が元気にやっている様子を話してもいいよ。何か伝言《ことづけ》があれば伝えてやるよ」

安川は、眼を細めて言った。

「はあ、ありがたくありますが、自分の家族は小川町から広島のほうに移りましたから」

「ほう。疎開したのか?」

「疎開ということではありませんが、広島のほうに親父の親戚がありますので、そこをたよって行っています」

「広島なら疎開と同じだ。敵機が狙っているのは、やっぱり首都だからな。広島のような田舎町に爆弾を落しても何にもならん。爆弾の損だ」

良子の手紙にも、東京からみると広島はのんびりしていると書いてあった。家族が安全な地方に移っただけが気休めかもしれなかった。

日本軍は、十八年二月にはガダルカナル島を退き、四月には山本五十六《いそろく》聯合艦隊司令長官がソロモン上空で搭乗機を敵機に撃墜され戦死した。「戦局熾烈《しれつ》」という活字が新聞に出るようになった。だれの眼にも戦争の敗色が濃く映りつつあった。

「おれもなァ、東京に帰ってものんびりと暮らしていけんかもしれんぞ。軍隊はいやなところだが、食うのも着るのも心配がいらんだけが取柄だ。営門を出たとたん何もかも自前《じまえ》だからな。こんな時世に生活するだけでもたいへんだ。帰ったら、さっそく大車輪で働かんといかん。四年間も軍隊にいたから、軍隊ボケがしてハンドルを動かすのもしばらくは勝手が違うだろうな。ブレーキとアクセルとを踏み違えるかもしれん」

安川はやっぱり運転手だった。山崎が言ったことは間違いなかった。

「古兵殿は、車を運転されておられたのですか?」

「うむ。運送会社にいてトラックに乗っていた。こんな時世で、ガソリンの配給も少なくなったが、会社はまだ倒れてはおらんだろう。とにかく、すぐにでも働かなくちゃな」

軍隊を去って行く安川には、下級兵に対して職業の見栄も何もなくなっていた。が、よろこびのあまりに彼は口をすべらせた。

「すぐにお働きになるといっても、古兵殿はそんなお身体では無理じゃありませんか?」

べつに皮肉で言ったわけではないのに、安川は狼狽した。

「いや、なに……うむ、それもそうだ。しばらく静養したうえでのことだけどな。まあ、身体の調子次第だけどな」

今になって仮病が軍医に知れ、除隊が取り消されたらそれこそたいへんだというように安川は急に顔をしかめた。

ラッパが鳴り、「点呼」の声が起った。

「じゃ、山尾、元気でな。あんまり無理をするなよ。いろいろ世話になったな。ありがとう。じゃア……」

安川は、大げさに片脚をひきずって班内に引き返した。彼にとっても最後の日夕点呼であった。その後ろ姿は、すでに安川一等兵ではなく、運送会社の運転手安川哲次であった。

翌日、信治は安川の除隊を見なかった。その時刻には医務室に行っていたからでもあるが、ほんとうは見たくはなかった。私物の包みを下げて営門を去って行く除隊兵たちの後ろ姿を見たら、煩悶《はんもん》でしばらくは寝られないにちがいなかった。

「安川古兵は、うまくやったな」

山崎が医務室で早速言った。彼は、営門を出て行く隊列の中に安川の元気そうな足どりを見たというのだ。

——それでも、信治はその晩に夢を見た。安川をわざと重症にさせ、死んだのちは、その遺骨を自分が持って東京に帰るのである。白布に包んだ遺骨箱を、首から掛け、両手に捧げて小川町の坂道を上っている。良子と子どもたちが向うから手を振って走ってきていた。父が母の手をひいてうしろから来ている。安川の家族はいなかった。……

こんな夢を見るのも、広島駅に南方からの英霊を迎えに行ったという良子の手紙が脳裏にひそんでいたからだろう。しかし、意識にひそんでいるのはそれだけではない。安川への憎悪もあった。それと帰りたい一心の願望とが夢で結合していた。

が、それも現実には手遅れであった。もう、安川を再び軍隊に引き戻すことはできない。

## 18

朝鮮人「壮丁」が入隊する前に、在朝鮮の日本人が召集されてはいってきた。彼らは既教育兵だった。これまで朝鮮に長くいる「内地人」は召集の対象からなるべく外されていたようだが、この大挙入隊はいよいよ戦局の緊迫を思わせるものがあった。

第二十二部隊にはいったこれら召集兵は、南から北までの朝鮮の全域にわたっていた。職種は、官公吏、会社員、銀行員、百貨店員、商店主、漁業の網元、山林主、工場技術者、鉱山の技師、労働者などを網羅《もうら》し、そのほとんどが十年以上の在鮮者だった。年齢も平均三十二歳で、下士官は少なく、上等兵がわりと多かった。

彼らは当初から元気がなかった。朝鮮で召集を受けようとは思ってもみなかったという様子で、心外に堪えないふうだった。入隊前、地方での身体検査は相当に粗《あら》かったようで、医務室に虚弱兵が毎日押しかけてくる。休養室はたちまち寝台が足りなくなり、床に藁蒲団《わらぶとん》を敷かせて寝かせるほどになった。

安川哲次から信治にハガキが来たのは、そういうさいだった。彼の除隊から一カ月経っていた。

《貴殿にはますます軍務に精励のことと思います。在隊中はたいへんお世話になりました。小生は帰郷以来、療養につとめた結果、最近、軍需省雇員として働いています。この職域において国家の非常時にご奉公しているわけです。お元気を祈ります。安川》

安川のハガキを中隊でもらったのは、どうやら信治一人のようだった。印鑑を持って中隊事務室にこの郵便物をとりに行ったとき、人事掛の助手をしている伍長が、

「ほう、安川の奴、お前だけにはハガキをくれたんだな」

と、裏表をひっくり返しながら呟《つぶや》いたからである。

信治は、下士官にお前が共謀になって仮病の安川を除隊させるように持っていったのだろう、と咎めらめれたような気になったが、もちろん、そこまで相手が邪推《ぐる》しているわけはなかった。が、かえって安川自身はそう考えているのだろう。森田軍医に都合よく進言して計らってくれたから神経痛で弱兵整理の中にはいれた、山尾よ、ありがとう、とこのハガキは言っているのだ。そうでなかったら、軍隊に恨みこそあれ、未練のない安川が信治ひとりに通信を出すはずもなかった。

安川の住所はやはり駿河台下となっていた。彼は、今ごろ手足を伸ばし、市民生活を愉しんでいるにちがいない。

「帰郷以来、療養につとめた結果」とあるが、それは文面の体裁で、すぐに軍需省雇員というのに就職したのだろう。神経痛が、そんなに簡単によくなるわけはなく、どんな治療も効のないことはわかっている。

運送会社のトラックを運転していた安川が職を変えたのは、安川がここにいるときから心配していたようにガソリンの配給が窮屈になり、木炭車も限界があるというところから、運転手稼業に見切りをつけたのだろう。それとも運送会社の統合で、勤め先がなくなったのかもしれぬ。なにぶん安川が兵隊になったのは四年前だから、彼の知らない間の世間の変化も大きいのだ。

軍需省雇員というのは、どういう職種かわからないが、学校を出ていない安川のことだから、どうせ肉体労働にはちがいなかった。そのことだけでも、彼の神経痛がまったくの偽りだったことがわかる。が、よくもあんなふうに仮病で押し通せたものだと、信治は安川の忍耐強い精神力にいまさらのように感嘆した。欲望を自ら封じて外出に眼を閉じ、周囲の蔑視と嘲笑に彼は彼なりに長期間耐えてきたのだ。家に帰りたいと望む者は多いが、安川の真似はできない。脱走するのは、まだその意志が弱いほうである。

森田軍医も、医務室から去った。信治が最後に見たのは武装姿の森田中尉だった。進級して大陸方面の部隊に転属になったとかで、山尾、世話になったな、と声をかけてくれた。四十に近いこの開業医は、初めての野戦行きにすっかり元気をなくしていた。そこで何が待っているのか軍医も覚悟していたようだ。その姿は、講堂の向井衛生兵長に通じるものがあった。

森田軍医のかわりに、二人の軍医の幹部候補生が医務室に配属されてきた。二十三、四歳ぐらいで、医大を卒業して地方の病院の医局勤務のところを召集されたらしかった。軍曹の階級に座金《ざがね》が光っている。あと半年もすると、見習医官に昇進するのだ。一人の幹候は、乱暴な診察をした。胸部を診るのにもほとんど聴診器を当てず、指先で打診するだけだった。彼によると、その胸部の反響だけで疾患の状態がわかるというのである。そうして彼は、ときどき聴診器を当てて、指先の打音と比較し、自分の正確さをたしかめた。それは一種の実験といってよかった。その代り、受診兵を片づけてゆく速度はおそろしくはやかった。

「おい、員数で書いておけばいいよ」

と、彼は診断簿に記入しようとする信治に言った。

「軍隊はすべて員数だからな。診察も員数だ。いちいちていねいにすることはないよ」

幹候は平然と笑った。若いのにたいした度胸だった。軍隊用語の「員数でやる」とは、いい加減に処理するという意である。この幹候たちは、軍隊にはいって日が浅いが、兵科の教育訓練の間に軍隊のでたらめな部分を早くも要領で体得したらしかった。

休養室がたちまち満員になったのも、この、ものぐさな軍医幹候が面倒な受診兵を片端から「入室」の診断にしてしまったからである。


信治は、細井という召集の上等兵が受診のときから釜山《ふざん》の市役所の吏員だと知っていた。それは軍医幹候が、痔疾《じしつ》を訴える細井に、お前の入隊前の職業は何だねと尋ねたからである。役所でもこの痔疾で椅子の上にはろくにかけられなかったと細井は述べた。よし、向うの窓際に行って軍袴と袴下をずり下げて尻を出し、四つん匍《ば》いになれと言ったが、診察の道具といっては懐中電灯一つだから十分な観察ができるはずもなかった。幹候にとって肛門は専攻外だから、面倒臭がって、たちまち「員数」癖を表わし、入室を命じたのだった。

受診は午前中で終るから、診断掛衛生兵は午後には診断簿の整理だとか診断室の掃除とかで、あとはほとんど用事がなかった。ふつうは中隊に戻っていなければならないが、帰っても格別な用事はなく、夕食まで医務室に何となく残った。そうして他の忙しそうな係を手伝う。

信治は意識して休養室を手伝い、患者の世話に当った。軽症の患者は寝台に起き上がったり、歩いたりしているが、寝たきりの者がほとんどであった。病気は軽くても、太平楽に昼夜寝ているのに越したことはない。中隊に戻されると、使役だとか演習とかの激しい肉体労働が待っている。だれの気持にも、大なり小なり安川的な怠惰な傾向はあった。

細井の痔が出血をはじめた。便所は彼の血で赤く染まる。軍医の休養室回診は、よほどの重症で陸軍病院に送るくらいの患者でもいないかぎり、めったになかった。病院とは違うという意識かもしれない。入室の期限は一週間を限度とし、必要あれば、翌週に継続することができる。

信治は、細井に近づいて親切にした。向うは上等兵だが、入室患者は階級観念をはずしている。ふつうの病院でも、入院患者が看護婦に遠慮しているようなものだ。いや、それ以上に気をつかっている。中隊から隔離された医務室に寝ていて、衛生兵の反感を買ったら、こんな心細いことはない。それこそ、どんな「ハンドウ」を回されるかわからない。患者の上等兵が医務室の下級の一等兵や二等兵に、衛生兵殿と呼びかけた。

信治は細井上等兵に、そんなにひどい痔だと軍医さんに意見具申して、除隊になるようにとり計らってもいいとほのめかした。安川をよろこばした経験から得た要領だった。

それを考えついたのは、細井が釜山市役所の兵事係をしていたと聞いたからだった。釜山は、朝鮮でも京城についで日本人の多い都市である。

細井は信治を頼り、彼の手で除隊になるかのような希望を託するようになった。

信治は休養室の、人のいないところに細井を連れてきていた。相手は上等兵だが、医務室では同年兵扱いだった。ことに細井は信治にすがっているという意識があるから、言葉もていねいで、「地方人」の会話と変りなかった。細井は襦袢《シャツ》だけの姿だった。医務室には、もちろん白衣の用意はない。患者は着たきり雀で寝台に寝起きしている。

「召集令状は聯隊区司令部から所要の員数を市役所の兵事係に連絡してくるのでしょう?」

信治は雑談するようにきいた。

「いや違います。召集令状を書くのは各聯隊区司令部ですよ」

いきなり、意外な細井の答えが返ってきて、信治は愕然《がくぜん》となった。

「なに、聯隊区司令部だって?」

いままで、市役所の兵事係と思いこんでいた信治は呆然《ぼうぜん》となった。……だが、しかし、聯隊区司令部が召集するいちいちの人間について、原籍地、現住所、生年月日を知っているのだろうか。それは市町村役場の兵事係と連絡をとらなければわからないことではないか。――「そんな連絡の必要はありませんよ。各聯隊区司令部には、兵籍名簿というのが備えつけてあるんです。それには、本籍地、現住所、氏名、生年月日、学歴などをはじめとして、今までの職業、徴兵年次、役種、兵種、体格など、軍務に関すると思われることはいっさい記入してありますよ。入隊の経験のない第一、第二乙種の国民兵は、補充兵として、その兵籍名簿を見て教育召集にしたり、またはすぐに赤紙を出したりするんです」

いまのいままで、召集事務は市町村役場の兵事係が行なうとばかり思っていた信治は、それは各聯隊区司令部だと知った。

区役所の兵事係を良子に探らせていたのは、まったくの見当違いだったのか。信治は取返しのつかぬことをしたように、胸の中が慄《ふる》えてきた。まさか、聯隊区司令部にそんなものが備えつけられてあるとは、知らなかった。

「そういう兵籍名簿は二尺に二尺といった大きさのものです。これは原簿だから、これを基本にして、取扱いやすいように、縦が五寸、横が八寸ぐらいの在郷軍人名簿というのがつくられる。既教育兵はもとより、未教育の第一、第二乙種の国民兵もそのまま名簿に収録されています。聯隊区司令部の連中は、それを『軍名』と略称でいってますな」

細井は、信治の好奇心を満足させるように説明した。彼は「弱兵整理」の中にはいるためには、この衛生兵の機嫌をとる必要があると思っているらしかった。

「ふむ。『軍名』ね……」

その「軍名」から自分は聯隊区司令部の職員によって名前を抜き出されたのか。これまで町内の教育訓練に出なかったため、「ハンドウ」を回されて召集をうけたと思いこんでいたが、この想像は一挙に崩壊した。町内の軍事訓練の出欠簿と聯隊区司令部とでは、あまりに距離が遠すぎる。召集に当てられたのは聯隊区司令部による「偶然」だったのか。

「その聯隊区司令部に保管された兵籍名簿の写しは市町村役場の兵事係にもあるのです」

つづく細井のこの言葉に、呆然となっていた信治は顔を鞭で打たれたようになった。

「えっ、市町村役場の兵事係に、その写しが置いてあるって?」

信治は眼をむいて細井の顔をみつめた。

「そうなんですよ。それはね、本籍地を移す人間があるからです。たとえば、島根県の人間が山形県に本籍地を移したとしましょうか。すると役場の戸籍係は、兵籍の印の付いているその人間の移籍をすぐに兵事係に知らせます。兵事係はさらにそれをすぐに聯隊区司令部に確実に通報するから、兵籍も島根県の聯隊区司令部から山形県の聯隊区司令部に移されてゆく。ですから、その人間の召集は、本人の知ると知らないとにかかわらず、山形県の聯隊区司令部でなされるわけです。そんな次第で、市町村役場の兵事係と、聯隊区司令部とは始終緊密な連絡をとってます」

信治は、眼の前で崩れた画面がもう一度もとどおりの形になるのを見た。生気をとり戻した。

「そうすると……そうするとだな、市役所の兵事係であるあんたに召集令状が来たのは、どういうわけですか。聯隊区司令部の連中と、日ごろからそんな連絡関係にあるなら、あんたには赤紙を出さないと思われるんだけどな。それとも召集は公平に行なわれるんですか?」

考えた質問だった。

「表面は、一応公平にみえるんです。けど、ぼくの場合は、直接上司の兵事係長と衝突して憎まれたのです。つまり、兵事係長が、召集の対象になるような市内の有力者や金持から金をもらって、赤紙が行かないように手心を加えていたことがわかったので、ぼくが文句を言ったのですよ。それが気に入らなくて、ぼくに赤紙を出させたんですよ」

細井は、当時を思い出してか、腹立たしそうに言った。

「ちょっと待って。あんたは、さっき、赤紙は聯隊区司令部が発行すると言ったね。市役所の兵事係長には、有力者や金持を赤紙の対象から外すことや、逆にあんたを召集で引っ張る権限はないはずだけどな」

信治は、細井の言葉の食い違いを質《ただ》した。

「根本的には、聯隊区司令部が召集する権限を握ってます。でも、市町村役場の兵事係長が、司令部の召集係の実力者と親しければ、それにたのんで、赤紙の宛先に手心を加えてもらうことはできるのです。その司令部の連中だって、金持から袖の下をもらって召集から外したりしてるんですからね。同じ穴のムジナですよ。ぼくの場合は、弱みを握られた係長が司令部に言いつけて、召集させたと思うのです。司令部の連中だって、係長からそう言われたら、ぼくが煙たくなって追い出したいでしょうからね」

細井は、相手を憎むような口調で説明した。

「なるほど、そういうことか」

信治はうなずいて、核心の疑惑にふれた。

「そうするとだな、ある男が市役所の兵事係に睨まれたら、係から司令部に言いつけて、その男に赤紙を出すようにさせることもできるのですか？」

「それは、できますよ。どうせ、聯隊区司令部では員数で赤紙を書くんですからね。特殊な関係以外は、だれだっていいわけです。……つまり、こういう仕組みになっているのです。ここにある師団が動員計画に従って管内から四千人の補充兵が欲しいと聯隊区司令部にいってきたとする。司令部の幹部は、《昭和三年から六年までの徴兵年次、未教育第二国民兵、四千四百人、五月十日午前十時、何某師団》という命令を召集係に命じる。四百人を余分に召集するのは、事故病気の即日帰郷組を見込んでいるからです。で、司令部の召集係は、この命令にしたがって、入隊する部隊名と五月十日午前十時というゴム印を捺した無記名の赤紙を四千四百枚ほど用意して、さっきいった各地方別に分厚い一冊になっている兵籍名簿から、当てずっぽうに名を抜き出してその赤紙に氏名を書くのです。係は、だれだっていいから、市町村役場の兵事係長が、こういう男は日ごろから軍事的な行事に協力しないから、召集してくれと言えば、生年と徴兵年次、役種さえ該当すれば、すぐにその男の名を赤紙に書きますよ」

「そうするとだな、たとえば、町内の教育軍事訓練の出席率が悪かったような男の場合、区役所や市役所の兵事係が町内の成績表を見て、この男に赤紙を出してくれと聯隊区司令部に連絡することはあるのですか?」

「ああ、そういうことは、始終ありましたね。ザラですよ。いま言ったように、司令部ではだれに赤紙を出してもかまわないのだから、市町村役場の兵事係から該当者を内申してこられると、『軍名』から抜き出す手間がそれだけ省けて、かえってよろこんだでしょう」

「それは、市役所の兵事係ならだれでも、聯隊区司令部ではその内申を聞いてくれたのですか?」

もっとも肝心な点だった。

「いや、それは、やっぱり兵事係長だけです。ほかの係員が言ったのでは、司令部も相手にしません。役所はすべて責任者本位ですからね。兵事係長がそう内申してこなければ、司令部は言うことを聞きませんよ」

——信治は、「犯人」を突きとめたと思った。

## 19

信治は、昭和二十年八月の敗戦まで、竜山に残っていた。

前年の七月に、サイパンが陥落した。中隊の舎前出入口、石廊下の壁には京城発行の新聞が一つだけ毎日貼り出されていた。これが「地方」の出来事を知る唯一の窓だが、部隊幹部の目的は、「勝利か滅亡か　戦局はここまで来た　眦《まなじり》決してみよ　敵の鋏状《きょうじょう》侵攻」といった大見出しを兵に読ませて、士気を鼓舞するにあった。しかし、ガダルカナル島の敗退のときは「転進」だった大本営発表も、サイパンの陥落だけは、「サイパン島の我が部隊は七月七日早暁より全力を挙げて最後の攻撃を敢行、所在の敵を蹂躪《じゅうりん》し、其の一部はタポーチョ山附近迄突進し、勇戦力闘敵に多大の損害を与え、十六日迄に全員壮烈なる戦死を遂げたるものと認む。サイパン島の在留邦人は終始軍に協力し、凡《およ》そ戦い得るものは敢然戦闘に参加し、概《おお》ね将兵と運命を共にせるものの如し」と発表していた。同方面最高指揮官の海軍中将と陸軍部隊指揮官の中将、海軍部隊指揮官の少将の戦死がそれに加わっていた。

これは太平洋上の小さな島だからそうなったのかもしれない、と信治は思った。広い土地だったらそう簡単に敗けることはあるまい。だが、それだけに島の周辺はアメリカ海軍によってとりかこまれていたことになる。日本海軍の劣勢はこれだけでも想像できた。信治は、佐倉にいたとき、同じ教育召集の衛生兵で来ていた前の海軍軍属が、ラバウル基地がいかに堅固かを話していたのを思い出した。ラバウルが落ちたら、日本もおしまいだと彼は言っていた。そこには軍人以外の日本人が千数百人もいると彼は話していた。民間人がそのように集まっているのは、その要害堅固を恃《たの》みにしているからであろう。おそらくサイパンも難攻不落の島と思われ、そこがニューギニアの島よりもはるかに日本に近く、しかも第一次大戦後の委任統治領の中心だけに、日本人は祖国のように安心して住んでいたにちがいない。

「サイパン島の在留邦人は概ね将兵と運命を共にせるものの如し」という字句は信治の胸を刺した。敗戦のさいには、民間人が軍隊の道づれにされて死ぬという事実である。非戦闘員も安全ではなかった。信治は、広島にいる家族のことを考えないわけにはゆかなかった。

家族といっしょに死ぬなら、まだ諦めもつく。だが、遠くに引きさかれたままに死ぬのは厭《いや》だった。最後まで親や妻子と同じところにいたかった。子どもを負い、妻の手を引き、親をかばいながら、逃げたかった。負傷したら、その手当てをしてやりたい、自分も介抱をうけたい。みんなで抱き合って死んだら、どんなに仕合せかわからないのだ。

このように、家族からひき離したのは一枚の召集令状だった。しかも、その指名には、たぶんに発行者の私情がはいっている。釜山市役所の兵事係だった細井の話から、信治はかねてからの疑惑を確かめ得たと思った。

――聯隊区司令部に保管されている兵籍名簿はその写しが各市町村役場の兵事係にも備え付けられてある。赤紙は、聯隊区司令部が必要人員の数に、病気事故などによる即日帰郷者の数を見込んだ分を加えて兵籍名簿から係が気ままに名前を抜き出して書くが、それには発行者による手心がかなりはいっている。また、市町村役場の兵事係長が司令部に召集の「適格者」を申告すれば、そのことがやすやすと行なわれる可能性がある。この場合の「適格者」とは、軍事に非協力的な国民を懲罰召集の対象にすることだった。町内の教育訓練に出なかった者にそれがあったかと細井に訊いたとき、「そういうことは始終ありましたね。ザラですよ。役場の兵事係長から該当者を言ってこられると、司令部は『軍名』から召集者の名を拾いだす手間が省けて、かえってよろこんだでしょう」と、彼ははっきり答えた。しかし、それはふつうの兵事係員では効果がない。係長でないと司令部も言うとおりにはならない、と細井はつけ加えた。当の兵事係が確言したのだから、間違いはあるまい。

司令部の係はもちろん軍人だ。軍隊ほど「要領」が横行するところはない。「要領」という名のカンニングであり、利己的な狡知《こうち》であり、不公平な融通であり、不義不正である。細井によると、彼らは金持や有力者には赤紙を出さないという。それは袖の下をもらっているからだという。また、親戚や友人など私情や利害関係のからむ者にも赤紙を避けるということだった。軍隊用語の「要領」がどういうものかを知ってきた信治は、細井の言葉を疑わなかった。疑うどころか、教育召集を受けたときから持っていた疑念がますます裏付けされただけに、事実だと信じた。

細井の言葉によって、司令部に赤紙を出させるのが兵事係長だとすれば、信治の場合、問題は簡単である。係長は河島一人しかいない。係員というと複数だから、果してどの人間がやったかわからないが、河島に限定すると、苦労することはない。

ただ一つ、これに一抹《いちまつ》の疑問がないことはなかった。それは河島兵事係長が聯隊区司令部に該当者を連絡し、司令部で河島の言うとおりに赤紙を書いたという想定のことである。これは、細井の言葉に従って推定したのだが、もしこの推定がはずれた場合は、相手をとり違えることになる。そうなったとき、再び「犯人」を見失うのである。

そう考えると、信治も心細くなったが、なに、その仕組みがわかっただけでも、一つの手がかりになると思い直した。兵事係長の河島を追及すれば、少なくとも真の下手人がわかるのではないか。とにかく、自分に赤紙が来たのは、町内の訓練に出なかった懲罰だということがはっきりしているのだから、その理由の枠からも絞られる。

早くここを出て、河島に会いたい。いったい、この戦争はいつ終るのか。

十九年の夏には、初の徴兵制によって入隊した朝鮮人新兵の脱走する事故が多くなった。

そのつど、所属中隊から捜索隊が出ていった。三日以内に連れ戻すと、「犯罪」にはならず、重営倉くらいですむ。それがすぎると憲兵隊に連絡しなければならないので、部隊では責任者を出すことになる。なるべく部隊内の事故でおさめたいのは、脱走者に対する「親心」ではなく、責任者の処分問題が起るからである。高級将校は官僚と違わないから、履歴にキズをつけたくない意識が強い。若い下級将校は、処分されることによって考課表に影響し、同期生よりも昇進の遅れることをおそれる。

脱走兵は金をあまり持ってないので、遠くに逃げるはずはないと部隊では思っている。財布の中身は、内務検査のときに一人一人について調べてあるし、多くの金を持たせないことになっている。所持金の平等と、贅沢になるのを抑止したのだろうが、脱走事件が起ってみると、なるほど遠方には逃亡できないようにも考えられてあるのだな、と信治は初めて思い当ったことである。

そういえば、自分だって、東京までは逃げられないのだ。汽車も関釜《かんぷ》連絡船も、たとえ憲兵の眼を逃《のが》れ得たとしても、汽車賃も船賃も足りないのである。途中の飲み食いも満足にできない。もし、それを果そうと思うなら、近くに知人がいて金でも貸してくれないかぎり、泥棒か強盗でもするほかはなかった。友だちだって後難を恐れて、金を貸しはしない。脱走兵が野山に潜伏して飢えに耐え切れず、出てきたところを逮捕されるのは、もとはといえば、所持金を内務規程によって極貧状態に制限させられているからだった。

しかし、朝鮮人初年兵の脱走には、その困難がなかった。彼らには、いたるところに隠匿者がいた。部隊の外は、ことごとく彼らの同胞であった。脱走兵は兵隊服を脱げば、たちどころに「善良で、日本に忠誠な、民間人」になった。中隊の捜索隊の眼には他の朝鮮人と区別がつかなかった。

脱走兵が逃げこんだと思われる場所も捜索隊には不案内だったから、先導者に中隊の朝鮮人初年兵を立てた。すると、ちょっとした隙に、その案内役が逃亡兵に早変りした。

迷路のような朝鮮人居住区に逃げこんでしまえばそれきりである。そのへんできいても、朝鮮人はとぼけた表情で首を振るだけだった。

捜索隊は、一人の逃亡兵について一隊とは限らなかった。五、六人ぐらいの編成を一単位として、各方面を捜すから、少なくとも三隊は出る。かりに、それぞれの案内役が逃亡すれば、一人の逃亡兵について三人の逃亡兵を追加する仕儀となった。

――まったく処置なしだ。今日、清涼里《せいりようり》や纛島《とくとう》方面に捜しに行ったら、部落の中で、朝鮮服をきている群の中にいる若い男が、どうも脱走兵の顔に似ていると思うんだが、連中が違うというから捕まえるわけにもゆかないしなァ、すごすごと引きあげてきたが、こっちはまるきりバカにされたようなもんだ。あんまり長くうろうろしていると、また逃亡兵が出る。昨日、永登浦《えいとほ》から桂南面《けいなんめん》に行った捜索隊は二人の逃亡兵を出したからな。白衣に着かえて大勢の中にまぎれこんでいられると、まったく見分けがつかないからなァ。

捜索に加わった兵隊が笑って言った。信治は、簡単に脱走できる彼らを羨望した。

部隊には前から、徴兵ではなく、志願兵としてはいっている朝鮮人兵もいた。ほとんどが一等兵だったが、ある日、医務室の事務室にいたその一人が憲兵隊に検挙されて消えた。ほかの中隊からも数人出たということだったが、噂では共産主義者だとか、朝鮮独立運動のために軍隊の内情探知の目的で潜入した「不逞《ふてい》分子」ということだった。こうした現象は、戦局の不利が影響しているように思われ、まだ一度も空襲を受けていない朝鮮も、表面の平穏にかかわらず、地面の底が気味悪く揺れているように思えた。

二十年三月になると、内地から、大部隊がはいってきた。兵隊のほとんどは三十五歳から四十歳ぐらいまでの予備役の召集兵だった。上等兵が多かったのは、たぶん召集入隊直後の進級と思われる。彼らは大阪の師団だった。

信治は、前に石廊下の新聞で、大本営発表として、「敵機動部隊は我が近海に出現し、其の艦載機を以て本一月三日、主として大阪市に対し攻撃を実施せり。我が制空部隊は之を各地に邀撃《ようげき》し相当の戦果を収めたり。我が方の損害は軽微なり」とあるのを読んでいたから、新来の兵にそのことをきいてみた。

彼らは皺の多い顔を憂鬱そうに歪めて、軽微どころかい、えらいこっちゃ、一月三日だけじゃないわい、空襲を何回も受けて、大阪のめぼしいとこはほとんど焼かれてしもたがな、と答えた。

めぼしいところというとどのへんですか、ときくと、うん、心斎橋も御堂筋《みどうすじ》も道頓堀も焼野原やがな、北も南もあらへん、人もえろう死んで、一万人近くは死んだやろうな、と老兵は虚《うつ》ろな声で言った。

前に行ったことのある道頓堀や心斎橋筋を信治は眼に浮べ、彼らの言葉がすぐには信じられなかった。一万人近く死んだというのも嘘としか思えなかった。大本営発表には、わが方の損害「軽微」とあったのだ。

信治は、去年の十一月三十日に東京が空襲を受けた大本営発表の新聞を石廊下で読んでいる。それにはB29が二十機内外で帝都付近に来襲したが、「盲爆に依り数箇所の地区に火災を生じたるも、大部は直ちに消火、一部延焼中なりしものも五時三十分頃迄に鎮火せり。重要施設には被害なく、人員の損害亦《また》極めて軽微なり」というのだった。東京が空襲を受けたのだから、この発表記事ははっきり憶えている。

だが、それよりも二月末の大本営発表の印象は、もっとなまなましかった。

「一、本二月二十五日午前敵機動部隊よりの艦上機延約六百機関東地方に来襲せり。別に同日午後B29約百三十機主として帝都に侵入、雲上より盲爆せり。二、右盲爆により宮内省主馬寮《しゆめりよう》附近及大宮御所門側守衛所附近に少数の焼夷弾、爆弾落下せるも被害僅少なり。三、帝都各所に火災発生せるも夕刻迄に概ね鎮火せり、其の他の損害は僅少なり。四、邀撃戦果に関しては目下調査中なり」

損害軽微だとか、被害僅少とか、発生した火災はほどなく鎮火したとか発表されても、大阪からきた兵隊の被害状況の話からすると、事実とはだいぶん違うことがわかった。B29が百三十機もきたというのにはおどろいたが、被害の僅少は、防空態勢の堅固によるものと信治は思っていた。が、大阪兵の話を当てはめてみると、もう東京の半分が焼野原になっているような気がした。神田一帯も焼けてしまったかもしれない。大阪で死者が一万人近く出たとすれば、東京はその倍くらい死んだのではなかろうか。これでは「サイパン島の在留邦人は概ね将兵と運命を共にせるものの如し」とあまり違わないではないか。

東京の事情はさっぱりわからなかった。知合いからは手紙がこなかった。広島にいる良子や父親からの通信もこのごろでは絶えていた。しかし、信治は入念に石廊下の新聞を見たが、広島が空襲に遇ったという発表は一度も出なかった。

家族を東京に残さなくてよかった、と信治は、ほっとした。もしあのまま東京に置いたら、気が気ではない。いまごろは心配で夜も睡れないにちがいない。広島はええとこじゃ、と言った父親の言葉は予言者のように適中していた。良子は太一の世話で、市内の被服支廠に縫工員として勤めていると報らせてきた。休みには、子どもたちを饒津公園や浅野の泉邸に連れて行き、遊ばせているらしかった。

安川哲次はどうしただろうかと信治は思った。神田あたりが爆撃を受けたとすれば、駿河台下に住んでいる彼も無事ではなかったかもしれない。せっかく苦労して神経痛の状況を作りあげ、東京に還ったのに、あえなくそこで死んだかもしれない。だとすれば、わざわざ東京で死ぬために辛苦して、仮病をつかったことになる。信治は、因果応報という言葉を思い出した。

そういえば、兵事係長の河島は無事でいるだろうか。死んだとすれば、やはり「因果応報」だが、ああいう連中は、役所の丈夫な防空施設の中にいち早く逃げこむだろうから、案外まだ生きているかもしれなかった。

朝鮮は、戦争からも、爆撃からもまったく無風帯だった。空襲警報一つ鳴るではなかった。九州あたりが爆撃されるときにだけ警戒警報が鳴った。逆に言えば、京城に警戒警報が鳴るときは、朝鮮に近い「内地」のどこかが空襲を受けていることだった。ときおり、風に乗って「隣組の組長さん、隣組の組長さん、警戒警報です。警戒警報です」という、舌だるい、のんびりした日本語が聞えてきた。部隊に近い朝鮮人の居住区で、防空演習をしているのだった。

召集されてきた大阪の兵隊がまもなく部隊から出ていった。朝鮮の西海岸を防衛する兵団に編制されていた。朝鮮を北と南の二つに分け、北側の沿岸防衛が「護鮮」師団、南側が「護朝」師団という呼び名だった。朝鮮にもいよいよアメリカ軍の上陸作戦があるかと思われた。

信治は、またサイパン陥落のときの大本営発表を頭に浮べた。「全力を挙げて最後の攻撃を敢行、其の一部はタポーチョ山附近迄突進し、全員壮烈なる戦死」——眼の前に見える岩骨稜々《がんこつりようりよう》たる北漢山《ほくかんざん》に突撃して殺される自分を想像した。死ぬなら、家族とかたまって息絶えたいという衝動が、このときもまた突き上がってきた。

しかし、夏になっても眩《まぶ》しい光を含んだ空には敵機の影はこなかった。医務室をとりまく亭々たる白楊樹の上には鵲《かささぎ》の群が平和に遊んでいた。

八月八日ごろ、石廊下の新聞は大本営の発表を載せていた。

「一、昨八月六日広島市は敵B29少数機の攻撃により相当の被害を生じたり。
二、敵は右攻撃に新型爆弾を使用せるものの如きも詳細目下調査中なり」

## 20

神田小川町は、畑になっていた。冬の陽を浴びて、モンペ姿の女たちが麦を踏んでいる。短い麦だけが冴《さ》えた青い色をしていた。焦げたビルの間だった。土も道も人間も煤《すす》けた色をしていた。あらゆる建物が焼け落ちて、空がびっくりするほど広かった。遮蔽《しゃへい》物《ぶつ》が除《と》れて、思いもよらず遠くの景色が眼にはいる。黒く欠けたビルが墓場のように疎《まば》らに立っていた。その間に灰色の地上がひろがっている。崩れ落ちた煉瓦を積んで、小屋ができているのがある。低い板屋根の新しい建物があるが、焼け残った材木や板ぎれを寄せ集め、焦げたトタンを屋根にして、雨露を凌《しの》ぐだけの乞食小屋に近いのもあった。人々がぞろぞろ歩いていた。焼跡には道路だけが空けられてある。邪魔物がないので、荒野のように歩いている人の群が目立つのかもしれなかった。

男はみんな穢《きた》ない風采《なり》をしていた。毛布でつくったオーバーの裾からは皺だらけの縒《よ》れたズボンが出ていた。くろずんだズックでなかったら、かかとのすり減った古靴で、なかには軍靴をはいたのもいる。よごれた兵隊服のほうが、まだ厚ぼったく見える。復員者が巷《ちまた》に溢れていた。

だれもかれもよごれたリュックサックや古トランクや手製の背負い袋を持っていた。食べものや着るものを求めて人々は当てもなく歩いている。栄養失調の、力ない足どりだった。目的地のない彷徨《ほうこう》である。獲物を確実に得るためには、ヤミ市で札束を用意しなければならなかった。が、どの家も、農村に衣類を渡し、箪笥《たんす》を空《から》にしていた。それでも若い女たちは、銘仙の古着をモンペに仕立て直して着ていた。そのわずかな明るい色と柄《がら》が、敗戦でとり戻した唯一のおしゃれだった。

麦を踏んでいる女と、さっきから道ばたに立っている兵隊姿の男とが視線を合せた。足踏みをやめて、女は近づいてきた。

「山尾さんじゃありませんか?」

男の顔をのぞきこんで、眼をまるくした。

「はあ」

信治は、黄色の星のついた略帽を脱いだ。

「山尾です。どうも、お久しぶりで」

文房具屋のおかみさんだった。三年前、白エプロンに国防婦人会のタスキをかけて、佐倉聯隊に入営する信治を見送ってくれた。いつも白粉《おしろい》を塗っている女だったが、いまは、十も老《ふ》けた黒い素顔を見せていた。

「あれ、まあ、山尾さん」

女は、盲縞《めくらじま》のモンペの腰をかがめた。古ズックが黒土にまみれていた。

「あなたは、ご無事でしたか。おめでとうございます。いつ、こっちにお還りになりまして?」

「去年の秋でした。ぼくは朝鮮に行ってましたから、外地にいる部隊でも帰還が早かったのです」

「朝鮮にいらしたということは、こっちにおられる間、奥さんから伺っておりましたが。……そうそう、奥さんや子どもさんはお変りありませんか？」

「……みんな死にました」

と、信治は麦の上に眼を落して言った。

「え？」

女は、瞳をひろげた。

「み、みなさんが？」

「広島に行ってましたから。去年の八月の原爆にやられたのです」

「まあ」

おかみさんは、信治をしばらくだまって見つめていたが、

「それは、なんともご愁傷さまでした。どう申し上げていいかわかりません」

と、深々と頭を下げた。

「まるで夢のようだとはこのことでした」

信治は、ぼんやりして言った。

「そうでしょうとも。では、お父さんもお母さんも？」

「みんないっしょです。ぼくは、去年の十月に山口県の仙崎《せんざき》という港に上陸したのですが、そのまま汽車で広島に直行すると、家族はみんな灰になっていました。遺骸にも遇

えません。ほかのたくさんな死体といっしょに処理されていたのです」

うつむいて、唇を嚙んだ。

――ずいぶんと死体の行方を捜した。良子は被服廠で死んだ。稔と幸子は小学校で死んだ。父の栄太郎、母のスギと、いちばん下の豊とは寺町の家で死んだ。正確には、死んだらしいというほかはない。死体を見ることができなかった。三カ所ばらばらだったが、原爆で大量の人命が破壊されたのはいっしょだった。

太一一家も全滅しているので、遺骸がどう処理されたかわかりようがなかった。地域によっては焼いたのもあり、埋葬したのもある。死者二十数万人がいっぺんに出たのだ。火葬場はもちろんまに合わない。被服廠での死者はどこそこに埋葬したということだったが、それもひとところでなく、ほうぼうのようだった。良子はどこに埋められているのかはっきりしなかった。市役所でも答えられないのである。小学校の学童は火葬場で焼いた。遺骨を引きとる家族自体が死んでいたし、すでに遺骸そのものの識別がつかなかった。寺町地区でも、どこそこに埋めたという、その埋め先も人によって話が違っていた。

朝鮮から帰って広島にいる四カ月、信治は家族の遺体の処理先を空しく捜して回った。残された孤独感だけを溜めて。

「広島に原爆が落ちたと聞いたときから、山尾さん一家はどうされたかとみんなで心配していたのですが。……そうですか、やっぱりだめでしたか」

文房具屋のおかみさんは、吐息をついた。良子の人柄がやさしかったこと、子どもたちがみんな可愛かったこと、英太郎が好人物だったこと、スギがあの不自由な身体のまで気の毒だったこと。おかみさんは悔やみと追憶をながながと述べた。

——竜山の兵営の石廊下に貼られた新聞で、《昨八月六日広島市は敵B29少数機の攻撃により相当の被害を生じたり。敵は右攻撃に新型爆弾を使用せるものの如きも詳細目下調査中なり》を読んだとき、信治は《新型爆弾》という活字よりも、《少数機の攻撃》の文句に安心していた。三月の東京空襲には約百五十機がきたと新聞に出ていた。少数機と百五十機の相違に心を休めていた。百五十機でも都内数カ所に発生した火災が一時間後に鎮火したと発表されてあった。もっとも、《被害僅少》が当てにならないのは、大阪から竜山にきた補充兵たちの話でもわかっているつもりだったが、それにしても少数機の攻撃では、たいしたことはないと思っていた。原子爆弾があるということも知らない信治は、新型爆弾の《新型》を文字どおり形状の新しくなったものと思っていた。

が、いまになったら、かえって知らなかったのが幸いかもしれなかった。もし、《新型》の文字で原子爆弾を推定していたら、朝鮮の兵営の中にじっとしていられなかっただろう。それこそ気が狂いそうになったにちがいない。……

「わたしたちは、どうやらこうして生きのびてきましたけどね」

おかみさんは沈んだ声で言った。

「見てください。わたしの家は、あれですよ」

と、麦畑の向うをさした。鉄筋がむき出しになっている建物の下の、瓦礫《がれき》を積み上げた横に、焼けたトタンをかぶせた掘立小屋があった。寒さを防ぐため板壁には板ぎれやトタンが雑多にたてかけてあった。低いトタン屋根に出た小さな煙突からは、薄くて細い煙が流れていた。

この文房具屋は紙屋も兼ね、近所でも目立って大きい店だった。間口の広い、洋風な店構えの、高い二階建てであった。その跡が畑である。

「あなたも、ここに来ておどろかれたでしょう」

「変りましたね」

「なにもかもなくなっています。この辺一帯が焼野原になったんですから。いまは、あのように仮建築がほうぼうにできていますがね。目標がなくなって、わたしどもでも迷うくらいです。角の酒屋の白石さん、あそこも焼けました。白石さんは、あなたが出られてから一年ばかりして出征され、南方で戦死なさいました」

白石は、信治の教育召集令状を身体検査場の受付で見て、意外そうな顔をした男だった。あのとき、信治に来たのが信じられないような眼をした。「あんたは町内の教育訓練にはよく出るほうでしたか?」「いいえ……」「ははあ。じゃ、ハンドウを回されたな」この白石の思わず吐いた呟きから、信治は自分にきた令状に裏のあることを暗示されたのだ。

そうか。あの白石も戦死したのか。町内の教育訓練の助教で、予備陸軍伍長であった。

死んでから曹長になったかもしれない。

「奥さん」

信治はおかみさんを見つめて言った。

「金井さんをご存じありませんか？」

「金井さん、というと？」

「ほら、ご主人が、軍需工場につとめておられた方ですよ。家はここから少し離れてはいたが、同じ町内でしたよ」

「ああ、そうそう、あの方ね。そうでした、金井さんでした。金井さんご一家は、あのあと、名古屋の軍需工場に移られましたが、風の便りに聞くと、やはりご主人は戦災で亡くなったそうですよ。名古屋は何回も空襲を受けて犠牲者がたくさん出たそうですからね」

――金井も死亡したのか。その妻は、区役所の兵事係と親しいというので、良子に言いつけて、令状の指定人を聞き出す相手だった。良子からの手紙で河島兵事係長という名を暗号文で報らせてきたが、たぶん、良子は金井の妻の口ききで、兵事係員のだれかから聞いたものと思う。係員は、良子の真意を知らずに、うっかり洩らしたのだろう。それとも、係長と係員の間に暗黙の確執があったので、係員が秘密を打ち明けたのか。係長と部下の間の面白くない例は、釜山市役所の兵事係だった細井上等兵の医務室での話でも想像がつく。

金井が名古屋で死んだとすれば、河島兵事係長の行方をつかむ手がかりの一つが失われた。

信治は、東京に着いてすぐに区役所に行ったが、河島兵事係長は一昨年、つまり昭和十九年の二月に区役所を辞めて満州の重工業関係の会社の総務部に入社したということだった。警備のほうの課長だか係長だか、そういう位置だった。本社は新京（長春）にあって、家族を連れての赴任だった。敗戦によって河島の消息は不明になっていた。ソ連軍に拉致《らち》されたともいい、中国軍に逮捕されて、戦犯となっているともいっている。区役所の兵事係の話は、河島に関してはまちまちであった。本籍地は北海道の旭川ということだったが、これも詳《つまび》らかではない。

もし金井一家がここで無事にいたら、河島の消息が分るかもしれぬというかすかな希望も、これで砕けた。

信治は、小川町から駿河台下を通った。安川哲次からもらったハガキの住所も焼跡になっていた。が、べつに安川に会いたいとも思わなかった。それどころか、あの顔は見るのも厭だった。虐められた恨みはあっても、朝鮮の兵営にいっしょにいたなつかしさは、少しもなかった。安川は軍需省の雇員になったということだが、あの男が死んだとしても、同情は少しも湧かない。信治は、その駿河台下付近を通るとき、焦げた瓦礫の下に安川の唸る声が聞えるような気がした。

浅草は一部が焼け残っていた。取引きしていたもとのオフセット印刷所を訪ねると、主人はよろこんでくれたが、その顔は暗かった。仕事場の機械は放置され、職人は一人もいなかった。以前は、製本部などを入れて六、七十人が働いていた平版の印刷工場であった。

「あと四、五年ぐらいは商売もだめでしょうな」

主人は憂鬱な表情で言った。

「職人が集まらないからですか？」

奥さんがうすい茶を出した。茶菓子はなかった。

「職人は集まるだろうが、第一に紙がない。注文はいっぱいある。他の営業方面は再開の機運になっていますからな。だから、ラベルでも何でも注文は楽にとれるが、紙がないんですよ。印刷インキや揮発油や、機械油などは、なんとかヤミでも買えるが、紙はヤミでも手にはいらないのですよ。まさか、ラベルを仙花紙で刷るわけにはいかないしね」

「仙花紙というのは、何ですか？」

「やっぱり、あんたは兵隊で留守しただけの空白はあるね。仙花紙というのは、いま新聞用紙に使っているでしょう、薄い、ペラペラの」

「ああ、あの黒い、チリ紙のような紙ですか？」

「あれが仙花紙だ。もとは帳簿なんかに使う厚い和紙だったのが、それを機械漉《す》きにしたのさ。新聞用紙がないので、新聞社も統制外の仙花紙を代用に使っている。あれでも、なかなか手にはいらなくて、新聞社の用度係は、産地に贈りものなどしてご機嫌を取り、やっと調達している状態だそうですよ」

「へええ、そんなのですか?」

「そうさ。だから印刷用紙のぱりっとしたものがわれわれのところにはいるわけはない。なあ、あんた、五、六年前は模造紙の四十斤《きん》なんて紙は平版印刷では見むきもしなかったものだがね、今から思うと贅沢なものさ。ああいう紙が今ごろ手にはいったらなァ。少しでもいいんだけどね。仕事ができて、いくらでも儲《もう》かるんだけどなア」

印刷所の主人は口惜しそうに言った。

「そういう紙は、ヤミでもないのですか?」

「いや、あるところにはあるらしい。軍の物資ですよ。敗戦になって、それが持ち出されてヤミに流されているのです。軍は暗号表だとか連絡簿とか会計簿とかの諸帳簿、通達だとか法令の発布だとか命令書だとかを刷る紙とか、陸、海軍罫紙《けいし》の紙だとかを確保するため、しこたま印刷用紙を抱えこんでいたらしい。インディアンペーパーとかアート紙のような特殊な紙まで倉庫に積んでいたようですね」

「それが、どうしてヤミに流れているんですか?」

「敗戦のどさくさに、将校連中が持ち出したという噂ですね。ほら、いまヤミ市に行くと、軍の物資がいっぱい出回っているでしょう、兵隊の外套、外被、服、靴。そうそう、あんたがいま着ているようなもので、ぱりっとした新品さ。純綿の手袋や沓下《くつした》はもとより、寒地用の裏に毛皮のついた外套、飛行服から、将校用の長靴からパラシュートまで出回っている。パラシュートは本ものの絹だからね、適当に截《き》って染めたら立派に女の洋服になる。だが、どれも眼がとび出るほど高いのですよ。一般の者には手が出ない。食いものになけなしの金をはたいていますからね。そういうものがヤミ市に出ていても、われわれには飾り窓の宝石ですよ」

印刷所の主人は、ここでもう一度肩で息をついた。

「ああ、いま、模造紙が一連でも手にはいったらなア。いや、欲は言わない、半連でもいいんだけど」

信治は、ほかの取引先だった印刷所を回ったが、焼けているか、閉鎖しているかしていた。商売ができないでいるのはやはり紙の入手難からだった。

「紙は当分見込みなしだ」

と、焼け残った印刷所の主人は信治に言った。

「無理したら、少しはヤミで買えるかもしれないが法外な金を取られる。そりゃ、あるところには大量に取引きされているよ。近ごろの新聞に板橋事件というのが騒がれているだろう。なに、知らないのか？　新聞を読んでないんだな。ついこの前の一月二十日ごろ、滝野川《たきのがわ》にある陸軍造兵廠の倉庫に板橋、滝野川の区民が三千人ぐらい押しかけて、倉庫のなかにあった大豆およそ四百俵、米十五俵、ゴム板千枚、ゴム靴踵《かかと》千百個、自転車タイヤ百五十本、紙四十梱包《こんぽう》などといったものを公定価格の半値で区長に強引に配給させたんだ。それがあとで違法だといって警察で問題にしている。……けど、あるところにはあるんだなァ。紙が四十梱包というと、一梱包五連としても二百連だ。造兵廠の滝野川倉庫だけでも、そんなに隠されていたんだよ。陸軍は持っていることは持っていたんだねえ。いや、まだまだ隠し持ってるよ。ああ、そのうち、十連ぐらいでも、こっちにまわしてくれたらなア。……」

## 21

同業の画版所を信治は訪ねて回ったが、どこも休んでいる。印刷所が紙不足のために休業し、下請け的な画版所には仕事がまわってこなかった。再開の見通しは、まったくつかない。

信治は、浅草の小さな石版印刷所に身を寄せた。金もなく、泊まる家もないので、腕を抵当に寄食《いそうろう》したようなものだった。ここだと、小物のラベルなど、少ない紙でぽつぽつと刷っているので、三度刷程度の色版を必要とした。四半截《はんせつ》の石版機械を一台備えていたが、昔ながらの手摺りで十分にまに合った。主人はもともと製版工だった。妻女は、乏しいメリケン粉でスイトンを作り、芋《いも》をふかして出したが、それだけで空腹が満たされるわけのものでもなかった。彼女は、大きな布袋に着物を詰めて田舎に買出しにいく。が、袋が膨《ふく》らんで戻ることはあまりなかった。

信治は、印刷所夫婦に気の毒になって、自分の口だけとも思い、買出しに行った。朝鮮から広島に戻ったときは、野戦用の荷袋に毛布、敷布、襦袢、袴下、外被《がいひ》、編上靴《へんじようか》など、新品をいくつも詰めて背負っていたものだが、そんなものは、たちまち消えていた。いまは、ヤミ食糧と交換するものが何もなかった。

ヤミ市には、何でもあった。米、麦、芋は警察の眼をおそれて公衆の前からは隠していたが、もちろん耳打ちすれば台の下から袋をとり出した。が、それらを手に入れるには同等の価値をもつ物々交換によるか、眼をむくような高い価格で現金を支払わねばならなかった。芳香を放つアメリカの石鹼、セロハン紙で外装した光沢のあるアメリカ煙草、涼しい薄荷《はつか》の匂うチューインガム、甘いチョコレートなど、横流し物資も飾り立てられてあった。日本製のものは、屑《くず》を集めたような手巻き煙草、泡が出ぬ粘土《ねんど》のような石鹼、少しずつ包んだズルチンやサッカリンなど。

ヤミ市にはたくさんの人々が群れて歩いていた。購買力のない、ただ見物して通るだけの、乞食の風采《なり》だった。狩猟者のように眼ばかり貪婪《どんらん》に光らせていた。

飛行服、パラシュート、毛皮外套、毛布、敷布、将校マント、長靴《ちようか》、編上靴などの真新しい軍隊用品が大っぴらに売られていた。商人自身が飛行帽を被《かぶ》り、白い毛のついた耳蔽《みみおお》いをつけ、極寒地用のカーキ色の外套を着、革ジャンパーを身につけ、艶々《つやつや》とした茶色の将校用長靴で歩き回っていた。

軍の倉庫から新品が大量に持ち出されたことはだれの眼にも明らかだった。新聞で騒がれている陸軍造兵廠倉庫事件は、隠匿物資が区民に発見されて、責任者の某少将がこれらは造兵廠共栄会の所有だと言っていたのが事実でないとわかって、区長が仕方なく放出した。知られざる軍隠匿物資は、全国にまだたくさんあるにちがいない。ヤミ市のは、その横流し品だろう。警察もその品の出所を追及しようとはしない。半値で区民に品物を分けさせた人々が違法として刑事事件の対象になるのに、ヤミ商人に渡った品は警察が黙認していた。

掻払《かつぱら》いや泥棒が横行し、強盗が出没した。金も家もない群は、虱《しらみ》にまみれて駅の待合室や地下道に寝た。傷痍軍人がうすよごれた白衣で松葉杖をつき、帽子をさし出して立っているうしろを、夜の女《パンパン》がGIと腕を組んで歩いていた。

アメリカ兵といえば、彼らの中からも拳銃強盗が続出した。新聞は犯人像を「カーキ色開襟上着の男」とか「大男」と表現した。ピストルを突きつけて奪うのは日本人の腕時計が多かった。はじめは辻強盗だったが、ついには屋内に侵入し、「トケイ、カネ」と叫んで強奪した、中野、高円寺《と》一帯は「大男」による強盗が一夜に十一件をかぞえた。ある家では新円百五十円を奪られた。

贅沢な食い物に満ち足りている米兵も、女と遊ぶ金は欲しかった。それに腕時計や懐中時計を欲しがるのは、彼らの多くが貧民の出身だからだろう。

いまや市井《しせい》のブルジョアは夜の女であった。彼女らは士官やGIがPXから得た婦人服地でワンピースをつくり、アメリカの煙草を喫いながら街頭を闊歩《かっぽ》した。野天のヤミ市にならぶ石鹼、煙草、チョコレート、チューインガムの類は、彼女らの手を経て流されるものが多かった。しかし、そんなものは数が知れていよう。もっと大量な品を動かす組織がどこかに存在していた。

警視庁では、品川駅付近のホテルを中心に出没する夜の女を、MPと協力して三百名挙げた。最年少の十六歳から最高三十八歳までがいた。彼女らの身分は女工、ダンサー、女給などで、そのほか官庁、会社の事務員も混じっていた。戦災で家を焼かれ、肉親と離れた娘たちだった。警視庁の四階の一室で取調べをうけている女たちは、たいして恥じらう様子もなく、火鉢の細火を囲んで煙草を喫い、ガムを嚙み、チョコレートを食べ、嬉々として高笑いしている状態で、まったく無反省だと新聞に出ていた。読んだ者は、夜の女たちの無恥厚顔を憎むよりも、煙草や甘い菓子を自由に口にできるのを羨望したにちがいなかった。

信治は、子どものいる印刷所夫婦に遠慮して、なるべく昼と夜の食事は外に出て食べるようにした。外食券の割当てはもらったが、この使用だけですますなら餓死するにきまっていた。米は一日分二合一勺《しゃく》の配給ということになっていたが、満足にもらえても栄養失調を起しそうなのに、米の遅配はすでに二十日を越えていた。代用としてメリケン粉、脱脂豆滓《まめかす》、芋などが少しずつ配られた。大豆の豆滓などは、戦前だと田畑の肥料にしたものだ。外食券をもって食堂に出かけても、コッペパンをくれるのはいいほうで、なかにはメリケン粉と菜っ葉を浮かしたスイトンしか出さないところがあった。それがいやなら出て行ってくれと言われた。外食券は有名無実であった。

信治は勢い、ヤミ市に足をむけた。印刷屋の主人が親切な男で、それに、営業ができるようになったら、信治の腕を期待するのか、できるだけ金を持たせるようにしてくれた。といっても十円か二十円ぐらいで、その程度だとヤミ市で玄米パンや茹《ゆ》で卵《たまご》を食えば二、三日で消える。市場では銀シャリと呼ぶ純米の握り飯も餅も大っぴらに売られていたが、そんなものは高くて手が出なかった。

信治が、迷路をつくってならぶ露店の間を力ない足どりで歩いていると、人ごみの中から彼の脇をつつく者がいた。

裏に白い毛皮の付いた飛行帽、両の耳にはその毛皮が輪のように蔽《おお》い、胴にはアメリカものの茶色の革ジャンパー、ズボンは厚地のコールテン、脚に艶やかな将校用長靴をはいた男が、満面に笑いを浮べて立っていた。

下がった眉、細い眼、ひしゃげたような鼻だったが、何よりも張り出した顴骨《ほおぼね》と反歯《そっぱ》の特徴で、信治は思わず、

「あっ、安川古兵殿！」

と叫んだ。

そう言うと同時に反射的に身体を棒のように硬直させて、相手の顔に三十五度のお辞

儀をしてしまった。

安川は、信治の手をがっちりと握ったが、それも革手袋だった。

「どうもよく似た人間が歩いていると思ったが、やっぱり山尾だったか」

彼は、信治のよごれた兵隊服にズダ袋を肩にかけている姿をじろりと見た。

「いつ、こっちに戻ったか?」

安川はきいたが、それは佐倉聯隊内務班のときの語調と少しも変らなかった。竜山第二十二部隊では、もっと哀れな声を出していたのだ。

「は。去年の十月に上陸帰国しました」

「じゃ、朝鮮からあのまま動かなかったのだな?」

「そうであります」

「そうか。ま、よかった、無事に帰れて」

「ありがたくあります。……古兵殿も、ご無事で結構です」

「おれか。うむ、何とかやってる」

安川は自分の颯爽《さっそう》とした服装を誇示するように右肩をあげた。そうだ、この格好だった。佐倉聯隊で召集の衛生兵たちを内務班に整列させたうえ、眼鏡をはずせ、奥歯をかみしめろ、両脚を踏ん張れと、私的制裁を予告するときの姿勢であった。

信治は相手のきわ立った服装に威圧された思いで、すぐには声は出なかった。——身なりは聞かずともわかるヤミ屋の典型だった。片手にはこれも新しい茶色皮の手提鞄《てさげかばん》を持っていた。

「で、いま、お前はどこにいる？」

丈も高くないのに、安川は見おろすような眼つきでいた。

「浅草のほうにおります」

「そうだ、お前の家も焼けたな、小川町ということだったな。おれの家も灰になったが」

「古兵殿のおられた駿河台下もすっかり焼野原になっていますね」

「見たのか。おれはいま、中野のほうにいるよ。お前は家族といっしょか？」

「いえ。……広島に移っていましたから、去年の八月の原爆で、みんなやられました」

安川は、ちょっとびっくりした顔をしたが、

「そうか、それは気の毒だったなァ。いや、この東京でもそうだが、今度の戦争には、そういう例が多いなァ」

と、慰めるともなく被爆者一般の場合でいうともなく述べた。

「とにかく、珍しいところで遇ったのだ。ここでは話ができない。どこかにはいろう。お前はまだ昼めしがすんでないんだろう？」

「はあ。……」

昼めしとか晩めしとか、区別できる食生活ではなかった。一日じゅうが空《す》き腹《ばら》だった。おれについてこい、というように、安川は手提鞄を抱えて先に立って歩いた。大股で

地を踏みならすような歩き方には、座骨神経痛で片脚をびっこでひきずる姿は少しもなかった。

——やっぱり、あれは安川の偽装だったのだ。軍隊用語でいう「状況」をつくっていたのだ。仮病のことは、前から確信していたが、いまや眼の前にその証拠がはっきりと歩いていた。

座骨神経痛がそんなに簡単に早く癒《なお》る道理はない。神経痛は難病をもって知られている。即効的な治療法も薬もないのである。まして、安川が除隊した昭和十八年以後は、医薬品は払底し、医者は続々と軍隊にとられていた。敗戦からの混乱時はもとよりだ。

安川の奴、営門を出たとたんに足腰をしゃんと立て、一目散に走り出すぞ、と嘲笑していた内務班の兵長の言葉を信治はまたもや思い出した。

してみると、自分はこの安川の仮病に手助けして軍隊から逃がしてやったのだ。他の兵隊が戦死していったなかで、この男は狡《ずる》く逃げた。

安川に連れこまれたのは、ヤミ市場の一角にあるバラック建ての飲食店だった。木の香も新しい板壁は、焼跡の壕舎《ごうしゃ》などからみると、料亭のように豪奢《ごうしゃ》にみえた。店には、同じヤミ屋の風采をしたのが、握り飯を食べたり餅を頬張ったりしていた。焼酎《しょうちゅう》を飲んでいるものもいた。スルメの焙《あぶ》ったのや干鰯《ほしいわし》の焼いたのが皿に載っていた。戦前とそっくりだった。店の横には大きな鍋が二つ七輪にかけてあり、鍋の白い湯気の中には、芋、焼豆腐、卵といった串《くし》ざしが突っ込んであった。どうやら、牛肉のコマギレを刺した串もあるらしかった。

信治は、いつもこの飲食店の前を横眼で素通りしていた。ものすごく贅沢で、眼がとび出るように高い、「高級」ヤミ飲食店だと諦め、はじめから縁のないものとしていたのだ。

安川は、ここでは「顔」らしく、椅子にかけて口を動かしている連中が卓から首をあげて、やあやあ、と言っていた。もっとも、ほかの者で、安川ほどの身なりでいるのは少なかった。

そこを突き切って、安川は中仕切りの戸を開いて奥にはいった。奥は通路の横に二畳ぐらいの小座敷が二つあって、障子をあけると、畳の上にちゃぶ台がすわっていた。

安川がその奥の炊事場らしいほうに向かって声をかけると、髪の縮れた赭《あか》ら顔《がお》の、四十ぐらいの女がモンペにエプロンがけという格好で出てきた。首からは車掌のような財布型の黒鞄を吊るしていた。

「あら、安川さん、いらっしゃい」

と、女は厚い唇から黄色い歯を出した。

「客を連れてきたぜ、上がるよ」

「どうぞ、どうぞ」

安川はかがみこんで長靴を脱ぎにかかった。ぎっしりはまったのを片脚ずつていねいに抜き取るのだから手間がかかる。見ていると、神経痛で不自由なはずの左脚が自在に動いていた。

安川も、信治の眼がそこを見ているのに気づいたらしく、長靴を脱ぎながら彼を仰向きに見返った。

「山尾。おかげで、この脚も、もとどおりに癒ったよ。みろ、このとおりだ」

彼はわざと左脚をぶらんぶらんと振って見せた。

「それは……何よりでありました」

信治は唾《つば》を呑みこむような声でこたえた。

「安川さんは、片脚が悪かったの？」

この飲食店のかみさんが怪訝《けげん》な顔できいた。

「うむ。軍隊でな。この人のおかげで、早く癒ったようなものさ」

安川は、く、くくく、と咽喉の奥から笑い声を洩らした。

「へええ、そりゃ、ちっとも知らなかったね。遇ったときから、まったくその様子が見えなかったから」

と、後ろに立っている信治を見て、眼で挨拶した。

「そういうわけでね、おかみさん、この人はぼくの戦友だったのさ。佐倉から朝鮮までいっしょだった」

と、安川がやっと長靴を二つとも脱いで小座敷に上がった。

「へえ、そりゃ、懐しいね。それに、あんたの脚を癒したんじゃ、恩人じゃないの？」

「そう、恩人だな」

「悪い脚を癒したというと、お医者さんかね？」

「いや、違う、衛生兵だったんだよ」

「衛生兵でも、医者のようなことは、できるんじゃないの？　うちの近所で、衛生兵だった人が、いま、外科医のようなことをやってるよ。看板なしだけどね、はやってるよ」

「そりゃ、モグリだ。ヤミ医者でも質《たち》がよくない。そんなのにかかると危ないぜ」

「だって、この人だって、あんたの脚を癒したんだろ？」

「うむ、そりゃ、ま、そうだけどよ、この人はやり方が上手だったんだよ」

安川は苦笑して、ちゃぶ台の前にあぐらをかいた。ふくらんだ手提鞄は膝の横に置いた。どうやら新円がいっぱい詰まっているらしかった。

「おかみさん。この人にご馳走してくれんか。今日は何があるかい？」

「そうだね、鶏肉《とりにく》と牛肉、魚ではイカ、サバ、ヒラメといったところだね」

聞いただけでも、信治には生唾が出た。

「そいじゃ、牛肉をスキヤキふうにしてさ、それにイカとサバをいっしょに煮て出してくれるか。この人は、すぐ銀シャリだが、ぼくには、向うの酒を持ってきてくれ。進駐軍のがはいったかい？」

「ああ、昨日、女の子が二人で、バーボンを六本運んできたよ。あと四本あるよ」

「そいつは、ありがてえ」

かみさんが立ち去ると、安川は小さな声で信治に言った。

「この店の表にはな、警察《サツ》がうるさいので、市場で売ってるようなものしか出してないが、こっちの奥には、たいていの品は揃ってるんだ。よく知った者でないと、ここには通してくれない」

「いま、ちらりと聞いたのですが、あるところにはあるもんですね。おどろきました」

「金と品物さえ出せばね。今は金が日増しに紙屑になってゆくようなものだから、金だけじゃだめだ。見返りの物資を出さないとね」

かみさんが、アメリカのウイスキーをついだグラス二つを持ってきた。

「おい、この人には、こんなものよりシャリを早く持ってこいよ。いきなり、こいつを飲んだら、眼が回る」

安川が言った。

「あいよ。いま、牛《ぎゅう》といっしょに持ってくるよ」

## 22

信治は安川哲次の乾分《こぶん》のようになった。その意志ではなかったのだが、そうなった。なんとなく、ずるずるとその立場に追いこまれた。原因が食べものにあったというほかはない。二十一年の二月に、寒空のヤミ市で、安川と遇わなかったら、そうした境遇にはならなかったろう。空腹をかかえても、飢餓の時期を凌《しの》いでいれば、いまごろは画版所を再開していたかもしれない。平版印刷所も、少しずつだが仕事が活発になっているのだ。

全国で大量の餓死者の危機が伝えられながら、結局はみなが乗り切った。もっとも、病弱者の栄養失調による死亡や、行倒れの死者などは、厳密にいって餓死のなかに入れていいのだが、政府の統計からはその数字が除かれていた。

「古兵殿は、現在、どういう仕事をしておられますか？」

ヤミ市のヤミ飲食店で、銀シャリと牛肉と魚とを腹いっぱい安川に振舞われながら信治が聞いたのが、その道に迷いこむはじめだった。

「そんなことをきかんでも、お前には察しがついているだろう。この格好からさ」

安川は身動きするたびに革ジャンパーの擦《す》れる音を聞かせ、バーボンのグラスを傾けて言った。

「はあ、だいたい……」

信治はあからさまに言えないから、

「でも、ひどく景気がいいようですから」

と、遠慮そうに興味のあるところを示した。

「おれはな、そのへんのケチな禁制品を動かしている連中とはちっとばかり違うのだ。わけがあって打ち明けられないが、これで大量の物資を動かしているんだぜ」

安川も少し酔っていた。

「はあ、その程度はだいたい推察がつきますが、その先がわかりません」

「お前なんかに簡単にわかってたまるか。そうなりゃ、こっちの商売が危《やば》くなる」

「それは進駐軍の物資ですか？」

「そんなものは数が知れている。もっと大物だ」

「進駐軍の物資よりも大物があるんですかねえ？」

「ふ、ふふふ」

安川は笑いに紛らしていたが、ひょいとグラスから顔をあげ、信治の顔を見てきいた。

「山尾。お前はいま、何をやっているのだい？」

信治の現在をきいて、

「うむ。するとお前は印刷屋の職人だったのか。それじゃ、この時節だ、当分仕事はだめだろう。紙が出回らないと、印刷所もさっぱりだからな。製紙会社にはパルプも、原料に使う薬品もない、油も石炭もない。戦災をうけた工場は再建の見込みがない。何もかも、ないない尽しだ。製紙業界の立ち直りは七、八年ぐらい先になりそうだな。紙問屋が匿《かく》しているストックが底をつけば、白い紙は一枚もなくなるぜ」

と言った。安川は、案外紙のことに詳しいようだった。

「古兵殿は、紙の事情をよくご存じですね？」

「うむ、まあ、それほどでもないがね。いや、これは仲間からの聞きかじりさ」

安川は、飲食店のかみさんにまたグラスのお代りを持ってこさせた。酒はずいぶんと強いようだった。

信治は、それを見るにつけても、軍隊での安川の強靭《きようじん》な意志にいまさらのように感嘆した。安川は外出して酒も飲みたかったろうし、女も買いたかったろう。それを彼はじっと辛抱した。なにごとも、病気による早期除隊のためだった。その目的に向かって彼の意志は集中し、自らの精神的崩壊を防いだのだ。ときには本能に負けそうになったこともあるだろう。が、彼は、その心の緩みをひき締めた。少しでも気をゆるそうものなら、早期除隊の計画がたちまち消しとんでしまう。戦陣訓に言う、一瞬の油断、不測の大事を生ず、である。いま、少々だらしない顔でニタニタしながらアメリカのウイスキーを眼の前で飲んでいる安川だが、あのころは「鬼神もこれを避く」ていの精神力の持主だった。

「なにを、そんなに、おれの顔をじろじろと見ているのだ?」

安川は言ったが、それは咎《とが》めるのではなく、信治の眼に、彼の贅沢そうな身なりや、一般の者の口にはいらぬものが食べられる幸福な生活への羨望があるととったらしく、かなり得意そうだった。

「なあ、山尾。おれは除隊になってから、朝鮮のお前にハガキを出したなァ、おれが病気で除隊になるようにしてくれた礼状をよ」

「はあ、いただきました。自分の力ではありませんが、森田軍医殿に、古兵殿のことを強く言ったことはあります」

信治も多少誇張して言った。

「お前はあのころ軍医さんのキンタマを握っていたからな。あの軍医さんはどうしたかい？」

「あれから外地の戦線に転属になりましたが、人の噂によるとビルマ戦線で戦死されたとも言われています。はっきりしたことはわかりませんが」

「やれやれ、おれの命を助けてくれた人が戦死したとは気の毒な」

「しかし、古兵殿があのまま部隊におられても、野戦への移動がないまま終戦になりましたから、自分と同じように命には別状なく帰還できましたよ」

「ばか。命に別状ないだけで、お前のように哀れな格好で生きているというだけでは仕方がないじゃないか」

「それは、そうですが」

「おれのいう助かった命というのはな、あれから東京に帰ってから噴き出した運の芽のことだよ、つまり、命というのは、おれの運のことさ」

「はあ。……」

信治が、よくわからない顔をしたので、安川は面白そうに暗示を与えるふうに言った。

「あのお前宛のハガキに、おれが勤め先を変えたことを書いておいたが、憶えているか？」

そういえば、そんな文句が書かれていた。――そうそう、軍需省の雇員になったとあった。

「そのとおりだ、よく憶えていたな」

安川は満足そうに信治の返事にうなずいた。

「軍需省の雇員になったのは、徴用令にひっかからないためだったのさ。軍隊を放免になっても、徴用で炭鉱にでも引っ張られたら何にもならないからな。で、おれは軍需省航空兵器総局資材局雇員という肩書になった。仕事は車の運転手だ。資材局の雑品課に所属していたんだがな。ま、それが、おれの運の開くはじまりだったよ」

――昭和十八年十一月、商工省と企画院が廃止されて軍需省が設けられた。商工省の重工業関係部局は軍需省に移された。軍需会社法によると、戦時生産の各種の部門を担当する会社は「軍需会社」に指定せられ、これによって生産に関する特定の義務を負うと同時に、資材供給などの特定の特権が与えられることになった。たとえば「政府は基礎資材の取得、貯蔵および移動、技術の改良、労務の監督、その他企業の経営に必要な事項に関して、直接会社に対して命令を発することができる」（軍需会社法第七条）とあるように、軍需生産の増大、確保について民間重工業部門とその補助的な軽工業部門に対する政府の統制がこまかいところまで規定されてあった。

その狙いは日本の資源を戦争遂行のために動員して、軍需生産を推し進め、原料の割当てをするにあった。そして、その最大の目的の一つは、戦争のため不足してきた航空機を陸・海軍の要求に応じて、その生産の水準を上げることであった。

陸・海軍は航空機をはじめ、その必要な兵器を入手するために、兵器産業会社の争奪にあけくれていた。戦争中ずっとそうだったが、陸・海軍は作戦についても計画についても絶えず対立していた。その確執が作戦の生命ともなる航空機その他軍需品の獲得分野で激しかったのは当然だった。

軍需省の設立は、陸軍と海軍とに割れていた航空機生産の統制を集中するにあり、その統制強化の手段として、作業会社に対して直接軍需省に報告させ、また、軍需省から直接命令と資材割当てを受け取るよう計画された。

理論だけは立派だったが、実際は、そのとおりに運ばなかった。なぜなら、陸軍と海軍は、前からひきつづいてそれぞれの特約軍需会社に勝手な発注をし、軍需省の統制を実際は無力化したからである。

とくに海軍は、南方占領地から獲《え》た資材を、軍艦で運び、これを軍需省に報告しないで、その管理下にある兵器産業会社に資材として提供し、海軍航空機の生産を鼓舞した。もっとも、運ばれる資材は艦艇の喪失などでその量がひどく減ってはきたが。

陸軍は陸軍で、占領地の満州や中国本土、樺太《からふと》などから石炭をはじめ資材を朝鮮経由の鉄道や輸送船を使って運び、海軍と同じように、陸軍の管理下にある兵器産業会社に優先的に与えた。

兵器産業会社の大手は、ことごとく陸・海軍で押えられていた。軍需省の権能が振るわれるのは、大企業以外の、中小軍需工場だけだった。が、それすらも軍需省内にある陸・海軍の勢力争いから、軍需省自体で思うような生産の配分、統制ができなかった。

航空機製造能力をめぐる陸・海軍の猛烈な競争のために、軍需省航空兵器総局は影のうすい存在となった。たとえば、航空機製造に必要なアルミニウムの供給は、その総量が陸軍四五パーセント、海軍四五パーセントで、それぞれが管理下の大工場に与えられたが、航空兵器総局が実際に自分の自由に配分できるのは残りの一〇パーセントにすぎなかった。これを大工場以外の重要資材の生産会社に配当するのだが、陸・海軍の管理下以外の航空機工場は、原料のアルミニウムを直接に陸軍か海軍に乞わなければならなかった。

しかし、軍需省の失敗の原因は、陸・海軍の角逐《かくちく》によるだけではない。いちばん大きな理由は、輸送船などの沈没によって運搬の手段を失い、原料の絶対量不足をきたしたことである。とくにサイパンが陥落してからは、南方資材を入れる輸送量が激減した。

昭和二十年にはいると、空襲の被害が激しくなった。そのころになって軍需省はやっと軍需工場の地方疎開を命じるようになった。

だが、疎開開始以前にも各工場は相当に痛めつけられていた。そのうえ、疎開地の整備と地下工場の建設、機械の解体とその輸送という点では、何もかも手遅れであった。計画はしたが、列車以外、石油の欠乏から地上輸送のほとんどが停止していた。

この年になると、敵の本土侵入が考えられ、侵入軍に備えて各地区ごとの自給と防衛計画が立てられた。工場の分散計画もそのためだが、疎開地の敷地を得ることが困難なため、敗戦時の八月までには工場用敷地取得は計画の二割にも達していないありさまだった。

中央の行政機構を分散して、各地区（北海道、東北、関東、中部、近畿、中国、四国、九州）に独立的な防衛計画を立てた。当然に財政の分散もともなった。軍需省は機能の多くを地方機関に分散し、地方の軍の指揮系統と結合させる方策をとった。具体的には、軍の行政区域によって、各地区ごとに地方行政協議会ができ、行政協議会の長と、地方軍需管理部の長とが結合されたのだった。（参考「戦時戦後の日本経済」J・B・コーヘン、大内兵衛訳）

——バーボンですっかり酔った安川は赭《あか》い顔をし、

「おれはな、山尾」

と、信治に気を許した声で言った。

「終戦のときには名古屋にいたんだよ。東京から移されて、中部軍需管理部の雇員になってたんだ。そこで、面白い目に遇ったな」

「面白いというのは、どういうことですか？」

腹がふくれてから信治は、はじめてバーボンのグラスに手を出していた。

「軍隊というもののデタラメさ。そりゃ、おれだって兵隊のときはデタラメをしてきたし、班長などのデタラメも見てきたがな。だが、将校連中のデタラメにくらべると問題じゃない。おれたちのは、みみっちいものだったのさ」

酔いのまわった安川は、つづけて言った。

「将校などは、始終おれたちに訓戒を垂れていたなァ。君国のために一死奉公、名を千載に残して花と散れ、だなんてな。中隊長さんは石廊下、聯隊長さんは営庭で、各部隊を集合させての説教だ。何とか言ってたな、そうそう、生死を超越し、従容《しょうよう》として悠久の大義に生くることを悦《よろこ》びとすべし、恥を知る者は強し……か。まったく口は重宝というが、おれたちは、あいつらに欺《だま》されていたんだな。おれは、将校ぐれえは、兵隊と違って、ちっとは真面目なところがあると思っていたが、終戦の天皇放送があってからのあとは、軍需管理部にきていた将校連のうろたえかたったてなかったぜ、もう」

「そうですか」

「そうだよ。外地の駐屯部隊の将校はどうだか知らねえがな、中央部の将校ほど呆れたものさ。中部軍管区司令部の高級将校連中だってそうだ。アメリカ軍がはいってきたら、ドイツのように戦犯にされて絞首刑や終身懲役にされるといって、べソをかいていたよ。何が一死奉公だ。何が悠久の大義だ。その連中がさ、軍需管理部に殺到して、やれ、ジュラルミンをくれの、やれ、油をくれの、鉄材を出せの、毛布、木綿を出せのとぬかす。何はどれだけ倉庫に格納してあるはずだと眼の色を変えて言いおった。その言いぐさがふるっている。日本軍の財産を敵におめおめと引き渡すことはねえとな。占領地で敵の財産を没収してきたから、今度はこっちがやられるというんだな。アメリカのほうが立派な物資を圧倒的に持ってることを知っていながら、尻の割れるようなことを吐《ぬ》かしおった。なあに、本心は終戦のドサクサに、軍需物資を分け取りして逃げようという魂胆さ」

安川は、ひと息ついてグラスをあおり、ニタッと笑った。

「軍需管理部じゃ、相手の下心が読めてるから、どんな偉い奴が来ても、ない、ない、といって頭からお断わりさ。肩章の星の数や金筋の数でモノをいわせたのは昔のこと、大日本帝国軍隊が崩壊してしまえば、そんなものはくそくらえ、だ」

「そうすると、中部軍需管理部の軍需物資は、東京の本省のほうに返納されたんですか？」

「阿呆なことをきくな。どうせ本省の連中の餌食《えじき》になるとわかっているものを、何でわざわざ返せようか。そういうのは、名古屋の管理部でイタダキさ」

「みんなで分配したんですか？」

「末端に渡したのは雀の涙ほど、少しよけいに数をやったのは口止め料だな。大どころは、管理部のボス連中の将校どもが何人かで分け合ったよ。なにしろ、終戦になるとすぐに書類や帳簿類はみんな焼いてしまえという中央からの指令だ。あとであわてて命令の修正が来たが、そんなことは知っちゃいねえ、帳簿も伝票もみんな燃したといってしまえば、証拠のねえ話だからな」

安川がその軍需品略奪に一枚噛んでいるのは訊かずとも明瞭だった。ヤミ屋のいい顔にのし上がっているらしい安川の現在の姿が何よりも歴然としている。

信治の視線の意味を読んだように、安川は大きくうなずいた。

「おい、山尾。おれは運転手だったんだぜ。そういう軍需物資を匿《かく》し場《ば》に運ぶには、トラックでなくちゃならねえ。その運転は将校連中にはできねえ。そこで、連中、おれを抱きこんだわけさ。分け前の量を決めてな。おれだってめったにこねえチャンスだからよろこんで仲間にはいったわけさ。なに、おれひとりが聖人ぶってもはじまらねえ。日本軍隊の偉い奴らが戦《いくさ》に敗けてから、みんな悪事を働いているんだからな。こっちも、やらなきゃ損だ」

「……………」

「ところが、軍人という奴は、軍服を脱がせたらだめだな。からきし意気地がねえし、まるきり阿呆みてえなもんだ。いまは物資をおれひとりが切り回しているんだ。その格納場所は人には言えねえがな。おれたちの持っているものにくらべたら、いま新聞が騒いでいる板橋事件なんか小《ちい》せえものさ」

安川は自慢そうに言って、信治をのぞきこんだ。

「どうだ、山尾。お前もおれを手伝ってみないか。いやなら、いつでも抜けていい。お前のその哀れな格好をみたら、せめて、食うもの着るものぐれえは、満足にしてやりてえのだ。おれは、お前に軍隊で世話になったからなア」

## 23

　昭和二十一年の春から二十三年の夏にかけて、安川哲次のヤミ商売を手伝った信治は、彼から儲けのこぼれも貰ったし、食べものにも、ことを欠かなかった。衣服も、ヤミ市場で出遇ったときの安川とそっくりな身なりになった。

　住む場所もあった。彼は新宿の武蔵野館に近い裏通りにある古道具屋の二階に間借りした。この古道具屋自体が、ヤミ商人の仲間で、女房は新宿駅西口の焼跡にできたヤミ市場に古着店を出していた。店の台の下には旧軍隊の靴や皮帯のほか、進駐軍のギャバジンの布地などを隠して売っていた。また、サッカリンやズルチンは他の商売仲間に卸《おろ》していた。

　仲間の家の部屋借りだったので、独り暮しのヤミ生活は贅沢なくらいだった。彼は月のうち半分は部屋を空けていた。安川のいう軍の隠匿物資を匿し場所に「発掘」に行ったり、そこから品物をトラックで東京に持ってきたり、他の場所に移動させたりするためだった。単純な移動ではなく、他の禁制品の物資と交換することが多かった。この交換物資で彼らは大儲けをした。

　もちろん、安川がひとりで品物を動かすのではなかった。安川にも仲間がいた。それは安川の上にいるボスだったり、兄貴株だったりした。そうして彼らは「商売」の利害のためにくっついたり、喧嘩《けんか》別れしたり、ほかの組織と連合したりした。

安川の元の仲間だった旧軍人たちは、ほとんど脱落した。中部軍需管理部の軍用倉庫から物資を持ち出すときは幹部だった彼らも、「商売」の段階にはいると無能力者だった。他人を指揮する生活に馴れた彼らは、自らが軍夫のようになって労働するのを嫌った。かつての雇員と同じ仲間になるのは、勲章や参謀飾緒《しょくしょ》を吊っていた彼らの誇りが許さないようだった。こうして世事に疎《うと》く、気位を捨てきれないでいる将校たちは、変動の時期にさいして敏捷《びんしょう》に悪知恵を働かしている共謀者から置き去りにされた。

二十三年の春ごろになると、食糧事情もよほどよくなった。占領軍のお膳立てで成立した芦田《あしだ》内閣のもとでアメリカの余剰農産物が輸入されはじめた。一般家庭では、あれほどありがたがっていた薩摩芋《さつまいも》の配給を嫌うようになった。食糧営団は、芋の配給を断わった家庭は、配給を辞退したものと見做《みな》して配給通帳からその量に見合う何日分かの食糧をさしひくと発表した。まだ主食の米こそ十分ではなかったが、食糧危機はヤマを越した。そのことは、食糧のヤミ商売が峠《とうげ》を越したことでもあった。

他の物資はまだ圧倒的に不足していたが、その中で少しずつ、産業復活の芽生えが感じられるようになった。日本を敗戦に導いた将軍と政治家たちの軍事裁判が終り、かわって昭和電工事件という経済事犯が新聞の話題になるようになった。

安川たちが隠匿していたのは、皮革が主だった。皮革は軍需物資のなかで多量に残っている一つだった。

どうしてそうなったかは、戦争中の軍の方針の結果である。

戦時中、軍の要求から政府の政策は革とゴムの消費を節減し、それによって軍隊へのその供給を確保しようとした。そのため下駄の常用を奨励した。国民の足からはゴム底ズック靴すら消えていった。

戦前の日本の皮革工業は、その消費する皮革材料の七割ないし八割を輸入にたよっていた。また製革に使用する鞣剤《なめしざい》やエキスが、国内ではわずかしかとれなかったので、所要量を満たすためには、これまた大部分を輸入に仰がねばならなかった。

昭和十六年六月、太平洋戦争開始前に政府は鞣剤とエキス類の配給を統制した。中小工場の排除はその前から徐々に行なわれていたが、十六年以降は政府の主導で工場の合併と業者団体の結成が促進され、約七百を数えていた業者は、敗戦時の二十年には八つの事業会社と、その関係業者を含む五十二に減っていた。

日中戦争以来、原料輸入減退のために、皮革の生産は低下したものの、その総生産高のうち軍用部分は昭和十二年の三〇パーセントから十九年の九〇パーセントにかえって増大していた。民間の皮革の消費は、昭和十三年の頂点からみると十九年は九三パーセント減というほとんど零の状態に陥っていたのに、軍隊消費は六五パーセント落ちただけだった。つまり終戦時には軍隊は相当の皮革品を抱えこんでいたのだった。

安川らが中部軍需管理部の軍用倉庫から持ち出したものに、自動車タイヤがあった。これは皮革製品からみるとはるかに量は少なかったが、それだけに貴重で、高い価値をもった。南方占領地から輸入していたゴムは戦争の激化に伴ってその量が激減したが、軍隊の消費量は上昇するばかりで、昭和十二年から十九年のあいだに九〇パーセントにも達した。輸入ゴムが航空機産業に使われる割合が大きければ大きいほど、民間用に使える部分は圧迫された。自動車による運送は、燃料不足とともにタイヤの不足によってますます困難になっていた。

航空機生産工場を近くに抱えていた中部軍需管理部は、それでも敗戦時には輸入ゴムとその製品をその倉庫にかなり残していた。

安川らのヤミ軍需物資グループは、この皮革とゴムとを二つの軸にして、商売を回転させ、稼ぎに稼ぎまくった。

ヤミ物資の交換売買によって、安川らの取り扱う「商品」も当然に幅がひろくなった。インフレが昂進し、戦前百円の月給取りが三百円の月給になり、それも半年ごとにベース・アップされるありさまだった。商人は紙幣の価値を信ぜず、「物」に価値を求めた。倉庫に眠らせておくだけで値が上昇するのである。

彼らの扱うものにワイヤ、針金、金網、鉄条といった金属品以外に、紙があった。それも仙花紙などというチリ紙みたいなものではなく、雪のように色の白い模造紙だった。

印刷用紙は、もちろん印刷業者や製本業者、出版業者に割当て配給になっていた。これも敗戦時の二十年からみると製紙事情がよほどよくなったことがわかる。しかし、もとより供給の絶対量は不足していた。粗悪な仙花紙がそれを補っていたのだが、出版業者のなかでは、仙花紙を使って配給の用紙を横流しするものも少なくなかった。

たとえば、二十三年の七月の新聞にはこういう記事が出ている。

《警視庁では千代田区神田三崎町、出版業隆草社社長（四九）を紙のヤミ容疑で摘発した。当局の調べによれば同社は教科書副読本、単行本、雑誌など数種を出版、四半期の用紙割当て一万五千ポンドを受けていながら、ヤミ買いしたセンカ紙を使って割当て用紙の一部を退蔵、その量は現在八万六千ポンド、時価約一千万円に上るという》

この記事を、色の黒い仙花紙の新聞で読んだ安川は大口を開けて笑った。

「割当て印刷紙を貯めてヤミ売りしようとは、了簡が小せえや。ちっとばかりおれたちの扱う紙の質を拝ませてやりてえなア」

これを横で聞いて信治が言った。

「いや、安川さん。これはヤミ売りするつもりで割当て用紙を匿《かく》していたんじゃないでしょう」

「ほう。そんなら、何だ？」

「出版社ですからね。いまのうちに印刷用紙を貯めて、将来の出版に備えたのでしょうよ」

「そうか。出版というのは、そんなに儲かるものかなア」

安川は、自分の知識のないときの癖で、ぽかんとした表情で顔を上に向けていた。すると仲間の一人が横から言った。

「儲かるようだよ。いま仙花紙で印刷した薄っぺらな雑誌が雨後のタケノコのように出てるじゃないか。なにしろ戦争で日本人は活字に飢えていたからな。……ほれ、おれもここにこんなのを持っているが、おれたちの知らない内幕が書いてあってなかなか面白いよ。いまは、民主主義で何でも暴露できる。よく売れてるらしいよ」

仲間の一人は、そう言って薄い雑誌を安川の前にほうり出した。「実体」という誌名で、政治家の漫画の顔をあしらったどぎつい絵の表紙が付いていた。

安川は、興味なさそうに、ぱらぱらと中を見ていた。《見たり、現政治家の内幕》《益々奇々怪々。昭電疑獄の新事実》《贈収賄偽士銘々伝》《生きている〝帝国海軍〟》《裸女世界ヤミの潜行記》。そんな題名が、これもどぎつい書き文字でちらちらしていた。

製紙は、二百以上の製紙工場のうち空襲によって破壊されたのは四分の一ぐらいにすぎなかった。これは製紙工場が軍需工場でなかったせいもある。破壊された四分の一の工場の生産量はそれでも全生産能力の二三パーセントに相当した。

しかし、製紙産業は、パルプの輸入封鎖と石炭の供給削減から生産能力の半分以下で操業していたから、空襲は生産高を減退させる直接の原因にはならなかった。

したがって、生産に必要な資材さえ入手できれば、製紙会社は、損害を受けた工場から戦災を免れた工場に生産を移して、まだ残されている生産能力を発揮する余裕はあった。

だが、その資材のパルプも石炭もそう容易には整わなかった。パルプの輸入は樺太が主だったが、ソ連領になってからはそれが止まり、代りにノルウェーやカナダのパルプを輸入することになった。しかし、紙よりは食糧が優先した。石炭も、戦時中に炭鉱の施設が荒らされて出炭能力が落ちているうえに、石炭の供給先があまりにも多すぎた。

その年の暮、安川たちは手持ちの紙を雑誌社にヤミ売りした。彼らは模造紙の八十斤をまだ少なからず持っていた。八十斤は紙の厚さの呼称だが、そういう紙を持っているものは非常に稀《まれ》だった。

その雑誌社は「真実界」という一種の暴露雑誌を出していた。全部仙花紙で、活字も印刷も粗悪だった。それは信治や安川が前に仲間から見せられた「実体」と同種のもので、雑誌の印刷が粗悪なように、内容もうすぎたなかった。しかし、民衆は活字に飢えていたのと、戦時中の厳しい言論統制で何も知らされていなかった反動として、この種の雑誌を好んで買っていた。

雑誌は、占領政策にしたがって一応民主主義をうたっていた。が、編集内容はそれとは別もので、暴露記事は興味的な人身攻撃に近く、内容も昭和の初めごろにはやった「エロ・グロ・ナンセンス」の蒸し返しというよりも、さらにひどくなっていた。昭和初期のは、まだ抑制があり、ユーモアがあったが、「戦後の解放感」と検閲側の虚脱に乗じたこの種の雑誌は、低俗な好奇心を煽《あお》って売っていた。

安川は、真実界社に紙をヤミで流していたが、代金は受けとらないで、そのぶん、出資のかたちにした。真実界社の社長は、与田《よだ》喜十郎といって、追放をうけた戦前の右翼雑誌の編集者上がりだったが、四十五歳で、見上げるような大男だった。

安川が、なぜ、真実界社に出資したかよくわからないが、ヤミ商売ばかりしてきたので、このへんで「文化的な事業」にも関係してみたいという気持が起ったのではないかと信治は想像した。ヤミでかなりの金を握った安川はそろそろ「高級な」気分を味わいたくなったようである。「山尾君」と安川は信治に言った。

「君は印刷のことに詳しいから、真実界社のほうの面倒を見てくれんか。与田君には了解がとってある。なに、ずっと向うに詰めていなくとも、ときどき覗《のぞ》きに行くだけでいいよ」

安川は、様子次第では真実界社を自分の手に収めようという気持もあるらしかった。

真実界社は、新宿区大久保の裏通りで、焼けた質屋の土蔵を借りていた。家屋は焼失したが、厚い土の厳重な造りと、たんねんに塗りこめた漆喰《しっくい》とが完全な崩壊から逃れさせていた。

せまい土蔵の出入口がそのまま雑誌社の玄関になっていて、重々しい内部は、高い窓から射す光が少ないために、薄暗かった。崩壊はしなかったが、ほうぼうに炎の侵入による黒い焦げ跡があった。梯子段の下は、そのまま用紙や返本雑誌の倉庫になっていた。その新しくつけた梯子段を上がると、がらんとしたところに机がならび、六人の男が腰をかけていた。これだけが真実界社の社長以下スタッフの全部で、三人が編集部員、二人が営業部員だった。与田社長は、編集長と営業部長とを兼ねていた。

窓は鉄格子がそのまま残っているので、牢獄を思わせた。開閉する扉はガラスの補給がつかないので、古いベニヤ板が張りつけてあった。それでも、電気の配線を新しくしてもらったらしく、裸電球がほうぼうに垂れ下がっていた。曇った日は、昼間から電灯をつけていて、その侘《わび》しい光の下に、屑紙を入れたような資料戸棚が壁ぎわに浮んでいた。

「売れて売れて仕方がない」

と、大男の与田喜十郎は信治に言っていたが、ひところはたしかにそうだったとしても、最近は売れ足が落ちてきていた。こうした、いわゆるカストリ雑誌が多すぎるのと、大手の出版社がぼつぼつ本来の雑誌の巻返しにかかってきていたからだった。用紙事情は少しずつだが、好転の徴候を見せてきていた。

「このへんで、少し編集方針を変えてみようと思いますよ」

与田は、安川の「利益代表」である信治に言った。雑誌の売行きが落ちはじめてからも景気のいいことを言いつづけていた彼だったが、近ごろでは返本が多すぎるので、さすがにあせってきたようだった。

「いつまでもエロや、デッチあげの記事ばかりでもないですからな」

社長兼編集長が自ら、これまでの編集方針を認めた。

「ぼくはね、山尾さん。こう見えても総合雑誌づくりが得意なんですよ。戦争前にはそのほうの腕利きとして鳴らしたものです。これまでのうちの雑誌のやり方は、過渡期の一時的な現象、いわば身すぎ世すぎで、必ずしもぼくの本意のものではなかったのです。しかし、読者もずいぶんとついてきたことだし、名前も売りこみましたから、ぼつぼつ総合雑誌の性格をもたせたいと思います。暴露ものにしたところで、本当の意味のインサイド・ストーリーにしたいですな。これは、いい原稿さえあれば当りますよ。ぼくはその方面にも腕に自信があるんです。この前からうちの編集部員にも、そう言ってハッパをかけてるんですよ」

そのハッパをかけられている編集部員たちは、元気のない顔でザラ紙に鉛筆を動かしていた。電話機は社長の机に一つと、編集、営業共用のが一つ、机の上に載っていたが、信治が一時間そこにいる間、一度も鳴らなかった。

信治は、東中野に住んでいる安川の家に行って、与田喜十郎の話をした。安川は、新宿のガード下にうろうろしていたエミ子という若い女といっしょになって、新築の家に住んでいた。

「与田もだいぶん弱ってきているようだな」

と、信治の話を聞いて安川は言った。真実界社には紙だけでなく、金もかなり融通しているようだった。

「もう少し与田にやらせてみよう」

夜の女のころと少しも変らない派手な化粧をしているエミ子から、ヤミの品のアメリカ製のブランデーを水割りにして少し飲まされた信治は、赭い顔になって新宿方面行きの都電に乗った。

「山尾さんじゃありませんか」

と、混み合っている電車のなかで声をかけられた。立っている人の間から、中年の瘠《や》せた女の顔がのぞいていた。

「あ、金井さんの奥さん？」

信治は、ずっと前に二、三度は見たことのあるおぼろな記憶を、そのやつれた顔にさぐり当てた。

「そうなんですよ。やっぱり、山尾さんでしたわね。まあまあ、ほんとに、しばらく。あなたが電車に乗ってこられたときから、そうじゃないかと思って、お顔を見つめていたんですよ」

もと近所に住んでいた軍需工場の工員の妻は、なつかしそうに言った。

## 24

混雑する都電のなかで金井の妻と顔を合せたのは、まったくの奇遇であった。以前、小川町に住んでいたころは、妻の良子は親しくしていたが、信治はときたま彼女と顔を合せる程度だった。先方がよく憶えてくれていたのである。

名古屋の軍需工場に転任していた金井が空襲で死んだ、という文房具屋の女房の噂話は本当だった。金井の妻は、信治が広島で家族の全部が原爆で殺されたということに同情しながらも、自分の亭主の死にいつまでも未練をもち、くどくどと嘆いた。電車の中だけで話は終らず、終点の新宿に着き、信治がバラック建ての大衆食堂に彼女を伴っても、それは続いた。

その大衆食堂で、金井の妻は、一方では肉うどんを夢中になって啜《すす》りこみ、一方では身上話に泪《なみだ》を流すのだった。

彼女は、信治のおぼろな記憶でも、十歳以上は老いこんで見え、眼は落ちくぼみ、頬は尖り、顔の皮膚は黒く、唇は白く荒れていた。軍需工場では、夫が班長だったとかで、収入もよく羽振りのよかった彼女も、その夫を失ってからの苦労が偲《しの》ばれた。

「人間の運というものはわからないものですわね。満州の軍需工場につとめておられた河島さん一家は無事にちゃんと東京に帰ってらっしゃるんですからね。戦争に敗けて、満州の日本人はいちばんひどい目に遇っているはずなのにねえ」

金井の妻が洩らした言葉に信治の胸は鳴った。

「河島さん？……河島さんというと、あの、区役所の兵事係長をしておられた河島さんのことですか？」

「そうなんですよ。……そうそう、おたくの奥さんを、二、三回区役所の兵事係にお連れしたことがありましたわね。あなたの教育召集が、できたら本召集にならないですむように頼みに行ったことがありました、あれから、わたしも国防婦人会の役員になったので、河島さんには、たびたびお目にかかっておりました」

良子は、その線から、信治に召集を指名したのは稲村重三という十年以上も兵事係をしている男らしいと暗号通信でいってきたが、それは、釜山市役所にいた細井の話によって消えた。係員ではなく、それができるのは係長なのだ。

「その節は、家内も奥さんにご面倒をおかけしました」

「いいえ、奥さんも、大黒柱のあなたがほんものの召集にひっかかるかどうかでは、ずいぶん心配されましたからね。その奥さんが、みなさんとごいっしょに先に広島で亡くなられようとは夢のようですわ」

肉うどんのお代りを食べ終った金井の妻は、よごれた手拭いで眼の隅を押え、ついでに口の端を拭った。

「河島さんが満州から東京に引き揚げてこられたのを、奥さんはどうして知ったのですか？」

信治はきいた。

「わたしが河島さんに遇ったんですよ。それも、つい、一週間前でしたか、池袋駅前のヤミ市場でね」

「ほう。河島さんは、どうしていましたか？」

「区役所を辞めなければよかったと、後悔しておられましたよ。あのときは、満州重工業が時局で華々しかったし、給料も三倍というのに眼がくらんで、つい、ふらふらと家族を連れて新京に行ったけど、当座はよかったものの、敗戦で引き揚げてくるまでには、口ではいえない苦労をなめたといって眼を赤くされていました」

「ふむ。で、いま、仕事のほうは?」

「日雇いのようなことをしてらっしゃるようですね。気の毒な風采《なり》でしたよ。わたしもご同様で、他人《ひと》のことはいえませんが、河島さんの区役所の兵事係長時代を存じ上げてるもんですから、気の毒でしたわ」

「現在、どこにお住まいですか?」

「わたし?」

「いえ、河島さんです。それは聞かれなかった?」

信治は、なるべく平静な口調できいた。

「聞きましたよ。きたないところだけど、家内もよろこぶだろうから、一度遊びにきてくれといわれました。まだ、伺ってはいないけど、住所だけは書きとっておきました」

こちらから頼みもしないのに、よごれた手帳を出して言ってくれたのは幸いだった。江古田《えこだ》のほうの戦災をまぬがれた実弟の家の裏庭に小屋を建てて家族がはいっているというのである。

その住所を書き取るのも、何かこっちに他意ありげにとられそうなので、信治は彼女が読み上げる番地と「河島順三郎方。河島佐一郎」という文字を頭の中に刻みこんだ。

金井の妻と別れたあと、信治はこれまで深い闇の底に消えていた標的が、にわかに浮上して姿を見せたような思いになった。

召集を受けた当時の区役所の兵事係長はそこに戻ってきている。暗号の通信で良子に命じたようなまだるこさは、もう必要ない。朝鮮と東京の間の距離はすでになくなっていた。兵舎の中に閉じこめられていた身の不自由さもない。いつでも河島のもとに走って行ける。江古田といえば、電車で三十分ぐらいだ。先方も区役所を辞めて、吏員としての隔《へだ》たりもなくなっている。

信治はすぐにも河島のところに飛んでいき、彼の襟首をつかまえ、だれが出席率の悪い教練の「ハンドウ」として、召集の懲罰を課したかを詰問したかった。それこそ、教育召集を受けた七年前からの怨念《おんねん》である。

もし、召集されなかったら、家族も広島に行くこともなかったし、原爆で殺されることもなかったのだ。

人がこれを聞いたら、いい加減にしたらどうか、召集を受けて悲惨な目に遇ったのは、なにもお前だけではない、と言うだろう。だが、その召集が偶然に当った場合なら仕方がない、何十万人の中の一人だと思って諦めもつく。しかし、そうではないのだ。これにはあきらかに作意が働いていた。

――あいつは、町内の教練を怠けていた。たるんだ奴だ。このさい、見せしめに軍隊に抛《ほう》りこんでやれ。

それだけの動機だった。町内の教練に出たくても出られない生活の事情などは、まるきり相手の気持にはなかった。

信治は軍隊に行ったおかげで、私的制裁をする古年次兵の心理がよくわかっていた。要するに「気にくわない奴」をリンチするのである。上官の言葉は天皇陛下のご命令と心得よ、である。「お前らは動作がフトい。たるんでいる。いまからおれが気合を入れてやるから、そう心得ろ」その宣言には軍人勅諭が無言の正当化になっている。召集は、陛下が赤子《せきし》を戦《いくさ》の庭にお召しになることである。召される者は「名誉」であり、「郷党家門の面目」である。そう美化された国家権力の陰に、「気にくわない奴」に対する死を賭けた私的懲罰が行なわれていた。

――しかし、元兵事係長の河島を問いつめても、素直にその事実を言うだろうか、という強い疑問が信治にあった。町内の教練にあまり出なかったことと召集とに因果関係があることは、白石が不用意に洩らした言葉で明瞭だ。あれは白石が前後の考えもなく言っただけに、本心を吐いたのだ。これは間違いない。

朝鮮の部隊の医務室で、釜山市役所の吏員だった細井に会うまでは、区役所の兵事係が召集令状を書くものと思いこんでいた。が、そうではない。発令の宛名を書くのは聯隊区司令部の部員だと言った。そこには「兵籍名簿」というのが備え付けられていて、その中から員数分を拾い出すのだと言った。徴兵年次と兵種と役種さえ適合するなら、名前などはどうでもよい。名前などは番号と同じである。

それなら、聯隊区司令部の部員が自分に宛てて番号なみに教育召集から本召集と一貫して令状を出したのか。そう考えるには白石の言葉が気になる。町内の教練の出席率表まで、聯隊区司令部が見ているとは、とうてい考えられない。

《聯隊区司令部ではだれに赤紙を出してもかまわないのだから、市町村役場の兵事係から召集の該当適格者を言ってこられると(市町村役場の兵事係も、兵籍名簿の写しである通称「軍名」を持っていますから)、「軍名」から拾い出す手間がそれだけ省けて、かえってよろこんだでしょう。……それを聯隊区司令部に内申できるのは、兵事係長だけです。ほかの係員が言ったのでは相手にしません。役所はすべて責任者本位ですからね》

この細井の詳しい説明が、すべてを決定した。稲村某は係員だ。内申したのは係長である。——当時、信治は《「犯人」を突きとめた》と思ったものだ。

……しかし、いまは冷静になっている。

細井の言葉だけで、完全にそうだとはまだ決められない。釜山聯隊区司令部と東京聯隊区司令部とのやり方には相違があったかもしれないのだ。

また、河島が果して聯隊区司令部に山尾信治を被召集適格者として内申したかどうかも、まだ決定的ではない。それには証拠が要る。

こちらの思い違いで、事実は、聯隊区司令部の部員が兵籍名簿から偶然に山尾信治を、おそらく名前などはろくに気にもとめず、機械的に赤紙に書き写しただけだったら、これはだれにむかって恨みようもない。何百万人の偶然な不幸の仲間にはいったとして諦める。ほかない。

どうしたら、その有無の実証がつかめるだろうか。河島を詰問しても答えは返るまい。彼自身がその内申を行なったとすれば、なおさら言うわけはない。本人の質問に、実はあんたの町内の教練の出席率が悪かったので、そのハンドウとして赤紙を出してもらうよう、東京聯隊区司令部にぼくが内申したんですよ、などと河島が告白する見込みは絶対にない。

どうすればその実体が握れるのか、と信治は考えながら大久保まで歩き、焼け残りの土蔵の梯子段を上った。今日はほかに用事もなく、真実界社に習慣的に立ち寄った。

ちょうど、来月号の雑誌の見本が刷り上がってきていた。

「山尾さん。今度の出来栄えはどうでしょうかね?」

と、社長兼編集長の与田喜十郎が巨《おお》きな図体にも似合わず、小心そうに見本を信治にさし出した。九月末になって、外は照りつけが残っていたが、厚い土壁の中は背中がひんやりとしていた。昔の土蔵造りというのはよくできている。それでも与田は鼻の頭に汗をかいていた。彼は、金主の代理人で、目付役でもある信治に何かと遠慮していた。

来月号の表紙は、どぎつい色刷りで、政治家の漫画の顔を痛めつけていた。「参議院の戦争協力者を暴く」と売る記事が書き文字で刷りこまれていた。

「ほう、面白そうじゃありませんか」

信治は四十ページぐらいの薄い雑誌をぱらぱらとめくった。黒い仙花紙に印刷インキのかすれた活字が蟻《あり》の死骸の羅列のようにならんでいた。

《……堀井源治郎は、外地引揚同胞会長の肩書で全国区で当選したが、彼は朝鮮総督府の元官僚で、昭和八年以来、総督府農政局長をやったのちに、朝鮮畜産会社を興して自ら社長となったという大陸侵略の軍閥の手先であった。今日の時勢ではとっくに抹殺されていなければならないが、翼賛団体たる総力連盟の有力分子で、朝鮮でさんざん荒稼ぎをやったうえ、こんどは引揚民を煽動して乗り出してくるあたり、旧軍国主義者の術策は空恐ろしい。

同じく全国区の広沢謙一郎も上海《シャンハイ》帰りだ。経歴公報には単に華北に製紙事業のために在籍と軽く書き流してあるだけだが、これは相当なもので、石村軍司令官と親しい関係から中国人工場だった造紙廠をモノにし、その社長に納まって日本軍管理の華北煙草公《コン》司《ス》の紙巻煙草の用紙の供給源の役割を演じた。上海在留同胞のみやげ話によると、しかもこの紙屋のほうは表面的なもので、裏では彼と密接な関係にあった情報参謀千倉《ちくら》大佐の委嘱を受けて、日本軍の特務機関を持っていたという。

こうみてくると、軍人と結託した植民地の官民の侵略者だった人間が多い。これを地方区選出に見てみると……》

……信治に、突然、ひとつの考えが起った。戦争中軍人と結託した議員の暴露記事からその暗示が浮んだともいえる。また、活字を追う無心の状態が啓示を得させたともいえるのである。

信治は、三十分ほど考えた。この着想で、果して証拠が引き寄せられるかどうか。その成功の可能性。より可能性を高めるにはどのような技術が必要か。想像する相手の性格、知能に応じたどんな最善な手があるのか。失敗するとすれば、どの点にあるのか。彼は暗示を具体化し、つくりあげた計画を検討した。それで相手にこっちの真意を気づかれることはないか。それに三十分ほど要した。

「与田さん」

信治は顔をあげて暴露雑誌の編集長に呼びかけた。

「ぼくに、ある着想が浮んだんですがね。どうせ素人《しろうと》考えだから幼稚でだめかもしれませんが、まあ聞いてくれますか?」

「ほほう」

と、与田はわざわざ立って、信治の腰かけているところに自分の椅子を持って歩み寄ってきた。

「そりゃ、ぜひ、伺いたいもんですな。実は、いま次号の編集プランにいい知恵が出ないで、弱っているところです」

与田は、出資者の代理人を大事にしているから、満月のような顔にお世辞笑いを漂わせていた。が、内心では信治の謙遜《けんそん》どおり、どうせ素人考えと見くびっているようだった。

「戦争中、一枚の召集令状で狩り出された補充兵は何百万といるが、そのうち戦死者が二百何十万、傷病兵が何十万といる。いわゆる未教育兵として、鉄砲も持ったことのない中年の男がこれまた何百万と戦場や兵営に狩り出されていたわけですね。そのため、当人はもとより、その家族がどんなに悲惨な目に遇っているかしれない……」

信治が言うと、

「そりゃ、そうです。昔は一銭五厘で狩り出されましたからね」

と、与田は大きくうなずいた。ほかの編集者も聞き耳を立てていた。

「そういう兵隊の経験談はずいぶんと多い。そこでですな、こんどは目先を変えて、召集令状を出した側の話を取ったら、どうでしょうね？」

「ほう」

与田の目が大きく見開いて、たちまち光を帯びた。

「それは、面白い」

と、拳《こぶし》で膝を叩いたのは、編集者の感覚にふれたものがあるからで、

「そりゃ、面白い。ぜひ、とりあげてみましょう」

と勢いよく言ったのは、こんどはお世辞でもなんでもなかった。

「いや、ぼくのは素人考えだからね。参考になるかどうかわかりませんよ」

「とんでもない。素人考えどころか、立派なアイデアです。なるほど、そういう視点があるとは気がつきませんでしたな。こりゃ、みごとにわれわれの盲点を衝かれました」

与田は、はずんだ声で言い、山田君、山田君と傍の机でザラ紙に鉛筆を走らせている腹心の部下をよんだ。山田という三十一の、この「真実界」の編集部ではいちばん切れる男が汚ならしい伸びた髪でやってきた。

「ぼくも、いま、横で聞いていましたが、まったくの名案です」

と、これも興奮した声で言った。

「おう、君もそう思うか」

与田は、また滲《にじ》む鼻の頭の汗をふき、

「これは共感を呼ぶぞ。一銭五厘ではなくとも、召集令状一枚に恨みをこめている者は全国に何千万人といるからな。なるほど、召集令状を出した奴ね……これは反響を呼びますよ」

と、息づかいまで荒くなっていた。企画に行き詰まっているというのは本当らしかった。

「しかしですね、その召集令状を出した人間をどうして捜すかが骨ですね」

山田が当惑した顔になった。

「そりゃ、君、百方手を尽して、なんとか見つけ出すんだ」

「それはやってみますが、これは難問ですよ。どこに手がかりを求めていいかわかりませんからね。それに、こういう時勢です、なるべく身分をかくそうとしているのが人情でしょうからね」

「いや、その手がかりはなくもありませんよ」

信治が口を切ったので、両人とも、えっ、といったように彼の顔を見つめた。

「そういう人間が一人いるのを知っています。住所も氏名もわかっている。ぼくも直接には知らない人だけど、ぼくの名前を出さないで、編集部からの独自の接触ということにしてください。……つまりね、その人に、手記を書かせるんですよ。誌上の匿名は自由ということにしてね。その人、いま、生活に困っているらしいから、相当な金を出したら、内幕を書くと思いますよ。なるべくたくさんの例をあげて、具体的にね」

信治も言いながら昂《たか》ぶってきていた。

## 25

四、五日経って、信治が真実界社に行くと、与田が勢いづいた調子で言った。

「山尾さん。河島佐一郎氏に山田が会ったところ、河島氏は快く例の原稿を書くのを承諾したそうですよ。これで、次の号にはいいハシラができて安心しました。どうもありがとうございました」

「それはよかったですな。素人の考えでもいくらか役に立ちましたかね」

信治は安心した。もし河島佐一郎が断わったら、唯一の手がかりは失われるのだ。あとの策はなかった。山田編集部員は外に出ていて、そこにいなかった。

「いくらか役に立ったどころじゃありませんよ。大助かりです。これで来月号は売れますよ」

出資者の代理人にむける愛想だけでなく、与田は本気にそう思っているようだった。

「先方に会ったとき、山田君はぼくの名前を出さなかったでしょうな？」

「それは言ってありません。あくまでも編集部が独自に接触したことにしてあります。河島氏は、よく自分のことがわかりましたね、とびっくりしていたそうですよ」

それはそうにちがいない。戦争も末期に近い十九年に区役所を辞めて満州に行き、敗戦後引き揚げて実弟の家の裏に身を寄せている元兵事係長を、どんな手蔓《てづる》から、どうして捜し出したのかと、当人もふしぎに思っただろう。が、そこは「雑誌社の嗅覚」という一般の過信が河島にも適用され、山田編集部員の言いぶんを納得したと思われる。

「それで、具体的なことを相当に詳しく書いてくれると言っていましたか？」

その中に手がかりを求めているのだ。

「山田君は、そう注文したそうです。あと、五、六日したら手記の原稿がはいってきます。ただし、誌上では本名を出すと困るから架空の名前にすると言ってました。それはそれで結構だと思います」

「原稿料のほうは、少しよけいに出してくれましたか？」

「ええ、それは、ちょっとはずみました。山田君の報告では、気の毒な生活のようですからね。原稿料が多ければ、河島氏も書くのに気の入れ方が違うでしょう」

「それは、そうです。原稿がはいったら、ぼくにも一応見せてくれますか？」

「そうします」

　原稿を見たうえで、手がかりになるようなことが洩れていたら、そこを書き加えるように山田から言わせるつもりだった。何もかも洗いざらい暴露的に書かせねばならぬ。きれいごとですませてはならぬ。もし、例のことが原稿に落ちていれば、河島が思い出すようなヒントを与え、山田から伝えさせようと思った。だが、なるべくはそういうことのないように、こっちの思いどおりの原稿ができるようにと願った。

「ぼくも、山田君から河島氏の話をざっと聞いたんですがね。召集令状の出し方は、ひどいものだったらしいですな。係の者の思いどおりにどんなことでもできて、そのデタラメ振りには呆れるばかりだそうです。そんなことは、まだ、だれも知っていない。赤紙を受け取った者も、戦死者の何百万人という遺族も知っていない。河島氏はぜひそのことを一般に知らせたいと言っているそうですから、山田君も張り切っています。きっと、いい原稿がとれるでしょう」

　与田もひどく期待していた。

「山田君はまだ戻りませんか？」

　すぐ戻れば、すこし河島の様子をきいてみようと思った。

「ほかの取材で、帰りは夜になるでしょう。こんな時勢ですから、乗物もろくになくて、ほとんどが足ですからね。明日、こっちに来ていただけたら、山田君にその時間に待っているように言っておきますよ」

あんまりこっちがそれに積極的になりすぎるのも考えものだった。あとで、態度を妙に思われないとも限らない。

「いや、その必要はないでしょう。原稿ができたころにここに覗《のぞ》きにきますよ。山田君には、なるべくいい原稿になるように頑張ってもらってください」

「ぼくもそう考えています。なにしろ、相手は文章に馴れてない素人ですからね。編集者がいろいろと助言しなければいけないと思います」

——段どりはできた。あとは河島が書いた原稿を見にきて、証拠をさぐることであった。

それから四、五日間はヤミ物資を動かす仕事があって忙しかった。近ごろは、取締まりが厳しくなってやりにくくなっている。国会に隠退蔵物資摘発委員会というのがつくられ、かなりな活動をしている。隠匿物資の通報者には報償金が付いているので、それを目当てに内報する者や、また仲間割れから腹癒《はらい》せに密告する者もある。摘発する警察や検察庁の背後には、占領軍の後楯《うしろだて》があるので、非常にやりにくくなった。

安川は、いまではある暴力組織と組んでいて、そのほうでは相当な顔になっている。

信治は、そろそろ安川とは縁を切って、この世界から足を洗うつもりでいた。いつのまにか安川の下に付いた格好になってしまったが、はじめから、二人は上下の関係だった。軍隊時代の「古兵」と「新兵」の間が復活したというよりも、心理的にはその継続だった。ヤミ市場で偶然に再会したとき、思わず「古兵殿」と反射的に呼んでしまった。先方でも、「おう、山尾か」と応えている。それがそのまま現在もひきつがれ、安川さんと山尾の関係になっていた。

信治は安川の頤使《いし》のもとに甘んじてきた。ひとつには食うためだったが、心理的には軍隊時代の関係が潜在意識として残り、安川に対する無抵抗感になっていた。「仕事」をしている間、安川にどなられたり、罵られたりした。あとで腹が立つのだが、その場では抵抗できないのである。制裁を加える前に睨《ね》めあげながら、直立不動するこっちの顔の前を左に回り右に動きしていた安川に対する恐怖観念が染《し》みついていた。爬《は》虫類《ちゅうるい》の前に立って戦慄するにも似た本能的な畏怖感だった。

安川のおかげで、この飢餓状況のなかに「結構に食べさせてもらっている」という生活上の関係だけでは、彼の命令を唯々諾々として諾《き》く理由の説明にはならなかった。

安川は、信治のことを他人に紹介するときは「ぼくの戦友」だと言った。「戦友」には、内務班で古年次兵の世話をする新兵の意味がある。

五、六日経って、信治は河島佐一郎の原稿を読むことができた。

取ってきた山田が自慢そうに見せたのだが、それはさすがに楷書体ふうの、きちんとした文字だった。陸軍関係の謄写版の刷りものには、特有の几帳面な書体があるが、この原稿もそうだった。思うに、河島佐一郎は以前は少尉か准尉かで、のちに、区役所の兵事係長になったのであろう。

題名は〝赤紙製造のカラクリ〟と付けてあり、署名は「細谷勉太郎」とあった。案の定、架空の名前にしてあった。

信治は鋭い眼になって、その原稿の一枚ずつをめくった。

《戦時中、一枚の赤紙によって運命を狂わされた国民は無数である。そのため、ある者は死に、ある者は負傷して不具となり、家族はどん底の悲境に突き落された。戦死二百三十万人、戦傷病者十五万人、遺族四百万人という悲惨な数字は、日本国じゅうに紙吹雪のようにバラ撒《ま》かれた召集令状、すなわち赤紙によってつくられたのである。この赤紙が舞いこんできた瞬間から本人も家族も死の入口に立たされて怯《おび》え、平和な生活の破壊の前に色を失ったのである。ところが赤紙を受けとった人間は「なぜ、おれに赤紙が舞い込むのか」という理由を深く考えようとはしなかった。それは運命の当然の到来だ、日本は戦争をしているのだからおれのところにくるのは当り前だ、と覚悟とも諦めともつかぬ心を抱いていたからである。戦争が終って四年経つ現在でもそうである。——そこで、わたしは、その赤紙が配達されるまでのいきさつ、つまり製造のカラクリを国民の前に明かそうと思う。このことは、案外、まだ知られていないからである》

こういう書き出しではじまっていた。これはいけそうだ、と信治は思った。

《赤紙の製造はどこで行なわれるか。ある人は、それが天皇陛下に「召された」という考えから、宮城の中でつくられたと思うかもしれないし、ある人は兵士を必要とする当該師団司令部か聯隊本部かが直接に発したと思うだろうし、別な人は市町村役場の兵事係が戸籍名簿でも調べて発行したと考えるかもしれない。が、そのいずれも当ってない。それは全国各地区にある聯隊区司令部の机上なのである。正確には、召集該当者を指名するのは聯隊区司令部の部員なのである。わたしは、東京の某区役所の兵事係長をしていたので聯隊区司令部とは密接な関係があり、彼らのやり口をよく知っている。

一例を言おう。ここに、ある留守師団が派遣地に二千人の補充兵が必要だと陸軍省の軍務局動員課に言ってきたとする。聯隊区司令部の召集係が受ける命令は、たとえば「昭和三年から六年までの徴兵年次、未教育乙種歩兵（または既教育歩兵）二千二百人、何月何日午前何時、何々聯隊」とこれだけである。海軍の場合は何々海兵団である。要求人数より召集が多いのは、事故病気などの即日帰郷者を見込んでいるからで、一割増がふつうだった。

この命令に従って聯隊区司令部召集係は、入隊月日と時間、入隊部隊名だけゴム判を押した無記名の赤紙用紙を二千二百枚用意する。それを各地方別に分厚い一冊になっている兵籍名簿の間に赤紙を適当にはさみこむ。赤紙が偶然にさしこまれたページについている名前の人間こそ死魔に当るわけだが、この作業は各係員がお互いに早さを競《きそ》うように手早くやるのである。その結果、赤紙のさしこみがかたよっているところは、疎《まば》らなほうに回して均衡をとった。赤紙のさし替え一つで、当人の運不運が分れる。つまり聯隊区司令部員の偶然な挿入作業が、地獄と極楽の分れ目になったのである。

このような作業は、さぞ召集事務に熟達した係員の手で行なわれたろうと読者は想像されるかもしれないが、実態はそれに遠いものだった。すなわち、その実務には古手の准尉や、下士官上がりの軍属が当るが、助手には司令部勤務の若い下士官や軍属が従事し、また徴用の娘たちがこれを手伝って、まるで伝票でもつくるような具合だった。この人たちは煙草を喫い、茶をのみながら、まるで給料伝票に氏名を書きこむようなぐあいに赤紙に名前を書き入れていた。

彼らは、自分たちの書いた氏名がどのような名だったかは、次の赤紙に氏名を書くときはもう忘れていた。いや、名前は単なる符牒だから、機械的に写すだけである。いちいち名前に気をとめていたら仕事にならない。令状は、五時間以内には間違いなく宛先に届いていなければならないのだから。

天皇陛下のご命令によって召されたと考え、「勇躍」して生還不能な戦場に去った二百三十万の英霊と四百万の遺族とが、この召集事務の正体を知ったら、どんな思いになるだろう。いや、問題は、その召集事務が、たとえ伝票を書くように「事務的」であろうと、それが公正ならまだよいのだが、事実はそうではなかった。そこには、不正と腐敗が行なわれていたのである》

これからだ、と信治は次からの河島の原稿用紙を入念に繰った。心臓の音は自分の耳に伝わってくるほど高かった。

《その不正とは、聯隊区司令部で召集事務に携わる二、三の古顔によって行なわれたのである。一見、偶然とみえる赤紙の製造も、彼らの介入によって人為的な指名となったのだった。古顔とは、前記の古手の准尉や下士官上がりの軍属で、彼らは三十七歳から四十歳まで、司令部勤務は十年前後という履歴の持主である。だから、部内に鬱然たる一派を形成して勢力をもち、半年や一年ぐらい前に司令部にきたような佐官級でも、彼らにはアゴで使われるありさまだった。もし古顔が被召集者を赤紙から助けたいと思えば、次のような方法をとる。古顔は事前に心当りの名前を列記して、召集事務補助の部下に示し、赤紙に記入する前にわれに連絡せよ、この者どもはわれの親戚に当るから当人に心得を聞かせる必要がある、と言う。これは、この者どもには令状を書くな、という暗黙の意味である。部下はすぐに該当者の欄に赤い付箋《ふせん》を貼って、令状発行から除く。その者を除外しても、補充はいくらでもつくからだ。

親戚の者というのは嘘で、それは戦時産業に羽振りをきかす企業の社長だったり、配給に実権をもつ公団の役員だったり、ヤミ料理屋の主人やその兄弟だったり、とにかく金や利得の動く相手ばかりである。司令部の顔役は召集事務をタネに汚職を行ない、私腹を肥やしていたのである。

悪質な例は、実際にはまだ召集の対象にはなっていないのに、赤紙にめぼしい相手の名前を勝手に書いて、これを先方に持って行ってこっそりと見せ、自分の力でこの召集をとりやめさせることができると持ちかけ、金品をせしめる手口である。顔役は召集事務については自分が万能の権限を持っているように吹聴《ふいちょう》する。相手は、自己の名前の記入された赤紙をまざまざと見せつけられるので、真っ蒼になり、助かりたい一心から顔役の暗黙の要求以上のものを提供するのである。ヤミの供応から、ヤミの物資、多額な札束を与える。本人にすれば地獄行きの赤紙と引換えだから、財産の半分を出しても惜しくはなかったろう。司令部の顔役は、本人の目の前でその赤紙を破ってしまう。もともと偽造の赤紙だから、問題が起るわけもなく、すべては極秘のなかで行なわれた。

もし、あとでその者に本物の召集が当りそうになったら、前記の手口であらかじめ部下に「親戚の者」ということにして赤紙記入から除外させる。戦時中「欲しがりません勝つまでは」の耐乏配給生活のなかで、顔役の家だけは戦前と少しも変らない贅沢な物資が山ほど隠されているといった状態だった。

私は、この司令部の古顔の一人についてその悪業の尻尾《しっぽ》をついに握った。それは私が区役所の兵事係長という職にあって、その仕事の性質上、聯隊区司令部と日ごろから連絡があったからである。区役所の兵事係にも、司令部の兵籍名簿の写しが備えつけてあり、管内のものを抜いた手帳ぐらいの大きさの本で、通称「軍名」とよんでいた。私は、管内の被召集者とこの「軍名」とを照合し、当然召集にかかるべき人たちがいつまでも残っていることに不審を抱き、ひそかに調査しているうちに、右のような内情の伏在を発見したのである。それはわりと早い時期だった。

私に尻尾を押えられた司令部の古顔は、狼狽して、何とか私を懐柔しようと試みた。金銭には負けなかった私だが、物資不足の折りとて、まず女房が物品の誘惑に陥った。なにしろ、牛肉でも鮮魚でも純米でも砂糖でも味の素でも酒でもなんでも、戦前と変りないものを古顔は持ってくるのだ。で、女房のすすめで私もとうとう彼の悪事を見のがすことにした。それだけでなく、私は懺悔《ざんげ》をもって告白するが、私はときどき彼の不正に協力するようになったのである。私は、その古顔よりも、自分の女房に負けたのだった。物資の欠乏ほどおそろしいことはない。

たとえば、こういうことがあった。あれは昭和十七年の九月、二国衛生兵の教育召集だったか、古顔が言うには「君の管内に五人ほど国家のために大事な人がひっかかりそうだが、それに代るようなのが、だれかいないか、こっちで勝手にやってもよいが、君のほうに心当りがあれば参考までに言ってくれ」と言うのだった。「国家のために大事な人」とは、いうまでもなく古顔の「お客さん」なのだ。彼は、そういうかたちで私たちに「協力」を求め、身内意識を持たせたのである。

私は、ちょうど区の某地域在郷軍人会支部から届いた町内の教育軍事訓練報告簿のなかから、出席率の悪い者を教育召集にかけさせることを思いつき、そのリストを提出しておいた。たしか、その中から一人か二人ぐらいに教育召集がきて、千葉県の佐倉聯隊に入隊したはずである。名前は記憶していない。私としては、町内訓練を怠けている人だから三カ月の教育召集ぐらいは身のためだろうと軽く考えていたのだが、その教育召集がそのまま自動的に赤紙召集に切り替えられたのを三カ月の期限の終りごろに知った。その部隊はニューギニアの補充要員として、いったん朝鮮に渡ったのだが、その後、どうなったのか知らない。

というのは、私は区役所を辞めて、満州の軍需会社に移ってしまったからである。また、その聯隊区司令部の古顔もついに不正が司令部の首脳部に露見して、本人自身に懲罰的な赤紙がきたうえ、南方戦線の激戦地に追いやられ、そこで戦死したのだった。自業自得とはいいながら、気の毒な気もする。しかし、彼の指先ひとつで、何万人の戦死者が製造されたと思うと、彼の戦死もその償《つぐな》いということができる。

こうした話は、まだ一般の者にはわかっていないのである。敗戦軍部には最後まで軍事機密の一つであった。……》

## 26

ついに太陽を捕えた！……というのは科学者が腐心の追跡の末にやっと実体を突きとめたときに発するよろこびの言葉である。信治が、細谷勉太郎こと河島佐一郎の原稿を読んだときの実感がまったくそれと同じだった。

太陽を捕えたという比喩は正確ではなかろう。正しくは悪魔を捕えたのだが、苦心の末に正体を発見したよろこびは、それくらい大げさな表現であってもいい。

竜山の医務室で釜山市役所の兵事係だった兵隊から聞いた召集の話がある。それが河島の書いた手記原稿の裏づけになっている。両方の話は一致する。この手記に嘘はないと信用していい。

聯隊区司令部内の古顔の召集係がすべての実権を握っていたというのだ。賄賂をとって召集の見のがしをしていたばかりか、赤紙をちらつかせて金品を強要していたというのである。そういう人間は例外だと旧陸軍の擁護者はいうかもしれない。しかし、下士官上がりの軍属に召集令状を書かせていた仕組みに歪《ゆが》みがあった。彼らはくわえ煙草で赤紙用紙に名前を書きこみ、その仕事の敏速を互いに競争していたという。忙しいときは、徴用の女の子に手伝わせていたのだった。

　こうして彼らの指先の気紛れによって当てられた何百万人の者が「服従の精神実践の極致を発揮」させられ、「命令一下欣然として死地に投」（戦陣訓）ぜられたのだ。死んだ者は、軍属らが茶をのみ、無駄話をしながら自分に赤紙を出したことを知らない。しかも、彼らの古顔が赤紙の配分を自由自在にできたとは、だれにもわかっていなかった。信治は、その河島の「告白」の中に、はっきりと自分を不幸に追いやった証拠をにぎった。

　昭和十七年の九月に行なわれた二国（第二国民兵）の衛生兵要員の教育召集といえば時期もまさに自分にきた召集令状と一致する。司令部の「古顔」が賄賂をとった五人の代りに、だれか君のところにいないか、と区役所の河島兵事係長に言ったのに対して、河島は自らの行動を平然と書いている。

《私は、ちょうど区の某地域在郷軍人会支部から届いた町内の教育軍事訓練報告簿のなかから、出席率の悪い者を教育召集にかけさせることを思いつき、そのリストを提出しておいた。たしか、その中から一人か二人ぐらいに教育召集がきて、千葉県の佐倉聯隊に入隊したはずである。名前は記憶していない。私としては、町内訓練を怠けている人だから三カ月の教育召集ぐらいは身のためだろうと軽く考えていたのだが、その教育召集がそのまま自動的に赤紙召集に切り替えられたのを三カ月の期限の終りごろに知った。その部隊はニューギニアの補充要員として、いったん朝鮮に渡ったのだが、その後、どうなったのか知らない》

状況的な条件はことごとく一致している。佐倉聯隊、在隊中に教育召集から赤紙召集に、ニューギニアの補充要員として朝鮮に渡る——これだけ具体的に示されていれば、信治は、筆者の河島が自分にむかって、ほら、あんたのことだよ、と言っているようなものだと思った。

それに河島は、佐倉聯隊に入れた「一人か二人」について「名前は記憶していない」と書いている。正直なことを言っている。その点は、赤紙用紙を兵籍名簿の間に無造作に挟みこんで、宛名を機械的に書いていった司令部の召集係とかわりはない。軍隊にとっては万事が員数である。員数の観念しかない。中身はどうでもよいのである。

しかし、司令部の古顔の慫慂《しょうよう》に、その員数を「調達」した河島の意図だけは、はっきりしている。町内の訓練に「出席率の悪い者を教育召集にかけさせ」、それが本人の「身のため」と「軽く考えた」のだった。ここに間違いなく白石助教の洩らした言葉が適合している。

——ははあ、ハンドウを回されたな。

「本人の身のため」とか「軽く考えた」とかは、この「告白」になっても、まだ河島の弁解がある。彼の意図は明白だ。訓練に出ない奴に加えた懲罰なのだ。軍隊に放りこまれたおかげで「ハンドウを回された」意味がよくわかった。

訓練を怠けたのではなく、生活のために出られなかったのだ。休んでも給料がもらえる勤め人とは違う。使用人をもっている商店の旦那衆とも違う。腕一本で生活を支えている職人稼業。競争が激しく、仕事が遅れると得意先を失うような稼業。司令部や区役所の机上で、兵籍名簿をくわえ煙草でいじっている連中にはわからないことだ。

――教育召集令状が来て、真っ蒼になった妻の良子。面会にきていた父親。無心に兵隊を眺めていた子どもたち。私的制裁をうけていた夜毎《よごと》。とくに、安川に殴られて昏倒し班長室に担ぎこまれた経験。

教育召集から赤紙に切り替えられたのを告げられた夜の石廊下。

（ただ今より、命令を達する。……これより読み上げる姓名の者は、返事する。ようく耳を澄まして聞け）

中隊長の声。手に持った紙に横から准尉が懐中電灯を当てていた。石段の下に集まった黒い兵隊の集団。

（第一班、陸軍二等兵加藤豊太郎、同じく小林喜市、吉沢利雄、平野安男、後藤忠吉、村井省吾、杉村謙次、田村豊造、村上源三郎。……第二班、陸軍衛生二等兵飯田茂、同じく金子正巳、安達勉治、豊田文次郎、山崎英夫、山尾信治、山尾信治……山尾はいる

か？　呼ばれた者は、すぐに返事をする。よいな)

すべての不幸はそのときに決まった。この赤紙への切替えで、両親も妻も子どもも、広島に移って原爆で死んだ。

河島は懲罰意識から「軽い気持で」その悲惨に自分を追い落したのだ。その歴々たる証拠がここにある。信治は、河島の原稿からしばらくは眼が上げられなかった。

河島の原稿を取ってきた山田が戻ってきた。

「山尾さん。河島氏の原稿を読まれましたか？」

山田は眼を輝かしてきいた。原稿の内容には彼も自信があるのだ。いい原稿を取ってくると編集者の顔色が違うのは、出版社の大小にかかわらずどこも同じである。

「ああ、さっき与田さんから読ませてもらったよ。いい内容だね」

信治はほめた。

「そうでしょう。山尾さんからもらったヒントのおかげです」

山田はうれしそうに笑っていた。

信治は、取材に自分の名を山田が出してないのを与田から聞いているので、山田本人にはその確認をとらなかった。あまり執拗にそのことにふれると奇妙に思われそうだった。

「いや、まったくおどろきました。召集がこんなデタラメでやられていたとは知りませんでしたね。ぼくだけじゃない。大部分の国民が知りませんよ。この手記は当りますよ」

山田は勢いよく話した。

「そうだろうね」

「こういったデタラメな召集の仕方で二百三十万人が戦死し、十五万人の戦傷病者が出たんですからね。浮ばれませんよ。四百万人の遺族がこれを読んだら、怒りに慄えるでしょう」

「戦死者や遺族だけではないよ。兵隊に狩り出されてひどい目に遇った者も憤りをおぼえるよ」

「もちろんそうでしょう。そういえば、山尾さんも召集されたんですね？」

「うむ。まあね」

「ご苦労さまでした。どこに入隊されたのですか？」

「うむ。この近くの聯隊さ」

あまり、それにふれてもらいたくなかった。

「そうですか。で、外地に行かれたのですか？」

「一応はね」

「外地はどこですか？」

「………」

山田は、信治の曇った顔を素早く見てとり、信治が不愉快な経験を語りたくないと解釈したか、すぐに話題を変えた。

「なにしろ、こういうデタラメで兵隊をつくったのですから軍部の罪は大きいですね。赤紙を金でほかの人間にすり替えたり、懲らしめに当てたりするのですから呆れたものです。司令部の古顔が、そのインチキを発見されて、南方にやられて戦死したのは自業自得、天網恢々《てんもうかいかい》というところでしょうか」

「その話は本当かね？　いや、あんまり話がよくでき過ぎているからさ」

「事実だそうです。河島氏はそう言っていました。嘘は一つも書いてないとね」

司令部の古顔に天罰が降《くだ》ったとしても、河島自身は何の罰も受けていない。彼は生き残って、こういう手記を書いている。

「この手記はですね、河島氏も思い切って書いたと言っていました。ぜひ、国民に知ってもらわなければならない軍部の悪事だと言ってね。これは、まだ軍の機密事項として秘匿されていることなんだそうです。筆者がわかったら、旧軍人のグループから復讐《ふくしゅう》されるかもしれないと言って、河島はおそれていました。だから、誌上の匿名については絶対に明かしてもらっては困ると言ってました。その約束は絶対に守るとぼくは安心させてきましたがね」

「そんなに怕《こわ》がってるのか？」

「そうなんです。なにしろ、彼は職業軍人だったのですからね。准尉をしていて、次は区役所の兵事係長でしょう。満州に行って軍需工場の警備課長になったのも、その経歴を買われたからです。満州の軍需工場の警備課長といえば、軍人と同じようなものですからね」

「そういうことだろうね」

「職業軍人の裏切りのようなものだから、旧軍人の憎しみを買うだろうと言っていました。だから、素性《すじよう》を絶対に知られたくないというんですね。それさえ確保されていたら、軍部の告発は、ぜひ、やりたいと言っていました」

戦後になって、旧軍部に対する告発は流行になっている。軍部の堕落、軍首脳部の腐敗、将校の残虐行為が暴き立てられている。河島はその流行に便乗しているのだ。それを河島は「反省」だと思っているらしい。

「ぼくも、こんないい原稿がとれるとは思ってなかったよ」

信治は山田の肩をたたいた。

「ところで、河島氏だが、現在、どういう生活をしているかね？」

「生活ですか」

山田は眉を寄せた。

「そりゃ、ひどいもんです。江古田の奥の、弟の家の裏庭に、掘立小屋をつくって、一家五人で住んでいるんですね。本人は再生品屋の倉庫、つまり屑屋ですな、戦災でやられたビルの鉄筋だとか機械の壊れたスクラップとかを扱う屑屋の倉庫に日雇いで働いているんだそうです。五十近くなっての筋肉労働ですから、本人も参っているようです」

その程度の天罰ではすまないぞ、と信治は思った。彼の気紛《きまぐ》れから、生活が破壊され、一家全滅にさせられた人間のことを考えてみるといい。

「その掘立小屋というのが、また気の毒な状態でしてね。一坪ぐらいしかないんです。そこに五人で生活してるんですから、最小限度の荷物を入れても、ろくに身体を横にして寝るところもありません。あれは身体をタテにして寝てるんじゃないですかね。タンスはもちろん水屋もない。ミカンの空箱に所帯道具を入れています。ぼくが行ったときも、そのへんがとり散らかっていて足の踏み場もないくらいでした。あの様子では満州から引き揚げて帰ってきたものの、弟一家から邪魔もの扱いを受けてるんですね。そりゃ悲惨なものです。だから、原稿料一枚百円、二十枚で二千円渡したら、河島氏は拝まんばかりにして受けとりましたよ」

——まだまだ、そんな「悲惨」程度ではすまされない。

悪魔は発見したが、問題は、これからどのようにして相手に接近するかだった。こっちの素性を知られることなく、しかもそれが因果応報というのを気づかせるようにして、仕返しする方法にしなければならない。

幸い、河島は司令部の古顔に申し立てて佐倉聯隊に召集させた人物の名前を記憶していない。また、こっちの顔も知っていない。だから河島の前に現れても彼は何ごともわからぬわけである。

だが、仕返しの段階となると話は別である。復讐の下手人が現在の山尾信治とわかっては困る。それにはどのような方法があるだろうか。

翌月、信治は安川からの使いで、彼の家に呼びつけられた。

安川は新築の部屋で、パンパン上がりの女を侍《はべ》らせて信治を待っていた。

「何か用ですか」

「うむ。ちょっと耳よりな話があるんでね。お前と相談したい」

安川は昼間から酒を飲んでいた。近ごろ彼も肥ってきて、すっかり「事業家」らしい貫禄がついていた。

が、昼間から、こうして安川がのんびりとしているのは、近ごろ、これといった「商売」が途切れているからだった。生産がしだいに復興してくると、企業が正常化し、ヤミ商売の範囲が狭くなってきた。

げんに紙がそうで、あれほど新聞社や雑誌社に持てはやされた仙花紙が、製紙会社の生産再開ですっかり落ち目になってきていた。以前は、業者のところに買受人がお礼の品をもって頼みに行ったものだが、戦前と同じ用紙が出回ってくれば、仙花紙などを使う者はいない。その業者は狼狽している。

だが、これは何も仙花紙の業者とは限らなかった。軍需省の隠匿用紙をヤミに流していた安川にとっても打撃であった。石炭の出回りや油の輸入などで生産は正常な軌道に乗りつつあった。紙だけでなく、あらゆるヤミ物資を動かしていた安川も、この「乱世」の終熄《しゅうそく》状況に焦燥《あせり》をみせていた。

その安川が久しぶりに活気を顔に漂わして「耳よりな話」を言い出すからには、何か獲物を見つけたにちがいなかった。

「わたしは、あっちに行ってるわ」

密談に遠慮する女に、安川はうなずいた。

エミ子といって新宿のガード下に立ってGIをくわえこんでいた女だった。尖った顔で、顎がしゃくれている。安川はこの若い女に惚れて亭主然としていた。

「おい、山尾。隠退蔵物資はそろそろタネ切れかと思ったが、まだまだあるもんだな」

安川は最初から眉を下げ眼をいっそう細めていた。

「そうですか」

「どういう品物だか当ててみろ」

「さあ。見当がつきませんね」

「実はな、山尾。その品というのは純銀だ。混じりけのない銀の延棒だ」

と言って、信治の反応を見るようにその顔に視線をすえた。

「えっ、銀の延棒？」

信治もそれにはびっくりした。

「うむ。どうだ、おどろいたか。それもな、二トンぐらいは埋まっているらしいぞ」

「えっ、二トン？」

「すげえだろう。おれもびっくりしたな、もう。まるで夢みてえな話だからな」

「ほんとうですか、それ?」

「おれも、その話を持ちこまれたときは耳を疑ったよ。だが、だんだん聞いてみると本当だとわかった。場所はな、三重県の鈴鹿《すずか》山脈の山の中だ」

「鈴鹿山脈?」

「その場所が気に入った。というのはな、山尾」

と安川は説明にかかった。

「三重県の四日市には、もと海軍の燃料廠があった。そこに海軍がマレー半島からぶん捕《ど》ってきた錫《すず》のインゴット、つまり錫の塊を格納しておいたんだが、終戦直後、海軍の連中がそれを燃料廠の空地に埋めてしまったんだな。そいつが洩れて、ヤミ屋連中の猛烈な争奪戦になった。ところがだ、あんまり騒ぐものだから外部にわかって、とうとうシンガポールからイギリスの海軍調査団がやってくる始末になった。四日市も三重県、鈴鹿山脈も三重県、スジがいい」

安川は唇をなめた。

## 27

四日市の旧海軍燃料廠に隠匿されてあった錫のインゴット事件は嘘でない。ヤミ商売人どうしの争奪戦がなかったら、表沙汰になることもなく、英海軍の調査団を迎えて、むざむざと取り上げられることもなかったであろう。ペナンの錫で、インゴットには明白に刻印のある純粋なものだった。このヤミ屋の争いでは、一人の男が松阪市の旅館で怪死を遂げている。あれは、どうやら殺されたらしい。――安川はそういう話をしたうえで、

「ほかの商売人が今度の銀の延棒のことを知ったら血眼になるから、絶対に洩れないようにしないとな。錫のときと同じように仲間喧嘩から明るみに出て虻蜂《あぶはち》とらずになっては、莫迦《ばか》を見る」

と、信治に言って聞かせた。

「銀塊が二トンも山の中に埋めてあるとは凄いですな。だが、それは本当ですかね?」

信治はすぐには信じられなかった。

「だれだって初めはそう思うだろう。おれだって、はじめは夢物語と思っていた」

安川は「日の丸」と呼んでいるラッキー・ストライクを天井に吹いた。

お前も一本やれ、と言ったので信治は手を出した。このごろは、この洋モクに馴れて、手巻き煙草は、臭くて喫《す》えなくなっていた。自分でも贅沢《ぜいたく》になったと思っている。

「しかしだ、さっきも言ったように場所のスジがいい。というのはな、旧海軍が上海やシナの南方、仏印などから集めた銀塊を油槽船などで持って帰って、原油陸揚げの口実で、四日市の海軍専用埠頭《ふとう》に揚げた。なにしろシナでは金よりも銀をよろこぶから、しこたまあったんだな。それを海軍では仲の悪い陸軍に内密で鈴鹿山脈に軍用トラックで

運んだ。もちろん、いっぺんじゃない。南シナから持って帰るのも、何十回にもわたっていた。というのは、海軍は海軍で、本土が空襲でズタズタにされた場合、中部地方単独で抗戦するつもりだったらしいんだ。つまりだな、おれが前にいた中部軍管区と同じ構想だよ。あれは陸軍が主体だが、海軍は陸サンを相手にしないで、独自に抗戦準備をしていたんだな。これがわりと早い時期だった。海軍のほうが陸軍よりも戦局の見通しが早かったわけだな」

安川は話す。

「ところが敗戦必至の状況となった。ペナン錫のインゴットは燃料廠の地下に隠したが、銀塊のほうはそのまま山中に埋没し放しになった。それを知っているのは、当事者だった海軍の高級士官数人だった。ところが、その連中は前線に出撃する艦《ふね》に乗ったりして、あとがよくわからなくなった」

「あとの者には申し送りしなかったんですか、その銀塊のことを？」

「それが、はっきりとはしてなかったらしいな、どうも。自分たちの秘密は他人に言いたくない気持かもしれん。軍事機密というのには、そういうひとり占めなところがだいぶんあるよ」

「そうですか」

安川の言うことも理解できないではなかった。軍事機密の性格には個人的な占有欲の面がたしかにある。それは勲功の独占欲にもつながっていた。

「ところが、その連中の大部分は艦もろとも海の藻屑《もくず》となった。鈴鹿山中の隠匿銀塊は永久に人に知れることなく終るかと思われたが、その運搬時にはもちろん下級の者が働いていたから、その連中の口から今ごろ、ぼつぼつ洩れてきたというわけだ」

「どうして、彼らがその銀塊を取らなかったのですかねえ？」

「銀塊を取っただけではだめだとわかってきたんだね。肝心なのは、そいつを売りさばく方法だ。それも一キロや二キロといった少額のものではない。トン単位だからな。そんなものを引きうける先を捜すだけでもたいへんだよ。うかうかすると、隠匿物がばれて、錫のインゴットのように虻蜂取らずになりかねないからな」

「ははあ」

「それに、その隠匿銀塊は事情を知っている旧海軍の連中が数人で管理しているのだが、なかに欲を出す人間が出てきて、仲間割れになりそうになった。実際、そんなものをいつまでも隠しおおせるものではないからな。付近には温泉もあって、人もはいりこむからな」

「温泉ですって？」

「うん。四日市から西に二十キロばかり行ったところに湯ノ山という温泉がある。鈴鹿山脈の一つになっている御在所山《ございしょやま》の山腹になっているそうだ。宿屋も五、六軒はあるらしい」

「隠してある場所は、その近くですか？」

「御在所山の近くだというんだ。おれは、情報を耳にしただけで、まだ実地は見てない」

「確実な話ですか？」

「たしかだ。その話をおれに持ちこんだ奴も信用がおける。今までも、何度か取引きをしたからな」

「なるほど」

「そんなわけで、あんまり長く放っておいても隠した銀塊が人に気づかれそうになる。で、このさい、仲間割れがしないうちに、いっぺんに片づけようというので、処分口をおれに持ちこんできたのさ」

「しかし……銀塊が二トンもあっては、その見返り物資にしても、現金で払うにしても、金額がたいへんでしょう？」

「いや、そうでもないさ」

安川はまたラッキー・ストライクの青い煙を吐いた。信治もまた新しいのをもらって喫った。

「銀塊は重いから、数量にすればたいしたことはない。それにな、山尾よ。先方の話では、二トンだ。とかく言い出し側の話はでかい。そんなにあるかどうかだ。おれは、せいぜい半分ぐらいだと踏んでいる」

「その話は、物資の管理人から、直接言ってきたのですか？」

と、信治はきいた。こうした「儲け口」は中間に何重もの仲介人があったり、共同出資者があるのがふつうである。

「うむ、二人ほど人間がはいっている。だが、その連中には金も物もない。自力ではそれだけの銀塊が引きとれないのだ。その二人は、いわば情報屋だ。仲介人にもなっていない。というのはな、先方は、海軍の旧軍人だから、ヤミ屋と取引きするのはいやだ。海軍の軍人でないとだめだと言っているらしい。それで、二人も困って、話をつけることもできず、ただ、こういう物資があるという情報だけをおれに持ちこんだのだ。だから仲介人ではない。こっちで成功したら、礼金をもらいたいと言っている」

安川は言った。

「そうすると、先方との交渉はこっちでじかにやるわけですか？」

「そうだ。それで、おれもちょっと困っている。陸軍の元将校ならおれも知っている奴がいるが、海軍は一人もいない。なにしろ、先方は頑固に海軍でなければ話に応じないと言ってるそうだから、弱り山のホトトギスだ。いまどきになっても、まだ海軍と陸軍が犬猿の間とはびっくりものだがの」

「安川さんが海軍の軍人になりすまして向うと交渉してみたらどうですか？」

信治は言ってみた。

「そりゃ、とてもできないよ。いろいろ問い詰められたら化けの皮がすぐにはがれるに決まっている。できる話もこわれてしまう。みすみす宝の山を前にして、もったいない話だ。おれもよ、だれか知った陸軍の旧軍人を、海軍さんに仕立ててみようとは思ったが、やっぱり危ない。なにしろ先方は海軍の職業軍人だったんだからな。……山尾よ。何かいい知恵はないか。その相談にお前を呼んだのだ」

信治にも、海軍の知合いに心当りがなかった。

「さあ、今のところ、ちょっと浮びませんねえ」

「弱ったな。あんまりぐずぐずもできない。ブツが人手に渡ったら、それきりだ。いまのところ、この話を知っているのは、ごく少数の人間だ。金を持っている奴の耳にはいったら、どんな手段ででもブツを手に入れるにちがいないぞ」

「一日か二日、考えさせてください」

信治は思案して、

「……ところで、その物資の所有者というか管理者というか、旧海軍の人はどこにいるのですか？」

「さっき言った三重県の湯ノ山だ」

「温泉宿をしているのですか？」

「温泉宿じゃないが、その近くに住んでいる山持ちだ。その山に物資が隠してあるんだな。なんでも山腹に防空壕のような大きな横穴を三つか四つ作って、それに分散して格納してあるらしい。穴の入口は樹や草や土で蔽《おお》って偽装してあるので、外見では何もわからぬそうだ。さらに、その山に登る小道からは相当にはなれている」

「その山の麓に相手が住んでいるのだったら、まるで、番人のようなものですね？」

「そうだ。監視兵のように始終眼を光らせている。相当厄介な人物らしいぜ」

「名前はわかっているのですか？」

「うむ、わかっている。……お前だから言うが、小西善太郎というのだ。元海軍主計大尉、現在農業、年齢は四十五歳」

安川は、信治を腹心と思っているので、打ち明けた。

「その仲間も近くにいるんでしょうね？」

「いるかどうかわからんが、実権はその小西海軍主計大尉が握っている。そいつが元締めだ。それだけに、小西主計大尉は責任があるので、湯ノ山温泉にくる客がふえると気づかれはしないかと心配しているのさ。だから、先方でも処分をあせっている。ただ、買受けのほうが元海軍軍人でなければというのが絶対の条件になっているから、困ったものだ」

安川はそれさえなければ宝の山はこっちのものだが、というように口惜しそうな顔をした。彼としても近ごろめぼしい儲けが途切れているだけに、焦燥に駆られていた。

「しかし、なんとかなるかもわかりませんよ。一、二日考えさせてください」

「なるべく早くたのむよ」

「妙案というのは、ぽかっと浮ぶものです。それに、案外、機会という奴は向うからとびこんだりしてね」

「そういうことが最近あったのかい？」

「例の雑誌のことですがね。昨日、真実界社に寄ったところ、実にいい原稿がはいっていたのです。兵隊召集の裏話なんですが、それを書いたのは区役所の兵事係長をしていた人らしいです。陸軍の准尉上がりだそうですがね。次の号は売れるといって与田君はひどくよろこんでいました。そんないい原稿がとれるとは思っていなかったのですよ。まあ、そういう期待以上のこともありますからね」

安川は雑誌のことなど今の場合どうでもいいような顔つきで、反応を示さなかった。彼にとっては、目下の儲け口が最大の関心事だった。

「なあ、山尾」

安川はやはり銀塊のことで頭がいっぱいで、

「お前、ちょっと現地に行ってくれんか？」

「え、三重県にですか？」

「うむ。おれも情報屋の話だけでは少し心もとなくなってきた。お前、現場を内偵してみてくれ。ただし、先方には気づかれんようにな。その小西善太郎という元海軍主計大尉が実際にいるのかどうかも確かめてみたくなったよ。実在していたら、近所の評判や日ごろの生活ぶりなど、それとなく聞いてみることだ。それだけでも見当がつこう」

「はあ」

「これからでもすぐに汽車に乗れよ。その湯ノ山温泉に泊まってな。散歩するふりをして山の様子も見てきてくれ。外からちょっと眺めただけではわかるまいが、その気になって偵察したら、横穴の有る無しぐらいはわかるかもしれんぞ。話に間違いがないとわかったら、汽車の中ででも、取引きをはじめるのにいい知恵を考え出してくれ。ま、おれも思案してみるがな」

エミ子はどこに行ったか、まだ戻ってこなかった。

混雑する夜汽車に乗った信治は、明けがたの名古屋で乗り換え、四日市で降りた。ひところ、貨車に人間を詰めこんでいた国鉄もやや正常に戻ったとはいえ、まだ客車の中では網棚にも人が腰かけ、他人《ひと》の頭の上に脚を垂れている状態であった。通路には新聞紙や風呂敷を敷いて人が荷物と折り重なって横たわり、便所のドアの内外にも人と荷とがすわりこんでいた。窓のガラスが半分もなく、ベニヤ板を打ちつけたままになっている。

四日市駅から湯ノ山までは木炭バスが走っていた。満員の間に挟まって、窓の板の隙間からのぞくと、外はひろびろとした平野で、農村が点在していた。農家の間をリュックをかついで歩いている姿は、早朝からの買出し人とみえた。

平坦地の彼方に屏風《びょうぶ》のような山がつづいている。鈴鹿山脈はそれほど高低はないが、それでも稜線の少し出ているところが御在所山だろうと信治は見当をつけた。バスは大きく揺れながら、うねうねとした道をその方向に走っているのである。

かなりの時間をかけて山に近づいたとき、ちょっとした集落があり、「菰野《こもの》」という倒れかかった停留所の標識が出ていた。乗客のほとんどはそこで降りた。ここから湯ノ山温泉の登り口までは二十分ぐらいだったが、木炭燃料の非力ではいくら喘《あえ》いでも坂道を上ることができず、あとは歩いて温泉地に行かねばならなかった。

道はかなり急だった。傍は渓流になっていて、勢いよく水の流れ落ちる間や両側に大きな岩石が打ち重なり、上は何やら深そうな森林で、どこか箱根と似ていた。

昨夜は汽車の中でろくに眠っていなかったので、信治は坂を上るのも身体に力がなく、途中で何度も脚を休めねばならなかった。人にもあまり遇わなかった。

長いことかかって、やっと宿屋のあるところに辿《たど》りついた。息切れがした。温泉宿からはまだ山の頂上が遠かった。宿は平地を均《なら》したところにかたまって三軒と、あとは斜面に二、三軒が散在していた。戦争前は、この平地までバスが上ってきたという。

どの宿屋も表戸を閉めていて、商売しているかどうかわからなかった。白い湯気だけが裏から立ちのぼっていた。彼は、いちばん大きそうな「湯山旅館」という屋根の看板を目ざして石段を上り、一枚だけ開いている表戸の間からのぞいて声をかけた。

五十ぐらいのモンペをはいた女が出てきて、うさん臭そうに信治を眺め、

「米を持っておいでになりましたかえ？」

ときいた。外食券だけではどこの宿屋もよろこばず、米の現物を持参しないと泊めてくれなかった。信治は背中のリュックを揺すり、白米一升ぐらいは持ってきたと言った。

一升あれば、配給量なら約五日分である。ヤミ屋のありがたさ、こっちに来るとき安川が米をたっぷりと持たせてくれたのだ。ケチな安川だが、今度の出物《でもの》には大きな期待をかけているので、「偵察」の信治には親切に振舞った。

温泉だけは、敗戦になっても昔と変らない。浴室は荒廃していたが、温泉特有の、とろりとした湯の中に身体をとっぷりと漬けた。ほかに客がいるのかどうか、家の中からは声も聞えなかった。裏山には鴉《からす》が啼いていた。

昨夜から汽車に揉まれどおしなのと、麓から登ってきた疲れで、硬《こわ》ばった四肢が、浴槽にあふれる湯の中で心地よく融けてゆく。こんな贅沢はないと思った。

風呂から上がり、それでも糊のきいた宿の古浴衣《ふるゆかた》に着かえ、荒れた八畳の部屋に戻ると、いちどに睡気がさしてきた。

うたた寝からさっきの主婦に起されたときは、眼の前の朱塗り卓に食膳が置かれてあった。山菜の皿にまじってヤマメや鮎《あゆ》の塩焼が載っているのを見たときは、いちどきに睡気がさめた。

「えろうくたびれてはりますな」

客となれば、宿のおかみさんにも、愛想笑いが出ていた。

「昨夜の汽車では、ろくに、眠れなかったもんですからね」

信治は鮎に一箸つけて口に入れ、

「これは、うまい」

と思わず言った。実際、こんな活きのいい魚を舌にのせるのは十年ぶりのような気がした。鮎もヤマメも皿の上で反りかえっている。賞められて、おかみさんは自慢げな顔になって、

「どっちゃからおいでにならはったんやね？」

東京とは答えたくなかった。

「静岡ですよ」

信治は、このおかみさんとうちとけた雑談を交わした末に、ときに、このへんに小西さんという人が住んでいますかね、ときいた。

「小西はん？　さあ、知りまへんな？」

おかみは首をひねって答えた。

28

「小西善太郎さんというんですがねえ。このへんに住んでいる人と聞きましたがね」

宿のおかみさんが、小西はん？　さあ知りまへんな、と答えたので、信治は、念を押した。たしかに小西善太郎だと安川は言った。げんに自分の古洋服のポケットに入れた手帳にはそう書きとってある。が、この念押しの質問も、あまり強い調子だと怪しまれそうなので、鮎の骨を抜く手もとに気をとられるふりをして、軽く、呟くように言ったのだ。

「このへんにいやはる人やったら、わてのとこは古いよってに、たいていは知ってまんが、小西善太郎はんいうのは、知りまへんなア。何をしてはる人ですやろ?」

「なんでもこのへんの山持ちということですがね」

「このへんの山持ちで、小西はんいうのは、心当りがおまへんな。前からこっちに住んでいやはる人でっか?」

「さあ」

それは曖昧《あいまい》だった。以前から山を持っていたので自分の山林内にその銀の延棒を隠匿したのか、銀の延棒を入手したので仲間で隠匿用の山を入手し、小西善太郎が所有主名義になって管理しているのか、そのへんがはっきりしていなかった。

「それはよくわかりませんが、もと海軍士官だったと聞きましたがね」

そこまでは言いたくなかったが、手がかりがないのでやむを得なかった。

「海軍士官? そんなら、よけい知りまへんなァ。そんな人がこっちにいやはるのやったら、わてにもわかるはずでんがなア。この山やのうて、下の菰野のほうにいやはるのとちがいまっか?」

「さあ。もしかすると、そうかもしれませんね」

信治は言葉を濁し、ひとまず質問を打ち切った。

「この温泉は、どういう成分をもっているんですか?」

と、あとは当らずさわらずの話に変えた。

「弱塩類泉といいますのや。ちょっと塩辛うおまっしゃろ?」

「ああ、そうですね。こんな高いところに下から歩いて登ってくるのはたいへんだけど、景色のいいところですね」

「戦争前は自動車もここまで来てましたけど、今は燃料不足で木炭車ではよう上りまへんわ。昔のように山駕籠《やまかご》があるとよろしいけどなア」

「ほう、山駕籠があったのですか。ここは海抜どのくらいですかね?」

「四百メートルやそうだす。この上の御在所山の頂上が千二百メートルやそうで」

「ここからだと、八百メートルも登るんですか。ずいぶん高いですね」

「そのかわり、伊勢湾から知多《ちた》半島を越して富士山が見えまんね」

「頂上まではとても無理だけど、途中ぐらいは行ってみますかね」

「そら、景色がよろしで。涼しおますしな。登り口は三つあって、右のほうから登りはったら、蒼滝《あおたき》いう滝がおます。そっちのほうが楽でっしゃろ。左のほうは二つとも坂が急やさかいな」

　信治は、浴衣を脱いで洋服に着かえ、宿から太い杖をもらって出かけた。

　湯ノ山温泉の上に当る御在所山の山腹に横穴が掘ってあって、そこに銀の延棒が二トンあまり格納されてあると、安川はたしかに言っていた。数量の正確さはともかく、隠されていることは間違いないという見込みだった。横穴の表は樹木などでおおわれているだろうから、ちょっと見ただけではわかるまい。とにかく安川に言われたとおり、偵察してみることにした。

安川の話では、小西善太郎が付近を絶えず監視していて、怪しげな者が近づくのを警戒しているという。世の中が落ち着き、温泉場に客がふえてくるのを恐れて早くブツを処分したいと言っているそうだから、この温泉場からそう離れたところではあるまい。

小さな神社の鳥居前に出て、どっちの登山路をとろうかと信治は迷った。思案した末、人の近づかない場所に銀塊が隠匿してあるなら、左側の、急だという坂路がそれに当りそうなので、滝のあるほうとは反対側の小径《こみち》を登った。家のあるところはすぐに切れた。自然林があるが、ところどころ花崗岩《かこうがん》が白く露出して断崖をつくっている。途中までは、わりと楽な上りだったが、そこからは径が二つに分れている。

古い道標が立っていて、左は武平峠、右は御在所山口、と書いてある。見ただけでも右の登りは、深い渓間《たにま》の急峻だった。高い山塊の裾をめぐるように径がついているのである。

秋のことで、樹林も灌木《かんぼく》も繁茂していて径の両側を蔽っている。その径は石がごろごろして歩きにくかった。ようやくのことで杖で石を突き、伸びた秋草や笹をかき分け、一歩一歩と登攀《とうはん》した。風は涼しいのに、肌は汗に濡れた。ときどき休んでふり返ると、木の間に伊勢湾の蒼い海が下にひろがっていた。富士山は繁る葉に妨げられてか見えなかった。

休憩するのは、絶佳な風光をながめるためではなかった。こうしていると監視の小西善太郎が姿を現わすかもしれないと思ったからだ。

しかし、何度も休みながら上に登ったが、だれも来なかった。わざと杖を振り、樹を敲《たた》き、笹を鳴らし、石を坂から転がし、また大きな声で唄ってみたが、周囲からは足音も聞えぬ。

とうとう御在所山の頂上が間近に見えるところまで登ったが、人間の反応現象はなかった。登りながらも、あたりを注意深く見回したのだが、もとより横穴の所在は知れなかった。

はてな、と信治は思った。話と違って銀塊の監視人はいないのか。それとも、まだ自分の姿に気がつかないでいるのだろうか。始終、山を見回っているわけではないから、監視人が家に引っ込んでいれば、発見はできないはずである。そこで、径を上ったり下ったりして、時間もとった。声を出し、杖で音を立てるのも継続した。

人は現れなかった。

小西善太郎という人は知らないと言った宿のおかみさんの言葉が信治の頭に残っていた。この土地に旧《ふる》い女の言うことだから、まず信用がおける。してみると、小西善太郎なる人物は実在しないのではないか、と思いはじめた。

安川は他の者から小西善太郎の隠匿する銀の延棒の話を又聞《またぎ》きしたのであって、小西本人に会っているのではない。ほかの連中がいい加減な話をつくりあげて、架空の小西善太郎をこしらえたのかもしれないのだ。ヤミ商売には、詐欺《さぎ》がつきものである。隠匿財宝の話をもちかけ、相手の欲心に乗じて手付金をだまし取るのは、よくある手だ。安川ほどヤミ商売に馴れた者でも、銀塊の話に眼が昏《くら》んでその儲け話にのめりこんでいるのではなかろうか。

話はまことによくできている。でき過ぎているのだ。たまたま、近くの四日市にある旧海軍燃料廠にマレー産錫のインゴットが旧海軍軍人グループによって大量に隠匿されていた事件が起った。詐欺師たちが、それに乗じて鈴鹿山脈の銀塊隠匿をでっちあげた、と考えてもおかしくない。安川ですら、「スジがいい」と乗り気になっているくらいである。四日市旧海軍燃料廠の錫の事件がなかったら、この作り話は思いつかれなかったろう。

銀塊が二トンというのも安川が警戒するように話が大きすぎるが、海軍が南方からの原油の油槽船や駆逐艦に積んで運んできたというのは筋が通っている。マレーの錫は、ペナンでインゴットにされ、そこで刻印が打たれる。四日市燃料廠にかくされたペナン錫といわれるのがそれだったらしい。この事実を背景にした南方の銀塊隠匿は、欲のある者には信じたくなる話である。

そこで、「元海軍主計大尉小西善太郎」が話に登場してくる。小西元海軍主計大尉は、鈴鹿山脈の高峰である御在所山の山腹に隠匿された銀塊の管理に当る。その山は小西の所有で、小西は現場に人が近づくのを監視しているというのである。

銀塊を売り急ぎしているのは、山腹の湯ノ山温泉にくる客が多くなりそうだとの懸念《けねん》からだという。これも話の辻褄《つじつま》が合っている。世の中がしだいに秩序の回復にむかっているから、温泉客も多くなってくるだろう。秩序の回復といえば、安川のヤミ商売も、そのためにうま味がなくなって彼はあせっている。あせっているから、眉唾ものの話に乗せられるのであろう。

さてその小西が元海軍軍人なので銀塊を旧海軍関係者でないと売らないというのも、話を真実らしく見せかけたように思われる。とくに、海軍と仲の悪かった陸軍関係者とは、絶対に交渉に応じないという相手の「頑固」さも、ますます本当らしく聞える。陸・海軍どうしの相剋《そうこく》は知れわたっている事実である。こう考えると、何もかも真実らしく話ができあがっているように思えた。

小西善太郎を知らないという旅館の主婦の言葉、こうしてわざと目立つように山中を行動していても何者も現れない事実などからして、信治はこの推測が裏付けされたように思えた。

が、さすがは安川哲次である。万一の用心に、現物の有無の様子を自分に偵察を命じた、と信治は思った。いや、偵察はそれだけでなく、話が事実となれば、安川が小西善太郎に直接会って交渉したいらしいのである。つまり、安川は話を持ちこんだ仲介者を抜きにして、直接取引きにしたいのだ。仲介者に中間の儲けが抜かれるのをきらってのことで、欲の深い安川のやりそうなことだった。ただ、その場合の隘路《あいろ》は、交渉相手が元海軍軍人でなければならない資格問題だった。これには安川も困惑しているらしい。

——信治は、そう考えたものの、大事をとって、もとの分れ路まで下りた。あるいは例の場所が別の登山路かもしれないと慎重を期したのだ。標識のところから、いちばん南側の小径をとった。標識によると武平峠に出る。峠は御在所山の支脈であるらしい。

信治は、坂を登った。杖で樹や笹を敲《たた》き、大声で唄うのも今までのやり方だった。径は、やはりごろごろ石で蔽われている。その石も音たてて下にころがした。花崗岩の岩肌が露出して崖をなしているところは、樹林がない。それがほうぼうにある。だから、気をつけて見ている者があれば、こっちの姿は容易に眼にとらえられるはずであった。とうとう峠の上まで登った。想像したとおり、尾根の右手が御在所山の頂上につづいていた。もっとも、径はその谷間に深くついていた。

峠道は、西に下ってみえていた。それも山林の中である。見渡すと、山塊がいくつも重なって遠くに霞《かす》んでいる。周囲には白い崖が多い。信治は大声を出して、

「小西さァン、小西善太郎さァン!」

と何度も喚《よ》んだ。声は山彦となって、ほうぼうに衝き当っては消える。だれも駆け上がってはこなかった。

信治は峠を降り、地形をたしかめながら、もとの鳥居の前に戻った。念には念を入れよである。宿のおばさんが言った北側の、いちばん緩《ゆる》い登山路を最後に歩いた。なるほど、断崖にかかった滝がある。蒼滝というのだろう。この滝水が湯ノ山温泉にくるまで

の道の下にみえる渓流をつくっているのだった。滝の横を通って上に登った。方法は同じだった。結果も同じで、だれもこなかった。秋の空には夕色がはじまっていた。

宿に帰った。

「しんどおましたやろ」

と、おかみさんが迎え、すぐに温泉にはいれとすすめた。

「おかみさん、武平峠を越すと、どこに出るんですか？」

「あれを向う側に下ると土山《つちやま》のほうに出ますのんや。そら、えらい路だっせ。ふだんは樵《きこり》か炭焼きしか通らしまへんわ」

信治は、湯にはいって、考えごとをした。

風呂から上がると、おかみさんが、このへんのことを昔の人が書いた文章があるといって、古い活字本を持ち出した。

《西遊旅談に云《い》ふ。天明戊申《ぼしん》、菰野より西十余町にして河原あり。雨降れば水溢《あふ》る。青瀧の末なり。渓を渡り山中に入れば、山皆土砂流れて、山骨露《あらわ》れ、大石道路を塞《ふさ》ぐ、又渓水にあひ、石を蹈《ふ》み之を躍り越ゆ、又一渓を過ぎ人家を見る、山を挟みて坂に屋舎を作ること十軒計《ばかり》、湯室は火を焚きて湯となす、此地嶮岨《けんそ》、樹すくなく五穀生ぜず、土なく皆小石なり。大山は冠《かむり》ヶ嶽御座ヶ嶽と云ふ、此山越四里人家なし、江州日野に出づ》

江戸のころと、今もあまり変ってないようである。が、信治は、そんな活字よりも、ほかの思案に耽《ふけ》っていた。

今夜は、ここに泊まるつもりだった。

再び混み合う汽車に乗って東京に帰ったのは翌日の晩であった。

信治は、東中野の安川の家に行った。

「ただ今、戻りました」

「やあ、ご苦労」

安川は上官気どりで言った。

陸軍衛生二等兵山尾信治はただ今使役から班内に戻りました、と大声で報告すると、班長や班付が機嫌のいいときは、ご苦労、と答える。安川の返事で信治は以前を思い出した。安川と信治の間は、今でも軍隊から延長された上下の関係であった。また、馴れた間ではあっても、上下の礼節の心得を、安川は暗黙のうちに強要した。

《礼儀ノ根本ハ心ヲ正シ身ヲ修ムルニ在リ。凡ソ私心我執ヲ去リテ上ヲ敬ヒ下ヲ慈《いつくし》ミ同僚互ニ親ミ苟《いやしく》モ狎《な》レズ……上級者ノ室ニ入ルトキハ室内ニ入リタル後、上級者ニ面シ入口ニ近キ適宜ノ位置ニ於テ敬礼ヲ行フモノトス、其ノ室ヲ去ルトキ亦《また》同ジ》（陸軍礼式令）

馴れた間柄でも、狎れ狎れしくしてはいけないのである。信治が少し親しすぎる口をきくと、安川の顔が硬《こわ》ばって、《動作がフトいぞ》というように眉間に皺をよせる。

しかし、今は、安川も期待した偵察の結果が早く知りたくて、

「で、どうだった？」

と、眼を細めて信治を見つめた。その眼の光には希望と不安が半々に出ていた。

「は。首尾は、まずまずでした」

信治は《実行報告》をはじめた。

「ほう。あの話は嘘ではなかったのか？」

安川も内心ではそれが心配だったらしく、首尾はまずまず、と聞いてにわかに眉が開いた面持ちになった。

「湯ノ山温泉の旅館にはいって、おかみさんにきくと、小西善太郎さんというのは、たしかに温泉からさらに山のほうに登ったところに、一軒家を建てて住んでいるという返事でした。それとなく素性をきくと、元海軍主計大尉で、終戦直後にそのへんの山を五十町歩ばかり買い取って、バラックのような小さな家をつくって住んでいるということでした」

「その五十町歩の山林内にブツを隠匿しているんだな。で、土地の者は小西善太郎のことをどう言っているか？」

「終戦になって職を失った海軍軍人が、御在所山の山腹を買ったのだから開拓でもするのかと思ったそうです。けど、木《き》を伐ったり畑をつくったりする様子がいっこうにみえないところから、やがて植林をして山林で儲けようとしているということがわかったそうです。植林は素人がにわか勉強でできるわけもないし、皆で嗤《わら》いながら見ているうちに、まあ、なんとかやっているそうです。なにしろ、山の一軒家だから近所つき合いもない。それに、人と交際するのが好ましくないとみえ、途中で出遇っても、あまり話をしたがらない人だそうです。旧職業軍人の負い目だろうと湯ノ山温泉の人たちは言っているそうです」

「それは、秘密を大事にしてるからだろうな。その小西は、外をよく歩いているのか？」

「毎日、よく山を見回っているらしいです。あんなに山林を見回ることはないのに、それは克明に山を見て歩いているそうです」

「隠匿場所を警備しているんだな」

安川は、強くうなずいて、

「で、お前は、その小西善太郎に会ったのか？」

「会いました。温泉から二百メートルほど上に登った一軒家を訪ねました。小西さんは、四十すぎぐらいの、体格のいい、いかにも海軍の軍人らしい、強そうな男でした」

「お前には、あの話を言ったのかね？」

「すぐには言いませんでしたが、こっちで持っているデータに従って突っ込んでいったところ、とうとう南方の銀の延棒を隠していると打ち明けました。買主だと思って信用したんです。銀の延棒は、三トンほど横穴の中に分散格納してあるそうです」

「三トンも？」と安川はおどろいて言った。「三トンとは、予想外に匿しておいたものだなァ。しかし、それはすぐこっちで交渉できるのか？」

「だめです。ぼくが陸軍の兵隊だったことを言うと、海軍でなければ絶対に話には応じられないと言って、にべもなく追い返されました」

「やっぱり、そんなことを言っているのか？　困ったなァ」

安川は頭を抱えるようにして、机に両肘《りょうひじ》を突いた。

## 29

「旧海軍軍人のことでは、ぼくに少し心当りがないでもありません」

信治は安川に言った。

「そうか。どういう人か？」

安川は、眼を輝かせた。

「まだ、先方に当ってないから、だれといってお話しできませんが、もしかすると、役に立つかもわかりません。この一件は、だれでもよいというわけにはいきませんからね。仕事の性質上、全面的に協力してくれるのを見きわめたうえでないと、話が切り出せません。うっかり洩らそうものなら、しゃべられてしまいますからね」

「そりゃ、そうだ。そのへんは要心《ようじん》にも要心を重ねんといかん」

安川も重くうなずいた。

元海軍軍人を使って先方の元海軍主計大尉との交渉に表面上当らせるのだから、その人間にはすべてを打ち明けねばならない。協力者とはいっても、ヤミ商売の共犯者にすることなのだ。ふつうの経済違反ではなく、軍が隠匿した銀塊を大量に密売買したとなれば重刑に処せられるに決まっている。よほど相手の様子を見きわめたうえで話し出さねばならぬ、と信治は言った。

「海軍軍人には融通のきかない人間が多いので、十分に瀬踏みしてかからないといけませんね」

「それはそうだ。けど、山尾よ。ことは急を要するぜ。あんまり、のんびりと構えてもいられないのだ。そういう心当りがあればよ、急いで交渉してみてくれ」

安川は、せっかくのうまい話が、ぐずぐずしている間に、よそに取られてはたいへんだとあせっているようだった。

「ついては、その海軍さんには、どの程度まで礼が出せますかね？　それによって駆引もあるのですが」

「うん。……」

安川はしばらく思案していたが、

「三万円ぐらいでどうだ？」

と相談するように信治を見た。

「三万円ですか。……」

「安いか。ま、五万円までは仕方がなかろう。そのへんはお前に任せるよ、だけどよ、銀塊の現物をくれと言ったら絶対に断われよ。そんなものを素人に渡したら、転売先からアシがつくに決まってるからな。向うがこっちの足もとにつけこんであんまり無茶を言うようだったら、きっぱり断わってよ、ほかの人間を捜すのだ」

「そんなに欲の深いことは言わないと思いますがね」

「うむ。まとまるものなら早くまとめてくれ。五万円までは出すと言ったが、その人間の性質《たち》がよかったらよ、もう少しはイロをつけてもいい。まあ、お前に任すよ」

安川も海軍軍人にはほかに候補者がないとみえ、気持がぐらついていた。

「じゃ、ちょっと行ってきます。明後日あたり返事を持ってきますよ」

「待ってるよ」

信治は、起ち上がって、

「今日は、姐《あね》さんは？」

と、きいた。来たときからエミ子の姿がなかった。エミ子を奥さんというのも変だし、テキヤの親分の女房なみに姐さんとよんだが、安川もエミ子もそれに異議をはさまなかった。

「うむ。府中の友だちの呼出しをうけて朝から出かけたままだよ」

新宿のガード下で「商売」をしていたころのエミ子の女友だちが、立川でアメリカ将校のオンリーになっている。エミ子がそこに出かけるのはＰＸの品をせしめてくるためでもあるが、一つはその女から将校を口説かせて占領軍の物資を横流しさせるためでもあったようだ。いわゆる「進駐軍物資」も、ひところのように貨車一台ぶんをごっそり抜きとって横流ししたような派手なことはできなくなり、立川の将校の手から出るのも女の口ききなので、小売りに流す程度の、知れた量だった。生産再開が軌道に乗りはじめてから取締まりはますますきびしくなり、安川の商売も、しだいに手詰まりにむかっていた。それだけに今度の銀塊の一件に安川は異常な執着をもっていた。

次の日、信治は新宿の真実界社に行った。朝から雨が降っていた。

与田はそこにいず、山田がいたのは幸いだった。信治は土蔵の中から山田を引っ張り出した。

「山田君、この前の河島佐一郎さんだがね。あの人に、ぼく、ちょっと会ってみたいんだが、君、その家にぼくを案内してくれないか?」

「わかりました」

と言ったが、山田は信治がどんな用事で会うのだろうという顔をしていた。たしかに信治は、前に河島に召集令状の内幕の原稿を書かせるヒントを山田に与えはしたが、自分のことは河島には言わないようにと口どめしていた。そのときはそう言っておいて、いまになって会いたいと言い出したことに、ちょっと怪訝《けげん》をおぼえたようであった。

「いや、それはぼくの用事というよりも、安川さんが河島さんに会ってみたいと言い出したんでね。できあがった雑誌を見て、あの記事に、よっぽど興味をもったんだな。安川さんも召集で引っ張られ、長いこと兵隊でいた人だから、召集の内幕を知って身につまされたらしい。で、ぜひ会って、もっと話を聞きたいというんだ。ぼくがその下話を河島さんにするわけさ」

「ああ、そうですか」

山田はすぐに請け合った。安川哲次が真実界社の出資者であり、信治がその代理格で真実界社に出入りしていることも山田はもちろん知っていた。しかも山田は安川と直接会って話したこともないので、信治の言葉は自然だった。

「おかげで、あの記事は大きな反響をよびましたよ。雑誌が発売されるとすぐに投書が殺到しているんですからね。まだ毎日続々と来ています。与田さんも近来のヒットだと言って大よろこびです。これも山尾さんのおかげです。ありがとうございました」

山田はうれしそうに信治に頭を下げた。

「それはいいが、今日、これから行っても河島さんは家にいるかね？」

「雨降りだからいると思いますよ。倉庫係といっても露天仕事で、日雇いは雨降りだと仕事にならないと言ってましたから」

江古田に行く電車の中で、

「で、さっきの話だがね、投書というと、どういう内容のものが多いかね？」

と、信治は人が担いでいる濡れた荷物に押されながら山田にきいた。

「やっぱり戦死者の遺族やら兵隊にひっぱられた人たちの怒りの声です。昔の一銭五厘で兵隊にとられたのも呪《のろ》わしいが、赤紙がそんな事情で発行されていたというのを知って、呆れるやら腹がたつやらで黙っていられないというんですね。とくに情実で召集の手加減をしたなんて、いまさらのように軍部の腐敗に怒りのやり場がないというんです。遺族は、そんなことで子や夫が死地に追いやられたと思うと諦め切れないというんですな。そういうのが圧倒的に多いです」

激した山田の言葉で、周囲の者が彼の顔を見返っていた。

「そうだろうな」

投書者の気持は、信治の実感であった。

「そのほかに、数はずっと少ないけれどこういうのがありますね。敗戦になったとはいえ、そういう軍の秘密事項を暴露するのは怪《け》しからん、そういうのは非国民だ、たとえ手続きの段階でどのような事情があろうとも、大元帥陛下のお召しによることに変りはなかった。だれも聯隊区司令部の命令で入隊したのでもなければ戦死したのでもなかった。区々たる手続き上のわずかな落度で大権を誹謗《ひぼう》するのは、不敬もはなはだしい、というんですね。こういう投書者は旧職業軍人でしょうがね。職業軍人もこういう時世になって要領よく転向する者もあれば、まだ、こういう反動もいますよ」

「ハンドウ?」

久しぶりに耳にしたような言葉だった。

「ええ。反動分子です」

敗戦後のアメリカ民主主義の上陸で、反動勢力とか反動分子というのは新聞や雑誌の活字でしきりと眼にしたが、同じ言葉でも、耳で聞くとなると、あらためて過去の記憶につながる。聴覚にも遠い記憶があるのか。

「けど、そういうのは、ごく少ないです。憤慨の投書が圧倒的ですよ。よくぞ書いてくれたと筆者に感謝する投書もあります。なかには、筆者の細谷勉太郎さんに手紙を出したいから住所を教えてくれというのも少なくありません。しかし、こればかりはこっちも困るんです。まさか、細谷勉太郎は仮名で、本名と住所はこうだとは言えませんからね」

雨の筋が流れる電車のガラス窓に、焼跡が切れて被災を免れた古い家なみがつづくようになった。この電車の窓もガラスよりは板が多かった。板の隙から雨が吹きこんでくる。江古田は次の駅だった。

「なあ、山田君。ちょっと頼みがあるんだがね」

「なんですか？」

「河島さんの家には、ぼくは行きたくないのだよ」

ほう、どうしてですか、というような眼を山田はした。

「いや、君から前に聞いたんだが、河島さんは弟さんの家の裏庭にバラックを建てて一家で住み、気の毒な生活をしているそうじゃないか」

「掘立小屋ですが、正直いって中はブタ小屋のようなものですね。本人は年とってからの肉体労働で、四人の妻子を抱えてるんですからね」

「そういう家には気の毒で、ぼくは、はいりたくないんだ。で、すまんが君、河島さんが家にいるなら、外に連れ出してくれんか。ぼくは駅の中で待っているから」

「わかりました。そうします」

「あっと、それからね。河島さんを呼び出すときは、ぼくの名前は言わないで、あとの原稿のことで真実界社の者がお目にかかりたいと言っている、と話してくれ。どうせ、駅でぼくが会って話をすれば、通じることだからね」

「河島さんも、みすぼらしい小屋に客を入れたくないでしょうから、外であなたに会うほうが気が楽でしょう。いいです。適当に言っておきましょう」

「そう頼む。それに、ぼくとしては安川さんの名もはじめから出したくないし、万事は直接河島さんに会ってから話をしたいんだよ」

「よくわかりました」

真実界社の社員は、金を出してくれている先に弱かった。山田は何もかも素直にひきうけ、江古田の駅に降りると、信治をそこに残し、雨の中を古コウモリ傘をさしてひとりで道路に出ていった。方向は哲学堂のほうらしかった。

――山田をひとりで先方にやったのは、信治が河島の女房と顔を合せたくなかったからだ。妻の良子は、軍需工場の金井の妻に連れられて、区役所の兵事係に行っている。夫の召集の事情を聞き、できれば三カ月の教育召集で還してもらうように頼みに行ったのだが、信治は河島夫婦とは会ったことがない。しかし、万一を要心したのである。河島はあまり遠くないところに住んでいたから、女房のほうがあるいはこっちの顔を見知っているかもしれないのだ。河島は毎日区役所に通勤していたから路上で遇う機会はほとんどなかったと思う。が、女房のほうは油断がならない。こっちに覚えがなくとも、どこで見られているかわからなかった。

三十分も経ったころ、向うから、山田のコウモリ傘とならんで、破れ番傘をさした男が歩いてくるのが見えた。男は将校用の外被を上から着て、ゴムの半長靴をはいていた。河島佐一郎の登場だった。番傘の端にさえぎられて、まだ顔はのぞかれなかったが、その姿は小さく、足の運びもゆっくりとしていた。信治は身体を石のように堅くさせ、火のような眼になって、相手が近づいてくるのを待った。占領軍のジープが泥濘《でいねい》をはね上げて二人の傍を走りすぎた。

「お待たせしました」

山田がコウモリをたたんで信治の前に立った。

「こちらが、ウチの社の上司です。……こちらが河島佐一郎さんです」

破れ傘をすぼめた男の背丈は、山田の肩のところまでしかなく、黒い顔に深い皺が縦横に走っていた。額は禿げ上がり、うすい髪がばらばらに乱れていた。顴骨が出て、顎が尖っているので逆三角形の輪郭だが、それは生来のものでなく、精神的な疲労と肉体的な過重とに栄養不足が加わった末の羸痩《るいそう》だと一目でわかった。眼窩《がんか》が落ちくぼみ、眼だけがぎょろぎょろと落着きなく動いている感じだった。顎の下に剃り残した無精髭にはすでに白いものが混じっていた。河島はたしかまだ四十五、六のはずだが、十も老《ふ》けてみえた。

河島は、信治にていねいにおじぎしたが、その頭のまん中もうすくなっていた。くたくたになった将校用外被の下には、「興亜服」のうすよごれたのがむき出ていた。「興亜服」は満州にいた日本人が着ていた詰襟の服で、「国民服」に似た形である。

「どうも、お呼び出ししてすみません」

信治が言うと、河島はつづけざまに頭を下げたが、その様子は初対面の人に向かうのとまったく変りなかった。その眼には、どこかで見たことがあるといったような訝《いぶか》しさは塵《ちり》ほどもなかった。信治も、河島佐一郎を見るのはまったく初めてであった。先方も同様なのだ。信治は安心した。

「ちょっとあなたとお話ししたいことがあるんですが、一時間ぐらいはいいでしょうか?」

信治が言うと、

「わたしは、ちっともかまいません。今日はこんな雨降りで仕事になりませんから」

と、河島は嗄《しやが》れた声で言った。その態度は卑屈に近かった。

「山田君。ぼくは河島さんと話があるので、君はこのまま帰ってくれていいよ。君も、仕事が忙しいだろうからね」

山田は呑みこんだように、

「では、お先に失礼します」

と、にっこりして二人に軽く頭を下げ、改札口のほうに去っていった。

「こんなところでは、立ち話もできませんから、あそこにでもはいりましょう」

眼についた駅前の飲食店に河島を誘いこんだ。

三時をすぎていたが、河島は出されたスイトンの入れ物やおでんの皿を、まるで洗うようにきれいに食べ尽した。昼は何も食べてないようだった。

信治は、遠慮する彼にお代りの皿をとってやったが、河島はそれもがつがつと食べた。

信治は、いま眼の前でなりふりかまわず、箸を忙しげに動かしている貧相な中年の小男を眺め、哀れというよりも憎悪が滾《たぎ》ってきた。この見すぼらしい男のために一生が破壊され、家族が全滅させられたのである。町内の教育軍事訓練にあまり出なかったというだけの懲罰で、この男は自分を聯隊区司令部に引き渡したのだ。そうとは知らない良子は、伝手《つて》をもとめてこの男の部下に召集解除を頼もうとしたのだった。

貧弱なこの小男が、区役所の兵事係長という椅子にすわっていただけで、聯隊区司令部とともに「天皇ノ大権」の片棒を担いだのだ。二百三十万の戦死者、十五万の戦傷病者、四百万人の遺族の何百分の一かは、この男の手にかかった被害者なのだ。いや、他人のことは今はどうでもよい。自分だけはその恨みを晴らさないとすまぬ。

思えば長い道程《みちのり》だった。召集に遇って軍隊内から良子との暗号交信で「犯人」をつきとめて以来、一日も「河島兵事係長」の名を忘れたことはない。その名前から、想像上の河島佐一郎の人間像をつくり上げてきたが、いま、その男がうすい頭の毛をふり立ててスイトンの汁を音を立てて吸っている。たとえその男の姿が、想像していたものとは大違いだったとはいえ、実体の強さがまさにそこにすわっていた。想像上の対象は幻のように淡く、憎悪も抽象的で、ともすると拡散しがちだったが、いまや実在——眼で確認し、手で触知し得る物体がそこにある。灼熱の閃光に爛《ただ》れ死んだ両親妻子の苦悶を含め、自分のなめた空虚な苦痛に対する怨恨が、いまや小柄な現実の対象にむかって具体的に急速に凝集してゆくのを信治は知った。……

信治が胸を抑えるような心持で、河島の書いた〝赤紙製造のカラクリ〟を讃《ほ》め、読者の反響が大きいことを言うと、

「いや、どうも。さっき山田さんからもそう言われて、照れているところです。でも、わたしは、軍部の横暴について、ぜひ、あのことを国民に知ってもらいたかったのです」

と、河島は意気ごんだ調子で言った。

贖罪《しよくざい》のために書いたというなら、まだ可愛げなところがある。河島はまるで生れたときから反軍国主義者のような口をきいた。

30

「河島さん。今日ぼくがお会いしたかったのは、雑誌の原稿のことではないのですが

ね」

信治は、河島が軍部の横暴を述べ終るのを待って言った。連絡に当った山田が、好評のためにあとの原稿を依頼するような話をしたにちがいないし、当人もそれを期待して雨の中をよろこんで出てきただろうから、一応は断わっておく必要があった。実際、反軍国主義の演説も、河島にその期待があっての宣伝に相違なかった。

「いや、原稿のほうは社のほうでつづけてお願いすると思いますよ。いま掲載しているのが非常に結構ですからね。それは山田君があらためてお願いに上がるとして……」

と、信治はまず相手の期待感を満足させておいて、

「ぼくがお目にかかりたかったのは、それとは別な用件です」

と、安川からもらった「日の丸《ラッキー・ストライク》」をとり出し、アメリカ兵がやるように函《はこ》の底を指ではじいて、一本をとび出させて河島にさし出した。

「恐縮です」

河島が頭を下げてそれを抜き取ったのに、信治は火をつけてやった。それもアメリカ製のマッチである。マッチはまだ十分に市場に出回らず、一般の者は依然として付木《つけぎ》(経木《きょうぎ》の先に硫黄《いおう》を塗ったもの)を代用していた。

うまそうにアメリカ煙草の煙をふかしたものの、どんな用件を持って自分に会いに来たのかと河島は不審と好奇心に駆られているようだった。疵《きず》を無数に付けたような深い皺のある顔には、眼の前の信治を見おぼえている表情は少しもなかった。まるきり初対

面の態度なのである。

「実はですね、河島さん」

信治もアメリカ煙草の煙を吐きながら、なるべく気軽そうに切り出した。

「あなたは、区役所の兵事係長をしておられたわけですが、兵事係というのは、陸軍だけではなく海軍の軍人も管轄にはいるのですか？」

「そうです。聯隊区司令部では陸海軍の召集業務をやっていますから、区役所の兵事係も両方を扱います」

河島は即答した。

「聯隊区司令部という名前は陸軍だけの召集のように思えますがね」

「いえ、そうじゃありません。たとえばですね、ある海軍鎮守府から千二百名の補充兵が入用だと聯隊区司令部に言ってくると、司令部の係は上のほうの命令に従って、海軍の兵籍名簿から該当者を千五百人ぐらい抜き出し、何月何日何時まで、どこそこの海兵団に入団すべしという召集令状を出すのです」

河島は現在の事務のようにすらすらと言った。

「ははあ。そうすると、聯隊区司令部と絶えず密接な関係をもって仕事をしている区役所の兵事係は、海軍のことにも詳しいわけですね？」

これが信治の探りの第一歩だった。

「そうです。ぼくは、陸軍の准尉でしたが、仕事の上から海軍のことにも結構通じるようになりましたよ」

「ははあ、艦上勤務、陸上勤務を問わずですか？」

「はい。ひと通りは知識があるつもりです。それに、ぼくの係に予備海軍兵曹長がいましたからね。二度の召集を通じて六年間も艦《ふね》に乗っていた奴です。その部下から始終話を聞いていましたから」

「ほほう」

信治は煙草を口からはなした。

「それじゃ、海軍のことは具体的に、そしてかなり詳しくご存じなわけですな」

「はい。そのつもりですが」

河島はうなずいたが、海軍の話と、信治の持ってきた用事というのがどう結びつくのか怪訝そうであった。

信治は、わざと相手に気を持たせるように少しのあいだ口を閉じ、指先でこつこつと粗末な木の卓を敲《たた》いた。それはあたかもモールス信号で、有望ナリ、有望ナリ、と鳴っているように思えた。

「河島さん。今日はぼくは安川さんという真実界社の、いわば大株主の使者になってきたのですがね」

「はあ？　安川さんとおっしゃる方は真実界社の社長さんですか？」

「社長ではありません、社長は与田君です。安川さんは多額の出資者です。けど、今日は与田君のほうとは関係のない用事なんです。だから、これは、与田君のほうには伏せておいてもらいたいのですが。そして山田君にも黙っていてください」

「はい」

「実はね、安川さんは海軍に詳しい人を捜しているんです。いや、その前に安川さんがどういう仕事をしているか言わないといけませんね。安川さんは、戦争前は金属品の大手問屋をしていたのですが、終戦後はもっぱら屑鉄を扱っているのです。幸い、八幡製鉄所などにコネがあって仕事は順調で、資金も相当に持っています。ぼくは、その支配人で、まあ番頭ですな。それで、安川さんが出資している真実界社のほうも見ているわけですよ」

「ほう、そうですか」

河島は、信治の言葉を完全に信用した顔だった。とくに安川が八幡製鉄所と結ぶほどの鉄屋と聞き、その人はどれだけ大きな資本を持っているのだろうかと夢想的な眼差《まなざ》しとなり、安川の支配人という信治に態度まで変えたようだった。

信治は言った。

安川哲次は、新しい日本の将来を真剣に想う人物である。いま、日本はアメリカの物資にたよって復興の道を歩んでいるが、このままだと将来アメリカの属国になりかねない。なんとかアメリカのおしきせにたよらないで自前の物資で復興は遂げられないものかと考えている。

その矢先に、旧海軍がシナや南方の旧占領地から持ち帰って隠匿している厖大《ぼうだい》な量の銀塊が、あるルートの秘密情報でわかった。これをアメリカ軍に接収させてはならない。本来なら、略奪してきた先に還さなければならないのだが、今の日本の状態から、これを復興の一助にしたい考えである。

ところが、その隠匿銀塊を管理しているのが旧海軍の主計大尉である。これが頑固者で、銀塊は売ってもよいが、その取引相手は旧海軍軍人でなければいけないと言い張っている。

ところが、安川本人はもとより、その周囲には旧海軍がいない。旧軍人でも陸軍ならいるが、相手は、陸軍では絶対にだめと言っている……。

「それはそうでしょう。海軍と陸軍とでは、犬猿の間柄で、仇《かたき》どうしでしたからね。日本が戦争に敗けたのも、海陸の喧嘩がひびいているからです。その海軍さんの陸さんに対する怨念《おんねん》がいまだに尾をひいているのはよくわかります」

河島は「専門家」らしくうなずいた。

「そこでですね、安川さんは旧海軍の適当な人を捜しているのですが、これがなかなかいいのがいない。いや、旧海軍軍人なら山ほどいるけど、問題はその人物によりますからね。たいへんな量の隠匿銀塊の取引きですから、第一、口の堅い人でないといけない。秘密を守れる人です。それに、真に今後の日本の将来を想う信念の人でないといけません。単に、金儲けとか、そんな打算があっては、つい私欲が出てくる。なにしろ、取引高は一億円にも上りそうですからね。これをよそに売れば、五億円にも六億円にもなる」

「六億円……」

河島は思わず口の中で叫んだ。

「そうです。正真正銘、良質な純銀の延棒ですからね。転売すれば、ゆうに五、六倍ぐらいにはなりますよ。だから、私欲を起されて、そのうちの半トンでもくすねられたら困るのです」

「半トンですって？　みんなで、どのくらいあるんですか？」

「あなただから言います。絶対に、他言しては困りますよ。実は、三十トンぐらいあるんです」

「え、銀塊が三十トン……」

河島は世にも信じられぬ話を聞いた顔になった。が、もちろんそれは話を疑ってのことではなく、自分の想像の限界を超える話を耳にしたときの、あの呆然たる驚異の表情であった。トン数も十倍にかけた。

「そのくらいはないと、日本の独力復興の一助にはなりませんよ」

信治は落ちついて言い、ま、もう一本いかがですか、と「日の丸」をさし出した。確実ニ有望ナリ、確実ニ有望ナリ、と心でモールス信号が打っていた。

「そこでですね。……」

互いの口から煙を吐いた。河島の煙は細く、信治のは大きく勢いよかった。

「そこで、ぼくが思い当ったのは、河島さん、あなたのことですよ。『真実界』に載った原稿を拝見し、兵事係長さんをしておられたのだったら、きっと陸軍だけでなく、海軍のことも詳しくご承知にちがいないとね。で、これは安心ならぬ旧海軍軍人を使うよりも、いっそあなたにお願いして、旧海軍の軍人らしく相手に振舞ってもらい、交渉に当ってもらえないだろうか、ということを考えついたのです」

河島はうつむいて、遠慮がちに煙草を喫っていたが、その細い煙の筋が震えてきたように信治には思えた。彼はあきらかに興奮していた。これから自分に課せられる重大な使命、開運につながるその任務を期待して震えているようだった。

「まだ、安川さんにはあなたのことは報告していませんがね。それはぼくが思いついたことなので、率直に言って、あなたにそのような海軍の知識があるかどうか、一応伺ってみないとわからないことですからね。それに、そうだとしても、あなたがこっちのお願いを引きうけてくださるかどうかもわかりませんからね」

「ぼくでよかったら、ぜひ、その役を言いつけてください」

と、顔をあげた河島は、すがりつくような表情で言った。

「すると、あなたには海軍軍人になりすます自信がおありですか？」

信治は言った。店内は、客がずっと離れたところにかたまっているし、店の者は遠くで忙しそうに歩き回り、この密談に注意する者は一人もなかった。

「何とかやれそうな気がします」

と、河島は強気をみせて言った。

「交渉相手は海軍の主計大尉ですよ」

信治は念を押した。すると、河島は活発に答えた。

「わたしが兵事係長時代に予備海軍兵曹長の部下がいたと、さっきお話ししましたね。ぼくはその男からずいぶん海軍時代の話を聞いていますから、その男の履歴や体験を自分のことのように話せば信用してくれると思います」

「なるほどねえ」

信治は、河島の知恵に感心した。河島も一生懸命だから、そんな案を絞り出せたのであろう。

「その兵曹長は、上海事変のときも陸戦隊で参加しているし、二度の召集を通じて、戦艦や巡洋艦には何度も乗っています。海戦の経験もあります。艦長をはじめ彼の上官の名前、同僚、部下の名前を彼の話でほとんど覚えています。その男の経験談どおりに話せば、先方もぼくが海軍軍人だと信用してくれると思います。それにね、陸軍でもそうですが、主計大尉といった経理畑の将校は、兵科のことはあまり知らんですよ。だから、かなりなことは胡麻化せるのではないかと思います」

河島は力説した。

それはそのとおりであろう。特科系統の将校は兵科から浮き上がっているだけに、兵科の者に一種の劣等感をもっている。ことに兵曹長となれば、水兵からの叩き上げだから、さぞかし相手の旧海軍主計大尉殿も一目置いて、根掘り葉掘りは訊かないであろう、聞いてもわからないことが多いにちがいない。そういう意味から信治は河島の考えに賛成して言った。

「それでは、その役を引きうけてくれますね？」

「はい。及ばずながら」

と、河島はへこんだ眼をしばたたいて答えた。

「じゃァ、すぐにこれから帰って安川さんに報告しましょう。安川さんもよろこぶと思いますが、その返事はあとで連絡しますよ」

「どうぞよろしくお願いします。全力を尽してお役に立ちたいと思っていますから」

河島は、うすい髪の頭を下げた。

「ああ、それからね、もう一つお断わりしておかなければならないことがあります。それは相手の主計大尉が東京にいるのではなく、三重県に住んでいるので、そこまでご足労してもらわねばなりません。もちろん旅費や宿賃、とりあえずの日当はお払いします。商談が成立したさいは、利益金の何パーセントかをお礼に出すようにします。安川さんにそうさせますよ」

「利益金の何パーセント？……」

さっきの話で、利益金を三億円とみても、一パーセントで三百万円である。二パーセントなら六百万円、三パーセントで……そういう計算を、河島の垢じみた皮膚を貼った額の奥の脳味噌は忙しくやっているにちがいなかった。呼吸する息が荒くなり、鼻孔がふくらんだ。

「そ、そんなにいただかなくても……」

河島の声は風邪でもひいたようにかすれ、眼が血走ってきていた。

「いやいや、それは取っておいたほうがいいです。商取引きですから、一定率の報酬は当然ですよ。あなたがいないと、この取引きは成り立たないのですからね。成功すれば、安川さんも文句なしに出すと思いますよ。報酬率の点は安川さんと直接に相談してください。あの人はケチな人間ではありません」

河島は感激のあまりに声を失っていた。

「それから、もう一つ……」

と、信治は相手が感動に身を委《ゆだ》ねれば委ねるほど、だれでもがそうするように、冷静になって言った。そのほうが相手の激情をますます増加させ、こっちを信頼させる結果になるのだ。

「行くところは三重県の山の中です。鈴鹿山脈というのを知っていますか?」

「名前は聞いたことがありますが、まだ行ったことはありません」

「先方は、その山林中に大量の銀塊を匿し、海軍主計大尉もその山の中に住んで管理と監視の役をつとめているのです。それこそ山奥の一軒家です。あなたにはわれわれとそこまで登ってもらわなければなりません。ちょっとした山登りですが」

「どこへでも行きます。山登りでもなんでもします」

と、河島はすっかり熱くなっていた。

「この年齢《とし》ですが、ぼくも軍隊で鍛えた身体だし、満州重工業会社の警備課長時代は極寒の中を自分で工場の内外を見回っていたので、山登りぐらいはまだ平気です」

「結構です。たいへん結構です。安川さんもあなたにお願いするのを決定すると思いますよ。ぼくもそうすすめます」

「ぜひ、お力添えを願います」

「最後にもう一つ、これは重要な条件ですが、この話は外部には絶対に秘密にしてください。もし、洩れると、たいへんなことになりますから」

「もちろんですとも、それは信用してくださいよ」

「いいですか、奥さんにも内密にしてくださいよ。それは成功したあとなら、少しずつ明かしてもいいけれど、その取引き交渉が始まる前は奥さんにも絶対に黙っていてください。三重県に出かけるときも、ほかの用事にかこつけるのです。そういうことができますか？」

信治は、河島の顔をじっと見据えた。

「できます。家内にも秘密にしておきます。そのお約束は守ります」

「よろしい。ぜひ、そうしてください。それから安川さんの名も、ぼくの名も、言ってはいけません。……そうだ、ぼくの名はまだあなたに言ってませんでしたね。ぼくはね、ぼくは、山尾という姓です」

「山尾さん……ですね」

成功はこの瞬間に決定した、と信治は思った。河島は何の反応も見せないのである。

河島の記憶は山尾の名を塵ほどにもとどめていなかった。

七年前、町内の教育訓練の出席率が悪いことの「ハンドウ」として、聯隊区司令部に召集令状を申請した区役所の兵事係長は、他の数百万人の赤紙配達先と同じように人名などは念頭になかったのだ。あるのは、員数だけだったのだ。

――ワレ、敵ヲトラエタリ。ワレ、敵ヲトラエタリ。良子ドノ、稔ドノ、幸子ドノ、豊ドノ、英太郎ドノ、スギドノ。

## 31

信治の頭の中では、河島のしょぼしょぼした眼と深い皺を瞳に収めて、思考と工夫とが急速に回転した。それは彼の生涯の中でもおそらくもっとも真剣で充実した瞬間の瞑《めい》想《そう》だった。

「河島さん」

信治はまとめ上げた思案を、柔らかい言葉に出した。

「またこの前の原稿のことになりますがね、いま『真実界』に出ている〝赤紙製造のカラクリ〟のことですよ。あなたは文章がお上手ですね」

「いや、どうも」

と、河島は頭を掻いたが、ほめられてうれしそうであった。

「失礼ですが、素人ばなれがしていますよ」

「そうでしょうか」

「ふつうはね、書くことに馴れてない人の文章は、編集部のほうで手を入れるものです。山田君に聞くと、あなたのはそのまま活字にできたそうですからね」

「そうですか。どうもありがとう」

河島は顔じゅうの皺を動かして、

「実は、あの原稿を書きあげてから、家内に読ませたのです。どうも心配ですからね。家内も、これならマアマアだろうと言ってくれました。わたしの家内は、前に小学校の教員をしていましたのでね、文章のほうはわかるのです」

河島は、女房を自慢した。

「ほう、小学校の先生をね」

信治は感心してみせた。相手の機嫌をとっておかねばならない。

「家内も、ぼくといっしょになって、いまは苦労しています。満州のときが一時よかっただけで、日本に帰ったら、こんなありさまですからね」

日雇いの元兵事係長は、大きな息をついた。この男は女房思いのようだった。

「いやいや、今は日本人がみんなそうですよ。あなただけじゃありません。今度の安川さんの話が成功したら、あなたも奥さんに楽をさせてあげられますよ」

「ぜひ、そうお願いします」

河島は、再び生気を蘇《よみがえ》らせて言った。

「ところで、あなたに至急にお頼みしたいことがあるのです。原稿のことですがね」

「原稿ですって?」

河島は意外そうにきき返した。無理もない。ついさっき、原稿の件はあらためて山田からと言われたばかりなのだ。

「ええ、銀塊の件は、ぼくが安川さんと相談しなければならないし、安川さんの意向もありますからね。いや、安川さんがあなたにお願いするのはだいたい間違いないと思いますよ。ぼくも極力そう説きますからね。だが、いずれにしても、三重県に行っていただくまでには、あと一週間ぐらいはあると思うんです。その間に、次の原稿を書いてくれませんか。ほんの短いもので結構です」

「はあ、どういうものを書いたらよいのですか?」

「いま雑誌に載っている〝赤紙製造のカラクリ〟のなかに、赤紙を出すのに、金銭で手加減していた聯隊区司令部の古顔が、その不正が露見して、自ら赤紙がくる羽目になり、南方の激戦地に追いやられて戦死した、とありましたね?」

その司令部の古顔こそ、この河島の「上申」によって、おれに召集令状を宛てた男なのだ、と信治は河島自身の文章から知り得ている。

「はあ、そのとおりです」

何も気づかない河島は、自分の書いたものを、肯定した。

「あの話は、たいへん面白かった。その古顔に自業自得で赤紙がきた話ですよ」

「はあ、あれは、実は司令部内部の暗闘があったからです」

「暗闘というと？」

「つまり、召集令状を出す係のなかで足の引っ張り合いがあったわけです。彼の反対派が、金品や供応で赤紙を手加減している彼の行動を徹底的に調査して上司に報告したのです。それで、そういう自分の部下から自分の赤紙をもらうような処分を受けたのです。なにしろ、こんな効き目のある懲罰はありません。刑務所だと生命の安全はあるけれど、最前線にやられたら死刑に遇うようなものですからね。東条首相も自分の意見にたてついた企画院の高級役人を一兵卒として召集させ、南方戦線に出させたくらいですからね。なに、上司に報告した奴だって、ほんとの正義感でそうしたのかどうかわかったものじゃありません。自分が上になりたい野心からだと思いますよ。……軍部は腐敗し切っていましたからね」

河島は、またしても反軍国主義的な口吻をみせた。

「それですよ。その話が面白いから、ぜひ、書いてください。十枚足らずのものでいいです。六、七枚ぐらいでも結構です。三重県に出発するまでに、たぶんそうなると思いますから、それまでに書き上げてください」

「はあ、では、そうします」

河島はうなずいた。日雇いの彼にとっては、原稿料は大きな収入だから悪いはずはなかった。しかも、もっと大きな仕事を持ちこんでくれている男の依頼だから、断われない義理がある。

「あなたの原稿を、ぼくはナマで拝見したが、字がお上手ですね」

と、ここでも信治は河島をほめた。それはまるきりのお世辞ではなく、実際にうまい文字だった。あのときもそう思ったが、きちんと整った楷書体で、陸軍関係の謄写版の刷りものによく見かける几帳面な書体だった。河島も、もと准尉だったのでそういう「陸軍書体」に熟練しているにちがいない。准尉というのは、中隊事務室で毎日、聯隊本部に出す報告書とか、そんな書類ばかり扱っているのを信治も兵隊のとき見ていた。

信治に文字までほめられて河島は照れたが、悪い気がするはずはなく、これもうれしそうに笑った。

「そこでね、河島さん、さっきからあなたのお話をうかがっていると、軍部に対して相当に批判をもっておられるようですね」

「そうです。わたしも軍部の端くれの下部にいたものですから、上のほうの腐敗ぶりがよくわかるんですよ。世間では兵隊を忠君愛国者のように思っているかもしれませんが、兵隊ほど反軍隊的な者はいませんよ。あれは命令にしばられているから、外見上、そう見えるだけです」

「まったくですな」

信治は思わず言った。自分がそういう兵隊だったのを思い出したからだ。

「おや、山尾さんは兵隊においでになったことがあるんですか？」

信治の同感をこめた相槌《あいづち》に、河島が気づいたからだった。

「いや、まあ、ちょっとの間、引っ張られました」

信治は狼狽した。ここで、ボロを出してはならなかった。

「ほう、すると三カ月の教育召集ですか？」

河島の眼がこっちを見すえているように思われた。

「ええ、まあ、そんなものです。けど、ぼくは九州のほうでしてね。向うにいたもんですから……」

やっと、とりつくろって答えた。九州というのも即座の知恵だった。

「ああ、九州でしたか」

河島の眼が、それは関心を示した眼だったが、すいと信治の凝視から通り過ぎた。

――九州と言ったのが幸いしたようである。危ない、危ない、と信治は腋《わき》の下に汗が出る思いだった。

つまらない話のきっかけから思い出されては一大事だった。河島が町内の教育訓練を怠けた連中をそのハンドウとして赤紙を聯隊区司令部に宛てさせたなかに、山尾信治という男があったことを記憶に戻させては、この計画は頓挫《とんざ》する。

しかし、河島がちょっと興味をみせた眼は、「九州」のひと言で消えた。自分のかつての管轄ではなかったからだろう。しかし、たとえ神田区小川町と言っても、河島が思い当ったかどうか。げんに彼は信治の姓を山尾だと知っても、何も気づかないでいる。この元兵事係長にとっては、赤紙は単なる「員数」であり「番号」でしかなかった。だが、河島には何事も思い出させるようなきっかけを与えてはならぬ、と信治は自分を厳重に戒めた。

「ところで、河島さん、今度の原稿にはね、あなたの反軍部的な文句を入れておいてくださるといいと思いますよ」

信治は、気持もしずまって話をもとに戻した。

「はあ、いいです。……けど、それはどんなふうに書いたらいいでしょうか?」

河島は、見当がつかないふうに訊いた。それに、注文者の気に入るような文句に書きたい心でもあるようだった。

「そうですな。……こんなのは、どうですか。そういう軍の手合に対して、反動分子だとか反動家とかいう文字を使うのです」

「反動分子ね。そうですな」

「このごろの新聞や雑誌によく使われているでしょう。とくに、赤がかった雑誌にね。日本を破滅に持っていった反動分子が再び頭をもちあげないように、人民は見張らなければいけない、といったふうに書いてあるでしょう？」

「はあ、わたしも見ています」

「日本はいまは民主主義の時代です。雑誌もそういう書き方でないといけません。だから、今度の原稿には、反動分子とか反動家とかいう文字を、たくさん使ってください」

「わかりました。そう書きます」

河島は、合点合点するように二、三度うなずいた。

《ハンドウ》――この言葉の響きに対して河島は何の反応もみせなかった。河島は、ハンドウを軍国主義または反民主主義の同意語と思って怪しまなかった。敗戦後の現在はそうなのだ。言葉は化け物のように変身する。かつての軍隊用語の《ハンドウ》とは、懲罰的制裁を意味する。が、すでに現在の風潮に適応している河島は、以前の意味をすっかり忘れていた。

「そうだ、その原稿の最後に、こんなふうに書いてもらったらいいですな。……再び死の赤紙が、青年や壮年にこないようにするために、反動分子を葬れ、とね。そんなふうに書いてください」

信治は、文句のところをゆっくりと言った。

「再び死の赤紙が、青年や壮年にこないようにするために、反動分子を葬れ……ですね」

河島も、復誦するようにゆっくりと言った。

「そうです。どうですか？」

「いい文句です。そう書いておきます」

河島は信治の考え出した文句をほめて、承諾した。

「じゃ、そうお願いしますよ」

信治は、ほっとした。河島はこっちの注文どおり、必ずそう書くだろう。

「さて、その原稿ですがね。安川さんの意向を、つまり隠匿銀塊の取引き交渉の話ですよ、その意向なり打合せなりをしに今度あなたとお会いするときに、ぼくに渡してください」

「あなたにですか？」

河島は少し妙な顔をした。

「ええ、実は、いま思いついたのですが、その発表雑誌は、『真実界』よりも、ほかの一流雑誌に載せたいのです。『真実界』なんかよりも一流雑誌のほうがいいですからね。ぼくはその編集者を知っていますから」

「そりゃ、一流雑誌に載せてもらうのに越したことはありませんが、……山田さんに悪くないでしょうか？」

河島は、山田との義理を懸念した。しかし、「真実界」のような、いわばカストリ雑誌よりも一流誌に原稿を載せてもらいたい希望はありありと顔に出ていた。

「ですから、山田君にはこのことは黙っていたらいいのです。よその雑誌に発表になったら、またそのときに適当に言訳をすればいいのです。原稿枚数が少ないのも、その雑誌にとっては、いわば初めての執筆者ですから、見本的な意味もあります。それで編集者に合格したら、あとの原稿依頼もつづけてあると思いますよ」

そうなったらどんなにいいかわからない、というように、河島のしょぼしょぼした眼が早くも夢を帯びてきたようだった。

「河島さん。その原稿は、五日以内に書いておいてくれませんか。三重県行きの話が、いつ決まるかわかりませんからね」

「そうします。五日間のうちに書きます」

「その原稿のことも奥さんには、ぼくが仲立ちしていることを黙っていてくださいね。そうしないと、奥さんの口から山田君に洩れても困るし、ぼくは当分の間、陰にかくれていたいのですよ。次の原稿にしても、一流誌が採用するかどうか、それを見たうえのことですから、万一、見送りということにでもなったら、あなたも奥さんの手前、ちょっと、格好がつかないと思いますから。いや、そういうことのないように、ぼくがよく編集者に頼みますけどね」

「わかりました。家内には原稿の持ち込み先を黙っておきます。家内は、『真実界』に出したあと、すぐによその社に出すことを嫌うかもわかりませんから」

河島は、女房の義理がたいところを伝えた。

「それなら、なおさらです。どうです？　それでは次の原稿は、奥さんに内緒で書けませんか?」

信治は提案した。

「しかし、家内はずっと家にいますから」

その眼はごまかせないというように、河島は困ったように答えた。

「ですから、あなたがお宅を出て、どこかでその原稿を書くのです。そりゃ、家にいれば奥さんに書くところを見られるから、当然、どこの雑誌目当てに書くのかときかれるでしょう。六、七枚ぐらいの原稿なら、たとえば公園のベンチだとか、駅の待合室なんかで書けるでしょう?」

「はあ、それは書けます。……」

「じゃ、そうしてください。いいですね。その原稿のことも、安川さんの銀塊の話も奥さんには、結果がわかるまで黙っておいたほうがいいですよ。あとでいくらでも喜ばしてあげられるんですからね」

「そうします。実は、わたしも家内には絶対に秘密にしておきたいのです」

河島のほうから進んで言い出した。

「ほう、というと?」

「わたしの家内は、昔ふうの女でしてね、そういう隠匿物資だとか、ヤミ商売みたいな取引きにわたしがかかわり合うと知ったら嫌うと思うんです。ことに、わたしが海軍軍人になりすまして、先方の海軍さんと交渉するなどとわかったら、どんなに怒るかわかりません。だから、わたしは、家内にはいっさい何も言いません。あ、気を悪くなさらないでください」

気を悪くするどころか、願ってもないことだった。戦前の小学校の教員をしていたというだけに、こちこちの女にちがいない。河島といっしょになったのも、河島が准尉のころだろうから、軍人を希望したのかもしれない。とにかく、河島の女房がそういう型の女だったのはありがたかった。すべての秘密は、河島が自ら守ってくれる。

「女房は、そういう喧《やかま》しい女ですが、なにしろ今は苦労してますから、ぼくはあれには黙って、何もかも山尾さんのご好意にすがりますよ」

河島は決意を見せた。

「わかりました。ぼくもできるだけあなたのお力になります。で、まず、原稿ができる五日後に、ぼくがあなたの勤め先に訪ねてゆきます」

河島の仕事先だったら、河島の女房と顔を合わさずともすむ。

「そうですか。すみませんね。わたしは屑屋の倉庫番のようなことをしていますから、倉庫のほうに訪ねてきてください」

河島は、その倉庫の場所を詳しく言った。

長い話し合いは終った。

別れぎわに、河島は信治に熱心に礼を述べ、くれぐれもよろしくお願いしますと頭を下げた。

「いや、ぼくのほうこそよろしく、じゃ、河島さん、気をつけてください」

気をつけて、というのにはいろいろの意味があった。

河島は、先に飲食店を出ていった。雨の中を破れ傘で行く彼の後ろ姿を信治は店の中から見つめた。——

## 32

（山尾信治の脳髄のみに存在する計画表。——
① 安川には、鈴鹿山脈の銀塊取引きの交渉に仕立てる旧海軍軍人に心当りがあるといった話は、本人に当ってみたがだめだったと報告すること。その見込みがないと言ってもいいし、病気で寝ていると言ってもよい。
安川には、相手の名前も、どういう男だかも前にいっさい言ってはいない。事前に「まだ先方に当ってないから、だれといってお話しできませんが、もしかすると役に立つかもわかりません」としか告げてないから大丈夫である。

たぶん、安川はあせるだろう。そして至急に代りの者を捜せと自分に言うだろう。これで一週間は時間かせぎができる。こうして河島があの原稿を書き上げるまでは安川を待たせる。この場合、気になるのは安川の傍にいるエミ子だが、彼女はあの話に関しては何も知らないはずだ。その点は安川にたしかめてみなければならない。）

信治は、——心当りの男が案外な年寄りで、それに病気で寝こんでいると安川に報告した。

「どうしてもだめか？」

安川は未練気に念を押した。心当りの男にだいぶん期待を持っていたようで、落胆の様子がありありと出ていた。銀塊三トンの取引きで大儲けが実現するかフイになるかの瀬戸際でもあるから、安川も彼の報告を待ちこがれていたのだ。

「見込みありませんね。その男、一目見ただけで望みがないとわかったので、何も言い出さないで引きあげましたよ。うっかりしたことは言えませんからね」

「そりゃ、そうだが……」

安川は下をむいて唇をかんでいる。前歯が出ているからそれがよくわかる。

「それで、だれかほかに代りは見つからんか？」

安川はいっそう性急さを表わして言った。

「そうですな。もう一つのほうを何とか当ってみましょう」

「ほかにもあるのか？」

「これもまた当ってみないとわかりませんが」

「とにかく早くたのむよ。ぐずぐずしていると、この取引きをほかに取られる。おれは気が気じゃないよ。足の裏を熱い砂で灼《や》かれているような思いだ」

「そう心配することもないでしょう。取引き条件が条件だけに、ほかの連中も注文にはまったような海軍さんを見つけるのは簡単でないでしょうからね。時間がかかりますよ」

「いやいや、そうじゃない。おれは先《せん》を越されそうで、夜もおちおち睡れんよ」

「わかりました。とにかく一週間ほど待ってください。決めておきましょう。十一月五日に心当りのもう一人の男がモノになるかどうかを報告にきます」

「おれの家はエミ子がいると困る。そうだ、市場のあの飲食店にしよう。午後三時ごろならいいか？」

安川がエミ子に、今度の仕事については何も話していないことがはっきりした。どうも両人はこのごろ、うまくいってないらしい。これで、計画どおり安心して事をすすめられる。

「いや、あの店でないほうがいいでしょう。話を聞かれると面倒ですからね。新宿の西口の改札口のところで落ち合いましょう。それまでに先方に見込みがあったら極力説得します」

「頼む。ぜひ頼むよ」

（計画表と、それに沿った経過。——
②　河島佐一郎を、この前に会ったとき約束したとおり五日後に、彼の勤めているスクラップ屋の倉庫に訪ねた。彼ひとりで、ほかに人なし。河島は例の原稿をよこした。原稿は十枚ぐらい。何カ所か訂正してもらうよう注文をつけ、できあがった原稿

を三重県まで持ってきてくれるように頼んだ。なお、これは一流雑誌社に持ち込むから、山田、与田の輩《やから》には言うなとあらためて口どめした。

今日、仕事を休んだ日当分のほかに、この原稿料の立替料と他の名目を含めて、河島に三万円を渡す。他の名目とは十一月九日の午前十一時までに三重県四日市駅の待合室に行って待っていること。その旅費を含めた「海軍軍人」代役の当座のお礼。取引き成功のときは、べつに報酬を出す。

「安川さんは先行している。四日市駅で落ち合う手はずだから、そのときに紹介する」

他の者にはもちろん、家の者にも内密のこと。三重県方面に行くとは言わず、他の用事で別方面に三、四日儲け仕事を捜してくると言って家を出ること。これらの実行厳守をかたく約束させた。)

——十一月五日午後三時、信治は新宿西口の改札口のところに立っていた。西口付近はヤミ市のバラックが密集していて、駅がその中に埋没しているようだった。一日じゅう人が群れていて、道路からだらだらと下った改札口も、迷路の奥にあるようで、かえって目立たなかった。

安川の顔が人ごみの中から現れた。近ごろは肥えてきて、その特徴だった尖った顔もまるくなっている。

「どうだった?」

と雑踏の中を歩きながら訊いた。

「今度はうまくゆきました。海軍中尉殿です。江田島の海軍兵学校出のパリパリですよ。いまは、すっかり零落してバタ屋なんかになっていますがね。大森の裏のほうにくすぶっています。名前は塩野仙太郎というのです」

信治は雑踏の中を歩きながら話した。

「そうか」

安川は眼尻を下げ、反歯を出した。それはかつて内務班で、新兵が気に入ったことをしてくれたときに見せる横柄《おうへい》な満足と見えすいた煽《おだ》てとがいっしょになった表情と同じだった。

「江田島出なら気合がはいってるだろう。そんなのをぶっつけたら、先方の海軍主計大尉殿も、ころりと参るだろうよ。で、人物のほうは間違いないか？」

「しっかりしてます。いまは旧軍人というので就職先もなく貧乏していますよ。だから、きっとこっちの言うとおりに働いてくれます。軍人だけに忠誠心は旺盛です」

「それは何よりだ。おれが会ってみよう」

「会ってもらいたいですな、ぜひ」

信治は、ここだと思って、用意した言葉を慎重に運んだ。

「……そりゃ、いっそのこと現地で本人に会って、いきなり実行の打合せをしたらどうですか？」

「現地で？」

「実は、もう本人に三重県に行くように言ってあるんです。あなたも急いでいるし、ぼくの独断でそう決めました。本人もその話に乗り気でいましたから、これは熱のさめないうちがいいと思いましてね」

「お前は、もうそう決めたのか？」

安川はちょっと不服そうな顔をした。おれに相談もしないでという不平が眉の間に浮んだが、事は急ぐと言った手前、また他に候補者がないことも考慮し、信治の独断専行を安川は結局は認めた。

「そうか。で、日にちはいつにしたのか？」

「十一月八日です。湯ノ山温泉の旅館で落ち合うことにしました。だから七日の夜汽車で発《た》ちましょう」

「七日の晩に発つって？　それじゃ、もう明後日《あさって》じゃないか」

「ちょうどその塩野という男が七日に名古屋の親戚のところに用事があって行くことになっているから、あくる日の八日に湯ノ山に出向くというんです。ぼくも早いのに越したことはないから、それでいいと決めました」

「そりゃ早いのに越したことはないが……」

「そこで塩野に会ったうえ、あなたが気に入らなければ断わっていいし、気に入ったら彼をそのまま湯ノ山温泉の上にある小西善太郎の住居に連れて行きましょう」

前もって塩野本人に会わないのが安川に不安そうにみえたので、信治は力をこめて説得した。

「うん。じゃ、そうするか」

湯ノ山温泉で塩野に会ってみて、気に入らなければ使わなくてもいいというのが安川を少し安心させたようだった。

「姐《あね》さんには、この話はやっぱり黙っておいたほうがいいですな」

「エミ子は、ここ十日ばかりは家にいないよ」

と、安川から言った。

「え、どうしたんですか?」

「立川のオンリーに誘われて、北海道に遊びに行きよった。オンリーの旦那のアメ公の将校がな、千歳《ちとせ》に転勤だというんで、いっしょについて行ったんだ。エミ子のやつもうすのろのくせに、若い男が好きだからな。北海道に行って何をしてくるやらわかったもんじゃない。ちょうどいい、おれもあいつをクビにするよ」

安川もエミ子には未練がないようだった。

これはまことに都合がいい。エミ子には、安川がこっちの誘いで旅に出たとはわからないからである。

(山尾信治の脳髄のみに存在する計画表。——

③　安川と七日の夜汽車で名古屋に行く。列車は大混雑だから、人の印象には残らない。八日の早朝に名古屋駅に着き、電車で四日市に行く。それからはバスで湯ノ山温泉口まで行く。これも満員だろう。あとは徒歩で登山。「塩野」は御在所山の山腹の旅館で待っている。そこから小西善太郎の家は近い、と安川に言っておく。

④　河島には、九日の午前十一時までに四日市駅の待合室に来て待っているように言ってある。河島は、安川の翌日に連れて山に登る。）

——湯ノ山温泉の旅館のあるあたりに、下からたどり着いたのが午前十時半だった。近ごろ腹が出てきた安川は、ここまで来るのがかなり難儀そうだった。顔を真っ赤にして汗を流していた。右手の旅館のあるほうには行かず、信治が鳥居の前を左に道をとると、安川は立ちどまって、そこから御在所山の頂上を見上げ、

「おい、そっちのほうに旅館があるのか？」

ときいた。山腹を蔽う森林の間に、白い岩肌が出ていた。

「中腹に一軒あるんです。小西元海軍主計大尉の家もそこから近いのです。塩野元海軍中尉はそこに昨夜から泊まって待っているはずですよ。このへんの温泉宿に泊めてもいいけど、あんまり客の多そうなところは、取引きの秘密保持のためにやめたほうがいいですからね」

「うん、それもそうだ。けど、温泉旅館といっても、どこも戸を閉めて、このへんの宿屋は商売をやってるかどうかわからんようだな」

安川は眼にはいる旅館何軒かを見渡して言った。そのなかには信治が泊まった一軒もあった。

「米をもってこないと客を泊めないので、表戸は開けてないのでしょう。しかし、内には近在の農村からだいぶん湯治に来てますよ。で、こんなふうに人が表に出ていないから、こっちの姿をあまり見られないですみ、かえって都合がいいです」

「うん。それもそうだ。……だが、山尾よ。これからはまただいぶん急な坂になるなァ」

「まあ、途中で休み休み登りましょう」

安川は、黒い革ジャンパーに黄色いギャバジンのズボン、茶色の編上靴をはいていた。片手に小さな鞄を提げていたが、その中には、洗面具などのほかに契約の必要書類と、手付金の用意に五十万ぐらい入れているらしかった。

信治は、黒眼鏡をかけ、鳥打帽を目深《まぶか》にかぶり、青色のセーターに同じ色のズボンをはき、赤茶色の靴をはいた。どれもPX用のがヤミに流された品である。その上からグレイのレインコートを着た。この服装は人目に記憶されてもかまわなかった。彼は片手に小さな着がえ用のスーツケースを提げていた。

道は急坂で、石がごろごろしている。うしろから来ている安川は息を激しく吐いていた。また顔じゅう汗だらけにして、何度もハンカチで拭《ぬぐ》って遅れた。

「こりゃ、たまらん。山尾よ、少し、小休止して行こうよ」

旅館のあるところは、とっくに山林の下にかくれていた。

「ええ、いいですよ」

「こんな上のほうにまだ旅館があるのか？」

「前に来たとき、ぼくが泊まっているから間違いないですよ。戦前は別荘だったらしいんですがね。小西の家はその上なんです。いかにも例のものを隠匿するのに格好な場所だと思いませんか？」

「うむ、まったくだ」

安川はあらためて急峻な山容と森林を見上げた。

「さあ、行きましょう。もう一息です。……そうだ、杖がわりに、木の枝を折って持ちましょう」

信治は登山ナイフをポケットから出して手ごろな枝を二本切って小枝を払い、一本を安川に渡した。

「うん、これは楽だ」

と、安川は少しは脚の運びがよくなった。が、それもしばらくで、また遅れはじめた。

「おい、山尾よ。ちょっと待ってくれ。……こりゃ、たまらん、胸が苦しい」

安川は、口をぱくぱく動かし、息をせわしく吐いていた。しかし、待ちに待った銀塊の取引きが目前に迫っているので、眼だけはらんらんと輝いていた。

「それじゃ、ぼくが、あなたの腰をうしろから押してあげましょう」

信治は安川のうしろに回り、杖をスーツケースといっしょに握り換えて、片手の掌で彼の腰を押した。

「おう、ありがとう。これは楽だ。……おれは足がだいぶん弱くなったな。軍隊にいるときは、こんなことでアゴを出す安川古兵殿じゃなかったけどよう」

何を言うか。除隊ばかり狙って、神経痛を装い、片脚を引きずっていた男が。

「ちょっと、ぼく、ここに、スーツケースを置いときます。あとで取りにくればいいから。両手でないと、あなたを押しあげるのに力がはいりませんからね」

「おお、山尾よ。お前は要領がいいぞ。両手でそう押してくれるから、ずっと楽になったぞ。うむ。こりゃ、優秀だ」

切り立った石の断崖のふちに出るのは、もうすぐであった。

## 33

その晩、信治は亀山市で泊まった。

武平峠から南に向かっている小道——それは北の御在所山からの尾根が下る稜線の陰なのだが、そこを伝わって歩いた。こんな深山の道をだれも通る者はなかった。途中で、今までつけていた鳥打帽子、セーター、ズボン、靴を、提げていたスーツケースの中の品と着かえた。

今度は古い兵隊の略帽、兵隊服、それにズック靴で、要するにうすよごれた復員服だった。グレイのレインコートも、山の中の窪地を見つけて枯枝や落葉を集めて焼いた。汚斑《よごれ》が付く要心のために、セーターの上からこのコートを着ていたのだが、それもキナ臭い煙の中に灰となってしまった。

小道を辿《たど》っていると、東に分れて突き出た支脈があり、その尾根がゆるやかに平野部に降りていたので、そこを辿った。小道ともいえないが、人が踏みならした跡が草木の中で筋になっている。伊勢湾を見おろして景色のいいところだった。四日市の街はだいぶん北のほうにあるようだった。

あの現場から湯ノ山温泉に引っ返すのは危険なのである。だれに顔を見られるかわからない。いつかは死体が発見されるだろう。その方角に当る山のほうから一人の男が降りていた記憶をだれにもとどめさせてはならなかった。人が少ないだけに印象が強くなる。同様に四日市行の乗りものを利用するのは、たとえ車内が混んでいても、停留所で待っている間に人目につきやすい。湯ノ山温泉の上に行くには四日市からの一本道しかないのである。で、そこを避けて、不便なこの山林の小道を選んだ。

尾根を麓近くまで降りたところに沢があり、水が流れていた。川の水源らしかった。沢についた小道を伝わってどんどん低いほうに降りた。川の幅がひろがると、段々畑や田になり、農家も見え、ひろい稲田の平野になった。すでに夕方に近かった。

村道を歩いた。こんな格好をして、一人で農村を歩けば、食糧を買い出しに町の者がうろついているとしか映らない。実際、田や畑にいる農家の者でこっちを見返る者もいなかった。

村道が県道と交差するところに出た。ちょっとした町である。バスの停留所の標識には原四ツ辻とあった。三十分ぐらい待つと、木炭バスが車体をゆすりながらやってきた。前部の上の窓には「亀山・津行」と文字が出ていた。満員の中に割りこんで乗った。――

きたない宿で眼をさましたのが朝の九時ごろだった。昨夜は疲れて夢も見なかった。この旅人宿は客が多く、窮屈なところに押しこんで法外な宿泊料をとったうえ、宿帳も出さなかった。が、これはありがたかった。駅前のヤミ市で水筒とコップを買った。ほかの用意の品は東京で買ってポケットに入れていた。

亀山駅から混雑する汽車に乗って四日市駅に降りたのが十時四十分だった。

改札口から出て見ると、待合室の腰かけに、河島佐一郎が人と人の間に窮屈そうにすわって、駅の出入口のほうばかり見つめていた。信治の姿が町のほうから現れると思っているらしかった。今日の河島はとっておきの背広を着ていた。その洋服はくたびれてもいたし、ワイシャツの襟はよれよれで、ネクタイも使い古しで縮んでいるが、とにかく元海軍主計大尉に会いに行く「元海軍軍人」らしい体面を整えていた。

信治が横から寄って河島の肩を叩くと、

「ああ」

と、河島は信治の黒眼鏡の顔が彼だとわかって、びっくりして立ち上がった。何か言いたそうにするのを信治は手つきで抑え、ついて来なさい、というように人の間を先に立って駅前の広場に出た。

いっしょに肩をならべたが、河島は信治の黒眼鏡も復員服もそれほど怪しまなかった。

「ご苦労さんでした。昨夜は夜汽車でしょう？　よく睡れましたか？」

信治はきいた、河島の顔色はよくなかった。皺も深まってみえた。彼は手製の雑嚢《ざつのう》を肩からかけていた。その中にはわずかな米や着がえの下着などが入れてあるらしかった。それに肝心なものも。――

「いえ、それが車両《はこ》が人でいっぱいで、通路に新聞紙を敷いてすわっていたんですが、便所に通う人たちにいちいち頭をまたいで通られるので、ろくに睡れませんでした。……家内は、まさか私がこの四日市に向かったなどとは夢にも思ってないのです。私は、仙台のほうに用事があると言って家を出たんですからね」

河島はかすれた声で言った。彼は約束を守ってここに来たのだ。信治はその言葉を疑わなかった。この計画の成否は、まずこの一点にかかっていた。懸念は消えた。

「それはお疲れでした。今夜は、まあ、山の温泉でゆっくり休んでください」

「はあ、ありがとうございます」

「温泉はあの山の中腹にあるんですよ」

信治は遠くに見える鈴鹿山脈の御在所山をさした。四日市も空襲で焼野原にされ、バラック程度の家はだいぶん建っていたが、まだ疎《まば》らなので、山はどこからでも見えた。

「だいぶん遠そうですな。目測二十キロぐらいありますかな」

河島は軍人らしく言った。

「あの湯ノ山温泉の上のほうに、海軍主計の小西元大尉の住居があるのです」

「小西主計大尉殿とはもう連絡がつきましたか?」

と、河島のくぼんだ眼がようやく輝いた。

「それは昨日のうちに、安川さんがあなたの行くことを小西さんに連絡しているはずです。安川さんは湯ノ山温泉の旅館でわれわれを待っていますよ」

「そうですか。そんなら早くまいりましょうか。バスの順番のところにならびましょう」

「ちょっと待ってください。そうそう、あなたに頼んだ例の原稿ですがね、持ってきてくれましたか?」

「持ってきました」

河島は肩にかけて腰につり下げている買出し用らしい雑嚢を腹の前に回すと蓋《ふた》をひらき、中から折り重ねた原稿用紙をとり出した。信治はその市販の原稿用紙十枚をぱらぱらと繰った。この前と同じ河島の几帳面な字だった。注文どおりの字句は、眼についただけでも三カ所あった。

「けっこうです。たしかにお預かりしました。東京に帰ったら早速、一流雑誌社にいる友だちのところに持ち込みますよ」

信治はその原稿を自分の持っているスーツケースの中にしまった。

「よろしくお願いします。ほんとに山尾さんにはいろいろお世話になります」

頭を下げる河島は、山尾というそうざらにない姓に対して、相変らず何の思い出も記憶もないようだった。

「ああ、河島さん。バスよりも電車で行きましょう。そのほうが楽ですから」

四日市から湯ノ山温泉の近くまで三重電鉄という電車が走っている。乗りものも昨日とは変えたほうがよい。

湯ノ山温泉の旅館のならぶあたりに着いたのが零時半ごろだった。

信治は河島をそこに待たせ、スーツケースを片手に旅館の間の路地にはいってちょっとの間、姿をかくした。たとえ昨日、安川といっしょに山に登るところを目撃した者が、今また自分を見ても同一人とは思うまいと信治は考えた。それほど服装が一変していた。

河島の待っているところに戻って信治は言った。

「河島さん、いま安川さんの待っていた旅館に行ったのですがね。すでに山の小西さんの家に出かけていて、そっちで待っているというメモが置いてありましたよ。われわれも、すぐにそこへ登りましょう」

「そうですか。われわれの到着が少しおそかったですかね」

河島は疑いもせずに従ってきた。神社の鳥居の前を通ると、道は急坂となり石がごろごろしている。うしろからきている河島は息を激しく吐いていた。顔じゅうを汗だらけにして、何度もハンカチで拭っては遅れた。

「ああ、これはきついですなァ、山尾さん、少し、小休止して行きましょうよ」

旅館のあるところは、とっくに山林の下にかくれていた。

「ああ、いいですよ」

「こんな上のほうに、小西海軍主計大尉殿のお家があるのですか？」

「前に来たとき、ぼくがたしかめているから間違いないですよ。戦前はだれかの別荘だったらしいんですがね。いかにも例のものを隠匿するのに格好な場所だと思いませんか？」

「うむ、まったくですね」

河島はあらためて急峻な山容と森林を見上げた。

「さあ、行きましょう、もう一息です。……そうだ、杖がわりに、木の枝を折って持ちましょう」

信治は登山ナイフをポケットから出して太い枝を二本切って小枝を払い、一本を河島に渡した。

「ああ、これは楽です」

と、河島は少し足の運びがよくなった。が、それもしばらくで、また遅れはじめた。

「ああ、山尾さん、ちょっと待ってください。……こりゃ、たまらん、胸が苦しい」

河島は、口をぱくぱく動かし、息をせわしく吐いていた。銀塊の交渉が目前に迫っているが、彼の眼は弱っていた。

「それじゃ、ぼくがあなたの腰をうしろから押してあげましょう」

信治は河島のうしろに回り、杖をスーツケースといっしょに握り換えて、片手の掌で彼の腰を押した。

「おう、ありがとうございます。これは楽です。……わたしも足が弱くなりましたな。軍隊にいるときは、こんなことでアゴを出す河島准尉ではなかったですがな」

――状況も言葉のやりとりも、昨日の安川とまったく同じだった。

違うのは、これから先である。

信治は、安川のときのようにスーツケースを地面に置かず、片手に持ちかえて木の枝といっしょに握り、河島の背中を押して坂道をぐんぐん登った。肩の水筒が水音を鳴らして揺れた。

「山尾さん、まだ小西主計大尉殿の家は遠いのですか、もっと上ですか?」

河島は背中を押されていてもやはり苦しそうだった。杖や、傍の木の枝に手をかけても足が上がらなかった。

「もうすぐです。河島さん、頑張ってください。小西さんも安川さんも、あなたの到着を上で待っていますからね」

「はあ……」

はあ、はあ、と吐く息がせわしなく聞えた。信治は遠慮会釈《えしやく》なく、乱暴と思われるのもかまわず河島の背中を押しまくった。河島は何度か前や横に倒れそうになった。靴をすべらしてうしろに落ちそうにもなった。こうして河島が息切れの状態になるのが信治の狙いだった。

断崖が見えてきた。しかし、信治はそこでは何ごともしなかった。その横を河島を押し立てて通り過ぎた。彼の考えている場所はもう少し先であった。

信治は下をふり返った。人の気配はなかった。

「河島さん。ちょっと苦しそうですね？」

信治は言った。

「はあ、ど、どうも……」

河島は返事もできなかった。

「じゃ、小休止しましょうか。小西さんの家はもうすぐなんですがねえ」

「小休止、小休止」

と、河島は喘《あえ》ぐように言った。行軍に落伍しかかる兵隊のようにそれを求めると、へたへたとその場にすわりそうになった。

「あ、そこは洋服がよごれますよ。もうちょっと右側の草の中にはいりましょう。そこだと素晴らしく展望がいいですから。景色を眺めながら、一服しましょう」

一服という言葉に河島は釣られ、また険しい斜面ではあったが、信治の言うままに草をつかんで匍《は》い登った。このとき信治は前にまわって、河島の両手をとって上に引っ張りあげた。

「ほら、ここです」

そこは白い小石が小高く堆積《たいせき》していた。うしろは一メートルぐらいのちょっとした崖になっていて樹が繁っていた。信治は小石の堆積の上にあがって腰かけ、両脚をふちから垂らした。彼が引っ張りあげた河島も彼とそこにならんで腰かけた。そうしてやはり両脚を垂らした。石の堆積の高さも二メートルはなかった。

「どうです、いい景色でしょう?」

前方の木の間に伊勢湾の蒼茫《そうぼう》とした遠望があった。信治は肩から水筒をはずした。

だが、河島は景色を観賞する余裕をまだとり戻してはいなかった。彼は顔じゅうに汗を雨雫《あめしずく》のように流していた。皺の中から浮いた筋がひくひくと動き、唇は紫色がかっていた。いまにも心臓麻痺を起しそうにして、一言も発しなかった。

「だいぶん苦しそうですね、大丈夫ですか?」

信治は心配そうに河島の顔を横からのぞいた。

「はあ……はあ……」

返事とも喘ぎともつかぬ声を河島は出したが、石積みの上に腰かけたまま、身体を前に曲げて両肩を波打たせていた。

「昨夜、汽車のなかで睡れなかったのが、いけなかったのですね。この山に登るのもちょっと強行軍でしたからね。ここでしばらく憩《やす》みましょう。小西さんや安川さんにはもうちょっと待ってもらいましょう」

「す、すみません」

河島は忙しく吐く息の中で、切なく言った。

「お水をあげましょう。すぐに楽になりますよ」

信治はスーツケースからわりと大きいアルミのコップをとり出して、水筒の水を注いだ。水は亀山駅近くの飲食店で補給したが、その水には東京から持参した薬品で特別な用意がなされてあった。

「ありがとう、ありがとう」

河島はコップを信治の手から受けとると、乾いた口の中に一気に水を流しこんだ。

信治はそのコップに水筒を傾けた。

「どうですか？」

「はあ。……うまいです」

河島は二杯目も咽喉仏を動かして飲んだ。

「もう一杯いかがですか？」

「はあ、すまんですなァ」

三杯目も、舌を鳴らしてコップを空けた。

水を三合近く飲んで、河島はやっと落ち着いたようだった。

「少しは気分がよくなりましたか？」

「どうもありがとう。おかげで助かりました。……おや、あなたは水を飲まないのですか？」

「水筒はほとんど空《から》になりましたよ」

「え、そ、そりゃ、わたしがみんな飲んでしまって、悪いですなァ」

河島はあわてて言い、気の毒そうな顔をした。

「なに、かまいません。ぼくはあなたよりは少し若いから大丈夫です。もう少し水が残っていますが、あとはあなたのためにとっておきましょう」

「申し訳ないです」

「そんなご遠慮にはおよびません。さあ、煙草を一服、ゆっくり喫《す》いましょう。十分に休養をとって出発しましょう。もう少し登ればいいのですから」

「はあ」

河島は、ほっとした顔で手巻きの煙草をとり出した。信治はPX流れのライターで火をつけてやった。

「いい景色ですな」

河島は伊勢湾を見渡しながら、うまそうに手巻きの煙を吐いた。彼もようやく元気が出たようだった。秋空は澄み、海は藍《あい》を湛《たた》えていた。

「名古屋は、どっちのほうでしょうか？」

「あっちのほうですな」

信治は指をさして教えた。

「こういう景色を見ていると、東京のごみごみした生活が忘れられて、長生きできそうですな」

気分を回復した河島は眼を細めていた。——長生きできそうもない。この美しい風景がこの世の見納めになるのだ。

信治が煙草一本を喫い終るころ、河島の顔をうかがうと、彼は眼を閉じかけていた。

「河島さん」

信治は呼んだ。

「は？」

河島は、はっとして眼をうすく開いたが、耐えがたい睡気と闘うように、努力して強い瞬《まばた》きを三、四回した。が、すぐに敗北して半眼になった。

「河島さん。ここで睡っちゃあだめですよ」

「はあ。……」

河島はかすかにうなずいたが、眼は完全に閉じられていた。もう開いた口の端から涎《よだれ》が垂れてネクタイの上に溜まっていた。

「河島さん、河島さん」

信治は傾いてきた河島の身体を受けとめ、耳もとで低く呼びつづけた。

どこにも人影はなかった。近くの樹々の間を風が通り過ぎる音以外は何も耳に聞えず、夜と同じくらいに寂然《せきぜん》とした真昼の山中だった。

## 34

河島佐一郎は、拳《こぶし》くらいの石の堆積を集めた上にすわって、睡っている。その身体を信治の腕の中にあずけ、太平楽な格好で鼾《いびき》をかいていた。眼を閉じているので、この五十男はよけいに疲れた顔をしていた。魚のように開けた口の端からは相変らず涎を流していた。耳もとで彼の名を呼んでも、もう何の反応も示さなかった。皺の間を走る筋肉がぴくりと動くだけであった。

積み上げた石は、昨日、安川を殺したときの信治の作業だった。このへんで石を集めるのに苦労は要らない。いたるところに花崗岩の転石がごろごろしていた。

信治は、スーツケースの中から用意してきた細引《ほそびき》を出して——こういう古い細引はどこにもある。べつに特徴はない——その一端を輪につくった。軍手はもう前から両手にはめていた。

身体をこっちの肩に凭《もた》せて睡りこんでいる男の頭から輪をはめこみ、顎の下、首のまわりに落ち着かせるのは何でもないことであった。首の細引の輪に、髪の毛がはさまらぬよう、また、襟が折れてひっかからぬように気をつけた。自殺者だから、行儀よく用意するはずだ。他殺だと急ぐから、このへんが乱暴になって偽装がばれる。あまりの細引は長々と河島の背中に垂れて石の上に屈折していた。これで準備の一つはできた。

信治は、同じスーツケースから河島の原稿をとり出した。

「赤紙をつくる男の話。……浅井 晋」と題名と筆名とが、例の楷書体の、きちんとした文字で書かれてあった。

前稿は〝赤紙製造のカラクリ〟だったが、今度のは少々文学的になっている。一流雑誌に紹介すると言ったので、そういう雑誌を意識したのであろう。前のと筆名が違うのは、真実界社に同じ書き手とはわからなくするためで、彼は信治の助言に従っていた。

内容は聯隊区司令部の召集係にいる古顔が金品をもらった先の赤紙を勝手に他にふりむけ、それが内部の争いから上司に密告されてわかり、本人が赤紙をもらって激戦地に追いやられ、そこで戦死するまでの話を、詳細にまとめたものだ。

「私もその聯隊区司令部に働いていて彼らに命じられ、赤紙をしきりに発行していました。だから、その内情はつぶさに知っていました。だが、いかにその不正を知っていようと、それを咎《とが》めることも阻止することもできなかったのです。もし、そんなことをしようものなら、たちまち古顔の怒りにふれて、どんなハンドウを回されないとも限りませんでした。それが恐ろしさに、私は上司の言うままになりました。私は自分の卑怯から、こうした軍国主義者の一味、反動分子に手を貸してきたのです」

ここに「反動」「反動分子」という言葉が出ている。河島には、そういう文句を使うように、口語体とともに信治は注文しておいたのだ。そのほうが先方の一流雑誌の性格に適応すると言った。もっとも、みじめな戦争に追いこんだ軍部を呪う言葉として、

「反動分子」はそう珍しいものではない。暴露もの専門のカストリ雑誌では、旧軍人や右翼を罵る常套語《じょうとうご》となっている。だから浅井晋の河島佐一郎も、「反動分子」を注文どおりに三カ所もつかっていた。しかし、「ハンドウを回す」ほうは、まったく世界観の違う語である。

河島の原稿の終りに近いところに、まったく信治の注文どおりに書かれた字句があった。

「実は、その古顔に宛てて、上司の命により、懲罰として、死の召集令状を書いたのは私です。やむを得ません。彼は国民の敵でした。私が非国民である彼を殺しました。軍国主義、反動に加担した私はもとより罪深い人間です。彼も反動分子であり、私も反動分子です。彼は死にました。今度は私が世間にお詫びする番です。

そのために自己を告発し、糾弾する意味で、こういうことを書きました」

まさに河島に要求した文章（こういう文章にしたほうが編集部に合格するという口実で）がそのとおりに書かれている。が、枝葉が多い。前部は「実は、その古顔に……やむを得ません」までを削《の》る。後部は「そのために自己を告発し……こういうことを書きました」を除ける。

そうすると残されたのは「彼は国民の敵でした。私が非国民である彼を殺しました。……今度は私が世間にお詫びする番です」となる。

古顔をさす「彼」が、「古顔」が消えることによってふつうの代名詞になってしまう。

「私が非国民である彼を殺しました。今度は私が世間にお詫びする番です」と主要な意味が連絡する。その間に「軍国主義」とか「反動分子」とかがはさまる。

安川は単なる召集兵で、「反動分子」「軍国主義者」とは呼べないが、「国民の敵」を戦後の意味にとると、安川は旧軍需物資を掠《かす》め取り、ヤミで大儲けをした「民衆の敵」になる。人民が飢餓に喘いでいるとき、安川のようなヤミ商人は札束を秤《はかり》で量《はか》って勘定していた組で、暖衣飽食していた。「非国民」はその意に通じる。

この短い「遺書」の意味は、

(戦争中、反動主義者に加担していた自分だったが、戦後の目にあまる非国民のヤミ屋をそのままにしてはおけないので、安川は自分が殺した。そのあと、これまでの罪を詫びるために自殺する)

と、解釈されるにちがいない。口語体で書くように河島に言ったのは、遺書の体裁にそのまま移行するためだった。一つの他殺死体と一つの自殺死体とを眼に見たうえで、相互の死の因果関係が警察の現場検証から確認される。さらに両者の経歴や現在を知るなら、これは無理なく通るだろう。「加害者」の外地引揚者の悲惨な環境がその推定を助けるにちがいない。

幸いなことに、まったく打ってつけに、原稿用紙のマス目のいちばん上から「彼は国民の敵でした」云々《うんぬん》がはじまっていた。紙の前の部分を鋏《はさみ》で切り取っても、文章中の字句とは思えない。終りのほうも、「そのために自己を告発し」からが改行になっているので、ここは不自然でなく切り離せるのである。

信治はスーツケースから用意してきた鋏をとり出し、そのとおりにした。切り取られた紙片は、ていねいに折って、睡っている男の背広の胸ポケットの中に押しこんだ。河島の身体をそっとうしろの石に凭せ変えた。河島は安楽椅子にすわった格好になった。

信治は、河島の背中に垂れた長い細引を握って、背後の低い崖の上にのぞいている松の枝に懸けた。そこで細引の端をしっかりとまきつけた。やがてかかってくる五十キロ以上の重量に堪えるように結束を十分にした。軍隊で、森田軍医の持っていた法医学書を読んだ記憶では、自殺者は柔らかい紐を択《えら》ぶということだが、布製でそんな長い紐はなかった。あんまり柔らかい紐だと切れそうである。細引なら、荒縄などと違って、自殺者が家から持ち出してきたように見られるだろう。細引なんか滅多に落ちているものではないし、自殺者が用意をしてきたと、だれしもが思うだろう。

枝に括《くく》りつけた細引の端と、河島の首にはまっているその輪との間は、一メートルぐらいだった。細引はまだゆるやかに下に曲がっていた。だからまだ河島の生命がどうということはなかった。ただ、細引が松の枝と河島の首とに、二見《ふたみ》ヶ《が》浦《うら》の夫婦岩《めおといわ》のようにさし渡されているだけだった。河島の身体の重量は積まれた小石の上にしっかりと落ち着いていた。

信治は、小石を太い木の枝を使って下のほうから崩しはじめた。この作業は汗の出る力仕事だったが、一生懸命に行なった。あまり時間がかかっては困るので、重労働になった。

小石の山が崩れるにつれて、河島の身体は、安楽椅子にすわった姿勢から起ち上がった。枝からの細引が緊張し、首の輪を吊りあげはじめたのだった。もちろん、輪の結束は、彼の後ろ首におかれていた。

睡った男を下から抱え上げて、枝からの細引の輪に首をさしこむことは、一人の仕事としては不可能であった。相手は睡っているのだから軟体動物のように身体がぐにゃぐにゃして取り扱いにくい。それに睡りこけている男は、死人と同じように重いのだ。そうするには、少なくとも二人以上の協力者が必要だった。

それを一人でやってしまうには、こういう方法しかなかった。信治が考えぬいたやり方であった。小石の山が低くなり、そのぶん、河島は折った膝を伸ばして、ついには河島は完全に棒立ちになった。垂れているのは、輪の中で前にうなだれている首と両手だけである。が、まだ、その靴の先は石の上に載っていた。鼾はときどき低くはなったが、まだつづいていた。

ついに、最後の石の山を崩した。靴が宙に浮き、垂直の細引が極度の緊張をもった。瞬間、河島の鼾がやみ、急に身体の活動をはじめた。彼は宙吊りにされたまま舞踊するようにもがいた。眼を開いていたが、まだ夢のつづきを見ているようだった。河島にとって、現実には信じられないことだった。その自覚をとりもどすにはちょっと時間がかかろう。河島は、まだ悪漢に襲われている夢を見ているようにもがいていた。細引がひどく揺れた。

だが、河島自身の格闘も数秒のうちに終った。彼は再び夢の世界にひきずりこまれて静かになり、首を前に垂れ、手と脚とをのんびりと伸ばした。鼾はやんだ。揺れていた細引も下に付けた人間の錘《おもり》ですぐに静止に向かった。

信治が最後の石崩し作業をしているとき、ぶら下がっている河島の身体が再び動いた。細引もまた揺れた。が、これは河島が死の入口から消えたときの痙攣《けいれん》だった。

崩した石を信治は昨日の状態で散らかした。こういう石はこの山中の道だとか崖の横だとか、いたるところにかたまっている。彼は、河島の「首吊り自殺」に役立てた石を自然の状態の中にまぎれこませた。

ただ、首吊り人が踏み台に使用した石は必要だったので、適当な大きさの石を抱《かか》えてきて、死者の足もとに置いた。こうしておけば、自殺者が松の枝から下がった細引の輪に首を入れたあと、踏み台の石を蹴って身体を宙に浮かしたように見られる。

信治は森田軍医の本にあった「自殺者は死の失敗をおそれる心理からなるべく高所を択ぶ」という教程どおりにしたのに満足した。その法医学の本にはこうあった。縊死《いし》は脳の貧血によって起るので、顔面蒼白、眼瞼結膜や眼球結膜に溢血点がない。絞殺してから死体を縊死に見せかけるためにぶら下げたものでは、顔は鬱血《うつけつ》して、暗紫色《チアノーゼ》を呈し、眼には溢血点が著明に出る。——まさに、いま、ぶら下がっている河島の顔が縊死の特徴であった。顔面蒼白だ。おそらく眼球結膜にも眼瞼結膜にも、溢血点はあるまい。眼の玉は白いのである。顔色は決して暗紫色ではない。当然だ。絞殺して、枝にぶら下げたのではないからだ。まったく、自ら縊死した状態にしてやったのだ。こっちがそれを少々手伝ってはやったが。——目的を達した気のゆるみと、労働のあとの疲れで、彼はそこの藪《やぶ》かげにすわって、しばらく憩《やす》んだ。だれも来なかった。

それから立ち上がると、二百メートルほど草の中を歩いて、断崖のふちから下に降りた。断崖の高さは十メートルぐらいあった。下は、花崗岩の岩が、これは大きな石塊だが、ごろごろしていた。その間に草が伸びていた。

安川哲次の死体は、草の中に横たわっていた。彼が昨日落ちたところは、もっと前に近いところだったが、それを上から見てもわからないように、隅のほうにひきずったのは信治だった。

信治は安川の死体を前の場所にひきずり出した。というのは、安川が転落したときに頭を打ちつけた岩に血痕が散っているからだった。

血痕は岩の上だけではなかった。草の間に木の枝が転がっていた。安川の「杖」である。その杖の先にも黒ずんだ血痕がついていた。が、これは安川が死んだ状態になったのちに信治が付けたのだった。

——安川の背中を両手で押してこの断崖のふちまで来たとき、信治はまるで手押し車を操作するように、安川の肩を操縦し、崖ぶちまで持っていったのだった。くたびれていた安川は、すっかり力を抜いて信治にあと押しされていたので、そこで抵抗を起すだけの余裕をもっていなかった。不意だったし、崖ぶちの道を歩いていてもまさか断崖の上に方向転換されるとは安川は思ってもいなかったろう。信治がトロッコを押すように、彼のうしろから力をふりしぼると、安川は恐ろしい声をあげたが、踏みとどまることはできなかった。身体をうしろに反らせて踏みとどまろうと必死になったが、その努力は背中に加えられている強い力に及ばなかった。安川はいそがしく足踏みしただけで断崖の下にむかって身体を舞わせた。叫び声は落ちる瞬間までだった。

信治は断崖のふちを伝わって降りた。それは昨日の行動と同じである。ただ、昨日は、安川が死んだのを見届けたうえで「杖」でもって彼の顔面を強打したことだった。すでに心臓が停止したあとなので血はそれほど噴かなかったが、杖の先が真っ赤になるだけの出血はあった。その血は、一昼夜経った今、赤黒くなっていた。

信治は軍手のまま杖の他の部分を入念に拭いて、昨日ついた自分の指紋を消した。安川の顔面に加えられた打撲による裂傷と、凶器になったこの木の枝の大きさとが完全に一致するのを警察の鑑識は認めるにちがいない。

札束のはいっている安川の手提鞄は、そのままにして置いた。これを持ち去ると、強盗の犯行にみられる。それでは河島の「遺書」と合致しない。

信治は凶器の「杖」を持って崖を登った。これも昨日の行動と同じだが、昨日はそのまま尾根道を歩いて麓に降り、平野部に出た。杖も持っていなかった。今日は杖を、その先についた血痕が草や木の葉に触れないように気をつけて、捧持するようなかたちで持ち、河島の死体の前にもどった。

だれとも遇わなかった。鳥が林の間を走っている。低いところで鴉《からす》が飛んでいた。鈴鹿山中悠々である。河島佐一郎も悠然と垂れ下がっていた。

信治は、死者の右手を把《と》り、「凶器の杖」に死者の指紋をいっぱい捺印した。こっちは軍手を十分にはめている。

そのあと信治は、安川の血痕と河島の指紋のついた「杖」を首吊り人の足もとに置いた。次に何か手落ちはないかと眼でそのへんを点検したうえ、死人の顔をもう一度見上げた。

河島佐一郎は蒼い顔をしていた。この山に登るとき、汗を流し、息苦しそうに顔を充血させていた河島だが、その汗も息もまったく消えたいま、顔面の蒼白だけが残っていた。

河島は洟《はな》を垂らしていた。それは子どものように長い長い洟で、とっておきのネクタイの上まで棒になっていた。他愛のない死にざまだった。皺がいっそう深くなってみえ、艶を失った皮膚は、毛穴をざらざらと見せていた。

——長い間かかった接近であった。それは教育召集を受けとって佐倉の聯隊にはいったときからである。相手がだれだかまだわからなかった。朝鮮の竜山でようやく「河島」という名だけが、妻の暗号手紙で知れた。もちろん、このときは殺意を抱くほどの憎悪ではなかった。だが、教育召集令状を持って身体検査場に行ったときに町内の白石が何気なく洩らした「ハンドウを回された」という言葉から、自分に「ハンドウを回した」当人を何とかして見つけたくなった。町内の訓練を怠けたという理由だけで、この懲罰を課したのだ。実際には、怠けたのではない。訓練場に行く時間がなかったのだ。勤め人や、代りのある商人とは違って、時間に追われた注文仕事の自営の下請職人である。仕事がまに合わなかったら、注文がこなくなる。よその同業者に仕事を奪われる。一時間一時間に生活がかかっていた。それを、相手は怠けたと見た。

役所の机の上で、町内訓練の出欠表を眺め、簡単に召集令状を出させた男を想像した。給仕の配ってきた茶を飲み、たぶん、名前の上に赤鉛筆で印を付けた男は、聯隊区司令部のほうにそれを回して、あとはダルマストーブのそばにでも椅子を持ってきて大股をひろげて同僚と談笑する。令状を宛てられた人間が生活を根こそぎ失い、老いた両親や妻子を苦労に追いやったことなどは、その男の念頭にはなかった。多少はあったかもしれないが、それはその男にとって少しも切実感のないもので、無縁なものだったろう。「お国のためだ」「お前一人だけではない」という居丈高な文句が、その男の人間味を麻《ま》痺《ひ》させ、傲慢《ごうまん》にした。

相手に殺意を抱くようになったのは、父、母、妻、子三人をすべて原爆で死なせてからだった。召集令状という「ハンドウ」を回されなかったら、彼らは広島に行くこともなかったし、死ななくともすんだ。人は、広島に行かなくとも、全国的な空襲で、どこかで死んだかもしれないと言うだろう。が、それは畢竟《ひっきょう》、第三者の屁理屈《へりくつ》である。よその土地では死んだ者よりも助かった者がはるかに多い。広島では、助かった者よりも死んだ者のほうがはるかに多い。それはほとんど全滅に近い。

また、召集さえされなかったら、どこまでも家族をまもってやれたと信じている。どんな難儀をしてでも――ああ、あの時期の親や妻や子どものための難儀は、兵営での難儀にくらべ、幾千倍の喜びと充実があったろうか――皆を死から守護してやれた。

その皆の仇《かたき》がここに、ぶら下がっている。妻の良子、子どもの稔、幸子、豊、父の英太郎、母のスギを死におとしいれた犯人が長い洟を垂らして、ここに蓑虫《みのむし》のように木の枝から下がっている。良子よ、稔よ、幸子よ、豊よ。それから親父もおふくろもよくこの男の顔を見てくれ。――「ハンドウ」を回した男の胸には、お返しとして「反動」という彼の自筆を入れておいた。発見した人々は、これをまったく違った新しい意味にとってくれるだろう。言葉は時代とともに意味が変色する。

安川哲次も内務班では「ハンドウ」を回した男だ。安川古兵に対する被害者意識は、彼といっしょに仕事をするようになっても継続した。彼からアゴで使われ、それに抵抗できず、屈従を強いられたのは、軍隊で虐《いじ》めぬかれた恐怖心が潜在的な本能のようなものになってつづいていたからだ。「ハンドウ」の張本人に加えた復讐の痕跡を消す道具として選択するとき、安川はもっとも似つかわしかったのだ。

## 35

　暗くなるのを待って、信治は山林から出た。人のいないところだが、明るいうちに山道を歩くのは危険であった。途中でどういう人間に遇わないとも限らない。現場に近い道でこういう男に出遇ったと吹聴《ふいちょう》されたら命取りになる。二つの死体が発見されれば、警察は一応聞込みをするだろう。人を殺した犯人がその近くで自殺したという推定に落ち着いても、二人がこの山に登った状況などは調べるにちがいない。危険な区域では、なるべく自重して行動することだった。

　夜の山道だが、昨日歩いた経験から不安はなかった。懐中電灯で足もとだけを照らせば十分である。武平峠から南に向かっている林道――御在所山からの尾根が低くなる稜線の陰、方向の見当はついている。星空の下に山の稜線が黒い輪郭で出ているから、暗さに馴れた眼で方向を誤ることはなかった。支脈の岐《わか》れを左にとったところも、見おぼえの地点として正確だった。下のほうに集落の灯が見える。足もとに気をつけて歩きさえすれば、目的の平野部に降りられる。山中ではだれにも行き遇わなかった。こんなところを夜間だれが歩こうか。

　村道から県道を辿ったが、農家の夜は早く、どの家も戸を閉めて、人の姿がなかった。腕時計をのぞくと、まだ八時前だった。懐中電灯は山道を降りきったところで消した。バスはこない。昨日乗った原四ツ辻というところから亀山まで歩かねばならなかった。

たとえバスが来ても、今度は乗らないことにきめていた。

亀山駅に着いたのが十時前だった。ゆっくりと歩いたのだ。疲れているせいもあったが、足を急がせると、途中で遇う通行人に怪しまれる。県道は、自転車が多かった。

駅の中は混雑していた。買出しで帰る者が多い。待合室で寝支度をしている土地の浮浪者もいる。時刻表を見ると、十時半に出る名古屋行があった。すぐに切符を買った。だれもよごれた復員服に古いスーツケースを持つ信治に注意する者はなかった。みんな同じような風采《なり》なのだ。

名古屋までの汽車も、真夜中に乗りかえた東京行の汽車も超満員だった。ほかの者といっしょに怒号で割りこんではいった。朝まで立ちづめだったが、そのかわり周囲の人たちの印象に残ることはなかった。

東京駅に着いたときは、さすがにぐったりとなった。待合室は人で溢《あふ》れている。隅のコンクリート床に尻をすえ、壁にもたれて睡りこんだ。駅員が警官をつれて追い立てにくるまで二時間は熟睡したろう。立ち上がるとき照れかくしにそのへんに散っていた新聞紙——人が尻に敷いていた皺だらけのを握った。

あとで、その新聞を見ると今日の朝刊だった。眼はすぐに、裏の社会面に走った。昨日、しかも三重県の鈴鹿山中での出来事が、東京の今朝の新聞に出るわけはないが、「犯罪」のところをどうしてものぞきこむ。

見出しに「元上官の妻を刺殺す」というのがある。「犯人は、上野で知り合った共犯自称村上三郎を誘い、元海軍主計大佐で、軍隊時代上官だった同家を強盗の目的でおそい、留守居の夫人にお茶など出され対談中、凶行におよんだと自供した」という記事だった。「元海軍主計大佐」とあったので、どきりとした。いやな辻占《つじうら》という気がしたが、元海軍主計将校は全国に何万といるだろうし、そのなかの一人に、こんな事件があってもふしぎではない。

そう気をとり直して横を見ると、これはそれよりも小さな見出しで「白金一億円。隠匿を摘発」というのがあった。

「福島地検物資摘発係阿部事務官は、八日上京、東京地検の応援で東京都渋谷区松濤《しょうとう》福井化学工業社長福井隆一方土蔵から白金二十五キロ（三尺一尺平方ハク数千枚、時価一億円）を摘発、臨時金属調査報告令違反として白金ならびに事件を東京地検に引き継いだ。この白金は戦時中福島県白河町の軍指定工場東北化学工場にあったもので、町の噂《うわさ》から足がついたもの」

似たようなことが、ペラ一枚の新聞に二つも載っていた。一つは、元海軍主計大佐、一つは軍指定工場が隠匿していた白金二十五キロの摘発である。しかも、これは町の噂から足がついたというから、ヤミ商人の間で取引きの話題になっていたのであろう。

——待てよ、こっちのほうは、使えるかもしれないと信治は思った。つくり話にしても、まったくの架空では現実性があるまい。多少は、実際に片足をかけてないと信用されないだろうと考えた。それに方角が気に入った。福島県なら、東京からいって三重県とは正反対である。なるべく離れた土地に旅行していたように人には言うつもりでいたのだが、逆方向は最適である。

旅行となると、まずどういう宿に泊まったかが問題になってくるが、これはこういう時世のありがたさで、旅館に泊まらなくても奇妙ではない。むしろ、フリの客が旅館に断わられるのはふつうだった。旅館は馴染の客か、その紹介者でないと泊めず、それだけでも毎晩が満員だった。都会地に物資が欠乏すると、その獲得に人々は地方に出ていく。ヤミ商人が多く、彼らは金や物を持っているから旅館に顔が利く。宿屋は得体の知れない一見《いちげん》の客人を泊めるのは時節柄物騒なので、どこでも体《てい》よく断わった。

駅の待合室や空地の隅に野宿することは信治には経験があった。この経験が、つくり話をするときに自信をつけてくれる。

安川の家に行った。雇い婆さんが一人でぼんやりしていた。

「安川さんは？」

「三日前に関西のほうに行かれましたが。……あなたといっしょじゃなかったんですか？」

「いや、ぼくは、ほかのところに行ったんだが。……安川さんは、ぼくといっしょに関西のほうへ行くと言っていたかね？」

ここが大事なところだった。もし、そういうようなことを安川が言っていたら、これは対策を考えなければならない。

「いいえ。わたしは何も聞いていませんが、そうじゃないかと思っただけです」

婆さんが答えたので、信治は安心した。ふだんから、安川が商売のことは婆さんに何も言わないのを信治も知っている。今回の湯ノ山行きはエミ子にも黙っていたくらいだから、雇い婆さんなどに話すわけはなかった。

「エミ子さんは？」

「北海道に行ったきりまだ戻ってきませんよ。ねえ、あのひとは安川さんと別れるんじゃないですかね？」

「そんな様子かね？」

「どうやら、青い眼の恋人ができたらしいですよ。このまま、もう、こっちには戻ってこないんじゃないですかね」

翌日、信治は真実界社に行った。与田と山田が土蔵の編集部にいた。

べつに変った話はない。適当に雑談したあと、山田に、

「河島さんから、その後何か言ってきたかね？」

と、さりげなくきいた。

「いいえ。なんにも……」

山田は、きょとんとして、

「山尾さんは、あれから、河島さんと話しておられたから、山尾さんのほうに連絡がいっているのかと思っていました」

と言った。江古田の駅前で山田といっしょに河島に会ったとき、山田を先に帰したので、そのことを言ってるのだった。

「いや、あのときはね、安川さんが、河島さんのような人を仕事に使いたいから紹介してくれと言ったもんだから、それをとりついだだけだった。その後、どういうふうになってるか、ぼくは知らないがね」

「そうですか。河島さんも困っていましたから、ちょうどよかったですね。……ぼくは、あとの原稿を頼もうと思ったんですが、安川さんの仕事を手伝ってるのでしたら、忙しくてだめでしょうね」

山田はスポンサーの安川に遠慮していた。

「そうかもしれない。ぼくは、そっちのほうは安川さんから何も聞かされてないから、よくわからないけどね。……しかし、あのとき、君が帰ったあと、河島さんは、真実界社よりはもっと格が上の一流雑誌社から原稿の話がきていると言っていた。どうやら、そっちに書きたいふうだったよ」

「一流の雑誌社からですって?」

山田は赤い顔になり、

「ちょっと評判がいいと、もう、そんな大きなことを言うんですね。一流雑誌がどうしてあんな男の原稿を相手にするもんですか。……それじゃ、こっちも彼を相手にしないことにしましょう」

と、与田に向いて言っていた。与田も、生意気な奴だと言ってうなずいていた。

これでいい。河島がだれかの口ききで「持ち込み」原稿を書いていたのを、小学校の教員上がりだという河島の女房が知っていても、万一のときに辻褄《つじつま》が合う。河島には、だれの口ききだとは女房に言わないように命じてあるから、そのとおりに守っているだろう。四日市駅で会ったときも、彼のほうからすすんで、女房には秘密にして来ましたと言っていたくらいである。——山田も河島とは縁切りにするというから、彼の家に行くことはないし、面倒のタネがなくなって、ちょうどよかった。何もかも、うまくいく。

——去年の夏ごろの新聞だったか、刑事訴訟法が全面的に改正されて、これからは弊害の多い被疑者の自白だけでは起訴することができない、証拠がないと逮捕もできない、証拠第一主義だというような解説が出ていた。

証拠は何一つない、と信治は思った。あの山で二つの死体が出れば、土地の警察は河島が安川を殺して縊死したと断定するにちがいない。河島の洋服の胸には、彼の達筆な筆跡の遺書もおさまっていることである。

——河島は、赤紙の製造人として懺悔《ざんげ》している。安川に近づき、その仕事を見ているうち、隠匿物資のヤミ商売がいかに国民の利益を裏切っている行為かを知った。戦後、少なからず赤にかぶれている河島はかつて軍部の手先に使われた罪の意識と、安川の不正を「反動分子」として憎んだことから、自殺のついでに安川を道づれにした、というように遺書の文句は解釈されるであろう。

安川を殺した血染めの凶器は、河島の縊死体の横に置いてある。河島の首吊りには、どこにも無理はない。どんな優秀な法医学者をつれてきても、立派な自殺だと断定するだろう。絞殺したあと、高いところに吊るし、縊死にみせかけるといった不自然な工作ではないのだ。すわっている場所を崩して人間を宙吊りにするという工夫を、いままでだれも考え出したことはない。——

警察から来ても、それは殺人犯人が自殺したということで、殺された安川の知人として一応の事情を聞きにくるだけだろう。そうだ、これは犯罪事件ではないのだ。犯人の縊死によって事件は終結している。だから、警察の捜査はあり得ない。

警察がきても、びくびくすることはないのだ。安心して応対しよう。犯人の自殺で事件は雲散霧消している。何も新しい刑事訴訟法などを意識することはなく、アリバイを心配する必要もないくらいだった。——あまり神経質になりすぎると、どこかに思い違いがぽかりと出てくるかもしれない。要心しなければならぬ。

あの日から一週間近く経った。

信治は新聞を見ているが、鈴鹿山中で安川と河島の死体が発見されたという新聞記事は出なかった。三重県の出来事だから、こっちの新聞には載らないのかと思ったが、二人とも東京の者だから、東京の新聞には出るはずである。

二人の身元がわからないようにはしていない。それをすると、第三者の殺人という疑いが抱かれる。安川は名刺を持っていたはずだ。河島は背広の上着の裏に名前の縫いがはいっていたし、さぐってはみなかったが、何かポケットに身元証明になるようなものを入れているだろう。

人を殺した犯人が自殺したほどの事件だから、東京の新聞に報道されないはずはない。してみると、まだ発見されないようだ。あの山の中だから容易に人目にはつかないとは思うが、あまり遅れるのは困るのである。

時日がたちすぎて、死体が白骨にでもなったら、安川のほうはいいとして、河島の場合が困る。筋肉がとけて骨だけになれば、縊死か絞殺か、判定がつかなくなる。樹から下げた細引も風雨のために腐って切れてしまうだろう。

風雨。——信治は、どきりとした。風雨で、河島の胸のポケットに入れた「遺書」が濡れ、これも融けて読めなくなるではないか。それでは、せっかくの「自殺の証明」がなくなってしまう。苦労が、水の泡になってしまう。

細引の結び目にしても、腐ってしまっては、結束の状況がよくわからなくなるのではないか。結束の状態は、縊死か絞殺かを決定する重要な手がかりの一つになっている。

こうなると、二つの白骨は共に他殺ということになって、警察の捜査がはじまりそうである。いままでは、犯人の自殺によって事件は終結し、したがって捜査の発動はなく、安全圏内にいられると安心していたのに、これはたいへんなことになりそうだと、信治は色を失った。

あの二人の死のまき添えにはなりたくなかった。自分の死は、彼らの死とまったく関係を断ち切ったところで迎えたい。だれかがあの山の中を通りがかって、早く発見してくれないものか。

早く死体が見つかってほしい。

信治は、あの両人を二日間、一人ずつ処分する間、だれも通りかからなかったことを想った。深山幽谷というほどでもないのに、妙に、人の寄りつかない場所ではある。実行にはまことに都合がよかったが、そのあとが不都合だった。

早く発見させる方法はないものか。死体があまり腐爛《ふらん》しては困る。白骨になっては、なお、いけない。「遺書」が溶解しては、さらに都合が悪くなる。雨が長く降らない前に、だれかに見つけさせねばならない。

信治は、四日市の警察署に——あそこは四日市署の管内だろうから——通報してやろうかと思ったくらいだった。が、東京から電話をかけるのは困るし、いくら筆跡を違えてもハガキや手紙を出すことも、なお困る。それでは、まるであれが工作された謀殺で、下手人が東京にいると教えてやるようなものではないか。

信治は、苛々《いらいら》した。あせった。

そうしたある日の夕方だった。ちょうどあの日から十日目に当る。信治の下宿に所轄署の私服巡査が二人づれできた。

態度はなかなか丁重であった。

「山尾信治さんですか?」

「はあ」

警察官の証明書を見せられたので、内心はやはり衝撃をうけた。が、一度はこういう訪問をうけるかたちもあろうかと心構えも用意していたので、表面は自分でもおどろくほど平静に装《よそお》えた。

「東中野の安川哲次さんをご存じですか?」

「はあ、知っています」

聞き手の私服の一人は四十年配で、床屋の親爺《おやじ》のように愛想がよかった。

「どういうご関係ですか?」

「わたしは安川さんの下で使われています。安川さんは古物商ですから」

「安川さんの店員さんですか?」

「まあ、そんなものですが」

「それでは、安川さんの顔はよくご存じですか?」

この質問で、信治は彼らが来た目的に見当がついた。死体は発見されたのだ。

「もちろん、よく知っています」

信治は、胸が急に明るくなった。

「あの、三重県の四日市警察署から、安川哲次さんの名刺を持った男の他殺死体が見つかったので、懇意な人に顔の識別と遺体の引取りに来てほしいという連絡がはいったのです」

「え、安川さんが殺された？　だ、だれにですか？」

「いや、犯人は近くで自殺しているということです。まあ、詳しいことはわかりませんが」

胸の明りには、さらに光線が射してきた。

「で、東中野の安川さんの家に行ったら、雇い婆さんだけで、どうにもならないのです。そこで婆さんからあなたのことを聞いてきたのですが、ご苦労でもこれからすぐに、四日市まで安川さんの遺体を確認しに行っていただけませんか？」

遺体の確認だった。エミ子はいないし、仕方がない。行かないと断わると、怪しまれそうである。

――だが、現場に行くのだったら、あの湯ノ山温泉の旅館の横を通ることになる。あそこを通るのはいやだった。で、きいた。

「遺体はどこにあるんですか？」

床屋のような私服巡査は、ちょっと詰まったようにしていたが、すぐに言った。

「いや、なんでも、署に安置してあるらしいですね。簡単な連絡だから、こっちでは詳しくはわからないんですよ」

36

信治が四日市駅に降りたのは、翌日の昼ちかくであった。

この駅も、これで何度目だろうか。改札口から待合室を通るとき、腰かけた大勢の人の間に、古背広の河島佐一郎が彼の到着を待ちながらすわっているような気がした。が、もちろん、これは自分でも承知の錯覚だった。そんな弱い気は持っていなかった。

警察署を訪ねて身分を言うと、受付にいた巡査が、

「ああ、御在所山の横で殺された被害者の身元確認にきた人ですね？」

と、信治を若い眼で見た。それなら、市立病院で解剖がすんで置いてあるから仏を見に行ってくれと、市立病院への道順を教えた。関西訛《なま》りだった。

「あのう、殺したほうの人は、どうなりましたか？」

信治はいかにもおずおずときいた。

「犯人かね？　犯人は凶行後、自殺しましたよ。首吊りです」

巡査は信治が被害者側の確認にきたせいか、犯人の自殺には同情のない言い方をした。

——河島佐一郎は、やっぱり自殺と警察に認定されている。あの死に方では自殺としか鑑定のしようがないという自信はあったが、巡査の言葉でやはり安堵《あんど》した。

「殺した原因は何でしょうか？」

「さあ、詳しいことは捜査係にきいてもらいたいけど、縊死した犯人には遺書があって、軍国主義者とか反動分子とか書いてあったらしいな。犯人はアカじゃないかということだが、ちょっと変った遺書の文句らしいですよ」

予想はしていたが、やはりあの紙片は「遺書」として取り扱われているらしい。

市立病院に行くと、署の捜査係二人と係の医者とが出てきた。どうも、遠いところをご苦労さん、と四十近い、赭《あか》ら顔の刑事が信治に言った。ここで、刑事は簡単に、殺された安川哲次との関係を彼にきいた。若い刑事が信治の言うのを横で手帳にメモしていた。

「実は、被害者の家族に来てもらいたいのだけど、同棲している女性が北海道のどこに行っているかわからないので、あなたにご足労ねがったのです。いつまでも解剖のすんだ遺体を置いておくわけにもいかないしね。それとも、同棲の女性が戻ってくるまで、仮埋葬でもしておきますかね？」

「そうですね」

信治は考えて、実はその同棲の女は北海道でアメリカ兵と仲よくなっているらしいので、いつ東京に戻ってくるやら見当がつかない、警察のほうさえ異論がなかったら、被害者は自分の主人同様だから、自分が責任をもって荼毘《だび》に付して東京に遺骨を持って帰りたいと言った。

捜査係は、それで結構ですと言った。犯人が自殺しているので事件は解決し、警察でも張合いがないようだった。

捜査係は詳しい話はあと回しにし、まず、信治を死体安置所に案内した。病棟からはなれて、独立した小さな建物で、一応、寺の内部のような体裁になっているが、全部がコンクリート造りなので、殺風景なものだった。信治は軍隊時代の屍室《しかばねしつ》衛兵を思い出した。

棺はコンクリートの低い祭壇に載っていた。医者が棺の蓋《ふた》をずらして、死者の顔を信治に見せた。

安川哲次は頭と頸《くび》を繃帯《ほうたい》で巻かれ、蒼い顔で眼を閉じていた。口が半開きになって、特徴の反歯が出ていた。繃帯の咽喉のあたりから血が滲《にじ》み出ていた。解剖で頭も咽喉も開いたあと、もとのように閉じて繃帯でぐるぐる巻きにしたのだった。昨夜のうちに解剖が終ったということだった。

「気の毒に……間違いなく、安川哲次さんです」

信治は確認を捜査係に告げた。警察官は大きくうなずいた。棺の蓋は閉じられ、彼は医者から渡された石で近親者のように釘を打った。あとは病院側の用務員が始末をしてくれた。

棺は、そこに一個しかなかった。河島佐一郎の棺がない。同じように解剖しただろうに、なかった。

「もう一つのは、別な場所に置いてあるのです。仇《かたき》どうしが同じところに並ぶのは、やっぱりね。仏になってしまえば恩讐《おんしゅう》を超えるわけだが、やっぱり遺族の気持を考えるとね」

捜査係が言ったので、信治は、なるほど、と思った。しかし、それで気持が救われた。

二つも遺体がならんでいるのはやはり気持が悪かった。

「犯人のほうの、つまり首吊り自殺をしたほうの遺族がまだ到着しないのですよ。奥さんだということですがね。あなたは顔を合わさないほうがいいでしょう」

もちろん顔を合せたくなかった。小学校の元女教員だったという河島の妻は、子どもや親戚を伴《つ》れてくるために来着が遅れているのかもしれなかった。

もとの別室に戻って、信治は、死者が安川哲次であることの確認証明書、死体受取書などに署名捺印して捜査係に渡した。捜査係は引換えに屍体検案書と市役所の埋葬許可証をくれた。埋葬許可証は、現住所または原籍地の市町村役場に関係なく、死亡地の行政所管役所で発行できるように規則が改正になっている。

捜査係は、信治に簡単に事情を説明した。縊死した河島佐一郎の洋服のポケットから「戦争中、反動主義者に加担していた自分だったが、戦後の目にあまる非国民をそのままにしてはおけないので、安川は自分が殺した。そのあと、これまでの罪を詫びるために自殺する」という意味の遺書が見つかったことを信治に話して聞かせた。

「その遺書というのが、ちょっと風変りでしてね。原稿用紙に書いてあるし、文句がちょっと、まとまらないところがあるんですよ」

「へえ、そうですか」

文句はたしかにぎくしゃくとしている。それで疑いをもたれるのかとひやりとしたが、

「人を殺す前に書いたとしても、気持が興奮しているから、まともな文句にはならない

のでしょうね。文字はきれいだけど」

と、捜査係が言ったので、胸が安らいだ。たしかに遺書の字は達筆である。雑誌「真実界」に出した原稿の文字も、いかにも元准尉が書いたらしい軍隊特有の楷書体に近い、うまい文字であった。それが眼の前に浮んでくる。

「自殺した犯人の遺書によると、安川さんは非国民と書いてありましたが、ヤミ商売でもやっていたんですか？」

捜査係は煙草を喫いながら信治にきいた。赭ら顔の前に、青っぽい煙草の煙がゆっくりと散った。

ヤミ商売、つまりご禁制の物価統制令違反、隠匿物資等緊急措置令違反などの不法事項にひっかかって、そのへんから不覚を生じてはたいへんと信治は思い、

「いえ、ヤミ商売というほどのこともありませんが、まあ、こういう世の中ですから、安川さんは、古物商として多少はウマ味のある商売をしたかもわかりません。いや、ぼくの知るかぎりでも、そういうことはありました。それは否定しませんが、そりゃ小さな取引きでしたよ。犯人のひとに非国民呼ばわりされるような、あくどいヤミ屋では安川さんはありませんでした」

と、陳弁した。亡き主人のために弁解しているように赭ら顔もとったらしく、おだやかにうなずいた。

「犯人は河島佐一郎というのです。戦争前、どこかの聯隊の准尉までになったが、予備

になると東京の区役所につとめ、その後は満州の軍需会社に転職して相当羽振りはよかったらしいです。東京の所轄署員が河島の奥さんから事情を聞いたのを電話してきたんですがね。終戦になって日本にひきあげてきたが、仕事はないし、廃品屋の倉庫番のようなことをして細々と暮らしていたということです。戦前に羽振りがよかった人ほど、戦後の落ちぶれようがこたえるんですな。そういう人間はアカにかぶれやすいですよ。だから生活に行きづまって自殺を思い立ったとき、自分がかつて軍国主義に手をかしたという懺悔と、それからついでに目に余る非国民的行為をしているというので、安川さんを反動分子ときめつけ、死の道づれにしたのでしょうな」

捜査係は、これが事件にならないので気楽なせいか、べらべらとしゃべった。

「そういう境涯に落ちた人間は、かえって急にアカにかぶれるものです。近ごろは民主主義の流行ですからね。それにしても、自分が前に軍人だったというだけで、自殺するのは妙ですな。まして人を殺して死の道づれにするというのも変です。犯人の河島佐一郎という人間は、境遇の激変で、神経衰弱にかかっていたんじゃないですかね」

われわれはそういう見方だ、と捜査係は言った。

ここで、二つの自・他殺死体の状況、断崖から突き落された安川の顔面が太い木の枝で殴られていたこと、棒が縊死した河島の足もとにあったこと、ならびにその棒に付着した血痕が安川のものであることなどを、捜査係は信治に詳しく話した。その現場状況と警察の推定とは信治の計算どおりだった。

ところで、原因の深い穿鑿《せんさく》よりも、神経衰弱で片づけてくれるのがいちばん都合がよかった。河島はだれが見ても自殺なのだ。これは科学的な解剖によっても否定はできまい。新聞記事にもよく「神経衰弱による自殺」というのが出ているが、常識で考えられない原因とか理由のわからぬ自殺には、そんな表現を用いることが多い。河島の場合は、安川を「殺している」から、精神の錯乱はもっと明白であった。

「安川さんと河島佐一郎とは日ごろからつき合いがあったんですか?」

捜査係はきいた。

「さあ。ぼくは聞いていませんでしたが」

予期された質問だったので、信治は内心緊張した。

「あなたは、安川さんの下で、いわば番頭さんのようなお仕事をなさっておられたわけでしょう?」

「はあ、そうですが、安川さんが河島という人と商売上の関係があったとは聞いていませんでした。もっとも、安川さんは取引関係先について、全部が全部ぼくに話していたわけではありません。ぼくの知らない方面でもずいぶん商売をしていましたから」

ヤミ商売というのはそういうものなのだ。主人には使用人にも教えない取引きがある、という意味を信治は言った。

「そうですか。そういうものでしょうね」

赭ら顔は一度うなずいて、

「それにしても、河島は廃品屋の倉庫番みたいな日雇いをしていたくらいで、ヤミ商売とは関係なく思われるんですがね。倉庫の廃品を安川さんにこっそり売り渡していた様子があれば別ですが」

「いや、安川さんはそこまで小さな商売はやっていませんでしたから、それは考えられませんね。まあ、ぼくはそう思いますが」

「そうすると、安川さんと河島は、どうして東京からわざわざ鈴鹿山脈の山の中まで来たんでしょうね。前からの知合いでないと、ちょっと、考えられないことですがね」

「さあ、ぼくにも見当がつきません」

信治は首を傾《かし》げ、自分にはわからないという素振りをした。

「東京の所轄署の電話連絡では、河島の奥さんは、安川という人を全然知らないし、河島の口からその名前は聞いたことがないと言っているそうです。そして、河島は十一月八日の夕方に家を出たのですが、そのとき奥さんには、仙台に就職口があるのでその用事でひとりで仙台に行くといって出たそうですよ」

「はあ、そうですか」

河島佐一郎は、約束を守っていた。信治を裏切ってはいなかった。女房の前には安川哲次の名前も出さず、三重県に行くことも秘して、逆方向の仙台に職さがしに行くといって家を出ている。むろんのこと河島は、山尾という姓も女房には言ってないのである。

信治は、万一の懸念も消えて、気持が安定してきた。

ところで、赭ら顔の捜査係は、安川と河島とが前から交際もないのに、どうして二人で現場の山に登ったかを訝《いぶか》っていた。が、この疑念は、それほど心配する事態にはつながらないであろう。だれでも抱くふつうの疑問だからである。

信治も、捜査係といっしょに解《げ》せないという表情をした。

「あなたは、安川さんが十一月七日の夕方に三重県に発《た》つ前に、安川さんとは会ってなかったのですか?」

「それが会っていないのです。その日に安川さんに会えば、三重県に行くことを安川さんが洩らしたかもしれませんがね。その十日くらい前でしたか、先月の二十八日ごろにわたしが安川さんの家に行ったときも、その話は全然出なかったです」

そのとき、安川の家にはエミ子はもういなかった。安川もエミ子にはそろそろ警戒しはじめていて、この話は全然聞かせていない。雇い婆さんはもちろん、安川の仕事の話は何も知らないのだ。つまり銀塊取引きのことを知っているのは、死んだ二人と信治のほかには、だれもいないはずである。

「あいにくと、わたしは七日の朝から福島県方面に安川さんの指令で出かけていましたからね。白河町の付近で白金《プラチナ》が百キロか二百キロぐらい眠っているという噂を聞いたといって、安川さんがわたしに調査を命じたのです。その命令も先月二十八日ごろに安川さんの家に行ったときに受けたのです。で、白河に行って、あの地方を三日ぐらいかかって調べたのですが、噂というのはいい加減なもので、その白金はすでに東京のどこかの化学工場から摘発されたとわかって、がっかりして東京に帰ってきました」

白河の白金は、東京駅の待合室で拾った新聞記事から思いついたのである。あの摘発は白河町での噂からアシがついたと報道してあった。してみると商売人がその噂を聞いて現地に行ったとしても不自然ではない。まるきりの架空でなく、少しは事実面にも足をかけておかないと、話に現実性がなくなる。

七日の晩の東京駅出発は、たしかに安川といっしょだったが、それは安川の家に行ったのではなく、東京駅で落ち合ったのだ。また、その内密な打合せも、五日、新宿西口で安川と会ってしたのだから、だれも知ってはいなかった。

信治は、ここで、七日から十日までの福島県での行動を、つまりその三晩をどのようにして泊まったか、宿がなくて駅の待合室とか公園のようなところで寝たというのを言おうと思ったが、きかれもしないことをこっちから積極的に言い出すのはまずいと思って手控えた。よけいなことはしゃべらないに限る。河島は「自殺」に決定しているのだ。何もとりつくろう必要はない。

「あなたは、安川さんとはどうしてお知合いになられたのですか?」

捜査係がきいた。

「軍隊のときに、同じ班にいたのです。朝鮮の竜山の部隊ですがね。もっとも、安川さんはわたしより先に除隊になりました。わたしは終戦になって東京に帰ったところ、ある日、偶然に街で安川さんに出遇い、お前、遊んでいるなら、おれの仕事を手伝え、と言われて、ずるずると安川さんの仕事をするようになりました」

「なるほど、そういうことですか。で、ご家族は？」

「家族は、わたしが軍隊にいるとき、広島に疎開し、そこで原爆をうけてみんな死にました」

「ああ、原爆で一家全滅ですか。それはそれは……」

捜査係は気の毒そうに頭をさげた。横にいる若い部下もいっしょに軽く頭をさげた。

妻、子ども、両親が原爆で死ななかったら、こういうことにはならなかったろう。河島佐一郎の「ハンドウ」をどのように恨んでいたところで、家族の無事な顔と再会すれば、復讐心も消えたと思うのである。

捜査係は、信治に河島佐一郎を知っているかというような質問はしなかった。これは、安川から河島についての話は聞いたことがないと信治が言ったものだから、もちろん信治が河島を知っているはずはないという先入観のためのようだった。これは余分なことを口にしないですむから、まことに都合がよかった。

「どうぞ、遺体を火葬場のほうに、持って行ってください。あなたもこのままお引き取りになって、けっこうです」

捜査係は、小腰をかがめて挨拶した。

火葬場行きの霊柩車《れいきゆうしや》も、警察の好意で、手配してあった。もとよりいっさいの費用はこっちで支払わなければならない。信治は霊柩車の中で、安川の棺の横にたったひとりで腰かけて火葬場に向かった。

火葬場に着くと、信治はそこの係員に、屍体検案書、埋葬許可証など所要の書類を見せた。霊柩車の棺はすぐに火葬場の構内に運ばれた。係員は、いまちょうど竈《かま》が一つ空《あ》いたところだから、すぐに中に入れると言った。

## 37

火葬場の遺族待合所は、構内の門をはいってすぐのところにある。コンクリートの土間と畳の座敷と、二つに仕切ってある。土間には粗末なテーブルと椅子とが並べられて寒々としていた。焼場で骨になってくるのを待つ人々が三、四人ずつかたまっていた。信治は片隅にひとりで椅子にかける。硝子戸《ガラスど》の向うには落葉をおえた木立があり、下の花壇には菊が咲いていた。菊の花の白さが冷たさを誘う。待合所のおばさんが茶を運んできた。

片側に陳列棚があって骨壺、白木箱、外装袋などを並べてあった。白色と銀色ばかりの商品だった。布は、戦前の綸子《りんず》がスフになっている。気がついて信治は、その一組を買った。これを包むスフの白い布も買った。東京の安川の自宅まで首から下げて帰らねばならない。――これが安川哲次でなく、妻や子どもの遺骨箱を持つのだったら、どんなに仕合せだろうかと思った。六人の家族の灰はひとつまみも自分の指には触れなかった。

骨に仕上がってくるまで四、五時間はかかるという係員の話だった。それまで待合所にじっとすわっているのも退屈だったので、どこかに行ってこようかと思った。近ごろ癖になって喫っている進駐軍の煙草をポケットにしまいかけると、入口から中年の男女がはいってきた。眼鏡をかけた女は、古着の銘仙《めいせん》を仕立て直したモンペ姿に羽織を着ている。喪服は戦災でなくしたのかもしれなかった。手には風呂敷包みをさげていた。男は背広で黒い腕章を巻いていた。これは小さなトランクをもっていた。

はじめは夫婦かと思ったが、框《かまち》をあがって畳に向かい合ってすわっているその様子では、なんとなく他人行儀だった。どちらも四十すぎだが、顔を伏せている女のほうは悲しみのなかにも遠慮がちなふうで、男は女を介添《かいぞ》えするようにみえてどこか横柄だった。

信治は、また尻を椅子に落ちつけ、煙草を一本とり出して喫いながら、それとなく、二人の様子を見ていた。とくに、女のほうが気になった、瘠せた黒い顔である。古い眼鏡をかけ、ひっつめ髪には油気がなかった。男はときどきのぞくように女に話しかけ、女はおじぎするようにうなずいている。――信治は、その女が河島佐一郎の妻ではないかと思った。男は河島の実弟かもしれない。着がえの衣類がはいっているらしい風呂敷包みとトランクとは、遠い土地から駆けつけたことを示している。河島佐一郎の一家は、江古田の弟の家の裏庭に小屋を建てて住んでいると、真実界社の山田が話していた。弟の厄介になっていたのである。すると、河島の妻が、解剖のすんだ夫の遺骸を東京から受けとりに来て、義弟とここで骨になるのを待っているというふうに考えてよさそうだった。眼鏡をかけている女の顔は、いかにも教員上がりに見えた。子どもたちは東京に置いてきたのだろう。東京の出発が遅れ、いま、ようやく手続きがすんで、この火葬場に到着したように考えられる。

信治は、だんだんその確信を強めてきたが、先方の男女は彼にはまったく注意を向けなかった。男は——河島の弟にしてはあまり似てないが——最初、信治のほうを見たのだが、それはほかの待合せの客といっしょに眺めたというだけで、それきり見むきもしなかった。女にいたっては顔もろくに上げなかった。

前に河島の妻にはこっちの顔を見せなくてよかった、と信治は心から思った。こんなところで、見覚えられた顔を合せたら、まったくもって往生である。先方は、いまや焼場の竈で骨になりつつある仏が、夫なり兄なりに「殺された」男だとは夢にも思ってないだろう。その河島の遺体は、「被害者」安川より一歩おくれて骨になりつつあるらしい。

このとき、入口から洋服の男たちが五人ほどはいってきた。彼らは腕章も何もつけてなかった。そのへんの椅子にすわるではなく、畳の例の男女を見つけるなり、まっすぐに傍《かたわ》らに進んだ。

その様子がただごとでないので、信治が見ないふりをしながら眼をむけると、五人組の男の一人がポケットから書類のような紙を出して、たぶん河島の未亡人と思われる女に見せ、次に実弟らしい男に見せた。二人とも書類をのぞきこんでいたが、弟のほうがそれを受けとって読むと、両人はばたばたと立ち上がり、急いで下駄や靴をはきはじめた。

何が起ったのだろうと、信治が、半分は呆気《あつけ》にとられ、半分は疑いをもって見ていると、男女ははいってきた男たちのうちの三人につき添われるようにして待合所をあたふたと出ていった。ちょうど信治の腰かけている前を横切ったのだが、それまで打ち萎《しお》れていた眼鏡の女が何か興奮していた。

しかし、信治はその男女のうしろ姿をゆっくり見ることができなかったのである。男たち五人のうち残った二人が信治の傍らに丁重な態度でやってきて、あなたは山尾信治さんですか、ときいたからだった。

「はあ。そうですが……」

刑事は身分証明の手帳をのぞかせた。

「実は、河島の自殺に疑問が生じたので、いま、裁判所の命令で急に遺体の火葬を取り止めることになったのです。幸い、ここが混んでいるため、焼くところまでいってなく、まに合いました」

もじゃもじゃした髪の、日灼《ひや》けした顔の刑事が四角い顎をつき出して言った。急なことなので信治は顔色が蒼ざめてゆくのが自分でもわかった。

「それで、もう一度遺体を検査することになりました。いま、ここを出て行ったのは、河島の奥さんと弟さんです」

信治は返事がすぐにはできなかった。

「で、恐縮ですが、被害者である安川さんのほうの事情をもう一度お伺いしたいので、署までご足労をお願いできないでしょうか？」

「まもなく仏のお骨《こつ》を拾わなければならないのですが」

信治は拒絶のつもりで、意味のないことを言った。

「いや、お骨拾いのほうは、警察で代っていたしておきます」

あとで考えると、眼前で警察が河島佐一郎の遺体の火葬停止をその遺族に言い渡したのは、信治に大きな精神的な動揺になっていた。もしかすると、警察のほうでその効果を狙ってわざとそう仕組んだのではないかと疑いたくなるほどだった。ひとたび信治の気持に動揺が起きると、不安が不安を呼び、それまで考えていた言訳も論理性を失いそうで、それがまた危惧《きぐ》にもなった。

思ってもみなかった事態だった。降って湧いたような変化であった。自殺と決定した河島の縊死体に、どんな疑問が生じたというのか。信治は、自分の手落ちを警察が発見したような気がして、胸が慄《ふる》えた。心当りがないだけに、足もとに見えぬ落し穴があるような気がした。

「われわれの不審はですね、河島が凶器に使った木の枝です。登山の杖がわりにしたあれですよ」

警察署の取調室で、魚屋の親爺のような角刈り頭の捜査課長が、濁声《だみごえ》で信治に言った。

「あの杖は、縊死する前の河島が、安川さんを崖下につき落して倒れたところを殴ったものですがね。解剖によると、安川さんは墜落したときに後頭部を石に強打して頭蓋骨に亀裂を生じている。つまり、即死ですが、さらに河島は顔面を叩いて杖の先に血痕をつけています。遺書では、安川さんのヤミ商売が『国民の敵』だというので死の道づれにしたとありますが、個人的な怨恨がないのに、死んだ男を殴るとは少し念がいりすぎているんですね。『国民の敵』ぐらいじゃ殺すほど憎しみが強くない。しかも、凶器をわざわざ河島が首を吊る現場の足もとに置いていたのが奇妙ですよ。なるほど、太い杖には、被害者の安川さんの血液型と一致する血痕と、加害者の河島自身の指紋とが付いています。河島の行為を証明するに足る証拠品です。しかし、なぜ河島は凶器の杖を安川さんの横に捨ててこなかったのか。なぜ、わざと自殺する場所に持ってきたかです。はじめは、われわれもこの不自然さに、変だなとは思っていたのです。しかし、いまは、凶器を首吊りの人の足もとに置くことによって、河島が安川さんを殺したあとに自殺したという証拠を第三者に見せるためだったと気がついたのです。そうすると、これは河島が凶器の杖を置いたんじゃありませんね。なぜかというと、河島の遺書には『彼は国民の敵でした。私が非国民である彼を殺しました』とあるからです。そう遺書に、犯人がはっきりと書いてあるからには、なにも血染めの杖を自分の足もとに置いて自分の犯行の証拠づくりをすることはない。だから、あの現場には、安川さんと河島のほかに、第三者がいたのではないかと思うようになったのです」

魚屋の親爺という感じのする捜査課長は、薬の小函から手製の紙巻き煙草を大事そうに一本とり出した。

「こんなものでよかったら、一本どうですか?」

と、小函をさし出してすすめた。課長は、自分でもあまり愛想のよい話し方ではないと気づいたらしかった。しかし、信治は断わった。煙草を吸うどころではなかった。

「もっとも、東京ではヤミ市にラッキー・ストライクが出回っているそうですから、あなたなどは、こういう手巻きのものはまずくてしょうがないでしょうけどね」

「そんなことはありません。いただきます」

信治は手を出して一本をつまんだ。もらわないといけないような気がした。課長は、硫黄《いおう》臭い、粗末なマッチを擦《す》って、信治の煙草にも火をつけ、次に自分のに移した。

信治が煙を吐くと、

「この手巻きは、家内がこっちのヤミ市で買ってきてくれたのですが、不味《まず》いでしょう?」

と、捜査課長はにやにやした。

「はあ、いえ……」

「ご遠慮には及びませんよ。どうぞ、ポケットのラッキー・ストライクを出してお喫いください」

信治が、とっさの返事に詰まっていると、魚屋の課長は、ハンカチを自分のポケットから出してひろげた。中に喫いさしの短い煙草が一つ現れた。それは「日の丸《ラッキー・ストライク》」の吸《すい》殻《がら》とわかった。

「これはね、あなたが火葬場の待合所に残していかれたものです。あなたをここにお連れした刑事が、残りの煙草をほぐして、手巻きの粉の中にまぜろ、香りがいいからと言って、ぼくに持ってきてくれたんですよ」

信治は、あっと思った。刑事に連れてこられるとき、うっかり喫いさしを残してきたのだった。

「いや、お恥しい話です。以前は、ヤミ市の手巻き煙草も高くて買えなくて、家内が煙草好きのぼくのためにそっとモク拾いをして、私設の専売公社になったものです。部下はそれを知っているから、あなたの吸殻を持ってきてくれたのですよ」

信治はよっぽどポケットから「日の丸」を出して課長に一本をすすめようかと思った。が、胸が詰まったようで自分もあまり喫いたくもないのに、相手にすすめるのはなんだか危険に思われたので中止した。実際、課長からもらった手巻きの煙草も、半分は灰皿に残したくらいだった。

課長は手巻き一本を完全に喫うつもりらしかった。眼を細めてわきのほうを見ているところなどは、店さきの台に載った魚の値段を考えているのとそっくりだった。

信治は、課長が次に何を言い出すかとその顔が無気味になった。

河島の妻と、彼の実弟とはどこにいるのだろうと、信治はそれも気になった。この同じ警察署の建物の中にいるようでもあるし、もう一度検査のやり直しのために、病院に運ばれた河島の遺体に従って行ったような気もする。

しかし、大丈夫だ。河島の遺体は他殺の安川の遺体とともに解剖に付されている。精密な検査はそのときに終っているはずである。解剖のやり直しということはあり得ない。たとえあっても役には立つまい。前の精密な解剖で河島の「自縊死」には疑問がもたれなかったのだ。

——縊死の自他殺はどこで区別できるか。

信治は、衛生兵でいたとき竜山の部隊の医務室で、森田軍医が診断室の机の上に置き忘れた医学書を覗《のぞ》いたことがある。死体の写真や図解などがある法医学書だった。はじめは気持がよくなかったが、そのなかで、《縊死についての自殺・他殺は、解剖だけでは決定的な判断ができない》という説明に眼を惹かれたのだ。

《扼殺《やくさつ》や絞殺後に縊死を偽装するとき、まずふつうに首を締めたあと、木の枝などから垂らした紐の輪の中に、死体を持ち上げて首を入れる。この場合は、扼殺、絞殺によって生じた頸の索溝《さくこう》と、吊るした紐による頸の索溝と溝の筋が二種できるので、作為はすぐに発見される。しかし、意識不明の人間を他の者が紐の輪の中に首を入れて吊り下げた場合は、自殺でも他殺でも、解剖結果はほとんど同じになる。

しかし、使った用具が荒縄とか針金のようなものだったら、まず他殺による縊死とみてよい。自殺する者が、死ぬ前にそんな苦痛をうけるような用具を使うわけはないからである。そんなものを使用するのは、適当な紐の用意がなく、急いであり合せのもので代用する犯人の気持からである。自殺者の場合は、もっと「用意してきた」ような紐を使う》

だから、細引のようなものは、どこにでも落ちているというものではないから、そこに「自殺者の用意」が見られよう。細引は家庭から持ち出すとは限らず、商店から買う場合もある。河島に用いた細引は、信治が新橋駅近くのヤミ市で買った新しいものである。それも「自殺者」が買って用意してきたと見られるのである。――新橋駅前のヤミ市など始終人間でごった返しているから、だれが買ったものやらわかりはしない。

紐の結び目が一般には自他殺の問題になるようだが、縊死の場合は紐を輪にした中に首を入れるのだから、それは問題ない。

《他殺による縊死の場合は、犯人が乱暴に取り扱うから、首の紐が耳のところで髪を挟んだり、ワイシャツの襟などを挟みこんだりする。だが、自殺の場合はそういうことは、あまりない》

――信治は、河島を輪の中に入れるとき、髪の毛を挟みこまぬようにし、ワイシャツの襟も紐にかからぬよう、きちんと行儀よくしておいたのをおぼえている。

さらに、森田軍医の持っていた法医学書には述べてあった。《縊死の偽装のために、昏睡や意識不明になっている人間を上から垂れた紐の輪まで抱え上げるのは、重い体重と、身体がグニャグニャになっているために、二人以上でないと不可能に近い。二人でも困難なくらいである。こういう複数の犯人による犯行は、とかくその痕跡を残しがちだから捜査によってわかる。

縊死は、その人間の脚が地上に達していては目的が遂げられない。脚の先から地上まで空間がないと、体重が首の紐にかかったことにはならない。したがって、縊死体は地上から高所になる。ただし、中腰になっている（非定型的縊死）は別である。

また、自縊死の場合、自殺者の心理として、目的とする死からの失敗をおそれるために、なるべく高所にて縊死する場合が多い。それ故に踏み台として使用する物もそれにつり合うような高さのものを択ぶ》

——だから、信治は、あの河島を高いところから吊り下げるために、まず、下に石を相当積み上げたものだった。その石積みを崩して取りのけたあと、踏み台用として、大きな石を一個だけ足もとの傍らに運んでおいた。河島がこの石の上に乗って、首を細引の輪の中に入れ、踏み台にした石を蹴ると、そのまま身体は吊り下がる。そう見られるように設定しておいたのである。

……どこにも手落ちはない、しかも石積みによる「自縊死」の方法は、自分が考えだしたもので、前例はない。警察は、とかく新しい方法には弱いはずだ。おそれることはなにもなかった。自分から不安をつくって心を戦《おのの》かせることはないのだ。どうも精神が動揺している。何もおびえることはない。万に一つ、どんな不利な状況に置かれても、できない。——

河島の縊死体から「他殺」の証拠は握れない。

ましてや新しい法律では物的証拠が第一で、これまでのように情況証拠だけで起訴はできない。——

「山尾さん」

魚屋が、ひょいと顔をこっちに向けて濁声《だみごえ》で呼んだので、信治は思索中を急に叩かれたように、身震いしてわれにかえった。

「あの、申し訳ないですが、われわれが事件の再度の現場検証にこれから行くのに、立ち会っていただけませんか。あなたにしても、安川さんの不幸なあとを弔《とむら》いたいでしょう。……菊の花束を用意させておきました」

## 38

三重電鉄の古い電車で湯ノ山温泉駅に降りた。捜査課長に部下四名、信治の都合六名である。このうち刑事三名の顔は火葬場で見おぼえがあった。河島の遺体の火葬中止を報《し》らせに待合所にきていた。河島の妻とその実弟の姿は一行のなかに見えなかった。遺体の再検査が行なわれるあの病院に詰めているのであろう。

現場を見せるという課長の話だったので、もしかするとあの二人もいっしょかもしれぬと心配したが、そうではなかったので、信治はほっとした。もし、河島の遺族と伴《つ》れになれば気の滅入《めい》ることだった。

それはなかったが、しかし、警察の連中にひとりだけ囲まれるようにして山道を登っていると、別な不安が信治に生じた。まるで現場検証に連行される被疑者か被告のようである。が、魚屋の親爺のような課長は老練でそのへんも十分に気をつかってくれ、何かと如才なく世間話をしかけてきた。外見には男六人のハイキングとも見えたかもしれない。

他人の眼といえば、例の神社の鳥居の前を左折して人家が切れるまでは、信治に万一の危惧が去らなかった。前に下見に来たときに泊まった「湯山旅館」の主婦がその辺に立ってこっちを眺めているようにも思われて不安だった。一泊したので、顔を憶えられている。その後、安川と河島とをそれぞれ連れて、ここを二度通ったときは、二回とも帽子や服装を違えていたし、黒眼鏡をかけていたから、いま、目撃者がその辺にいても彼らにわかりようはない。が、「湯山旅館」の主婦だけは困る。警察には、湯ノ山には来たこともないと言ってあるのだ。

しかし、その心配も山にはいってからは消えた。右手に御在所山の山襞《やまひだ》が壁のように立っている。

山道を登っていると、左側に落ちこんだ断崖が見えてきた。それは眼にはいる前から記憶でわかっている。すでにあたりは馴染んだ景色だから、目測で何メートル行けば崖ふちにかかると知れているのだ。ここは安川の背中を両手で押して進んだところだった。断崖を完全に上から見おろすところで、捜査課長が立ちどまった。

「山尾さん。安川さんが墜死《ついし》なさったのは、この下です」

課長が信治に向いて言った。下に大きな岩石がごろごろしている。あの石に頭を打って即死だったと課長は言う。死んだ安川の顔は太い木の枝で叩かれ、血のついたその枝は河島の縊死体の下にあった。これが犯人として不自然な行為だから、第三者がいたのではないかという課長の不審は警察署でも聞いた。

信治は、断崖の底に向かって警察署から持参の菊の花束を落し、のぞいてから合掌《がつしよう》した。刑事の見ている前だけでも殊勝な様子を見せなければならなかった。こうして弔いの儀式は終った。

「安川さんと河島とが、わざわざ東京から、どうしてこんな山の中に登ってきたかが謎ですね。あなたにきいても二人には交際がなかったと言われるし、河島の奥さんも、主人から安川さんという名は聞いていないというんですからね。ふしぎですなァ」

課長は信治の横で呟くように言うと、ま、とにかく河島の縊死した現場に行ってみましょうと誘った。いかにもついでにそこに行くといった調子だった。信治はやや安堵した。一同は急な坂道を辿った。

「この道をまっすぐに行くと、武平峠といって土山方面へ越す林道になるのですがね。河島は途中からそれて、こっちの斜面を登り、その上で死場所を見つけているんです」

課長が右側を指さした。今度は小径《こみち》ともいえない斜面の灌木の中を攀《よ》じた。ここは河島が蒼い顔で汗を流して難儀した胸突きの場所である。今回は信治がいちばん遅れた。

魚屋の課長は元気がよかった。上から手をさし伸べて信治をひっぱりあげてくれた。斜面の途中がせまい台地になっている。正面の崖からさし出ている松の枝と下の踏み石とが、いちばんに眼に映った。

「ここですよ」

「しんどかったですな、しばらくここで憩《やす》みましょう」

坂登りのあと、課長は皆にも休憩を命じた。部下は腰を下ろした上司のうしろに適宜位置をとってすわった。べつだん信治をとりまくふうではなかった。眼の前に展《ひら》けた伊勢湾の群青色《ぐんじょういろ》を皆はほめている。

課長はポケットから手巻き煙草のはいった薬の空函をとり出した。が、すぐに気がついたように部下に注意した。

「おい、煙草の吸殻を、やたらとそのへんに捨てるなよ。犯人が喫った吸殻と紛《まぎ》らわしくなるからな」

信治の胸に波が起った。

——あのとき、自分はここで煙草を喫わなかったろうか？

憩むと、つい、癖で煙草を口にする。あのときも、死体を吊りあげたあと、足もとに積んだ石を崩してそのへんに撒《ま》き散らしたり、重い踏み石を運んだりした労働で疲れ、藪《やぶ》のかげでしばらく腰を下ろしたものだった。その際、煙草を喫ったような気もするし、喫わなかったようにも思う。習慣は無意識の動作になる。

どうも記憶があいまいだった。それに、あのときは興奮していた。と思うと、よけいに混乱して記憶がぼやける。

この場所で煙草を喫ったか喫わなかったかは重大な問題だった。なぜなら、あのときもポケットには「日の丸」《ラッキー・ストライク》を入れてきていたのだ。こんな山中にその吸殻が残っていれば、現場にだれがいたかは、いっぺんにわかってしまう。課長は、火葬場の待合所から刑事が持ってきた信治の「日の丸」の吸殻を警察署で見ているのである。げんに信治がポケットに同じ煙草を入れていることも知っている。

――あのとき、ここで煙草を喫っただろうか、それとも喫わなかっただろうか。

信治の頭には黒い雲がひろがってきた。その雲が彼の胸を戦《おのの》かせた。

「あの松の枝の位置を見てください」

課長は手巻きの煙を、うまそうに口から吐きながら言った。

「崖からさし出ている、下から上に三番目の枝に細引が縛ってあったのですが、ずいぶん高いところで首を縊《くく》ったものです。垂れ下がった足の先から地面までは一メートル近くもありましたよ。垂れ下がるにしては、あんまり高すぎると思いませんか?」

そんなことはない、と信治は思った。地方の警察官だ。自縊死者を豊富に扱った経験がないのかもしれない。法医学の本には何と出ているか。《自殺者の心理として、目的とする死からの失敗をおそれるために、なるべく高所にて縊死する場合が多い。それ故に踏み台として使用する物もそれにつり合うような高さのものを択ぶ》これが教程である。森田軍医が読んでいた権威書だ。

信治が、自分の素人考えだが、と前置きして、自縊死者が高所を選ぶ心理を、内心自信をもって言葉にすると、

「そういうことが戦前の古い法医学書にありましたね。ぼくも読んだことがあります。しかし、最近のはその反対ですね。縊死は行住坐臥《ぎようじゆうざが》、どんな場所でもできる。わざわざ高いところから下がる必要はないし、その例も非常に少ないのです。ほら、この本にも、こう書いてあるでしょう?」

課長は部下から手提鞄をうけとると、新しい法医学関係の本を開き、ある個所を信治に示した。

《……縊死に見せかけようとする者たちは、むしろ高いところからブランと行儀よく下がっているような姿勢を作らせるものである》

「ね?」と魚屋の課長は言った。

「だから、河島があんな高い枝からぶら下がっていたのがおかしいんですよ。だからね、ぼくは、この現場にはそのとき第三者がいたと思いますね。その人物は、あなたがいま言われたようなことが書いてある戦前の古い法医学書を読んで、それを参考に、河島をなるべく高い所から吊り下ろすようにしたのではないか。……そうも想像されます」

信治は動悸の高鳴りをピストンのように胸に聞いた。法医学書の新旧の違い、記述の相違は法医学の進歩のように思われる。——ふいに足をとられた。しかも、この田舎の

捜査課長は、森田軍医の持っていたのと同じ法医学の本まで読んでいるらしい。……

　信治は、そわそわした。

「おや、どうかなさいましたか？」

　魚屋が見返った。

「あの、ちょっと……」

「ああ、生理的現象ですか。どうぞ、どうぞ。ここならどこでも場所がありますね」

　信治は、課長の傍らから立ち上がり、藪のかげのほうに歩いた。どこでもいい場所ではなかった。そこが、もっとも気がかりなところだった。一同からは見えなかった。

　信治は、中腰になって灌木や笹藪の間を眼をむき出して見回した。一歩、二歩と位置を変えて捜索した。暗い下をのぞきこみ、石の間を指でひろげた。落葉の下から黒いアリが群がって匍《は》い出た。そこに凋《しな》びたこの夏の蟬《せみ》の死骸があった。

　落葉や散った枯草の間に、短い、うすよごれた白いものが映った。煙草の喫い残しだった。両切りの一方に嚙んだあとがあって茶色になっている。「日の丸」だと信治は直感した。胸を衝かれると同時に、本能的に指でつかんだ。巻き紙をじっくりと見る余裕はない。とにかく早くポケットの中に隠さねばと、指の中に包みこもうとした。

「何をしているんですか？」

　背中の、間近い声の襲撃に、信治は飛び上がりそうになった。五体の筋肉がバネ仕掛けのようにぶるんと震えたものだった。

すぐには返事もできないでいると、課長が素早く彼の指に目を落した。

「おや、何か拾われましたね？」

握ったままでいるわけにはいかない。信治は泣き出すような気持で、喫い残しの煙草を落した。

「へええ、煙草の吸殻じゃないですか？」

課長が拾い上げた。信治は眼の前が急激に閉ざされてゆくのをおぼえた。

「なんだ」

と課長の声が言った。

「これも手巻き煙草ですね。ずいぶん古い。ここにハイキングに来た奴が捨てたのでしょうな」

魚屋は、あっさりと言った。

「こんなのは事件と関係はない。これ、捨ててもいいですか？」

「はあ」

波間に瞬間浮び上がったような声で信治は答えた。

「まさか、あなたがこんなのをほぐして手巻き煙草になさるわけでもないでしょう。あなたは、ポケットに『日の丸』を持っておられるんですからね。……そういえば、署にいるときからちっともお喫いになりませんね。気分でも悪いのですか。顔色が蒼いようですが……」

信治の神経には、これが、何度目かの揺さぶりであった。

信治がもとの場所に戻ってみると、いつの間にか拳《こぶし》よりも少し大きい石が十個ばかりそこに集められていた。さっきまですわっていた刑事たちが立っているので、彼らがその辺から拾ってきたものだとわかった。げんに、あとから小石を運んでいる刑事もいた。

「ねえ、山尾さん」と課長が言い出した。

「ぼくは、当時ここに第三者がいて、河島を首吊りの処刑にしたと思うのですが、その方法がどうしてもわからなかったのです。おそらく河島は睡眠薬を飲まされて意識不明だったと思うけど、そういうグニャグニャになって、骨なしのような人間をどうしてあの枝から垂れた高い位置の紐の輪に首を入れることができたか、ですね。たとえ踏み石があっても、それに乗って、グニャグニャの河島を抱え上げることはできない。といって、これは二、三人がかりでやった仕事ではない。犯人は一人だと思います。しかし、一人の力ではとてもこんな芸当はできません。ぼくは、すっかり考え込みましたがね。……」

魚屋は言った。

「……ところが、ぼくは、いま、このへんにある石の一つを、ふと拾ってみたのです。すると、石の片側についている小さな苔《こけ》が……苔ばかりでなく、長く土の上に置かれたために生じた黴《かび》のようなよごれが、何かに擦《こす》ったように除《と》れているのに気がついたのです。ほら、こっちのほうは……」

と、彼は石の一つをとりあげて信治に見せた。

「こっちの石には、それがないでしょう。苔も黴もちゃんと付着していて、擦り痕《あと》がない。擦り合せてないからです。ぼくはそれに気がついたものですから、いま、部下に擦り痕のある石ばかりを、まわりから集めさせているんですが、これがまた案外に多いんですなァ。これらをすっかり集めてしまうと、人間ひとりがすわるくらいの平面で、高さがあの松の枝の下近くまで積み上げられそうですよ」

石についた苔と黴。——信治は、何かの拍子に急に耳に金属音が鳴って、あとは声も遠くなる、あれと同じ状況になった。

「河島の遺体からは、いま病院で血液をとって検査しています。前の解剖では、縊死体としてしかみなかったから、血液に睡眠薬の反応があるかどうかまでは調べてなかったのです。死体は少々時日が経っているけれど、まったく検出できない状態でもないということでした。……山尾さん、犯人が河島を高所で縊死させた方法がわかりましたよ。こういう石を積み上げて河島を上に載せ、首を紐の輪に入れる。そのあと、台を築いている石をとり除いて崩すのです。台が低くなるにつれて河島は首に輪をはめられたまま立ち上がるようになる。もっとも、石がすっかりとり除かれるまでに、河島の腰は宙に浮くから、たとえ足の先が石の上に乗っていても、重力は頸部の輪にかかって死んでしまいます。いわゆる非定型縊死の状態ですね。台になっていた石が完全に崩されると、河島は、高所からぶら下がった状態になる。そのあと、石を、ほうぼうにばらばらに捨てて、台の痕跡を残さなくする。……しかし、犯人は、石を崩すときに、石が擦れ合ってできる苔や黴のキズまでは気がつかなかったのですよ」

二回も「高所」という言葉を捜査課長は使った。信治がさっき口に出した森田軍医所持の古い法医学の教程を課長が逆手にとっているのは明らかだった。新しい教程が《縊死に見せかけようとする者たちは、むしろ高いところから、ブランと行儀よく下がっているような姿勢を作らせるものである》と告発している。——

信治は、あせり、あがいた。早く諦めて沈んではならぬ。敗北したら万事終りだ。

(状況ばかりではないか。その状況も、犯行が特定の人間をさしてはいない。だれの犯行にも当てはまることだ。負けてはならぬ)

——ここまでくると、信治にも警察が、すべて事前の「準備」をして自分をここに連れ出したことがおぼろにわかってきた。石積みのこともすでにその手法を解いていたのであろう。この場に来て課長がはじめて気づいたにしては、刑事たちの石の集めかたがあまりに敏速すぎるのだ。藪の中の煙草の喫いさしも、わざと手巻きを落しておいてこっちの反応を試してみたにちがいない。信治は重囲に陥っている自分を知った。

「ところで、山尾さん。あなたは前に河島と会ったことがあるでしょう?」

いや、と答えようとしたが、信治は思いとどまった。

真実界社の与田や山田のことを、要心深く考慮したからだ。そんなはずはないと思いながらも、警察が、彼らに当っているかもしれないと、万一を警戒したからである。否定するのは危険だった。

「ええ、一度でしたか、あるにはありました」

会ったことがあるからといって、どうということはあるまい。それが犯罪にすぐ結びつくとはいえない。——しかし、警察はどうして「真実界」とのつながりを、こんなに早く知ったのだろうか。

「そうですか。……いや、河島の奥さんに聞きましてね。河島がこの前、『真実界』という雑誌に、赤紙召集の内幕を書いたというのです。なんでも山田という人が係で訪ねてきたそうです。あなたの名前は、奥さんは知らなかったですがね」

——そうか、そういうことだったのか。河島は約束を守って山尾の名は妻には言わなかった。しかし、山田のほうは警察からの電話問合せに、山尾信治の名を原稿の仲介者として言ったのだろう。信義のない奴だと思った。それにしても、この魚屋に、河島とは会っていないなどと言わないでよかったと思った。

「どういう用事で河島に会ったのですか？」

魚屋の口調が変ってきたように思えた。

「それは、河島さんの書いた赤紙召集の記事がよかったので、真実界社の山田君といっしょに江古田駅で会ったとき、その感想を言いたかったからです。それだけです」

「しかし、あんたは、さきに山田さんを帰して、河島と二人だけで話していたそうじゃありませんか。何の話をしたのですか？」

そうか。そこまで山田は警察に言っているのか。たぶん、四日市署は警視庁に依頼した調査の報告を電話で聞いたのだろう。信治は、自分の周囲が風を起して回転しているのを知り、その煽《あお》りで足もとが揺れそうだった。

「それはですね。その原稿に河島さんが書かなかった秘話がもっとあるのではないかと思って、忙しがっている山田君が帰ったあとも、残って聞いてたんです。ただ、それだけですよ」

それだけだ。河島の妻も、夫から銀塊取引きの一件は聞いていないはずだった。

「あんたは『真実界』の山田に、河島を紹介して、細谷勉太郎という筆名でその原稿を書かせたそうですね？」

「いや、本人を直接に紹介したのではありません。こういう住所に、戦争中の赤紙の発行事務に詳しい河島さんという人がいるから、その原稿を書かせてみたらどうかと助言しただけです。その雑誌社には安川さんが融資していたので、経理監督をかねて、ぼくもその社に出入りしていたのです」

「河島の奥さんの話だと、河島一家は戦後満州を引きあげて、都内練馬区江古田の実弟の家に身を寄せていたのだが、あんたは河島の元の身分や現住所を、どうして知っていたのですか？」

「それは、だれかに聞いていたからです。ヤミ屋の連中はいろいろな情報を交換していましたから、そのなかの一人が河島さんのことを言っていました。だれだったかは忘れましたが」

忘れた、というのがいちばんよかった。妙に言訳しようとして、辻褄《つじつま》の合わないことになっても困るのだ。――新しい法律ができて、拷問《ごうもん》では追及できぬことになっている。

捜査課長は眼をわきにやって考えている。十一月七日の晩から十日の朝までのアリバイを訊かれるかな、と信治が思っていると、課長は突然、魚のように眼を大きく開いた。

「あんたは、署で河島の遺書の文句を聞いて、やはり、ちょっと変だとは思わなかったかね?」

「べつに、そんなふうには思いませんが」

「そうかね」

課長は、手提鞄から写真を出した。河島の「遺書」が映っていた。楷書に近い、几帳面で、整った字体。

《彼は国民の敵でした。私が非国民である彼を殺しました。……今度は私が世間にお詫びする番です》

「どうも、しっくりしないね」

課長は首をかしげ、写真の文字を眺めている。いつまでも見つめている。――信治は苛々《いらいら》してきた。さっきから神経がすり減っていて、かえって腹立たしくなってきていた。

「しっくりしないって、課長さん、それは河島さんの文字ですよ。本人の筆跡でそう書いてあるんですから、仕方がないじゃありませんか?」

課長が、じろりと信治を見た。

「本人の筆跡だと、どうして、あんたにわかるかね？」

「そりゃわかります。前に、河島さんの書いた〝赤紙製造のカラクリ〟のナマ原稿を、ぼくは見ていますからね。同じ筆跡ですよ」

「違う」

魚屋が断固として言った。

「違う？」

「君は、そう思いこんでいたんだな。違うんだ。あの原稿は河島の奥さんの清書だよ。奥さんが署に来て、そう証言している。細谷勉太郎というペンネームも、奥さんの亡き実弟の名前だそうだ」

「………」

「河島は文字が下手《へた》だった。もと小学校教員の奥さんのほうがずっと上手《じょうず》だったから、河島の書いたのを奥さんが清書したのだ。したがって、この遺書も奥さんの筆跡だよ」

信治の頭の中から力が抜けた。小学校の教員だった妻を自慢する河島の声だけが虚《むな》しく尾を引く。

「奥さんが亭主の遺書を書くわけはない。君は、前の原稿が河島の筆跡だとばかり思いこんでいたから、遺書もそうだと信じていたんだな？　奥さんはだれやらに渡す夫の二度目の原稿も清書した。その中に、遺書の文句がはいっていたというのだ。それは、夫が文中にそういう文句を使うようにとだれかに要求されて、そう書いたと奥さんは申し立てている。だから、河島からその原稿をうけとっただれやらが、その原稿を遺書の体裁に細工したのだ。河島本人の筆跡とばかり思いこんでね。そのだれやらにも、こっちの見当はついている。

さっき、君は煙草の吸殻をあわてて拾ったね。新しい洋モクをポケットに持っている君がなぜ、あんな吸殻を拾った？　あれを『日の丸』だと、咄嗟《とっさ》に思ったんだろう？　ということは、君が安川を崖でつき落して木の枝で殴ったのち、ここで河島を縊死にみせかけて殺し、そのあと一服して『日の丸』を喫ったのが落ちていると勘違いしたのだ。君は、あのとき、この現場にいた。……さあ、どういう理屈をつけて安川と河島とを別々にこの山に連れてきた？　その次第を聞かせてくれ。……おい、どうしたのだ、顔が真蒼《まつさお》だよ、おい、どうした？」

信治は自分がクモの巣の中にはいりこんで、手足を搦《から》めとられているのを知った。……あたりが夕暮のように暗くなって、意識が遠のいて行くなかで、モールス電信の発信音を聞いていた。

……マモナク、ソチラニイク。ヨシコドノ。

# 解説

藤井康榮

『遠い接近』は、一九七一年八月六日号から七二年四月二一日号まで「週刊朝日」に連載された。「黒の図説」というシリーズ（一九六九年三月二一日号～七二年一二月二九日号）のうちの一作で、『鷗外の婢』や『生けるパスカル』、『表象詩人』などの代表作も、ここで連載された。

一九七一年は、清張が『昭和史発掘』の連載を終了した年でもあった。『昭和史発掘』は、連載中にもかかわらず一九六七年に吉川英治文学賞を、一九七〇年には菊池寛賞を受賞していた。これらの大作を、同時並行に書いていたことは信じられないくらいである。

本作は、敗戦を挟んで前後の約七年間を時代背景としている。主人公の山尾信治は、印刷の色版画工、自営業である。三二歳で召集され、朝鮮半島に出征する。自伝的作品『半生の記』を読めばわかるように、清張本人と重なる部分が多く、作品には作者の体験が色濃く反映されており、中年兵の焦燥や、衛生兵の特殊性、内務班での古兵による私的制裁など、描写は真に迫っている。

山尾は、私的制裁を受けながらも、一家七人の生活がかかっている印刷の仕事のことばかりを考えていた。同じ班にいた銀行員は、会社から家族へ給料が支払われているので心配がない。実際の清張自身は、入隊時には朝日新聞社の社員となっており、むしろ銀行員の立場に近いが、想像力を駆使して、山尾という人物を造形している。広島に疎開した家族全員を原爆で失うことも、戦後ヤミ屋を手伝うことも、むろん復讐劇も、創作である。しかし、この時代、多くの日本人が似たような体験をしたのであり、清張にとっても他人事ではなかっただろう。

「ハンドウを回す」という言葉について、作者は次のように書いている。

昭和十八年六月、わたしに補充兵（徴兵検査では乙種）として最初の赤紙（召集令状）がきた。（中略）入隊受付係の下士官は「ははあ、おまえは、ハンドウをまわされたな」と三十三歳のわたしの顔を見て憫笑した。そのときはなんの意味だかわからなかった。ハンドウ（反動？）をまわすのが「懲罰」という意の軍隊用語であるのを入隊してから知った。（中略）『遠い接近』は、そのときの市役所兵事係の「懲罰」をテーマにしたものである。

「着想ばなし（1）」（『松本清張全集』第39巻「月報」収録）

このような恣意的な召集が、どこでも行われていたとは言えないだろうが、似たようなことがあったことも事実である。徴兵忌避の話は戦後わりと語られるようになったが、誰がどのように召集者の人選を行なったかについては、ほとんど触れられてこなかった。幸い、清張は生きて帰還し、家族も無事だったが、実務者のペン先一つによって、いとも簡単に戦場へ送られるという感触は、実体験として強く残ったのである。

作品中、主人公は天皇の名のもとに「ハンドウを回した」兵事係に暴露の手記を書かせ、戦後流行った「反動分子」という言葉を使用させた。ここでの「反動分子」は「軍国主義者」を指す。おなじ「ハンドウ／反動」という言葉が、ひとりの人間から全く逆の意図で用いられているのである。

本文の「言葉は時代とともに意味が変色する。」という文章には、変わり身が早い世相に対する、清張の実感とともに皮肉が込められている。このような、戦後の逆転、あるいは無秩序状態を示すように、当時次々と摘発された軍需品の隠匿事件なども、巧みに取り入れられている。

『遠い接近』連載の直前まで、清張は『昭和史発掘』を書き続けていた。『日本の黒い霧』で占領下の日本の暗部に迫った作家が、歴史を少し遡り、戦争へと傾斜した大正から昭和初期までを追究したのである。

清張は「二・二六事件」(『昭和史発掘』の最終章)のなかで、次のように書いている。

かくて軍需産業を中心とする重工業財閥を抱きかかえ、国民をひきずり戦争体制へ大股に歩き出すのである。この変化は、太平洋戦争が現実に突如として勃発するまで、国民の眼には分らない上層部において静かに、確実に、進行していた。

「二・二六事件」(『昭和史発掘』)

このような歴史の大きなうねりの中に呑み込まれていった庶民の一人として、清張は丹念にノンフィクションを描き物語を創造した。一兵卒として戦争にかり出された人々の思いをエネルギーに変えて、執拗に軍隊内務班の人間模様そして戦後社会の混沌を描き出した。

『遠い接近』は、面白いストーリー展開の中に、時代の実相を色濃く表現し、体験のない世代に提示する貴重な作品である。戦後七十年近い時が流れ、清張没後二十年を過ぎてもなお輝きを放つ作品群の一つである。

清張は、人生の半ばでデビューするまで職業作家をめざしていたわけではなかった。およそ四十二年間の実社会での体験と、若い時からの豊富な読書量が、のちの創作を生み、つきぬ源泉となった。風景から人間心理までその観察力は比類なく、八二歳で倒れるまで、書きたいものが溢れ出していた。亡くなった時は、連載途中の作品以外にも、すでに動き出していた企画がいくつもあり、私たちはフランス取材の手配をキャンセルしたり、本格的になりつつあった調査を断念しなければならなかった。なかでも、戦後史の謎とされる事件について、辻政信および「服部卓四郎機関」「荒木機関」など、明らかにしたいと意欲を燃やしていた。タイトル案は『日本再軍備』——『遠い接近』も、最晩年の構想も、清張作品は色褪せないテーマを持っている。その今日的な視点に胸を衝かれる。

枯渇ということを知らない作家の周辺にいた人たちは、その迫力に圧倒されつづけた。私もその一人である。

（北九州市立松本清張記念館館長）

文春文庫

遠《とお》い接《せつ》近《きん》

定価はカバーに表示してあります

2014年9月10日　新装版第1刷
2023年12月25日　第4刷

著者　松《まつ》本《もと》清張《せいちょう》
発行者　大沼貴之
発行所　株式会社 文藝春秋

東京都千代田区紀尾井町 3-23　〒102-8008
TEL 03・3265・1211㈹
文藝春秋ホームページ　http://www.bunshun.co.jp

落丁、乱丁本は、お手数ですが小社製作部宛お送り下さい。送料小社負担でお取替致します。

印刷製本・TOPPAN

Printed in Japan
ISBN978-4-16-790188-2